Black
water
Lane

블랙워터 레인

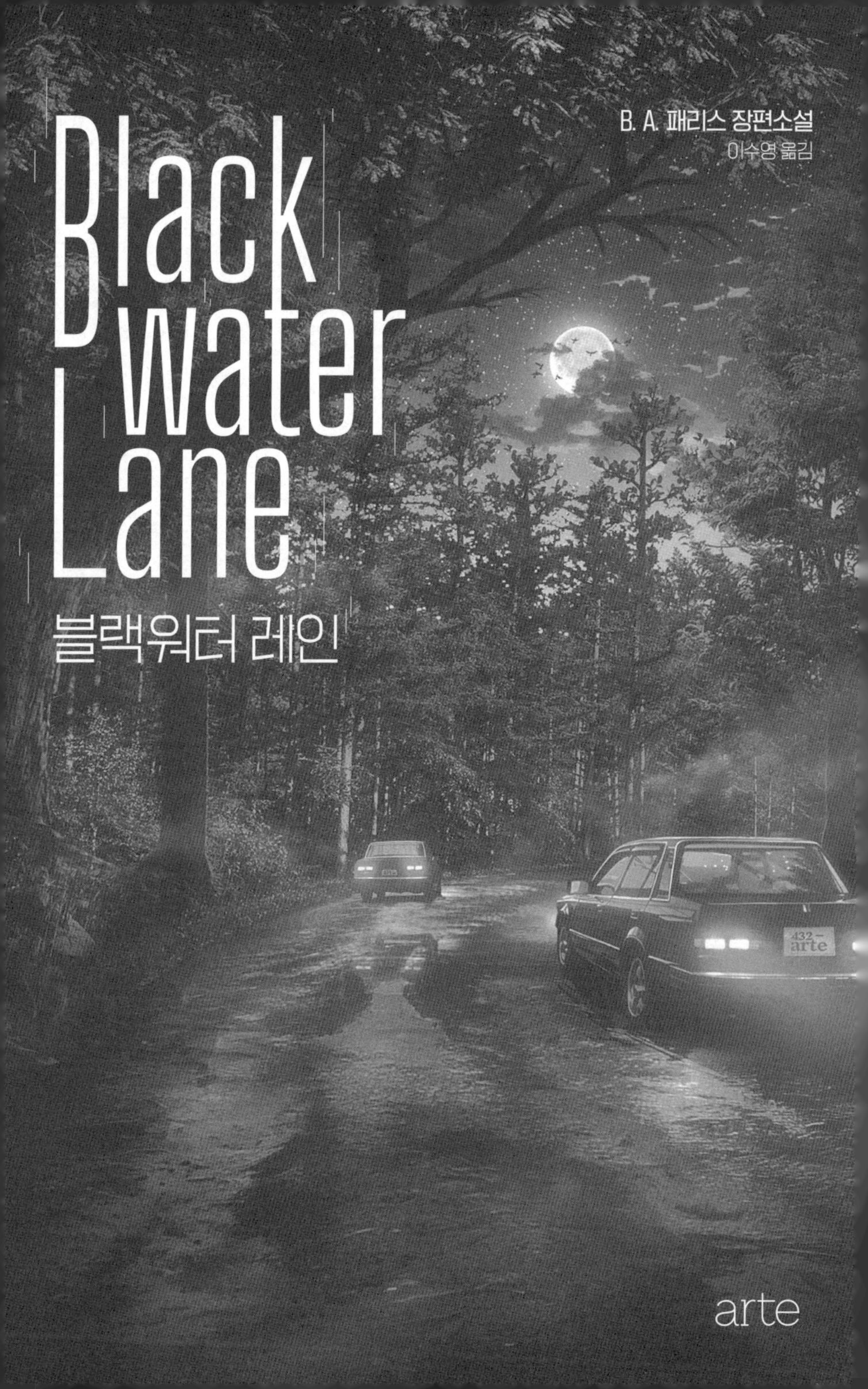
B. A. 패리스 장편소설
이수영 옮김
Black
water
Lane
블랙워터 레인
arte

나의 부모님께

차례

블랙워터 레인

9

7월 17일 금요일

이제 여름방학만을 앞두고 모두 작별 인사를 하는데 천둥이 시작된다. 우 렛소리가 지축을 울리는 바람에 코니가 펄쩍 뛰자 존이 웃었다. 후덥지근한 공기가 밀려든다.

"얼른 가야겠네!" 존이 외친다.

나는 손을 흔들며 내 차로 달려간다. 차에 올라타자 가방에 들어 있던 핸 드폰이 울린다. 벨 소리를 따로 설정해두었기 때문에 매튜라는 걸 바로 알 수 있다.

"지금 출발해." 나는 매튜에게 말하며 어둠 속에서 차 문 손잡이를 더듬 는다. "방금 차에 탔어."

"벌써?" 핸드폰 너머로 매튜의 목소리가 들린다. "다시 코니네로 돌아갈 줄 알았더니."

"갔었지. 하지만 당신이 기다릴 것 같아서." 내가 장난스럽게 대꾸하다가 매튜의 말투가 딱딱한 걸 깨닫고 묻는다. "별일 없지?"

"응, 근데 편두통이 갑자기 와서. 한 시간쯤 전부터 그러는데 점점 심해 지네. 그래서 전화한 거야. 나 먼저 자도 될까?"

주변 공기가 눅눅한 게 폭우가 곧 시작될 듯하다. 아직 비는 오지 않지만 알 수 있다.

"물론이지. 약은 안 먹었어?"

"먹었는데 안 듣는 것 같아. 난 손님방에 가서 자면 어떨까 하는데. 당신이 와도 안 깨고 잘 수 있게."

"좋은 생각이네."

"당신이 무사히 돌아온 걸 확인하고 싶긴 한데."

나는 미소 짓는다. "당연히 난 무사히 돌아갈 거야. 겨우 40분 거리인데. 블랙워터 길로 숲을 통과하면 더 빨리 갈 수도 있고."

"절대 안 돼!"

매튜가 목소리를 높이자 내 머릿속에서도 통증이 치솟는 것만 같다.

"윽, 아파."

그의 고함이 머릿속을 꿰뚫는 바람에 나도 인상을 찌푸린다. 그가 목소리를 다시 낮춘다.

"캐시, 그쪽 길로 오지 않겠다고 약속해. 밤에 혼자 숲길을 운전하는 건 위험해. 게다가 폭풍이 오고 있다고."

"알았어." 나는 서둘러 대답하며 운전석에 몸을 구겨넣고 옆자리에 가방을 던진다.

"약속하지?"

"응." 나는 시동을 걸고 기어를 바꾼다. 귀에 붙인 핸드폰이 벌써 뜨뜻해진다.

"운전 조심하고." 그가 다시 당부를 한다.

"그럴게. 사랑해."

"내가 더 사랑해."

나는 핸드폰을 가방에 넣으며 남편의 고집에 웃음 짓는다. 주차장을 빠져나오는데 굵은 빗방울이 차창으로 떨어진다. 드디어 시작이군.

대로로 빠져나오자 비가 거세게 쏟아진다. 바로 앞 거대한 트럭 바퀴에서 내 차의 와이퍼가 감당 못 할 정도의 물이 튄다. 옆 차선으로 비켜나는데 번개가 하늘을 가른다. 아이 때로 돌아간 것처럼 나는 머릿속으로 천천히 숫자를 세기 시작한다. 넷까지 셌을 때 대답이라도 하듯 천둥이 우르릉거린다. 다른 사람들과 함께 코니네로 돌아갈 걸 그랬나. 거기서 존이 쏟아내는 농담을 들으며 폭풍이 지나가기를 기다렸어야 했는데. 내가 같이 가지 않겠다고 했을 때 존의 표정이 떠올라 죄책감이 든다. 남편 때문이라는 말까지 했으니 내가 너무했다. 우리 교장 메리처럼 그냥 피곤해서 집에 간다고 하면 될걸.

비는 어느새 폭우가 되어 고속 차선의 차들이 일제히 속도를 줄인다. 나의 작은 미니 자동차 앞뒤로 차간 거리가 좁아지자 겁이 나서 다시 저속 차선으로 옮긴다. 몸도 앞으로 빼고 차창 밖을 분간하려 애쓴다. 와이퍼가 조금만 더 빨리 움직이면 좋겠는데. 트럭 하나가 굉음을 내며 지나간다. 다른 한 대가 또 그러더니 경고도 없이 내 앞으로 끼어들어 브레이크를 콱 밟는다. 갑자기 도로가 너무 위험하게 느껴진다.

더욱 많은 번개가 하늘을 수놓자 내가 사는 작은 마을인 눅스코너의 표지판이 불쑥 나타난다. 하얀 바탕에 검은 글자가 전조등을 받고 어둠 속 등대처럼 반짝 하고 너무 유혹적으로 빛나, 지나치기 직전에 핸들을 확 꺾어 도로를 빠져나간다. 결국 매튜가 가지 말라고 한 지름길로 들어섰다. 뒤에서 성난 경적이 울리고 칠흑 같은 숲길로 그 소리가 흉조처럼 쫓아 들어온다.

전조등을 모두 밝혀도 앞이 거의 분간이 되지 않아 환한 고속도로를 빠져나온 게 바로 후회된다. 낮에는 블루벨 꽃밭을 가로지르는 아름다운 숲길이지만 웅덩이와 급커브가 느닷없이 나타나 이런 밤에는 위험천만할 수 있다. 불안감에 위가 오그라들지만 집까지는 겨우 15분 거리다. 정신 바짝 차리고 조심만 하면 곧 집에 도착할 것이다. 나는 조금 속도를 낸다.

갑자기 거센 바람이 숲을 뒤흔든다. 내 작은 차가 비틀거린다. 나는 어떻게든 차를 도로에 잘 붙들어두려 애쓰다가 갑자기 구덩이와 맞닥뜨린다. 바퀴가 허공에 붕 뜬 그 짧은 순간, 롤러코스터를 탄 것처럼 위장이 입 밖으로 튀어나올 듯 소름 끼치는 감각을 느낀다. 다시 바닥으로 쾅 떨어지며 차 양쪽에서 물이 확 튀고 차창이 온통 얼룩져 아무것도 보이지 않는다.

"안 돼!" 외치는 순간 차가 요동치며 웅덩이에 처박혔다. 한밤중에 숲속에서 꼼짝 못하게 되었다는 두려움에 사로잡히며 혈관 속에서 아드레날린이 치솟는다. 어떻게든 빠져나가야겠다는 다급함에 기어를 바꾸고 액셀을 콱 밟는다. 엔진이 신음을 내뱉지만 어쨌든 차는 앞으로 휙 움직이며 진흙물을 양쪽으로 튀긴다. 웅덩이 위로 올라갔다. 앞유리 양쪽을 미친 듯 오가는 와이퍼 속도에 맞춰 벌렁거리던 심장이 이제는 너무 심하게 뛰어 잠시 숨을 골라야 할 것 같지만 나는 감히 차를 멈출 수가 없다. 그러다가 아예 멈춰 못 움직이게 되면 안 되니까. 나는 차를 계속 몰아나가면서도 조금 조심은 한다.

2분 정도 지났을까? 갑자기 쾅 하고 천둥소리가 너무 크게 나서 엉겁결에 운전대를 놓쳤다. 차가 위험천만하게 왼쪽으로 휘청거렸고 나는 운전대를 재빨리 당겨 제자리로 돌려놓았지만 손이 떨린다. 집에 무사히 도착하지 못할까 봐 공포가 밀려온다. 마음을 진정시키려 하지만 몰아치는 비바람이, 마구 뒤치며 죽음의 춤이라도 추는 듯한 숲의 나무들이 숨통을 조여오는 듯하다. 나의 작은 자동차를 금방이라도 도로에서 밀쳐낼 것 같다. 빗줄기가 자동차 지붕을 두드리고 바람은 창문을 뒤흔들고 와이퍼는 착착거리고……. 정신을 차릴 수가 없다.

앞쪽에 급커브들이 있다. 나는 몸을 앞으로 바싹 당기고 운전대를 단단히 잡는다. 도로에는 아무도 없다. 급커브 하나를 가까스로 지나 다음 급커브를 조심조심 돌아나가며, 앞쪽에 아무 차라도 있어서 그 미등을 쫓아 숲길을 빠져나갈 수 있었으면 하고 기도한다. 세상에 혼자 버려진 기분이다. 매튜에게 전화를 걸어 목소리라도 듣고 싶다. 하지만 편두통까지 있는 그를 깨우고 싶지는 않다. 게다가 내가 숲길로 들어선 걸 알면 엄청 화를 낼 것이다.

이 길이 대체 언제 끝나나 싶을 때 커브를 하나 도니 100미터쯤 앞에 자동차 불빛이 보인다. 안도의 숨을 내뱉고 조금 속도를 올린다. 거의 따라잡았다 싶을 때에야 앞차가 전혀 움직이지 않고 좁은 갓길에 비딱하게 주차되어 있음을 깨닫는다. 짧은 순간 운전대를 크게 꺾어 피해 지나가는데, 하마터면 범퍼 옆쪽을 부딪칠 뻔한다. 옆을 지나갈 때 나는 운전자를 노려보려

고개를 돌린다. 왜 비상등을 켜지 않았느냐고 고함이라도 치려는데 여자가 돌아본다. 쏟아지는 빗물에 얼굴은 잘 보이지 않는다.

차가 고장 났나 싶어서 나도 앞쪽 길가에 멈춘다. 시동은 끄지 않는다. 이런 악천후에 차 밖으로 나오는 것도 쉽지 않겠다 싶어, 백미러를 계속 보며 기다린다. 못된 생각인지는 몰라도 이런 날씨에 숲길을 택한 명청한 사람이 나 말고 또 있었다니, 조금 반갑다. 지금쯤 우산을 찾고 있지 않을까? 10초도 넘게 기다리고 나서야 운전자가 나올 생각이 없다는 걸 깨닫고 화가 난다. 이렇게 쏟아지는 비를 뚫고 내가 온 길을 거슬러 가주기를 바라는 건가? 혹시 차에서 나올 수 없는 이유가 있다면 전조등을 번쩍이거나 경적을 울리면 될 텐데. 하지만 아무 일도 없어서, 나는 계속 백미러를 보며 안전벨트를 풀기 시작한다.

잘 보이지는 않지만 전조등도 그대로 켠 채로 그냥 앉아 있는 모습이 아무래도 이상하다. 우리가 어릴 때 레이철이 해주던 얘기가 생각난다. 고장 난 차를 보고 사람들이 차를 세우면 공범이 기다리고 있다가 차를 훔친다고. 혹은 사슴이 도로에 쓰러져 있는 것을 보고 도와주려고 차에서 내린 사람을 잔인하게 공격하는 범죄가 있다고. 나는 재빨리 안전벨트를 도로 채운다. 차 안에 다른 사람이 보이진 않지만 뒷좌석에 숨어 있다가 튀어나오지 않으리라는 보장도 없다.

또다시 번개가 하늘을 가르고 숲속으로 사라진다. 바람이 몰아쳐서 나뭇가지가 조수석 창문을 긁어대는데, 꼭 누가 들어오려 애쓰는 것 같다. 등골이 오싹하다. 핸드브레이크를 풀고 차를 조금 앞으로 움직여 출발하는 시늉을 해 보인다. 그러면 무슨 반응이 있지 않을까? 내가 가길 원하지 않는다면 말이다. 하지만 아무 일도 없다. 어쩔 수 없이 나는 다시 차를 멈춘다. 여자를 그냥 놔두고 가서는 안 될 것 같으니까. 그렇다고 위험하게 차 밖으로 나가고 싶지는 않다. 생각해보니 내가 옆을 지나쳐 갈 때 여자는 그냥 나를 보기만 했던 것 같다. 다급하게 손을 흔들지도 않았고 도움이 필요한 표시도 전혀 보이지 않았다. 어쩌면 남편이나 보험 업체 누가 오기로 되어 있는지도 모른다. 나도 고장이 났다면 매튜에게 제일 먼저 전화했을 것이다. 지나가는 낯선 차에 도움을 청하는 게 아니라.

어쩔 줄 몰라 하고 있는데 비바람이 더욱 거세진다. 절박하게 차 지붕을 두드린다. 어서 가, 어서! 나 대신 결정을 내려준 듯하다. 브레이크에서 발을 떼고 최대한 천천히 차를 출발시킨다. 마지막으로 나를 부를 기회를 주려 했지만 여자는 그러지 않는다.

몇 분 후 나는 숲을 빠져나와 집으로 향한다. 오래됐지만 아름다운 시골집으로, 현관문 위로 덩굴장미가 우거지고 뒤뜰에는 무성한 정원이 펼쳐진 곳이다. 핸드폰이 삑 울린다. 다시 전화 신호가 잡히게 된 거다. 도로를 따라 1킬로미터 정도 더 가서 차를 꺾어 우리 마당 진입로로 들어선다. 최대한 집 현관에 가깝게 주차한다. 무사히 도착해 기쁘다. 차 안에 있던 여사가 마음에 걸려서 경찰에 전화를 해둘까 싶다. 숲에서 벗어났을 때 들어온 문자도 기억나, 가방에서 핸드폰을 꺼낸다. 레이철에게서 문자가 왔다.

안녕, 오늘 즐거웠길! 공항에서 곧장 출근했으니 시차도 그렇고 너무 피곤해서 바로 자려고. 수지한테 줄 그 선물은 챙겼는지 확인하려고 문자했어. 내일 아침에 전화할게.

나는 뒷부분을 읽으며 인상을 쓰고 만다. 레이철이 신경 쓸 일인가? 학기 말이라 너무 바빠서 아직 수지의 선물은 못 샀다. 파티는 내일 저녁이니까, 내일 아침에 뭔가 살 예정이었다. 문자를 다시 읽어보니, 그냥 수지 선물이 아니라 '그 선물'이라고 쓰인 게 눈에 들어온다. 내가 사길 바라는 선물이 있는 건가?

지난번에 레이철과 만났을 때를 떠올려본다. 2주 전에 레이철이 뉴욕 가기 전날이었다. 그녀는 미국의 거대 컨설팅 회사 핀즐레이커스의 영국 자회사 컨설턴트라서 자주 미국 출장을 간다. 그날 우리는 같이 영화를 보러 갔다가 한잔했다. 그때 레이철이 수지에게 뭘 좀 사달라고 했던가? 머리를 짜내 기억을 해보려 애쓴다. 같이 뭘 사기로 했던가? 향수, 장신구, 책…… 하지만 아무것도 기억나지 않는다. 내가 잊어버렸나? 엄마의 불행한 말년에 대한 기억이 밀려와 재빨리 털어버린다. 우리는 같지 않아. 나는 마음을 다 잡는다. 나는 달라. 뭘 사기로 했으면 기억을 했겠지. 요즘 좀 정신이 없긴 했지만……

나는 다시 가방에 핸드폰을 넣는다. 매튜의 말이 옳다. 나에게는 휴식이 필요하다. 해변에서 며칠 쉬면 괜찮을 거야. 매튜에게도 휴식이 필요하다. 우리는 시골집을 재단장하느라 신혼여행도 가지 못했다. 그러고 보니 내가 마지막으로 제대로 된 휴가를 갔던 것은, 즉 아무 일도 안 하고 하루 종일 해변에 누워 태양을 흠뻑 즐겼던 건 아빠가 죽기 전이니까, 무려 18년이나 되었다. 그 후에는 뭔가 호사를 누리기엔 돈이 빠듯했다. 특히나 엄마를 돌보려고 교사직까지 포기해야 했으니까. 그래서 무일푼인 줄 알았던 엄마가 죽은 직후, 실은 부자였다는 걸 알고 망연자실하고 말았다. 풍족하게 살 수도 있었는데 왜 그렇게 없이 사는 데 만족했는지, 엄마를 이해할 수 없었다. 너무 충격받아서 변호사가 하는 말도 귀에 들어오지 않았다. 남겨진 돈이 얼마나 많은지 알게 되었지만 믿을 수가 없어 멍하니 그의 얼굴만 응시할 수밖에 없었다. 아버지가 우리에게 아무 재산도 남기지 않은 줄 알았으니까.

다시 천둥이, 이번에는 멀리서 울려 나는 다시 현재로 돌아온다. 창문 밖을 기웃거리며 언제 내려야 그다지 젖지 않고 현관으로 뛰어 들어갈 수 있을까 고민한다. 핸드백을 가슴에 끌어안고 손에 열쇠를 들고, 차 문을 확 열고 달려 나간다. 현관으로 들어와 구두를 벗어던지고 조심스레 2층으로 올라간다. 손님방의 문은 닫혀 있다. 살짝 열어서 매튜가 자고 있나 확인하고 싶지만, 그러다 깨우긴 싫어 얼른 잠자리에 들 준비를 한다. 그리고 머리가 베개에 닿자마자 잠이 든다.

7월 18일 토요일

다음 날 아침 깨어보니 매튜가 침대 가에 앉아 찻잔을 들고 있다.

"몇 시야?" 창문으로 흘러드는 햇빛에 내가 눈을 뜨려 애쓰며 중얼거린다.

"9시. 나는 7시에 일어났어."

"편두통은?"

"다 나았어."

그의 황갈색 머리가 햇빛에 금색이 되었다. 나는 손을 뻗어 그의 숱 많은 머리를 쓰다듬는다.

"그거 내 차야?"

"물론이지."

나는 꿈틀거리며 일어나 머리를 쿠션에 기댄다. 내가 기분 좋을 때 자주 듣는 노래 「러블리 데이」가 아래층 라디오에서 흘러나온다. 이제부터 시작되는 6주 휴가를 생각하니, 인생이 정말 행복하게 느껴진다.

내가 찻잔을 받으며 묻는다. "고마워. 좀 잔 거야?"

"죽은 듯이 잤어. 들어오는 거 못 기다려서 미안해. 별일 없었지?"

"응. 천둥번개는 엄청났지만. 비도 엄청나게 쏟아지고."

"그래도 오늘은 날이 활짝 갰네."

"이리 올라와."

나는 차를 쏟지 않으려고 조심하며 자리를 옮긴다. 매튜가 침대로 올라와 팔을 들어 올리고 나는 그의 품에 안겨 어깨에 머리를 기댄다.

"여기서 멀지 않은 곳에서 한 여자가 죽은 채 발견됐어." 알아듣기도 힘들 정도로 낮은 목소리다. "조금 전에 뉴스에서 들었어."

"세상에." 나는 침대 옆 탁자에 잔을 놓는다. "여기서 가까운 곳이라니 정확히 어디야? 브로버리?"

매튜가 부드럽게 내 이마를 쓸어 올린다. "아니, 더 가까운 곳이야. 여기랑 캐슬웰스 사이 숲속 도로에서."

"어떤 도로?"

"블랙워터 길."

매튜가 키스하려 몸을 기울였지만 피한다.

"잠깐만, 매튜."

나는 파닥거리는 가슴을 느끼며 매튜가 미소 짓기를, 어젯밤에 그 길로 돌아온 거 다 안다고, 그래서 장난친 거라고 말해주길 기다린다. 하지만 매튜는 인상을 쓸 뿐이다.

"끔찍한 일이지."

나는 그를 응시한다. "진짜야?"

"그래. 그런 얘기를 왜 지어내겠어?" 매튜는 어리둥절한 표정을 짓는다.

"하지만⋯⋯." 나는 속이 울렁거린다. "여자가 어떻게 죽었는데? 자세한 얘기도 나왔어?"

매튜가 고개를 젓는다. "아니, 그저 차 안에서 발견됐다고만."

나는 고개를 돌려 그가 내 얼굴을 보지 못하게 한다. 그 여자는 아니겠지? 그럴 리 없어⋯⋯.

그때 매튜가 다시 팔을 두르자 내가 말한다. "일어나야겠어. 쇼핑하러 가야 해."

"무슨 쇼핑?"

"수지 선물. 오늘 밤 파티인데 아무것도 준비 못 했어." 나는 침대 옆으로 휙 내려선다.

"서두를 거 없잖아."

매튜가 간청하지만 나는 벌써 핸드폰을 들고 방을 나선다. 욕실에서 문을 잠그고 샤워기를 튼다. 지난밤 내가 지나쳐 간 여자가 죽은 채 발견된 거라는 생각이 머릿속에 꽉 찬다. 너무 당혹스러워 욕조에 걸터앉아 인터넷으로 뉴스를 찾아본다. BBC 속보가 떠 있지만 자세한 내용은 없다. 서식스의 브로버리 부근 차 안에서 여자가 죽은 채 발견되었다는 말뿐이다. 죽은 채 발견되었다니, 자살을 했다는 뜻인가? 섬뜩하다.

어떻게 된 건지, 머리를 정신없이 굴려본다. 정말 자살이었다면, 고장 난

게 아니라 외진 곳에, 남들 눈에 띄지 않는 도로 갓길에 일부러 멈춰 섰던 건지도 모른다. 그럼 전조등을 비추지 않았던 게, 나에게 도움을 청하지 않았던 게 말이 된다. 창문으로 날 돌아보았을 때 멈춰달라는 신호를 전혀 보내지 않았던 이유도 말이다. 고장이 난 거였으면 분명 신호를 보냈을 것이다.

불안해서 속이 울렁거린다. 욕실 창문으로 비쳐드는 햇살 속에서 생각하니 내가 확인도 안 하고 와버렸다는 게 믿기질 않는다. 내가 내려서 확인을 했더라면 다른 결말이 났을지도 모르는데. 어쩌면 여자가 자기는 괜찮다고, 고장이 났는데 누가 오기로 했다고 거짓말했을 수도 있지만, 그랬다고 해도 누가 올 때까지 같이 기다려주겠다고 할 수도 있었는데. 여자가 가라고 고집을 부릴 경우는 수상하게 생각했겠지. 사실을 털어놓게 만들어서 죽지 않을 수 있지 않았을까? 집에 도착하고 나서 경찰에 전화하려고 했는데. 레이철의 문자와 수지 선물 문제 때문에 여자와 차에 대해선 까맣게 잊어버렸다.

"샤워 오래 걸릴 것 같아?" 매튜의 목소리가 욕실 문 너머에서 들린다.

"금방 나가!" 헛되이 하수구로 들어가는 물소리 위로 목청을 높여 대답한다.

"그럼 아침 만들게."

나는 파자마를 벗고 샤워를 시작한다. 물이 뜨겁지만 온몸을 휘감는 죄책감을 모두 씻어낼 정도는 아니다. 나는 맹렬히 온몸을 문지르며 머릿속에 떠오르는, 약을 먹는 여자의 이미지를 지워버리려 애쓴다. 자기 목숨을 버리고 싶어지려면 어떤 공포를 견뎌야 하는 걸까? 그리고 죽어가는 동안 자신의 결정을 후회하기 시작하는 순간이 올까? 이런 생각까지 하게 된 내가 싫어져, 물을 잠그고 나온다. 갑작스러운 고요가 더 심란해 핸드폰에서 라디오 앱을 켠다. 누가 희망과 격려가 가득한 노래라도 불러주었으면 좋겠다. 아니, 차 안에 있던 그 여자 생각만 안 나게 해주었으면 좋겠다.

오늘 새벽 블랙워터 길 차 안에서 여성이 죽은 채 발견되었습니다. 현재

로서는 자세한 사항이 알려지지 않고 있지만 죽음에 의심스러운 점이 있어 경찰은 근방 주민들에게 주의를 당부했습니다.

놀라 숨을 죽인다. 여자의 죽음에 의심스러운 점이 있다니. 그 말이 욕실을 맴돈다. 살해당한 것 같을 때 쓰는 표현 아닌가? 너무 무섭다. 나도 바로 거기 있었다. 살인자도 있었을까? 수풀에 몸을 숨기고 누군가를 죽이려고 기다리고 있었던 걸까? 내가 당했을 수도 있다고 생각하니 갑자기 어지럽다. 수건걸이를 부여잡고 심호흡을 한다. 간밤에 그 길을 지나갔다니, 미쳤던 게 분명하다.

나는 의자에 걸쳐둔 옷 더미에서 재빨리 검은 면 원피스를 빼내 입는다. 아래층에서 올라오는 소시지 굽는 냄새에 벌써 속이 뒤집힌다.

"끝내주는 아침으로 당신 방학이 시작된 걸 축하해야지." 주방에서 매튜가 신나서 말한다.

행복해 보이는 그의 기분을 망치기 싫어서 나는 억지 미소를 띠어 보인다.

"좋네."

어젯밤 얘기를 하고 싶다. 내가 살해당할 뻔했다고. 혼자만 알고 있기엔 너무 큰일이다. 공포를 털어놓고 싶다. 하지만 어젯밤 매튜가 당부까지 했는데 숲길로 왔다고 말했다간, 불같이 화를 낼 거다. 내가 무사히 돌아와 지금은 주방에 앉아 있다고 해도, 매튜는 내가 살해당할 뻔했다는 사실에, 그런 위험에 스스로 뛰어들었다는 데 경악할 것이다.

"몇 시에 쇼핑 갈 거야?"

매튜는 회색 티셔츠와 얇은 면 반바지를 입었다. 다른 때라면 그가 내 남편이라는 데 감사했겠지만, 지금은 그를 제대로 쳐다보지도 못한다. 금방이라도 비밀이 들통날 것 같아 안절부절못한다.

"아침 먹고 나서 바로." 나는 창문으로 뒤뜰을 내다본다. 너무나 아름다운 풍경에 집중하려 노력하지만 머릿속은 온통 어젯밤 생각뿐이다. 내가 차를 세웠다 다시 출발시키던 그 순간을 자꾸자꾸 되돌려본다. 차 안의 그 여자, 그때는 살아 있었는지도 모른다.

"레이철하고 같이 갈 거야?" 매튜가 묻는다.

"아니." 그런데 갑자기 좋은 방법이라는 생각이 들었다. 그러면 어젯밤에 대해서, 이 끔찍한 심정에 대해서 털어놓을 수 있으니까. "하지만 좋은 생각이네. 전화해서 물어봐야겠어."

"얼른 물어봐. 아침 다 됐어."

"그럴게."

나는 복도로 나가 전화기를 든다. 집에서는 2층에서만 핸드폰 신호가 잡힌다. 레이철의 번호로 전화를 건다. 신호음이 좀 오래 걸리더니 잠에서 덜 깬 목소리로 전화를 받는다.

"내가 깨웠구나." 나는 그제야 레이철이 뉴욕에서 어제 돌아온 게 생각나며 몹시 미안해진다.

"한밤중 같아. 지금 몇 시지?" 레이철이 투덜거린다.

"9시 30분."

"한밤중 맞네. 내 문자 받았어?"

레이철의 질문에 나는 또 가슴이 덜컥한다. 뒤통수에서부터 두통이 밀려오는 듯하다.

"응. 근데 아직 아무것도 안 샀어."

"아."

"바빴거든." 우리가 뭔가 같이 사기로 했다고 레이철이 생각하는 이유를 기억해내면서, 나는 재빨리 말한다. "우리 마음이 바뀔 수도 있으니까 오늘까지 기다려도 되겠다고 생각했지." 나는 혹시 레이철이 우리가 뭘 살 예정이었는지 얘기해주지 않을까 기대하면서 덧붙인다.

"마음이 왜 바뀌어? 다들 캐시 생각이 제일 좋다고 했잖아. 게다가 파티는 오늘 저녁이라고!"

'다들'이라는 말에 나는 또 가슴이 덜컥하지만 태연한 체 말한다. "그래도 혹시 모르잖아. 나랑 같이 갈 생각은 없는 거지?"

"그러고 싶지만, 시차 때문에……."

"내가 점심 살게."

잠시 말이 없다. "코스텔로에서 먹어도 돼?"

"그래. 일단 펜턴 백화점의 그 카페에서 11시에 만나자. 커피도 사줄게."

레이철이 하품을 하며 부스럭거리는 소리가 들린다. "생각 좀 해보고 결정해도 될까?"

"안 돼. 이제 그만 일어나. 거기서 보자." 나는 강하게 말하고 전화를 끊는다.

마음이 한결 가벼워진다. 오늘 아침 뉴스에 비하면 수지의 선물 문제는 상대적으로 큰 걱정은 아니었지만.

나는 다시 주방으로 돌아가 식탁에 앉는다.

"자, 어때?" 매튜가 소시지, 베이컨, 달걀이 담긴 접시를 내 앞에 내려놓으며 묻는다.

아무래도 먹을 수 없을 것 같지만 열심히 미소를 지어 보인다. "근사하네! 고마워."

매튜가 내 앞에 앉으며 나이프와 포크를 집어 든다. "레이철은 어때?"

"좋아. 나랑 같이 가주겠대." 나는 접시를 내려다보며 이 음식을 어떻게 해야 하나 걱정이 된다. 두어 입 욱여넣었지만 위장이 받아들이질 않는다. 잠시 뒤적이다가 포기하고 나이프와 포크를 내려놓는다. "매튜, 정말 미안해. 어제저녁에 너무 많이 먹었나 봐."

매튜가 포크를 뻗어 소시지를 찌른다. "그렇다고 그냥 버릴 순 없지."

"자기, 다 먹어."

매튜의 파란 눈이 나를 빤히 응시한다. "당신 괜찮아? 오늘 말이 없네?"

나는 빠르게 눈을 여러 번 깜빡여 금방이라도 떨어질 듯한 눈물을 다시 들여보낸다. "자꾸 그 여자 생각이 나서." 드디어 그 얘기를 할 수 있게 되자 말이 계속 나온다. "라디오에서 경찰이 의심스러운 사건으로 보고 있대."

매튜가 소시지를 한입 먹는다. "그럼 살해됐다는 뜻이네."

"그런가?"

"감식 결과가 나오기 전까지는 그런 표현을 쓰잖아. 맙소사, 끔찍하다.

왜 밤중에 그런 길로 갔는지 모르겠어. 살해당할 줄이야 몰랐겠지만 그래도 그렇지."

"고장이 났었는지도 몰라." 나는 식탁 밑에서 손을 꽉 쥐면서 말한다.

"그랬겠지. 그렇지 않으면 왜 그런 외진 도로에서 멈췄겠어. 불쌍한 일이지, 무서웠을 거야. 숲속에선 핸드폰 신호도 안 잡히니 누가 지나가다 도와주길 기도했겠지. 근데 결국 그렇게 됐네."

나는 숨을 멈추고 입을 닫았다. 얼음물을 한 바가지 뒤집어쓴 듯한 깨달음과 함께, 내가 무슨 짓을 저지른 건지 그제야 알아챘다. 나는 그 여자가 이미 도움을 요청했을 거라고 생각했다. 하지만 나는 숲속에서 전화가 안 터진다는 걸 알고 있었다. 내가 왜 그런 생각을 했지? 잠시 깜빡해서? 아니면 양심의 가책을 느끼지 않고 떠나려고? 이제는 그럴 수 없다. 내가 그 여자를 죽게, 살해당하게 내버려두었다.

"가야겠어." 나는 벌떡 일어서서 분주하게 빈 컵들을 챙기고 매튜가 또 괜찮은 거냐고 묻지 않기만을 기도한다. "레이철이 기다리겠네."

"벌써? 몇 시에 만나기로 했는데?"

"11시. 하지만 토요일엔 시내에 차가 많잖아."

"레이철이랑 점심 먹는 거야?"

"응." 나는 매튜의 뺨에 얼른 키스를 해주고 물러선다. "이따 봐." 가방을 가져와 복도 탁자에서 차 열쇠를 집어 든다.

매튜가 토스트를 손에 들고 문까지 따라온다. "오는 길에 내 재킷 좀 찾아오면 안 돼? 그럼 오늘 저녁에 입을 수 있는데."

"그렇게. 영수증은 가지고 있어?"

"응, 잠시만." 매튜가 지갑을 가져와 분홍색 영수증을 건넨다. "세탁비는 냈어."

영수증을 가방에 넣고 현관문을 나선다. 햇빛이 눈부시게 흘러내린다.

"운전 조심하고." 차에 타는데 매튜가 외친다.

"물론이지. 사랑해."

"내가 더 사랑해."

브로버리로 가는 도로는 이미 차가 가득하다. 나는 불안하게 운전대를 두드린다. 집에서 서둘러 나오느라 다시 차에 타면 기분이 어떨지 미처 생각 못 했다. 차 안의 여자를 보았을 때와 똑같은 자리에 다시 앉으면 말이다.

생각을 다른 데로 돌리려고 내가 수지 선물로 뭘 사자고 했던지 기억해내려 애쓴다. 수지는 레이철과 같은 회사 관리 부서에 근무한다. 나의 제안에 모두가 찬성했다고 하는 건 아마 그 직장 친구들을 말하는 걸 거다. 한 달쯤 전에 그 사람들과 같이 만났고 레이철이 수지의 마흔 살 생일 파티 얘기를 꺼냈던 게 기억난다. 그날 저녁에 수지가 마침 참석을 못 했으니까 편하게 얘기할 수 있겠다면서. 그때 내가 선물을 생각해냈나?

기적적으로 펜턴 백화점에서 멀지 않은 거리에 주차 자리를 찾아냈다. 5층 찻집으로 가보니 붐비긴 하지만 레이철이 벌써 와 있다. 눈에 확 띄는 노란 여름 원피스를 입고 있다. 검은 곱슬머리를 수그리고 핸드폰을 보고 있다. 탁자에 커피 두 잔이 놓여 있는 모습을 보니 늘 나를 챙겨주는 레이철에 대한 고마움이 갑자기 밀려든다.

나보다 다섯 살 많은 레이철은 내겐 없는 친자매 같은 존재다. 우리는 어머니들 때부터 친구였고, 레이철이 태어난 후 남편과 헤어져 일해야 했던 어머니 때문에, 어린 시절 레이철은 우리 집에서 보내는 시간이 많았다. 우리 부모님이 애정을 담아 두 번째 딸이라고 할 정도였다. 레이철이 어머니를 도우려고 열여섯에 학교를 그만두고 일을 시작했을 때도 일주일에 한 번은 저녁 식사를 하러 왔다. 레이철은 특히 우리 아빠를 따랐고 아빠가 집 앞에서 차에 치여 돌아가셨을 때 나만큼이나 슬퍼했다. 그리고 엄마가 아파서 혼자 둘 수 없게 되었을 때는 내가 쇼핑이라도 하러 갈 수 있도록 일주일에 한 번씩 곁을 지켜주었다.

"목이 많이 말라?" 나는 커피 두 잔을 가리키며 농담을 하지만 잔뜩 굳어 있다. 어젯밤 살해당한 여자를 내가 그냥 내버려두고 간 걸 모든 사람이 아는 것만 같은 기분이 든다.

레이철이 벌떡 일어나 안아준다. "줄이 길어서 내가 미리 주문해버렸지. 금방 올 줄 알고."

"미안, 차가 많더라고. 나와줘서 정말 고마워."

레이철이 장난스레 웃는다. "난 코스텔로에서 점심을 먹을 수만 있다면 뭐든 하는 거 알잖아."

나는 맞은편에 앉아 커피를 고맙게 한 모금 마신다.

"어제는 신나게 놀았어?"

나는 미소를 지으며 좀 기분을 푼다. "신나게 놀았다기보다는 기분 좋은 식사였지."

"멋진 존도 왔고?"

"물론이지. 교사들 다 왔어."

레이철이 의미심장하게 웃는다. "나도 갔어야 했는데."

"존은 너무 어려. 게다가 여자친구도 있다고." 나도 웃으며 대꾸한다.

레이철이 한숨을 쉰다. "게다가 너랑 될 뻔한 남자니까."

나는 또 그러냐는 표정을 지어 보이며 고개를 절레절레 흔든다. 레이철은 내가 존 대신 매튜를 선택한 걸 절대 이해하지 못한다.

엄마가 돌아가신 후 레이철은 나를 그 집에서 구해내겠다고 단호히 마음 먹고 나를 데리고 외출하기 시작했다. 레이철의 친구는 대부분 일 관계자이거나 요가 수업에서 만난 사람들이었다. 나랑 처음 만나면 대부분 어디서 일하느냐고 묻곤 했다. 엄마를 돌보기 위해 교사를 그만두었다고 두어 달 대답하고 다녔더니 어떤 사람이 왜 지금은 다시 돌아가지 않느냐고 물었다. 그러자 갑자기 정말 그러고 싶어졌다. 더 이상 매일 집에만 있기가 싫어졌다. 몇 년 동안 누려보지 못한 자유를 즐기고 새 삶을, 서른세 살 여성의 삶을 살고 싶었다.

운 좋게도 우리 지역에는 교사가 부족했고, 나는 재교육을 받은 후 캐슬웰스의 한 중학교에서 3학년 역사 교사 자리를 얻었다. 나는 다시 일을 하게 되어 즐거웠고, 교사와 학생 양쪽에서 연모의 대상이 되고 있는 존에게 데이트 신청을 받았을 때는 황송하기까지 했다. 동료만 아니었다면 기꺼이 받아들였을 것이다. 거절했더니 존은 더욱 열심이었고 나중엔 너무 매달리는 바람에 드디어 매튜를 만났을 때는 안도가 되었을 정도였다.

"미국은 어땠어?" 내가 커피를 다시 한 잔 마시며 물었다.

"힘들었어. 회의가 너무 많았고 식사도 너무 많았고." 레이철이 가방에서 납작한 꾸러미를 꺼내 내민다.

내가 포장을 풀고 외친다. "행주네!" 뉴욕 지도가 그려져 있다. 지난번에는 자유의 여신상이었다. 이건 우리끼리의 농담 같은 건데, 레이철은 출장이나 휴가를 갔다 오면 언제나 똑같은 행주를 두 장 사 와서 하나는 나를 주고 하나는 자신이 가진다. "고마워. 너도 하나 가졌지?"

"당연하지." 그러고 나서 레이철의 표정이 심각해진다. "간밤에 캐슬웰스에서 이리로 오는 숲속 도로에서 여자가 차 안에 죽은 채 발견된 거 들었어?"

나는 침을 꿀꺽 삼키며 행주를 반으로 접고 또 접어 가방에 넣는다. "응, 매튜한테 들었어. 뉴스에 나왔대."

다시 고개를 들어보니 레이철이 기다리고 있다가 부르르 떤다. "끔찍하지? 경찰은 여자 차가 고장 났던 것 같다더라."

"그랬어?"

"응. 얼마나 무서웠을까. 폭풍우가 몰아치는데 아무도 없는 숲속에서 고장까지 나다니, 생각조차 하기 싫다." 레이철이 인상을 쓴다.

나도 거기 있었다고, 그 여자를 보았노라고 불쑥 털어놓지 않으려 있는 힘을 다해 참는다. 어쩐지 말하고 싶지 않다. 여긴 사람도 너무 많고 레이철도 벌써 감정이 좋지 않다. 날 비난할까 봐, 어떻게 돕지 않고 그냥 지나칠 수가 있었느냐고 할까 봐 두렵다.

"나도 그래."

"너도 가끔 그 길로 다니잖아, 어제는 안 갔지?"

"응. 다시는 그 길로 안 갈 거야. 적어도 나 혼자서는."

나도 모르게 얼굴이 붉어진다. 레이철이 거짓말을 알아챌 것만 같다.

하지만 레이철은 알아채지 못하고 말을 계속한다. "그래야지. 네가 당했을 수도 있었어."

"그래. 나라면 고장은 안 냈겠지만."

"모르는 일이야! 그 여자도 고장이 아니었을 수 있어. 추측일 뿐이니까. 어쩌면 누가 곤경에 처한 척하며 그 여자 차를 세웠던 걸 수도 있지. 누구든 문제가 생긴 사람을 보면 차를 세울 테니까. 안 그래?"

"정말 그럴까? 폭풍우 치는 밤에 외진 도로에서?"

제발 아니라고 해주었으면 좋겠다.

"뭐 양심이 있는 사람이라면 그렇게 하겠지. 그냥 지나칠 수는 없잖아. 뭐라도 해줘야지."

그 말에 따귀라도 한 대 맞은 듯 눈물이 솟는다. 죄책감을 참을 수 없다. 레이철의 말에 동요하는 모습을 보이기 싫어 고개를 숙이고 탁자 위 주황색 꽃이 꽂힌 병에 시선을 고정한다. 당황스럽게도 시야가 점점 더 흐려져 서둘러 가방을 들어 티슈를 찾는다.

"캐시, 너 괜찮니?"

"응, 괜찮아."

"아닌 것 같은데?"

레이철의 목소리에 걱정이 어린다. 나는 코를 풀며 시간을 끈다. 누군가에게 너무나 털어놓고 싶다.

"나도 왜 그랬는지 모르겠지만……." 나는 말을 멈춘다.

"뭘 왜 그래?" 레이철이 어리둥절한 표정을 짓는다.

나는 털어놓으려 입을 열다가 깨닫는다. 이제 와서 말하면, 여자가 괜찮은지 확인도 안 하고 그냥 지나쳐버렸다는 사실뿐 아니라, 방금 어제 그 길로 안 왔다고 거짓말까지 한 사실이 드러나 레이철은 경악할 것이다.

나는 고개를 저으며 한심하게 말한다. "아무것도 아니야."

"아무것도 아니긴. 무슨 일이야, 캐시?"

"말할 수 없어."

"왜?"

나는 휴지를 꽉 쥐었다. "창피해서."

"창피해?"

"응."

"뭐가?"

내가 아무 말 않자 레이철이 답답한 듯 한숨을 쉰다.

"캐시, 말해봐. 별일 아닐 텐데!"

레이철이 다그치자 더욱 불안해진 나는 다른 말할 거리를 찾아보려 애쓴다.

"수지 선물을 뭘 사자고 했는지 잊어버렸어." 나는 불쑥 말한다. 한 여자가 죽었는데 이렇게 사소한 일을 변명거리로 이용하다니 나 자신이 정말 미워진다. "뭘 사야 된다는 사실까지 잊어버렸어."

레이철이 인상을 쓴다. "**잊어버렸다니 무슨 뜻이야?**"

"기억이 안 나. 뭘 사주기로 했는지, 전혀."

레이철이 놀라 쳐다본다. "하지만 네 생각이었잖아! 스티븐이 수지 생일 선물로 베니스 여행을 데려간다니, 가벼운 여행가방을 사주자며. 우리 사무실 근처 술집에서."

전혀 기억이 안 나지만 나는 과장스럽게 깨달은 표정을 짓는다. "그랬지! 이제 기억난다. 참 멍청하게도! 향수나 그런 거였는 줄 알았네."

"그 정도 돈은 없었으니까. 우리 모두 20파운드씩 냈잖아. 그러니 합쳐서 160파운드밖에 없지. 가지고 왔어?"

160파운드? 그런 돈을 받은 걸 어떻게 잊어버릴 수 있지? 다 털어놓고 싶은 마음을 억누르고 계속 아는 척을 한다. 나 자신을 믿을 수가 없어진다.

"카드로 내지 뭐."

레이철이 격려의 미소를 짓는다. "그래, 이제 난리 다 쳤으면 커피 식기 전에 마셔."

"벌써 다 식었을 거야. 새로 한 잔 받아올까?"

"내가 갈게. 넌 앉아 있어."

나는 레이철이 카운터 앞에 줄을 서는 모습을 보며 한없이 가라앉는 기분을 회복하려 애쓴다. 차 안의 여자를 본 얘기는 어떻게 안 하고 넘어갔지만 여행용 가방에 대해 잊어버린 것도 그냥 넘길 수 있었으면 좋았을 텐데. 레이철은 바보가 아니고 엄마가 하루가 다르게 악화되어가는 모습도 보았다. 걱정시키고 싶지 않다. 나에게도 엄마와 같은 일이 시작되었다고 생각하게 만들고 싶지 않다. 가장 나쁜 건, 여행가방을 사자고 했던 기억은 물론이고 160파운드를 어디에 두었는지도 모르겠다는 것이다. 내 오래된 책상 작은 서랍에 넣어두었을 수도 있지만, 돈이 아까워서 그러는 게 아니다. 그 정도쯤 없어져도 큰 문제는 아니다. 하지만 수지의 선물과 관계된 일들을 깡그리 잊어버렸다고 생각하니 겁이 난다.

레이철이 커피를 가지고 왔다. "뭐 좀 물어봐도 돼?"

"응."

"그저 선물 좀 잊어버렸다고 그렇게 속상해하는 게 너답지 않아서. 혹시 뭐 다른 문제가 있는 건 아냐? 매튜랑은 괜찮니?"

레이철과 매튜가 서로를 좀 더 좋아했으면 얼마나 좋을까. 거의 100번째 같은 소망을 품어본다. 둘 다 티를 안 내려고 노력은 하지만, 둘 사이에는 늘 불신이 흐른다. 정확히 말하자면 레이철이 우리 결혼을 찬성하지 않았다는 걸 매튜도 알기 때문에, 그는 레이철을 좋아하지 않는다. 레이철의 입장은 좀 복잡하다. 레이철은 매튜를 싫어할 이유가 없다. 그래서 나에게 인생의 동반자가 생긴 걸 질투하는 건가 하는 생각이 들 때도 있는 게 사실이다. 하지만 그런 생각을 하는 내가 나쁘다는 생각도 든다. 레이철이 나의 행복을 바란다는 걸 잘 알고 있으니까.

"그럼, 아무 문제없어." 나는 레이철을 안심시키며 어젯밤 일은 머릿속에서 밀어내려 노력한다. "그냥 선물 때문에 그랬던 거야." 이렇게 말하자 또다시 어젯밤 그 여자를 배신하는 기분이 든다.

"너 그날 밤 맛이 좀 가긴 했지." 레이철이 빙글거리며 말한다. "매튜가 데리러 온다니까 와인을 좀 많이 마셨잖아. 그래서 잊어버렸을 거야."

"그렇겠네."

"커피 얼른 마시고 선물 사러 가자."

우리는 4층으로 내려간다. 금세 청회색 여행가방을 고르고 가게에서 나온다.

레이철이 나를 살피더니 말한다. "점심 먹으러 가도 되겠어? 안 먹어도 괜찮아."

점심을 먹으며 무슨 얘기든 하면서 차 안의 여자 얘기는 참아야 한다고 생각하니, 갑자기 견딜 수가 없어진다. "실은 머리가 쪼개지는 것 같아. 어젯밤에 너무 무리했나. 점심은 다음 주로 미루면 안 될까? 방학이니까 언제든 시내에 나올 수 있어."

"알았어. 오늘 수지 생일 파티에는 올 수 있겠어?"

"그럼. 그래도 혹시 모르니까 여행가방은 가져가줄래?"

"알았어. 차는 어디 뒀니?"

"위쪽 거리 끝에."

"나는 주차 빌딩이야. 그럼 여기서 헤어지자." 레이철이 고개를 끄덕인다.

내가 여행가방을 가리키면서 묻는다. "혼자 가져가도 괜찮겠어?"

"가벼운 걸로 일부러 고른 거잖아. 게다가 혼자 무거우면 어디선가 젊은 남자가 나타나 도와줄걸!"

나는 레이철과 짧게 포옹하고 차로 간다. 시동을 켜자 시계가 나타난다. 1시 1분이다. 정말 뉴스를 듣고 싶지 않았지만 나도 모르게 라디오 버튼을 돌리고 있다.

어젯밤 브로버리와 캐슬웰스 사이 블랙워터 숲길 차 안에서 여성이 잔혹하게 살해된 채 발견되었습니다. 어젯밤 11시 20분에서 오늘 새벽 1시 15분 사이 그 길을 지나갔거나 관계된 사람을 아는 분은 신속히 연락 주시기 바랍니다.

나는 얼른 라디오를 끈다. 손이 떨린다. 잔혹하게 살해되었다니. 세상이 빙빙 도는 것 같다. 속이 울렁이며 뜨거운 것이 치미는 듯하다. 황급히 창문을 열고 바깥 공기를 들이마신다. 그냥 '살해되었다'고만 하면 어디가 덧나

나? 살해되었다는 것만으로도 충분히 끔찍한데. 내 옆으로 차가 한 대 와서 선다. 나갈 거냐고 묻는 손짓을 한다. 나는 고개를 젓고 차는 떠난다. 1분이나 지났을까? 또 다른 차가 와서 똑같이 한다. 그리고 또 다른 차가 온다. 하지만 나는 움직일 수 없다. 그저 여기서 살인 뉴스가 지나가기만을 기다리고 싶다. 잔혹하게 살해된 여자에 대해 모두가 잊어버릴 때까지 기다리고 싶다.

멍청한 생각이라는 건 알지만, 그녀의 죽음이 내 잘못인 것 같다. 눈물이 솟아오른다. 이 죄책감이 사라질 것 같지 않다. 한순간 이기심의 대가로 평생 이 죄책감을 짊어져야 하다니 너무하다는 생각이 든다. 하지만 내가 어젯밤 비에 젖을 것을 각오하고 차에서 나갔더라면 그 여자는 지금 살아 있을지도 모른다. 입안에서 쓴맛이 돈다. 자신에 대한 역겨움에 몸이 반응하고 있다.

나는 천천히 집을 향해 운전하며 자동차가 만들어주는 보호막을 떠나야 하는 시간을 미룬다. 집에 도착하면 사방에서 살인 소식을 전할 것이다. 텔레비전에서, 신문에서, 사람들의 말을 통해서, 내가 숲속에서 그 여자를 못 본 체했다는 걸 끊임없이 상기시켜줄 것이다.

차에서 나오니 정원에서 모닥불 냄새가 피어나, 문득 어린 시절의 추억에 휩싸인다. 잠시 눈을 감고 행복했던 기억에 몸을 맡긴다. 지금처럼 덥고 태양이 내리쬐는 7월이 아니라 청명하게 추운 11월 저녁, 엄마와 나는 소시지를 포크로 찍어 먹고 아빠는 정원 구석에서 폭죽을 쏘아 올렸다.

눈을 떠보니 태양이 구름 뒤로 사라져 내 기분을 반영이라도 한 것 같다. 평소 같으면 뒤뜰로 가서 매튜를 찾아보았겠지만 지금은 잠시라도 혼자만의 시간을 더 가질 수 있게 된 데 안도하며 곧장 집으로 들어간다.

몇 분 후 매튜가 주방으로 들어온다. "차 소리가 나서. 벌써 돌아올 줄 몰랐는데. 점심 먹고 온다고 하지 않았어?"

"그랬지. 근데 오늘은 그만 들어가자고 했어."

매튜가 다가와 내 이마에 키스한다. "잘됐네. 그럼 나랑 점심 먹을 수 있겠다."

"당신한테 모닥불 냄새 나." 내가 매튜의 티셔츠 냄새를 맡으며 말한다. "지난주에 잘라낸 가지들을 다 태워버리려고. 다행히 방수포를 덮어놔서 비는 별로 안 맞았지만 벽난로에 넣었으면 온 집 안에 연기가 꽉 찼을 거야." 매튜가 나에게 팔을 두른다. "나는 당신 생각뿐인 거 알고 있지?" 매튜가 조용히 말하며 우리가 처음 만났을 때 하던 말을 상기시킨다.

다시 교사가 된 지 6개월 되었을 때 생일을 맞아 동료들과 함께 와인 바에 갔다. 들어가자마자 코니가 매튜를 보고 찍었다. 당시 매튜는 혼자 앉아 있었는데, 누구를 기다리는 것 같았다. 코니는 그의 상대가 나타나지 않으면 자기는 어떠냐고 제안하겠다는 농담을 했다. 매튜의 상대가 안 나타나는 게 분명해 보이자 벌써 좀 취해 있던 코니가 정말 그에게 갔다. 그리고 합석하지 않겠느냐고 물었다.

매튜가 코니와 존 사이에 앉으며 우울하게 말했다. "내가 바람맞은 걸 아무도 눈치 못 챘으면 했는데요." 그의 맞은편에 앉게 되어 나는 그의 이마 위로 늘어지는 머리카락이라든지 자꾸 건너다보는 푸른 눈을 의식할 수밖에 없었다. 하지만 너무 의미를 부여하지는 않으려 했다. 그도 그럴 것이 우리가 대여섯 병을 마시고 일어날 때 매튜는 코니의 전화번호를 단호히 자기 핸드폰에 입력시켰던 것이다.

며칠 후 코니가 헤죽거리며 나에게 다가오더니, 매튜가 전화를 해서 내 전화번호를 묻더라고 했다. 나는 알려주라고 했다. 매튜가 나에게 전화를 했을 때, 그는 어색해하면서도 너무나 낭만적으로 "당신을 보자마자 나는 당신 생각뿐이었어요."라고 말했다.

정식으로 사귀게 되자 매튜는 자기가 아이를 가질 수 없다고 고백했다. 내가 자기랑 헤어진대도 이해한다고 말했지만, 나는 이미 사랑에 빠져 있었다. 충격이 크긴 했지만 그것 때문에 관계를 끝낼 수는 없다고 생각했다. 매튜가 결혼하자고 했을 때쯤엔 우리는 이미 다른 방법으로 아이를 가질 의논을 하고 있었고, 결혼하고 1년쯤 지나면 구체적으로 얘기해보기로 했다. 그게 바로 지금이다. 평소에는 계속 그 생각을 하고 있었지만 지금으로선 너무 먼, 엄두가 나지 않는 계획처럼 느껴진다.

매튜는 여전히 내 어깨에 팔을 두르고 있다. "선물은 샀어?"

"응, 여행가방."

"괜찮아? 기분이 안 좋아 보이네?"

갑자기 혼자 있고 싶어 참을 수가 없다. 나는 몸을 빼며 말한다. "머리가 아파. 아스피린 좀 먹어야겠다."

나는 위층에 있는 욕실로 가서 아스피린을 두 알 삼킨다. 세면대 위 거울에 비친 얼굴을 불안하게 들여다보며 혹시 뭔가 티가 나는지, 잘못돼 보이는 점은 없는지 살핀다. 하지만 1년 전 매튜와 결혼한 여자와 조금도 달라보이지 않는다. 똑같은 밤색 머리에 똑같은 푸른 눈이 나를 응시하고 있다.

몸을 돌려 침실로 간다. 의자 위에 쌓아놓았던 옷들이 정리된 채 침대 위로 옮겨져 있다. 친절하게도 매튜가 치워준 것이다. 평소라면 미소가 지어졌겠지만 오늘은 짜증이 난다. 그러다 증조할머니 때부터 물려받은 나의 책상으로 시선이 간다. 레이철이 말한 돈, 내가 수지의 선물비로 받았다는 160파운드가 생각난다. 정말 그랬다면 아마 저기 넣었을 것이다. 안전하게 보관하고 싶은 물건은 모두 저기 넣으니까. 깊이 숨을 들이쉬고 왼쪽 작은 서랍을 열어 당겨본다. 안에 꾀죄죄한 지폐 뭉치가 놓여 있다. 세어보니 정확히 160파운드다.

아늑하고 평화로운 내 침실에서, 내가 기억해내지 못하고 있는 명백한 사실들이 나를 엄습한다. 이름이나 얼굴은 기억해내지 못할 수도 있다지만 선물을 제안하고 돈까지 받은 걸 기억 못 하다니.

"벌써 나은 것 같은데?" 매튜의 목소리가 문간에서 들려와 나는 화들짝 놀란다. "아스피린은 먹었어?"

나는 재빨리 서랍을 닫는다. "응, 벌써 듣는 것 같네."

"잘됐네. 난 샌드위치 먹으려고. 당신도 먹을래? 나는 맥주랑 같이 먹을까 해."

음식 생각을 하니 또 배 속이 울렁거린다. "아니, 먼저 먹어. 나는 나중에 먹을게. 지금은 차나 한잔 마셔야겠다."

나는 매튜를 따라 아래층으로 내려가 식탁에 앉는다. 매튜가 머그잔을 내 앞에 놓아준다. 찬장에서 빵을 꺼내고 냉장고에서 체다 치즈를 꺼내 간단히 샌드위치를 만든 다음 접시도 없이 먹는 모습을 지켜본다.

"아침 내내 라디오에서 살인 뉴스로 난리였어." 매튜가 말하자 빵 부스러기가 바닥으로 떨어진다. "도로가 폐쇄되고 경찰도 대거 투입돼 단서를 찾고 있어. 여기서 겨우 5분 떨어진 곳에서 그런 일이 일어나다니 어이가 없지……."

나는 몸서리치지 않으려 노력하면서 무광 타일이 깔린 바닥에 떨어진 하얀 빵 부스러기를 멍하니 노려본다. "여자가 누군지 밝혀졌대?"

"경찰은 알 거야. 친지들을 대상으로 탐문하고 있다고 했으니까. 하지만 언론에 밝히지는 않았어. 가족들은 어떤 심정일지. 무슨 생각이 자꾸 나는지 알아? 당신도 어젯밤에 내 말 안 듣고 그 길로 왔으면 어떻게 됐을까 싶어."

나는 손에 머그잔을 들고 벌떡 일어섰다. "그만 가서 누워야겠다."

매튜가 걱정스러운 표정으로 쳐다본다. "당신, 정말 괜찮은 거야? 컨디션이 안 좋아 보여. 오늘 저녁에 파티 가지 말까?"

나는 이해심 어린 미소를 짓는다. 매튜는 북적이는 파티보다 친구들과의 부담 없는 식사를 좋아하는 사람이다. "수지의 마흔 살 생일이잖아. 꼭 가야지."

"두통이 안 나아도 갈 거야?" 매튜가 한숨 쉬듯 묻는다.

"그럼." 나는 단호히 대답한다. "걱정 마. 레이철과 대화할 필요는 없을 테니까."

"레이철과 얘기하는 게 싫은 건 아니야. 단지 날 늘 못마땅하게 보는 것 같아서 그렇지. 내가 뭘 잘못하고 있는 것 같거든. 그런데 세탁소는 다녀왔어?"

나는 화들짝 놀란다. "아니, 미안. 까맣게 잊었어."

"어, 뭐, 걱정 마. 다른 거 입고 가면 되니까."

"정말 미안해." 다시 한 번 말하며 나의 요즘 기억력 상태를 또다시 떠올릴 수밖에 없다. 몇 주 전에는 카트 한가득 식료품을 실은 채 지갑은 주방 식탁에 두고 왔다는 걸 깨달은 나를 구하러 슈퍼마켓까지 매튜가 와줘야 했다. 그 이후로도 세제를 두는 곳에는 우유가 놓여 있고 냉장고에는 세제가 들어 있는 걸 매튜가 발견했고, 내가 예약해놓고 가지 않아 화가 난 치과 병원의 전화를 대신 받아주기도 했다. 지금까지는 학기 말 업무 과다 때문이라며 그냥 웃어넘겼지만, 수지 선물처럼 매튜는 알지 못하는 다른 사건들도 있다. 학교에 책을 안 가지고 가기도 했고, 미용실 예약도 잊어버렸으며, 레이철과의 점심 약속도 바람맞혔다. 저번 달에는 캐슬웰스까지 40킬로미터 가까이 운전해 가고 나서야 집에 백을 놓고 온 걸 깨닫기도 했다.

매튜도 우리 엄마가 55세에 죽었고 마지막에는 기억력에 문제가 있었다는 걸 알고는 있지만, 엄마가 죽기 전 3년 동안 내가 씻기고 옷 입히고 먹여야 했다는 사실까지는 제대로 모른다. 44세에, 지금 내 나이보다 겨우 열 살 많을 때 치매 진단을 받았다는 것도 모른다. 사실 예전에는, 나 역시 10년 안에 그렇게 될지 모르는 가족력이 있다는 걸 알게 되어도 매튜가 나랑 결혼하려 할지 자신이 없었다.

지금이야 매튜가 나를 위해서라면 무슨 일이든 하리라는 걸 알지만 이제는 시간이 너무 지났다. 내가 정확한 사정을 말하지 않았다는 걸 이제 와서 어떻게 얘기하지? 매튜 자신은 아이를 가질 수 없다는 것까지 솔직히 밝혔는데 나는 그의 진실됨에 속임수로 보답했다. 이기적인 두려움이 나를 잘못된 행동으로 이끌었다. 지금 그 대가를 치러야 하는 건가, 생각하며 침대에 눕는다.

좀 쉬려고 하지만 어젯밤의 이런저런 장면들이 영화 스틸처럼 계속 머릿속에 떠오른다. 도로 저 앞에 보이는 차, 그 차를 피해 지나가면서 나는 고개를 돌려 운전석을 들여다본다. 얼룩덜룩한 차창으로 나를 마주 보는 여자의 얼굴이 보인다.

❖

오후에 매튜가 나를 찾는다. "혹시 나랑 산책 갈 생각 없으면 체육관에 다녀오려고."

"난 못 갈 것 같아." 몇 시간 나 혼자 있게 된다고 생각하니 기쁘다. "학교에서 남은 일도 처리해야 하고. 지금 처리 안 하면 영영 못 할 것 같아서."

"그럼 내가 돌아왔을 때 우리 둘 다 와인 한잔할 자격이 되겠는걸."

"좋은 생각이야." 나는 매튜의 키스를 받아들인다. "운동 재미있게 하고 와."

현관문 닫히는 소리가 들리자, 나는 서재로 가는 대신 주방에 그대로 남아, 머릿속을 정리해보려 애쓴다.

그때 전화가 울린다. 레이철이 헐떡이며 말을 쏟아낸다. "놀라지 마! 숲에서 살해당한 여자 있잖아, 알고 보니 우리 회사에서 일했어."

"맙소사……."

"정말 끔찍하지! 수지도 난리야. 파티를 취소하겠대. 우리가 아는 사람이 살해를 당했는데 어떻게 생일 축하를 하느냐면서."

외출하지 않아도 된다니 약간 안도가 되지만 살해당한 여자가 더욱 현실적인 인물이 되면서 기분은 더 좋지 않다.

"다른 부서에서 일하는 여자여서 아는 사람이었다고 하기는 좀 그렇지만……." 레이철이 잠시 주저하다가 말을 잇는다. "근데 어제 공항에서 바로 회사로 들어가면서 주차장에서 누구랑 싸웠거든. 아무래도 그 여자였던 것 같아. 꽤 다퉜는데…… 시차 때문에 제정신이 아니었는지, 너무 후회돼."

"모르고 그런 거였잖아." 나는 바로 위로해준다.

"그 여자랑 같이 일하던 사람들도 난리라고 수지가 그러더라. 그 여자 남편을 아는 사람도 있는데, 제정신이 아니래, 물론 그렇겠지. 쌍둥이 둘이랑 남겨졌으니."

"쌍둥이라고?" 또다시 세상이 빙글빙글 도는 것 같다.

"그래, 딸 쌍둥이. 이제 어떡하니……?"

온몸에서 피가 송두리째 다 빠져나가는 듯하다. "그 여자 이름이 뭐야?"

"제인 월터스."

머리를 망치로 세게 얻어맞는 듯하다. "뭐라고? 제인 월터스라고?"

"응."

어지럽다. "아냐, 그럴 리가, 그럴 리가 없어……."

"수지가 그렇게 말했는데?"

"하지만…… 하지만 나랑 점심을 먹은 여자인데. 그때만 해도 아무 문제 없었고……. 무슨 착오가……."

"같이 점심을 먹었다고? 언제? 어떻게 알게 됐는데?"

"네가 데려간 송별회 파티에서 만났어. 콜린이라는 사람이 너희 회사 그만둘 때 말이야. 직원이 많아서 내가 따라가도 관계자가 아닌 걸 아무도 모를 거라며 데려갔잖아. 술 가지러 갔다가 그녀랑 말을 섞게 돼서 전화번호를 교환했어. 며칠 있다가 전화를 했더라고. 네가 뉴욕에서 전화했을 때 잠깐 얘기해줬는데. 나음 날 점심 먹기로 했다고. 내가 잘못 기억하는 건지도 모르지만."

"그런 말 한 적 없는 것 같은데." 내 상태를 헤아린 레이철이 부드럽게 반박한다. "어쨌든 캐시, 네가 이름을 말해줬어도 난 몰랐을 거야. 정말 유감이야, 나보다 네가 더 괴롭겠다."

"다음 주에 그 여자네 집에 한번 가기로 했어. 딸아이들도 만나고." 눈물이 솟아오른다.

"너무 속상하겠다. 어떻게 이런 일이 있을 수 있니? 살인자도 아직 돌아다니고 있을 테고. 더 무섭게 만들려는 건 아니지만, 캐시, 너네 집이 거기서 몇 킬로미터 안 되지 않니? 게다가 좀 외진 곳이기도 하고. 너네 집이 길 끝에 혼자 떨어져 있잖아."

"아……." 이 모든 혼란과 걱정 와중에, 살인자가 아직 잡히지 않고 있다는 생각은 못 해본 것이다. 게다가 이 집은 2층 창문 앞에서야 겨우 핸드폰 신호가 잡힌다.

"너네 경비 시스템 없지?"

"응."

"집에 혼자 있을 때는 꼭 문 잠그겠다고 약속해!"

"그래…… 물론이지……." 나는 그저 도망치고만 싶어진다. 살해당한 여자 얘기는 그만하고 싶다. "미안, 레이철, 전화 끊어야겠어. 매튜가 불러서."

나는 전화기를 쾅 내려놓고 울음을 터뜨린다. 레이철이 방금 해준 얘기가 믿기질 않는다. 차 안에서 살해당한 여자가 제인이었다니 믿고 싶지 않다. 나의 새 친구, 마치 운명처럼, 우연히 간 파티에서 우연히 만나, 정말 좋은 친구가 될 수 있을 거라 생각했던 제인이 그런 일을 당하다니. 비데일스에서 카운터로 다가오던 제인의 모습이 아직도 눈에 선하다.

❖

"죄송한데요, 술 받으려고 기다리고 있는 건가요?" 제인이 미소를 지으며 나에게 물었다.

"아뇨, 시키세요. 난 남편 기다리고 있어요." 나는 여자를 위해 자리를 좀 비켜주었다. "이리 들어오세요."

"고마워요. 내가 술 생각이 간절한 사람이 아니라 다행이죠." 여자가 농담을 했다. 술을 서빙하는 카운터에 사람이 너무 많았다. "콜린이 이렇게 사람을 많이 초대했는지 몰랐어요." 제인이 궁금한 표정으로 나를 보았다. 정말 파란 눈이었다. "처음 보는 분인 것 같아요. 핀츨레이커스에 새로 들어왔어요?"

"아, 나는 여기 직원이 아니에요." 나는 좀 주눅이 들어 대답했다. "여기 직원인 친구가 가자고 해서 같이 왔어요. 사내 행사인 건 알지만, 사람이 너무 많아 한 사람쯤 아무도 모를 거라고 해서요. 남편이 오늘 친구들이랑 경기를 보기로 했는데, 내 친구가 나 혼자 집에 두기 그렇다고 데려온 거예요."

"참 좋은 친구네요."

"네, 레이철은 정말 좋은 친구예요."

"레이철 바레토요?"

"아는 사이예요?"

"아뇨, 그다지……." 여자가 나에게 미소를 지어 보였다. "우리 남편도 오늘 경기를 보면서 두 살 된 쌍둥이를 돌보고 있답니다."

"쌍둥이라니 너무 좋겠어요! 이름이 뭐예요?"

"샬럿과 루이즈요. 그냥 로티와 룰루로 불러요." 그녀는 주머니에서 핸드폰을 꺼내 사진을 찾았다. "남편이 계속 뭐라고 하는데, 특히 낯선 사람에게 이러지 말라고 하지만, 어쩔 수가 없네요." 그러곤 나에게 사진을 보여주었다.

"너무 예뻐요! 하얀 옷까지 입히니 정말 아기 천사들 같네요. 누가 누구예요?"

"이쪽이 로티고 이쪽은 룰루요."

"일란성이에요? 그래 보이는데?"

"그렇진 않지만 대부분 구별을 잘 못해요."

"그럴 것 같아요." 그때 바텐더가 그녀의 주문을 기다리는 게 보였다. "아, 당신 차례가 됐나 봐요."

"아, 고마워요. 남아프리카 레드와인 한 잔 주세요." 그리고 다시 나에게 물었다. "당신도 한잔할래요?"

"남편이 금방 올 테지만……." 나는 잠시 망설였다. "운전할 것도 아니니까 안 될 거 없죠. 드라이 화이트 한 잔 마실게요. 고마워요."

"내 이름은 제인이라고 해요."

"난 캐시예요. 하지만 내 옆에 있어주지 않아도 돼요. 친구분들이 기다릴 텐데요."

"몇 분 사라졌다고 찾진 않을 거예요." 제인이 잔을 추켜들었다. "우연한 만남을 위해. 이렇게 술 한잔 마실 수 있는 저녁도 나한텐 특별한 경우예요. 쌍둥이가 태어난 이후 외출을 거의 못 했고 외출하더라도 운전을 해야 하니까 술을 못 마셨거든요. 오늘은 친구가 집에 태워다주기로 해서요."

"어디 사세요?"

"브로버리 반대쪽에 있는 헤스턴에요. 아세요?"

"거기 펍에 몇 번 간 적 있어요. 길 건너에 예쁜 공원이 있는 곳이죠."

"그 공원에 좋은 놀이터도 있죠. 요즘 거기 정말 많이 가는 것 같아요. 캐시는 캐슬웰스에 살아요?"

"아뇨, 브로버리 쪽 작은 마을에요. 눅스코너라는 곳이에요."

"캐슬웰스에서 돌아오면서 숲길을 질러갈 때 가끔 지나가요. 아름다운 곳이죠. 살기 좋겠어요."

"그렇죠. 우리 집은 좀 외진 곳이긴 하지만 고속도로에서 몇 분 안 떨어져서 괜찮아요. 나는 캐슬웰스의 중학교 교사예요."

"그럼 존 로건을 알겠네요."

"존? 그럼 알죠. 친구세요?"

"몇 달 전까지만 해도 테니스 가끔 쳤죠. 아직도 농담 잘해요?"

"멈출 줄 모르죠." 그때 내 핸드폰이 울렸다. "남편에게서 문자가 왔네요. 주차장이 꽉 차서 길에 이중주차를 했다고."

"가야겠네요."

나는 와인을 얼른 마시고 진심으로 말했다. "대화 정말 즐거웠어요. 와인도 감사하고요."

"천만에요." 제인은 잠시 주저하더니 서둘러 말했다. "혹시 언제 나랑 커피나 점심 같이하는 거 어떨까요?"

"그럼 좋죠!" 나는 감동받아 대답했다. "우리, 번호 교환할까요?"

그래서 우리는 서로 핸드폰 번호를 받고, 나는 제인에게 우리 집의 형편없는 통신 상태를 설명하며 집전화도 알려주었다. 제인이 전화하겠다고 했다.

그리고 일주일도 안 돼 제인이 전화를 했고 토요일에 같이 점심을 먹자고 했다. 남편이 집에서 쌍둥이를 돌보기로 했다면서. 이렇게 금방 전화를 해서 나는 좀 놀랐지만 기꺼이 그러자고 했다. 누군가 대화 상대가 필요한가 보다 하면서.

우리는 브로버리의 한 식당에서 만났고 대화가 너무 잘 통해 마치 오래된 친구 같았다. 제인은 남편 알렉스를 만난 이야기를 들려주었고 나는 매튜 이야기를 들려주었다. 우리도 아이를 빨리 낳고 싶다고.

약속했던 대로 식당 밖에 당도한 매튜를 보고, 벌써 오후 3시가 되었다는 게 믿을 수 없을 정도였다.

"매튜가 일찍 왔네요." 그러고 나서 손목시계를 보고 웃음을 터뜨리고 말았다. "아니, 시간 맞춰 왔군요. 벌써 두 시간이나 지났네요."

"정말 시간 가는 줄 몰랐어요." 제인의 말투가 좀 이상해 고개를 들어보니 창문으로 매튜를 멍하니 내다보고 있었다. 아무래도 좀 뿌듯한 기분이 들었다. 매튜는 젊을 때의 로버트 레드포드를 닮았다는 소리를 자주 듣고, 특히나 여자들은 그가 지나가면 한 번 더 쳐다보는 일이 많다.

내가 일어나며 말했다. "가서 데려올까요? 인사시켜줄게요."

"아니에요, 그러지 마세요. 남편분이 바빠 보이네요."

돌아보니 매튜는 핸드폰을 꺼내 열심히 뭔가 문자를 입력하고 있었다.

"다음에 인사할게요. 나도 알렉스에게 전화를 해야겠어요."

그래서 나는 밖으로 나가 매튜와 손을 잡고 제인에게 손을 흔들었다.

❖

기억은 가라앉아도 울음이 점점 커져서 엄마가 죽었을 때도 이렇게 눈물을 흘리지는 않았다는 생각이 내심 든다. 엄마의 죽음은 오랫동안 준비해왔기 때문이었다. 하지만 제인의 죽음은 나를 뼛속 깊이 흔들어놓는다. 너무 충격적이라 내 머리가 모든 상황을 제대로 인식하기까지 시간이 좀 걸린다. 이제야 어젯밤에 차 안에서 본 여자가 바로 제인이었다는 끔찍한 사실을 깨닫는다. 내가 그냥 지나쳐 갈 때 창문 너머로 나를 마주 본 사람은 바로 제인이었던 거다. 내가 제인이 그냥 살해당하도록 내버려두었다. 나를 짓누르는 죄책감, 질식할 것 같은 공포를 진정시키려 어떻게든 변명거리를 궁리해본다. 그렇게 비가 심하게 오지 않았더라면, 얼굴이 또렷이 보였더라면, 제인을 알아보았더라면, 조금도 망설이지 않고 당연히 차에서 내려 비를 뚫고 달려갔을 것이다.

하지만 혹시, 제인은 나를 알아보고 돌아오기를 기대하지 않았을까? 그런 생각은 너무 버겁다. 하지만 정말 알아보았다면 당연히 전조등을 번쩍이거나 차에서 나오지 않았을까? 그러다가 더욱 감당하기 힘든 생각이 뒤통수를 친다. 살인자가 거기 있었더라면? 오히려 제인이 나를 보호하기 위해 그냥 지나가도록 놔둔 거라면?

❖

운동하고 돌아와 하얗게 질려 있는 나를 보고 매튜가 묻는다. "무슨 일이야, 캐시?"

간신히 그쳤던 눈물이 다시 쏟아진다. "살해당했다는 여자 있잖아, 제인이었어."

"제인?"

"응. 몇 주 전에 브로버리에서 점심 같이 먹었던 여자. 레이철이 데려간 파티에서 만났던."

"뭐?" 매튜가 놀란다. "정말이야?"

"응. 레이철이 전화해서, 자기 직장 사람이라고 알려줬어. 그래서 내가 이름을 물어봤더니 제인 월터스라는 거야. 수지도 아는 사람이어서 생일 파티를 취소했대."

"세상에, 캐시. 끔찍하다." 매튜가 나를 꼭 안아준다.

"난 그냥 믿을 수가 없어서…… 어떻게 그럴 수 있지? 혹시 잘못 알려진 게 아닐까? 동명이인일 수도 있고."

매튜는 잠시 말이 없다. "피해자 사진이 나왔어. 뉴스에서 봤는데, 나는 누군지 몰라도……."

나는 고개를 절레절레 흔든다. 정말이지 보고 싶지 않다. 그게 진짜 제인이라면, 진실을 확인하고 싶지 않다. 하지만 알아야겠다는 생각도 든다.

나는 떨리는 목소리로 말한다. "보여줘."

매튜가 팔을 풀고 나와 함께 위층으로 올라간다. 매튜가 자기 핸드폰으로

뉴스를 찾는 동안 나는 눈을 감고 기도한다. 제발, 신이시여, 제발, 제인이
아니기를.

"여기." 매튜가 조용히 말한다.

나는 떨리는 가슴을 진정시키며 눈을 뜬다. 금발머리는 더 짧아 보이고
푸른 눈도 덜 파래 보이지만 틀림없는 제인이다.

"맞아. 제인이야. 도대체 누가 그런 짓을 한 걸까? 그런 끔찍한 짓
을……."

"미친놈이겠지." 매튜가 음울하게 뇌까린다.

나는 매튜의 품에 얼굴을 묻고 다시 울지 않으려 애쓴다. 매튜가 보기엔
잘 알지 못하는 사람이니 내가 너무 힘들어하면 의아하게 생각할 것이다.

갑자기 무서운 생각이 들어 말한다. "살인자가 아직 돌아다니고 있어. 집
에 경비 시스템을 설치해야 할 것 같아."

"내일 몇 군데 전화해서 견적을 달라고 하자. 하지만 너무 급하게 계약하
진 말고 다 꼼꼼히 따져보자고. 그런 업체들이 어떤지 알잖아? 필요없는 것
까지 다 설치하게 만들 거야."

"알았어."

나머지 오후와 저녁 내내 나는 멍하니 보낸다. 다른 생각은 할 수도 없고,
차 안에 앉아 나의 구조를 기다렸을 제인 생각뿐이다. 미안해 제인…… 나
는 혼자 속으로 자꾸 되뇐다. 정말 너무 미안해…….

7월 24일 금요일

제인 생각이 머릿속을 떠나지 않는다. 살인 사건이 일어난 지 일주일이 지났지만 하루도 그녀를 생각하지 않고 보내는 날이 없는 것 같다. 시간이 지나도 죄책감은 줄어들지 않고 오히려 점점 더 커진다. 뉴스도 여전히 그 소식으로 도배되고 있다. 제인이 왜 폭풍우 치는 밤에 그렇게 외진 도로에서 멈춰 섰는지 끊임없이 추측한다. 검사 결과 차에는 별문제가 없지만 꽤 낡은 차종이라서 와이퍼가 제대로 작동하지 않았다고 한다. 그러니 앞이 잘 보이지 않아 폭풍우가 지나가기를 기다리고 있었던 게 아닌가 싶다.

점차 전모가 드러나기 시작한다. 제인은 캐슬웰스의 술집에서 친구의 결혼 전 파티에 참석하고 11시 직전에 나오면서 남편의 핸드폰에 음성을 남겼다. 식당 직원들에 따르면 제인은 친구와 같이 나갔다가 핸드폰을 집에 두고 온 걸 깨닫고 5분 후에 다시 돌아와 식당 전화를 빌렸다. 남편은 소파에서 잠이 들어 전화벨 소리를 듣지 못했다. 그래서 경찰이 끔찍한 소식을 가지고 방문할 때까지 아내가 돌아오지 않은 줄도 모르고 있었다. 금요일 밤 블랙워터 길을 지나간 사람들이 있었지만 제인의 차가 서 있는 건 보지 못했다고 세 명이 신고했다. 그래서 경찰은 살해 시각을 11시 20분에서 1시 5분 사이로 좁힐 수 있었다. 캐슬웰스에서 블랙워터 길까지 가는 데 15분은 걸렸을 것이다. 1시 5분에 지나가던 자동차가 제인을 발견했다.

나도 경찰에 연락해야 한다고, 11시 30분쯤 지나갈 때 아직 제인이 살아 있었다고 연락해야 한다고, 마음속 목소리가 재촉하지만, 다른 목소리도 속삭인다. 내가 제인에게 아무 도움도 주지 않고 지나간 걸 사람들이 알면 혐오스러워할 거라고. 그 목소리가 더 강력하다. 게다가 11시 20분에서 30분으로 시간을 좁혀준다고 살인 수사에 큰 도움이 될 것 같지는 않다. 나는 그렇게 합리화를 한다.

오후에 슈피리어 시큐리티 시스템에서 직원이 방문해 경비 시스템 견적을 내준다. 직원은 약속 시간보다 20분이나 일찍 도착해 남편은 없느냐고 물어서 나의 짜증을 돋운다.

"네, 지금 집에 없어요. 하지만 천천히만 설명해주면 나도 충분히 알아들을 수 있을 거예요."

비꼬는 말은 알아듣지 못하고, 들어오라는 말도 안 했는데 직원이 현관으로 들어서며 말한다. "집에 혼자 있는 시간이 많나요?"

그 질문에 불안해진다. "아뇨. 남편이 곧 올 거예요."

"네…… 밖에서 보니 집이 강도들의 표적이 되기 딱 좋아 보여요. 도로 끝에 외따로 떨어져 있으니까요. 창문과 현관, 차고와 정원에도 동작 감지 장치가 필요하겠어요."

그러고 거실을 둘러본다. "계단에도요. 한밤중에 누가 몰래 올라오면 안 되잖아요? 집을 좀 둘러봐도 되겠죠?"

직원은 몸을 돌려 계단을 올라간다. 한 번에 두 계단씩 성큼성큼 올라가는 그를 따라가보니 계단참의 창문을 이리저리 살피고 있다. 또 혼자 마음대로 우리 침실로 들어가고 나는 밖에서 어쩔 줄 몰라 한다. 그러고 보니 직원증 같은 것도 확인 안 한 게 문득 생각나, 내가 한심해진다. 제인의 일을 보고도 조심성 없이 낯선 사람을 들여보내다니. 그러고 보니 경비 업체에서 왔다는 말도 하지 않았던 것 같다. 20분이나 일찍 왔는데도 그럴 거라는 짐작만으로 문을 열어주었다.

그런 생각이 머릿속에 한번 박히자 불안하던 마음은 공포심으로 번져간

다. 심장이 마구 뛰며 손이 떨린다. 침실을 흘금거리며 손님방으로 살금살
금 가서 매튜에게 전화를 한다. 다행히도 여기서는 신호가 잡힌다.

매튜는 전화를 받지 않지만 문자가 온다.

> 미안, 회의 중이라, 별일 없어?

나도 허둥지둥 문자를 보낸다.

경비 업체에서 왔는데 이상해

> 그럼 쫓아내

나는 손님방을 나서다가 남자와 정면으로 마주치는 바람에 놀란 소리를
지르며 물러선다. 마음이 바뀌었다고, 경비 시스템 설치를 안 하겠다고 하
려는데, 남자가 먼저 나선다.

"이 방도 확인해야겠어요. 그다음 욕실을 확인하고 아래층을 둘러볼 겁
니다." 그러곤 나를 밀치다시피 지나간다.

나는 남자를 기다리지 않고 서둘러 아래층으로 내려와 현관문 옆에 선다.
과민 반응 하는 거라고, 바보처럼 굴지 말자고 스스로를 다독인다. 하지만
남자가 아래층으로 내려왔을 때도 나는 현관 옆에 그냥 서서, 남자 혼자 돌
아다니게 놔둔다.

긴긴 10여 분이 지나고 남자가 다시 나타난다. "좋아요. 이제 앉아서 얘
기할까요?"

"그럴 필요 없을 것 같아요. 우리한테 경비 시스템이 필요한지 아직 확신
이 안 서네요."

"이런 말까지 하고 싶진 않지만, 여기서 멀지 않은 곳에서 여자가 살해당
했어요. 아직 살인자도 잡히지 않았고요. 경비 시스템을 설치하지 않겠다
니, 잘못 생각하시는 겁니다."

생판 모르는 남자가 제인의 죽음을 입에 올리는 것을 보자 더욱 불안해지며 어떻게든 이 집에서 내보내고 싶은 마음이 간절해진다. "연락처 주실 수 있죠?"

"그럼요." 남자가 정장 재킷 안주머니에 손을 넣는다. 칼이라도 꺼내지 않을까 싶지만 그가 내미는 것은 명함이다.

받아서 들여다보니 에드워드 가비라고 되어 있다. 이 남자 이름이 에드워드라고? 의심만 더 늘어난다.

"감사합니다. 하지만 남편이 있을 때 다시 오시는 게 좋을 것 같네요."

"그럴 수 있죠. 하지만 언제 다시 올 수 있을지……. 이런 말씀 좀 그렇지만 살인 사건 때문에 호황을 맞아서요. 무슨 말인지 아시죠? 그러니 10분만 시간 내주시면 전부 신속히 말씀드리겠습니다. 듣고 나서 남편이 돌아오면 의논해보세요."

남자는 주방으로 걸어가서 문간에 선 채 손을 뻗는다. 이리 오라는 거다. 여기는 내 집이라고 한마디 하고 싶지만 나도 모르게 그쪽으로 가고 있다. 원래 이런 건가? 이렇게 사람들이 자기도 모르게 위험한 상황 속으로 끌려들어가는 건가? 양이 도살장으로 순순히 끌려가듯이…….

식탁에서 남자가 내 앞이 아니라, 내 옆에 앉으며 출구를 막아버리자, 불안감은 더욱 커진다. 남자가 책자를 펼쳐 설명을 시작하지만 신경이 날카로워져 아무 말도 들리지 않는다. 적당한 순간에 고개를 끄덕이며 관심 있는 표정을 지어 보이지만 등에서 땀이 흘러내린다.

당장 박차고 일어나 내 집에서 나가라고 소리치지 않을 수 있는 건 중산층 가정교육 덕분이다. 제인도 살인자를 태워주고 싶지 않았지만 창문을 재빨리 올리고 그냥 가버리지 못한 게 매너 때문이었을까?

"네, 여기까지입니다." 남자가 말을 맺는다. 내가 멍하니 바라보는 사이 남자는 책자들을 다시 서류가방에 넣고 내 앞으로 하나만 내민다. "오늘 당장 남편에게 보여주세요. 틀림없이 아주 놀라워할 겁니다."

현관문을 닫고 나서야 나는 안도한다. 다시 한 번 신분도 확인하지 않고 남자를 들인 나의 어리석음을 곱씹으며, 내 판단력에 의문을 품는다.

갑자기 추워져서 위층으로 카디건을 입으러 올라간다. 침실로 들어갔더니 창문이 열려 있다. 나는 경악해, 열린 창문을 노려보며 대체 어떻게 된 건지 생각해본다. 내가 너무 예민하게 구는 걸까? 슈피리어 시큐리티 시스템 직원이 설치할 곳을 확인하려고 열었을 수밖에 없지만, 다시 닫지 않았다고 해도, 혹시나 나중에 강도짓을 하기 위해서 그런 건 아닐 거다.

나는 창문을 닫고 카디건을 입는다. 아래층으로 내려오니 전화가 울린다. 매튜인가 생각했는데 레이철이다.

"만나서 한잔하는 거 어때."

"그래!" 이 집을 나갈 구실이 생겨서 기쁘다. "근데 괜찮은 거야?" 아무래도 평소의 쾌활한 말투가 아니라 묻는다.

"그럼, 그냥 와인 한잔하고 싶어서. 6시 괜찮아? 내가 브로버리로 갈게."

"그럼 좋지. '신포도'에서?"

"좋아. 거기서 봐."

주방 식탁에는 슈피리어 시큐리티 시스템 안내 책자가 아직 놓여 있다. 저녁 먹으면서 매튜가 볼 수 있게 한쪽으로 밀어둔다. 벌써 5시 30분이다. 경비 업체 직원이 생각보다 훨씬 오래 있었던 것 같다. 나는 바로 차 열쇠를 찾아서 나간다.

시내엔 차가 많다. 내가 서둘러 와인 바로 가는데 누가 내 이름을 부른다. 돌아보니 친구 한나다. 매튜의 테니스 친구인 앤디의 아내인데, 사귄 지 오래되진 않았지만 만나면 너무 즐거워서 진작 만났더라면 좋았을 부부다.

"정말 오랜만인 것 같아."

"그러게, 너무 오랜만이다. 나 지금 레이철 만나러 가는 길인데, 아니었으면 만난 김에 한잔하자고 했을 텐데. 언제 바비큐 먹으러 와!"

"그렇게. 앤디도 요즘 테니스장에서 매튜를 못 봤다고 하더라." 한나는 잠시 멈추었다가 말을 잇는다. "지난주 살인 사건, 너무 끔찍했지?"

다시 먹구름이 몰려오는 듯하다. "그래, 너무 무서워."

한나가 몸서리를 치며 말한다. "경찰에서 아직 용의자를 못 잡았다며. 알던 사람이었을까? 살인 사건은 그런 경우가 대부분이라던데."

"그래?" 한나에게 얘기를 해줘야 하는데, 제인을 알았고 몇 주 전 같이 점심을 먹었다고……. 하지만 그랬다간 한나가 놀라 질문을 퍼부을까 봐, 어떤 사람이었느냐고 물을까 봐 얘기를 못 하겠다. 그리고 그게 또 다른 배신 같다.

"우발적인 살인이었을 수도 있어. 하지만 앤디는 지역 사람이었을 거라고 생각해. 부근 지리를 잘 아는 사람 말이야. 근처에 숨어 있을 거고 또 그런 일을 저지를 수도 있다는 거야. 걱정되지 않아?"

다시 오싹해져, 한나의 다음 말이 머리에 잘 들어오지 않는다. 적당하다고 생각되는 때 웅얼거리며 대꾸해준다. 그러다 시계를 들여다본다. "미안, 약속 시간이 다 돼서."

"아, 그래. 매튜에게 앤디가 곧 보자고 하더라고 전해줘."

"그럴게."

❖

신포도에는 사람이 많고 레이철도 벌써 와서 와인 한 병을 앞에 두고 있다.

"일찍 왔네."

"아니, 네가 늦은 거지. 하지만 상관없어." 레이철이 와인을 따라 건넨다.

"미안, 한나를 우연히 만나서 수다를 떠느라고. 난 한 잔 다 마시진 못할 것 같은데. 운전해야 하니까. 넌 운전 안 해도 되나 봐?"

"나중에 동료 둘이 야식 먹으러 올 거니까, 그때 마시면 돼."

나는 와인을 한 모금 마시며 그 시큼한 맛을 음미한다. "잘 지냈어?"

"별로. 경찰이 회사에 와서 전부 물어보고 다녔으니까. 오늘은 내 차례였어."

"한잔하고 싶어지는 것도 당연하네. 뭐라고 했어?"

"잘 몰랐다고. 사실이니까……. 실은 주차장에서 싸운 얘기는 안 했어.

했어야 하나 생각하는 중이야."

"왜 얘기 안 했어?"

"몰라. 실은 알아. 그게 동기로 보일까 봐 말 안 한 거 같아."

"동기? 살해 동기 말이야? 레이철, 주차장에서 좀 싸웠다고 누굴 죽이는 사람이 어디 있어?"

"그보다 더 사소한 일로도 죽이는걸." 레이철이 덤덤하게 말한다. "하지만 이제 걱정되는 건, 그녀가 누구한테 싸운 얘기를 했고, 그 사람이 경찰한테 그 얘기를 했을까 봐서."

"그럴 리가. 하지만 정말 걱정이 되면 경찰에 전화해서 직접 얘기하지 그래?"

"처음에 왜 얘기 안 했는지 의심할 수 있잖아."

나는 고개를 젓는다. "너무 지나치게 생각하는 거야." 나는 미소를 지으려 노력하며 말을 잇는다. "이번 사건이 모두를 그렇게 괴롭히고 있는 게 아닌가 싶어. 나는 좀 전에 경비 업체에서 견적을 받았는데, 혼자 있는 집에 남자가 방문하니까 정말 무서운 거 있지."

"그럴 수 있겠네. 경찰이 살인범을 빨리 잡았으면 좋겠어. 살인범이 아직도 버젓이 돌아다닌다 생각하면 제인의 남편도 얼마나 괴로울까. 지금은 휴가를 내고 아이들을 돌보고 있을 텐데 말이야." 레이철이 병을 들어 자기 잔에 또 한 잔 따른다. "너는 어때? 별일 없어?"

"제인 생각이 자꾸 나서 괴롭지 뭐." 나는 신경질적으로 웃는다. "차라리 같이 점심 먹지 말걸 하는 생각까지 들어."

"그럴 수도 있겠네. 그래서 경비 시스템은 계약했고?"

"그러고는 싶었는데, 매튜가 어떻게 생각할지 몰라서. 자기 집에 갇히는 것 같다면서."

"자기 집에서 살해당하는 것보다는 낫지." 레이철이 음울하게 말한다.

"그러지 마."

"뭐, 사실인데."

"다른 얘기 하자. 혹시 또 출장 가?"

"아니, 적어도 휴가 전에는 없어. 이제 2주만 있으면 시에나에 간다! 어서 가고 싶어!"

"일드레를 안 가고 시에나를 선택하다니, 어떻게 그래?"

레이철은 늘 일드레 말고는 휴가를 안 가겠다고 했던 터였다. "친구가 별장으로 초대했으니까 가는 거지. 앤절라가 자기 시동생 알피랑 엮어주려는 꿍꿍이긴 하지만." 레이철이 눈을 굴린다. "일드레 얘기가 나왔으니 말인데, 내 마흔번 째 생일날 여자들끼리만 일드레로 여행 갈까 생각 중이야. 너도 올 거지?"

"당연하지!" 여행 가는 얘기를 하자 기분이 훨씬 좋아진다. 게다가 내가 산 선물을 주기에도 딱 좋은 장소다. 나는 잠시 제인에 대해 잊고, 레이철은 시에나에서 갈 곳들 얘기를 들려준다.

그렇게 한 시간가량, 살인이나 경비 시스템에 관련되지 않은 대화를 나눌 수 있었지만, 집에 도착할 때쯤엔 심리적으로 지치는 게 느껴진다.

"레이철과는 즐거웠어?" 식탁에 앉아 있던 매튜가 키스를 건네며 묻는다.

"응." 나는 대답하며 구두를 벗는다. 타일이 발바닥에 시원하게 와닿는다. "그리고 한나를 우연히 만난 것도 즐거웠어."

"앤디도 그렇고 오래 못 만났네. 어떻게 지낸대?"

"잘 지낸대. 바비큐 먹으러 한번 오라고 했어."

"좋은 생각이야. 경비 업체는 어떻게 됐어? 잘 내보냈어?"

나는 머그잔 두 개를 꺼낸 다음 주전자에 물을 올린다. "결국은 그랬지. 당신 보라고 책자를 놔두고 갔어. 당신은 오늘 별일 없었어?"

매튜는 의자 등받이를 밀고 일어나 기지개를 켠다. "바빴어. 다음 주에 떠나도 괜찮게." 매튜가 내 목에 코를 비빈다. "당신 보고 싶어서 어쩌지?"

나는 깜짝 놀라 몸을 뺀다. "잠깐! 무슨 소리야? 떠나다니?"

"얘기했잖아, 출장 간다고."

"아니, 난 못 들었어. 얘기 안 했다고."

매튜도 놀라서 나를 본다. "무슨 소리야, 얘기했는데."

"언제?"

"몰라, 몇 주 전이었겠지. 결정되자마자."

나는 단호하게 고개를 젓는다. "얘기 안 했어. 얘기했으면 기억 못 할 리가 없어."

"심지어 당신이 그동안 가을 학기 준비를 해야겠다고 했잖아. 내가 돌아오면 같이 쉴 수 있게."

슬슬 나에 대한 의심이 피어오른다. "그럴 리 없어."

"그랬다니까."

"몰라. 하지도 않은 말 했다고 우기지 말아줘." 나는 표정을 잔뜩 굳힌다. 매튜의 시선을 느끼며 분주히 차를 준비하는 척한다. 내가 얼마나 혼란스러운지 알리고 싶지 않다. 매튜가 집을 비우는 게 싫어서 이런 게 아니다.

7월 25일 토요일

아직 생활 리듬이 방학에 맞춰지지 않아서 주말에도 일찍 일어나 정원으로 나간다. 잡초를 뽑고 화단을 정리하다가 점심에 먹을 갓 구운 빵과 치즈를 사 온 매튜를 맞이한다. 우리는 잔디밭에서 소풍을 즐긴다. 다 먹은 후 나는 잔디를 깎고 테라스를 쓸고 탁자와 의자들을 닦고 화분에서 시든 꽃을 잘라낸다. 원래 정원 일에 이렇게 열심인 편이 아닌데, 왠지 모든 것이 완벽해 보여야 할 것 같은 압박감을 느끼고 있다.

오후가 끝나갈 때 매튜가 나와서 말한다. "한 시간 정도 체육관에 가서 운동 좀 하고 와도 돼? 지금 가면 내일 아침에 늦게까지 잘 수 있을 거 같아."

"침대에서 아침도 먹고." 나는 미소를 짓는다.

매튜가 키스하면서 대꾸한다. "바로 그거야. 7시까지는 돌아올게."

매튜가 나가고, 나는 정원으로 난 문을 열고 주방에서 카레를 만들기 시작한다. 양파를 자르고 닭고기를 다지고 라디오의 노래를 따라 부르며 요리를 한다. 냉장고에서 며칠 전 딴 와인도 발견하고 냉큼 꺼낸다. 남은 걸 잔에 따르고 카레를 계속 만들며 홀짝홀짝 마신다. 다 만들고 나니 거의 6시가 되었다. 이번에는 느긋하게 거품 목욕을 하기로 한다. 너무 노곤해져 지난 주 내내 마음을 짓눌렀던 혹독한 불안감도 거의 날아가버리는 듯하다. 처음으로 의식 표면에서 제인에 대한 생각을 그럭저럭 모두 몰아내버린 날이다. 더 이상 제인에 대한 생각을 하고 싶지 않다는 건 아니다. 그저 끊임없는 죄책감을 참을 수가 없어서 그렇다. 아무리 원해도 시간을 되돌릴 수는 없다. 그날 밤 차 안에 있었던 게 제인이라는 걸 몰랐다고 해서 내 삶을 포기할 수는 없다.

라디오에서 뉴스가 나오기 시작했지만 나는 재빨리 꺼버린다. 라디오 소리가 사라지니 집 안이 괴괴하다. 제인 생각이 떠오른 직후라서 그런가, 집 안에 혼자라는 사실이 의식된다. 거실로 들어가 하루 종일 열어두었던 창문을 닫는다. 서재 창문도 닫고 뒷문들도 잠근다. 잠시 그냥 서서 집 안의 소리를 듣는다. 하지만 들리는 소리라고는 **구우구우** 하는 산비둘기 소리뿐이다.

위층으로 올라가 욕조에 들어가기 전에, 욕실 문을 열어놓을까 잠시 망설인다. 경비 업체 직원이 내 머릿속을 휘저어놓은 것 같아서 화가 난다. 그에 저항이라도 하듯, 평소처럼 욕실 문을 약간 열어놓기로 한다. 문밖을 주시하며 옷을 벗고 욕조에 들어가 몸을 깊이 담근다. 얼굴 주변에서 일어나는 거품을 느끼며 몸을 기대고 눈을 감아 오후의 정적을 즐긴다.

우리 집에서는 이웃의 소음이 거의 들리지 않는다. 작년 여름에는 가장 가까운 집의 10대들이 밤에 파티를 연다며 미리 양해를 구하러 왔지만 아무 소리도 들리지 않았다. 그래서 매튜와 내가 훨씬 크고 아름답고, 그래서 비싼 집들을 마다하고 이 집을 고른 것이다. 아마 매튜에게는 가격도 중요했을 것이다. 우리는 이 집을 함께 사기로 했다. 나에게는 6개월 전 일드레에 집을 하나 더 구매하고도 돈이 충분히 남았지만, 매튜는 내가 자기보다 집 구입비를 더 내지 못하도록 고집을 부렸다. 일드레에 집을 샀다는 건 아무도 모른다. 매튜도, 레이철조차도, 아직은 모른다.

거품 위로 손이 떠오르도록 힘을 빼면서, 레이철의 생일에 대해 생각해본다. 마침내 그녀가 꿈에 그리던 집의 열쇠를 넘겨줄 날을. 지키기 힘든 비밀이었다. 생일을 일드레에서 보내고 싶다니 더 잘됐다. 엄마가 죽고 몇 달 후 레이철이 나를 일드레로 데리고 갔다. 일드레를 떠나기 전날 우연히 작은 어촌 주택 하나를 발견했다. '팝니다' 표지판이 위층 창문에 걸려 있었다.

"아름답다." 레이철이 탄성을 질렀다. "안에 들어가서 보자." 중개인에게 연락도 없이 무작정 마당으로 들어가서 현관문에 노크를 했다.

집주인이 구경을 시켜주는 동안, 나는 레이철이 그 집과 사랑에 빠졌다는 것을 알 수 있었다. 레이철에게는 그 집을 살 돈이 없었지만 나는 그 꿈을 이루어주는 게 가능했고, 그래서 모든 것을 비밀리에 진행했다. 나는 눈을 감고 그 집이 자신의 것임을 깨닫게 된 레이철의 얼굴을 떠올려본다. 아빠와 엄마도 내가 이렇게 하기를 원했을 것이다. 아빠가 살아서 유언장을 작성했더라면 분명 레이철에게도 유산을 남겨주었을 테니까. 엄마도 정신이 온전했더라면 마찬가지였으리라.

끼익, 하는 소리가 들려 생각이 멈춘다. 눈을 번쩍 뜨고 온몸을 긴장시킨다. 심상치 않은 소리다. 나는 최대한 가만히 누워 귀를 곤두세우고 열린 문으로 들리는 소리에 집중한다. 집 안에 나 혼자 있는 게 아닌 것 같다. 제인의 살인자가 근처에 살고 있을 거라던 한나의 말이 다시 생각난다. 숨을 최대한 죽이느라 가슴이 답답하다. 하지만 기다려도 아무 일도 일어나지 않는다.

물이 움직이지 않도록 최대한 움직임을 자제하며 팔을 들어 올린다. 비눗물 위로 손을 내밀어, 욕조 수도꼭지 옆에 아슬아슬 놓아두었던 핸드폰을 향해 뻗는다. 손이 닿지 않아 몸을 조금 움직이자, 물이 출렁이며 욕조 벽에 닿아 파도치는 소리를 낸다. 시끄러운 소리에다 벌거벗었다는 자의식까지 더해져 나는 겁에 질린다. 물을 촥 튀기며 벌떡 일어서 욕실 문을 쾅 닫는다. 온 집 안이 진동한다. 걸쇠를 거는데 손이 떨린다. 또 끼익 소리가 들린다. 어디서 나는지는 모르겠다. 더욱 겁이 난다.

시선을 문에 고정한 채 뒷걸음을 치고 욕조 가장자리를 더듬어 핸드폰을 찾는다. 잡는 순간 미끄러져 바닥에 탕 떨어진다. 나는 손을 그대로 뻗은 채 얼어붙지만 여전히 아무 일 없다. 천천히 무릎을 굽혀 핸드폰을 줍는다. 화면에 시간이 나타나 있다. 6시 50분. 참았던 숨이 한꺼번에 터지며 안도한다. 곧 매튜가 집에 올 거다.

매튜의 번호로 전화를 건다. 뒤쪽에 있는 욕실에서는 신호가 불확실해서, 나는 기도하는 심정이 된다. 드디어 전화 신호가 울리자 아찔하도록 고맙다.

"가는 중이야. 뭐 사 갈 거라도 있어?" 나의 간절한 마음을 아는 듯이 매튜가 명랑하게 받는다.

"누군가 집에 들어온 것 같아." 나는 떨리는 목소리로 속삭인다.

"뭐? 당신은 어딨어?"

"욕실에. 문을 잠갔어."

"잘했어. 거기 있어. 내가 경찰에 전화할게."

"잠깐!" 나도 모르게 그렇게 말한다. "확실하진 않아. 혹시 아무도 없으면 어떻게 해? 그냥 무슨 소리만 들었거든."

"어떤 소리? 목소리였어?"

"아니, 그런 게 아니라, 문소리 같은 거."

"일단 그대로 있어. 2분 있으면 도착해."

"알았어. 빨리 와!"

매튜가 온다니 무서움이 훨씬 덜해진다. 안도감에 욕조 가장자리에 앉자 살갗에 차가운 감촉이 느껴졌고, 그제야 아직도 벌거벗고 있다는 걸 깨닫는다. 문 뒤에 걸려 있던 가운을 걸쳐 입는다. 아무래도 경찰에 전화하게 둘걸 그랬나 보다. 누가 집에 들어온 거면 매튜도 위험할 수 있다.

핸드폰이 울린다. 매튜다. "도착했어. 당신 괜찮아?"

"응."

"도로에 주차했어. 주변 좀 돌아볼게."

"조심해. 전화 끊지 말고."

"알았어."

자갈길을 밟는 매튜의 소리가 집 옆으로 이어진다.

"뭐 보여?"

"별 이상 없어 보여. 정원도 확인해볼게." 1분 정도 지난다. "이상 없어. 들어간다."

"조심해!"

"걱정 마. 창고에서 삽 하나 꺼냈어."

아래층에서 매튜가 방들을 돌아다니는 소리가 들린다. 계단 올라오는 소리에 문을 열기 시작하는데 매튜가 외친다.

"침실 먼저 확인해볼게!" 오래지 않아 매튜가 말한다. "이제 나와도 돼." 문을 열어보니 매튜가 손에 삽을 들고 서 있다.

갑자기 바보가 된 기분이다. "미안. 난 정말 누가 들어온 줄 알았어."

매튜가 삽을 내려놓고 나를 감싸 안는다. "무슨 소리야, 안전이 우선이지."

"당신 가끔 마시는 진 토닉 나도 만들어줄 수 있어? 독한 술 좀 마셔야겠어. 우선 옷 좀 걸치고."

"만들어놓을게, 정원으로 나와."

청바지와 티셔츠를 입고 내려가보니 매튜가 주방에서 라임을 자르고 있다.

"빨리 내려왔네."

그러나 나는 주방 창문으로 온통 정신이 팔린다. "당신이 창문 열었어?"

"어?" 매튜가 돌아본다. "아니, 들어왔을 때 열려 있던데?"

"내가 닫았었어. 욕실 올라가기 전에 창문을 다 닫았어."

"확실해?"

"응." 나는 기억을 되살려본다. 거실과 서재의 창문들은 닫은 기억이 난다. 하지만 주방은 잘 모르겠다. "그랬던 것 같은데."

"제대로 안 닫아서 다시 열렸을 수도 있지. 그래서 소리가 난 거고."

"그럴 수도 있겠다." 나는 조금 안도하며 말한다. "술이나 마셔야지."

저녁을 먹고 나서 우리는 와인 남은 걸 거실로 가져가 마시며 영화를 보기로 한다. 보지 않은 영화를 찾기가 힘들다.

"「주노」는 어때? 무슨 영화인지 알아?" 목록을 넘기며 매튜가 묻는다.

"임신한 10대가 자기 아기를 입양할 완벽한 부부를 찾는 이야기야. 당신이 좋아할 것 같지는 않아."

"음, 잘 모르겠다." 매튜가 나에게서 리모컨을 빼앗아 한쪽에 내려놓고 나를 품 안으로 끌어당긴다. "우리 한동안 아기 얘기를 안 하고 있었네. 여전히 원하지?"

나는 그의 어깨에 기대며 너무나 아늑하고 안전한 기분에 잠긴다. "응, 물론."

"그럼 슬슬 시작해야 할지도 몰라. 꽤 오래 걸리는 과정이 될지도 모르니까."

"1년이 지나면 얘기하기로 했잖아." 기쁘면서도 망설이게 된다. 아이가 10대도 되기 전에 엄마처럼 치매에 걸릴 가능성이 있다면, 아기를 가져도 되는 걸까? 별일 아닌 걸로 걱정하는 걸 수도 있지만 현재 겪고 있는 기억력 문제를 무시하는 건 어리석은 일이다.

"다행히 곧 우리 결혼기념일이네." 매튜가 말하며 대화를 부드럽게 넘긴다. "그럼 대신 액션 영화 볼까?"

"좋아. 뭐 있나 보자."

영화를 보다가 뉴스 시간이 된다. 늘 그랬듯 제인 사건이 제일 중요한 뉴스다. 혹시나 살인자에 대한 가닥이라도 잡혔나 싶어 계속 뉴스를 보고 있다. 그러나 별 진전이 없고 경찰 하나가 나와 이렇게 말한다.

혹시 본인이나 주변에 지난 금요일 밤 혹은 토요일 새벽 블랙워터 길 인근에 갔었고 제인 월터스의 차종인 검붉은 르노 클리오가 주차된 것을 본 사람이 있으면 아래 전화로 연락 주십시오.

그러면서 나를 똑바로 쳐다보는 것 같다. 게다가 익명으로도 전화할 수 있다고 덧붙이자, 어쩌면 이것이 나의 딜레마에 대한 해답이 될 수도 있을 것 같다.

뉴스가 끝나자 매튜는 자러 가자면서 나를 일으키려 한다.

"먼저 가. 다른 채널에서 보고 싶은 게 있어." 나는 리모컨을 집어 든다.

매튜는 선선히 말한다. "알았어. 이따 봐."

나는 매튜가 올라갈 때까지 기다렸다가 뉴스를 다시 틀어 전화번호를 찾은 다음 종이에 받아 적는다. 경찰이 내 번호를 추적할 수도 있으니 공중전화를 사용해야겠다. 그렇다면 매튜가 출근하는 월요일까지 기다려야 한다. 그러고 나서 죄책감이 좀 덜어졌으면 좋겠다.

7월 26일 일요일

매튜가 주방에서 아침을 만들고 있는데 집전화가 울린다.

"당신이 받을 수 있어?" 내가 침실에서 이불 속으로 더욱 몸을 숨기며 외친다. "혹시 내 전화면 좀 있다가 건다고 해줘!"

잠시 후 매튜가 앤디와 인사하는 소리가 들린다. 한나와 마주쳤던 일 때문에 앤디가 전화 걸 생각을 했나 보다. 그러고 보니 레이철과의 약속 때문에 황급히 자리를 떴던 게 좀 미안한 생각이 든다.

매튜가 다시 위층으로 올라오자 내가 말한다. "앤디가 오늘 아침에 테니스 치자고 한 거 아냐?".

"아니, 오늘 몇 시까지 가면 되냐고 묻던데? 당신이 초대한 줄 몰랐네?" 매튜가 어리둥절한 표정이다.

"무슨 말이야?"

"바비큐 먹으러 오늘 오라고 했다면서? 몰랐어."

"아니야, 한번 오라고는 했지만 언제라고는 말 안 했어." 나는 침대에서 일어나 앉는다.

"어, 앤디는 오늘이라고 생각하던데."

나는 웃는다. "농담하는 거 아닐까?"

"아니, 완전 진지하게 물었어. 정말 오늘 초대 안 했다고?"

"당연하지!"

"그래서 어제 정원 손질도 했나 했지."

"그게 무슨 상관이야?"

"앤디가 묻더라고, 정원 정리는 했냐고. 당신이 한나에게 바비큐 초대라도 해야 정원을 손질할 구실이 생기겠다고 한 모양이던데."

"그렇다면 왜 시간은 몰랐겠어? 내가 한나와 약속을 했다면 시간도 말했겠지. 한나가 잘못 알아들은 거지 나는 아니야."

매튜가 언뜻 알아채기 힘들 정도로 살짝 고개를 젓는다. "내가 전혀 모르고 있었다는 사실을 숨기느라고 12시 반까지 오라고 해버렸어."

나는 기겁해서 매튜를 본다. "뭐? 그래서 오는 거야? 애들도 데리고?"

"그럴 거 같은데."

"하지만 난 초대 안 했어! 앤디에게 다시 전화해서 착오가 있었다고 말해줄 수 없을까?"

"그럴 수 있지." 매튜가 잠시 가만있더니 말을 이었다. "당신이 오늘 오라고 하지 않은 게 확실하다면 말이야."

나는 매튜를 노려본다. 갑자기 정말 알 수 없다는 생각이 드는 걸 들키지 않으려 애쓴다. 오늘 한나와 앤디를 초대한 기억은 나지 않지만, 우리가 헤어질 때 한나가, 앤디가 매튜를 보면 좋아할 거라던 말은 기억난다. 가슴이 덜컥 내려앉는다.

매튜가 나를 찬찬히 살펴보며 말한다. "여보, 걱정할 거 없어. 내가 금방 나가서 바비큐용 고기 좀 사 오면 되지. 애들 먹을 소시지도 사고."

"샐러드도 만들어야겠지." 눈물이 나올 것 같다. 제인 생각으로 꽉 차 있는 상태에서 바비큐 파티 같은 거 할 기분이 전혀 아니다. "디저트는 어떻게 해?"

"고기 사면서 아이스크림도 사 오지 뭐. 그리고 한나가 생일 케이크를 가져올 거라고 하던데. 내일이 앤디 생일인가 봐. 그러니 충분하지."

"지금 몇 시지?"

"10시 좀 지났어. 내가 아침 마저 만들 동안 샤워할래? 침대에서 먹지는 못하겠다."

"상관없어." 얼마나 우울한지 티 내지 않으려 애쓰면서 대꾸한다.

"그러고 나서 내가 장 보러 간 동안 당신이 샐러드 만들면 되겠다."

"고마워. 미안하고……." 내가 중얼거린다.

매튜가 내 어깨를 감싼다. "여보, 미안할 게 뭐 있어. 당신이 피곤한 거 아는데."

그걸 구실 삼을 수 있어서 기쁘지만 매튜도 점점 이상하다는 생각을 하기 시작할 거다. 월요일에 출장 간다는 걸 잊어버린 데다가 바비큐 때문에 이 난리를 쳤으니 그냥 지나가기엔 정도가 심하다. 나는 욕실로 가며 머릿속에서 피어나는 생각을 무시하려 애쓴다. 넌 미쳐가고 있어, 넌 미쳐가고 있어, 넌 미쳐가고 있어. 한나가 바비큐 파티에 너무 오고 싶은 나머지 교묘하게 거짓말을 했다고 생각하면 모든 게 쉽겠지만, 한나는 그런 짓을 할 사람이 아니다. 미칠 것 같다. 게다가 정원을 말끔히 다듬어놔야 했던 내 심리는 뭐지? 어제는 분명 신경을 다른 데 쓰고 몰두할 일이 필요해서 그런 거였는데. 정말 내가 그들을 초대한 걸 무의식적으로 알고 있어서 그랬던 건가?

돌이켜보면 짐작 가는 점이 있다. 제인 얘기가 나와 정신이 너무 혼란스러워진 나머지 한나의 말을 제대로 듣지 않고 있었다. 어쩌면 그때 얼빠진 상태에서 오늘 오라고 초대했는지도 모른다.

엄마도 늘 그랬다. 내가 하는 말을 들으며 고개를 끄덕이고 자기 생각도 얘기하고 심지어 제안을 하기도 했다. 하지만 몇 분 후가 되면 우리가 한 말을 하나도 기억 못 했다. "요정들이 가져가버렸나 보네." 엄마는 이렇게 말하곤 했다. 병원에서는 '주기적 기억상실'이라고 진단했다. 나도 그랬던 걸까? 요정들이 가져가는 거라고? 태어나고 처음으로, 요정이 괴물처럼 느껴진다.

❖

한나와 앤디가 12시 반이 조금 지나서 도착하고, 오래지 않아 대화는 제인의 이야기로 흘러간다.

한나가 매튜에게 접시를 건네주며 묻는다. "경찰이 사람들에게 제보를 기다린다고 호소하는 거 봤어? 아무도 안 나서는 게 이상하지 않아?"

"그럴 수도 있지만 밤늦게 그 길로 다닌 사람이 별로 없을걸. 게다가 폭우가 몰아쳤잖아."

"캐슬웰스에서 돌아올 때 난 항상 그 길로 오는데. 낮이나 밤이나 폭풍일 때나 아닐 때나." 앤디가 명랑하게 대꾸한다.

"그럼 지난 금요일 밤엔 어디 있었지?" 매튜가 묻고 다 같이 웃음을 터뜨린다. 나는 그만두라고 소리라도 지르고 싶다.

매튜가 내 표정을 보고는 조용히 말한다. "미안……." 그러더니 한나와 앤디에게 말한다. "캐시가 그 여자를 알았다는 말 했나?"

둘 다 놀라서 쳐다본다.

"잘 아는 사이는 아니었어." 매튜가 원망스럽다. "한 번 점심을 같이 먹었을 뿐이야." 우리의 짧은 우정을 재빨리 부정하는 나에게 비난하듯 고개를 흔드는 제인의 모습이 떠오른다.

"정말 유감이다, 캐시. 끔찍하겠다."

"응, 그러게……." 다들 할 말을 잃은 듯 말이 없다.

"뭐, 곧 범인이 잡힐 거야. 누군가 제보를 하겠지." 앤디가 말한다.

한나 일행이 가고 겨우겨우 오후를 마저 보내면서, 그들이 다시 돌아왔으면 하는 생각까지 한다. 끊임없는 수다에 피곤하기도 했지만 오랜 고요 속에서 들끓는 생각들에 내맡겨지는 게 더 힘들다.

나는 탁자를 치우고 접시들을 주방으로 옮기다가, 문으로 들어서며 그대로 멈춰 선다. 어제 목욕하러 가기 전에 닫았는지 열어놓았는지 기억나지 않았던 창문을 노려본다. 지금 생각났는데, 카레를 만들 동안 뒷문은 열어두었지만 주방 창문은 열지 않았었다.

7월 27일 월요일

매튜가 출장을 떠나고 나서 나는 버려진 기분이 들어 신경이 날카롭다. 그래도 드디어 두려워하던 전화를 걸 수 있게 되었다. 번호를 적어놓았던 종이를 찾아서 핸드백을 찾는데 전화가 울린다.

"여보세요?"

하지만 대답이 없어 신호가 끊어졌나 싶다. 잠시 듣고 있다가 끊는다. 매튜였으면 다시 전화할 것이다.

위층으로 올라가 핸드백을 가져온다. 구두를 신고 집을 나선다. 브로버리나 캐슬웰스까지 갈까 했지만 여기서 5분 거리 버스 정류장에 공중전화가 있는데 좀 지나친 것 같다.

공중전화로 가는데 누가 지켜보는 것 같다. 오른쪽, 왼쪽, 그리고 뒤도 슬쩍 돌아보지만 아무도 주변에 없다. 낮은 돌담에서 햇빛을 쬐는 고양이 한 마리뿐. 차도 한 대 지나가지만 자기 생각에 골몰한 여자 운전자는 나를 쳐다보지도 않는다.

전화기 앞에서 설명을 읽는다. 정말 오랜만에 사용해본다. 지갑에서 동전을 한참 찾고 떨리는 손으로 구멍에 1파운드를 넣는다. 번호 적은 쪽지를 꺼내 보며 문자판을 누른다. 심장이 두근거린다. 잘하는 짓인지 모르겠다. 하지만 마음이 바뀌기 전에 누가 전화를 받는다.

"제인 월터스에 관해 얘기할 게 있어서요." 내가 헐떡이며 말한다. "내가 11시 반에 블랙워터 길을 지나갔어요. 그녀가 차 안에 있었고 아직 살아 있었어요."

"제보해주셔서 감사합니다." 여자가 침착하게 대답한다. "혹시 이⋯⋯."

하지만 나는 전화기를 내려놓는다.

나는 재빨리 그 자리를 떠나 집으로 돌아온다. 가면서도 누가 지켜보고 있는 듯한 불안감이 계속 든다. 집 안에 들어와서야 진정이 된다. 지켜보는 사람은 아무도 없었다. 몰래 제보하는 죄책감 때문에 그런 기분이 든 것뿐이다. 애초에 했어야 했던 일을 이제라도 했기에 기분이 좀 나아지는 것 같다.

토요일에 어찌나 열심히 일했던지, 정원에는 할 일이 남아 있지 않지만 집안일은 숱하게 널렸다. 라디오를 친구 삼아 켜두고 진공청소기와 다른 청소 도구들을 위층으로 끌고 올라간 다음, 침실부터 시작한다. 체계적이고 꼼꼼하게 하나씩 해치우며 제인에 대한 생각을 비워버린다. 그때 정오 뉴스가 라디오에서 흘러나온다.

경찰은 오늘 아침 제인 월터스 사건에 대해 정보를 제공한 사람이 다시 연락해주기를 기다리고 있습니다. 제인 월터스는 7월 18일 차에서 살해된 채 발견되었고……

쿵쾅거리는 심장 소리 때문에 더 이상 아무 소리도 들리지 않는다. 고막이 왕왕 울려 귀가 막힌 듯하다. 나는 침대에 털썩 앉아 심호흡을 한다. 왜 다시 연락해달라는 거지? 내가 아는 건 다 얘기했다. 차오르는 공포를 꾹 눌러두려 하지만 계속 불거진다. 전화 건 게 나라는 걸 아무도 모른다고 해도 경찰에서 저렇게 공개적으로 알리고 있으니 나는 더 이상 익명일 수 없다. 완전히 정체가 탄로 난 기분이다. 경찰은 전화했던 사람이 제인의 사건에 대해 정보를 제공했다고 했다. 내가 뭔가 중요한 걸 말했다는 것 같다, 결정적인 걸. 만일 제인의 살인자가 이 뉴스를 듣고 있다면, 내 존재가 위협적이라고 느낄 것이다. 그날 밤 제인의 차 근처에 숨어 있는 남자를 보기라도 했다고 생각하면 어쩌지?

나는 벌떡 일어나서 침실을 왔다 갔다 서성이기 시작한다. 창문 앞을 지나가며 아무 생각 없이 흘긋 내다보다가 그 자리에 얼어붙는다. 웬 남자가 보인다! 처음 보는 남자가 우리 집에서 멀어져가고 있다. 그럴 수도 있는 일이지만, 만일 숲에서 나오는 길이라면 얘기가 다르다. 누가 우리 집을 걸어서 지나가는 일은 극히 드물다. 차를 타고는 지나가도 걸어서 다니는 사람은 없다. 숲으로 산책을 간다고 해도 블랙워터 길을 걸어서 지나가지는 않는다. 그러다가 자동차에 치일 수도 있으니까. 숲으로 들어가는 오솔길은 우리 집 맞은편 들판에서 시작되고 표지판이 잘 보이게 붙어 있다. 나는 남자가 사라질 때까지 지켜본다. 남자는 서두르지 않고 돌아보지도 않지만 내 심장은 방망이질을 멈추지 못한다.

❖

"오늘 레이철한테 와달라고 했어?" 매튜가 출장지에서 전화를 걸어 묻는다.

아까 본 남자에 대해서는 말하지 않는다. 별로 말할 것이 없으니까. 게다가 경찰에 전화를 한대도 무슨 말을 한단 말인가?

"우리 집에서 멀어지는 남자를 봤어요."
"어떻게 생겼습니까?"
"평균 키, 평균 체격이에요. 뒷모습만 봐서요."
"당신은 어디 있었죠?"
"침실에요."
"그 남자가 뭘 했죠?"
"아무것도 안 했어요."
"그럼 수상한 짓을 하지는 않았나요?"
"네. 하지만 우리 집을 살펴봤을 수도 있어요."
"그랬을 수도 있다고요?"
"네."
"그럼 실제로 당신 집을 살피는 건 못 본 거네요?"
"네."

나는 매튜에게 대답한다. "아니, 귀찮게 하기 싫어."
"그건 좀 그런데."
"뭐가?"
"당신 혼자 두는 게 마음에 걸려."

매튜가 걱정하니 나도 더 걱정이 된다. "미리 말해주지."

"괜찮을 거야. 그냥 자기 전에 문단속이나 잘해."

"벌써 다 잠갔어. 경비 시스템을 설치할 걸 그랬나 봐."

"돌아가면 책자 볼게."

나는 전화를 끊고 레이철에게 건다. "뭐 해?"

"벌써 침대에 있어."

"밤 9시에?"

"주말에 무리했거든. 너 같으면 훨씬 전에 잠이 들었을걸. 만나자고 전화
한 거면, 거절해야 할 것 같아."

"집에 와서 와인 한잔하자고 전화했지."

하품 소리가 들린다. "왜, 혼자 있어?"

"응, 매튜가 출장 갔거든. 이번 주 내내."

"수요일에 가서 같이 있어줄까?"

"내일은 안 돼?"

"미안, 일이 있어서."

"그럼 수요일." 나는 실망감을 감추지 못한다.

"별일 없어?" 레이철이 알아채고 묻는다.

"응, 별일은 없어. 어서 자."

"수요일에 봐."

나는 거실로 간다. 혼자 있는 게 무섭다고 말했더라면 레이철은 바로 왔
을 것이다. 나는 텔레비전을 켜고 처음 보는 시리즈를 한 편 본다. 그러다
지쳐서 침실로 간다. 부디 아침까지 깨지 않고 자기를.

그러나 긴장이 풀리질 않는다. 집이 너무 어둡고 밤은 너무 고요하다. 손
을 뻗어 불을 끈다. 잠이 확 달아난다. 음악을 들을까 해서 헤드폰을 썼다가
아무래도 누가 들어오면 소리를 못 듣게 될 것 같아 끈다. 이상하게 열려 있
던 창문, 금요일에 경비 업체에서 왔다 간 다음의 침실 창문과 토요일의 주
방 창문이 머릿속을 어지럽히는 데다 오늘 아침 집 밖에 있던 남자도 생각
난다. 동이 터오기 시작할 때에야 겨우 잠이 든다. 거기 몸을 맡긴다. 밤보

다는 낮에 살해당할 가능성이 낮을 테니까.

7월 29일 수요일

집전화가 울려 눈을 뜬다. 천장을 노려보며 전화가 끊어지기를 기다린다. 어제 아침 8시 반에 고집스레 울리던 전화는 받았더니 아무 말이 없었다. 시계를 보니 거의 9시가 되었다. 매튜가 하루 일과를 시작하기 전에 전화했을 것 같다. 벌떡 일어나 아래층으로 달려 내려간다. 응답기가 작동하기 전에 수화기를 잡아챈다.

"여보세요?" 헐떡이며 묻는다.

아무 대답이 없다. 출장지 통신 상태가 별로 안 좋을 수 있기 때문에 잠시 기다린다.

"매튜?" 내가 불러보지만 여전히 답이 없다.

나는 끊고 매튜의 번호를 누른다. "방금 전화했어?"

"안녕, 여보. 좋은 아침이야." 매튜의 목소리는 좀 뾰족하지만 웃음기가 담겨 있다.

"미안, 내가 너무 급했네. 잘 잤어, 여보?"

"한결 좋네. 근데 여긴 추워."

"좀 전에 전화했어?"

"아니."

"그래?" 나는 인상을 쓴다.

"왜?"

"전화가 울렸는데 받아도 아무 말이 없어서 통신 상태가 안 좋은가 했지."

"점심에 전화하려던 참이었어. 지금은 끊어야 하는데 어쩌지? 나중에 얘기해."

전화를 끊자 억지로 잠에서 깬 게 억울하다. 아침 일찍부터 걸어대는 광고성 전화 같은 건 규제하는 법이 있어야 한다. 이제 하루가 다시 시작되었고, 오늘 밤도 혼자 보내고 싶지 않다는 생각이 퍼뜩 든다. 간밤에 화장실 가려고 일어났을 때 창밖을 내다보다가 누가 거기 있는 줄 알았다. 물론 착각이었지만 그 후로는 새벽까지 잠이 오질 않았다.

"그럼 잠깐 여행이라도 가든지." 지난 이틀 동안 잠을 제대로 자지 못했다고 했더니, 매튜가 점심에 전화해서 말한다.

"그것도 좋겠네. 몇 년 전에 엄마 돌아가시고 갔던 호텔에 갈까 봐. 수영장도 있고 스파도 있었으니까. 근데 방이 있을지 모르겠다."

"전화해서 물어 봐. 있다고 하면 오늘이라도 가고. 나도 금요일에는 합류할게."

즉시 기분이 좋아진다. "그거 좋은 생각이다! 당신은 정말 세상에서 제일 좋은 남편이야."

호텔에 전화하면서 예약할 날짜를 확인하려 달력을 벽에서 떼어낸다. 날짜를 짚어나가는데, 월요일 날짜 밑에 '매튜 출장'이라는 글자가 질책처럼 눈에 들어와 박힌다. 나는 눈을 질끈 감고 혹시나 잘못 본 건 아닐까, 눈을 다시 뜨면 사라져 있는 게 아닐까 기도한다. 하지만 월요일뿐 아니라 금요일 날짜 밑에도 글씨가 쓰여 있는 걸 발견한다. '매튜 귀가'와 함께 웃음 이모티콘까지 그려놓았다. 가슴이 덜컥 내려앉으며 또다시 위를 갉아먹는 불안이 시작된다. 그래서 호텔 직원이 스위트룸 빼고는 모두 예약이 찼다고 했는데도, 값도 물어보지 않고 예약을 한다.

달력을 한 장 넘겨 8월을 만들고 벽에 건다. 우리가 호텔에서 돌아오면 8월이 되어 있을 테고, 매튜는 출장 간다는 말을 자기가 진짜 했고 내가 적어놓기까지 했다는 사실을 모를 것이다.

❖

일단 호텔에 도착해 체크인을 기다리다 보니 기분이 좋아진다. 스위트룸은 이제까지 본 중 가장 큰 침대도 있고 아주 근사하다. 짐을 풀고 매튜에게 도착했다고 문자를 보낸다. 그런 다음 수영복으로 갈아입고 수영장으로 간다. 로커에 소지품을 넣는데 레이철에게서 문자가 온다.

안녕, 나 오늘 일찍 퇴근해도 돼서 6시면 도착할 것 같아. 집에서 저녁 먹을까 아니면 외식할까?

나는 심장이 덜컥 내려앉는다. 절벽에서 떨어지는 듯 까마득한 기분도 느낀다. 어떻게 레이철이 오늘 온다는 걸 까먹고 있을 수가 있지? 겨우 월요일에 약속했는데. 엄마 생각과 함께 찌르는 듯한 두려움이 위장을 파고든다. 또 잊어버리다니, 믿을 수가 없다. 제인의 사건과 죄책감 때문에 정신이 산만하긴 했지만, 레이철이 오기로 한 걸 잊어버리다니. 나는 허둥지둥 통화 버튼을 누르며 차오르는 공포감을 누군가에게 털어놓고 싶어 절박해진다.

레이철은 방금 문자를 보내놓고 전화를 받지 않는다. 다행히 탈의실이 비어 있어 나는 눅눅한 나무 벤치에 앉는다. 레이철에게 나의 건망증에 대한 두려움을 털어놓기로 결심했으니 혹시나 마음이 바뀌기 전에 무슨 일이 있어도 지금 통화를 해야겠다. 나는 다시 레이철에게 전화를 걸고 이번에는 그녀가 받는다.

내가 묻는다. "혹시 우리 집 말고 호화로운 호텔에서 밤을 보내고 싶은 생각은 없어?"

레이철은 잠시 말이 없다. "어디냐에 따라 다르지."

"웨스트브룩 파크."

"환상적인 스파가 있는 곳?" 레이철이 작은 목소리로 속닥거리는 걸 보니 회의 중이거나 한 듯하다.

"맞아. 실은 나 지금 거기 와 있어. 사치 좀 부리고 싶어서."

"그래, 방학을 즐겨야지." 레이철이 한숨을 쉰다.

"그럼 이리 올래?"

"하룻밤 묵으러 가긴 좀 멀다. 난 내일 다시 출근해야 하는데. 금요일에 가면 안 돼?"

"그래도 돼. 매튜가 출장 갔다가 바로 오기로 했으니 셋이 보내자."

레이철이 쿡쿡 웃는다. "말도 안 돼."

"오늘 바람맞혀서 미안."

"상관없어. 다음 주에 볼까?"

"잠깐, 레이철, 내가⋯⋯."

하지만 레이철은 벌써 전화를 끊었다.

7월 31일 금요일

오후가 되자 매튜가 너무 보고 싶다. 날씨가 별로 안 좋아서 그냥 방에서 지내며 매튜가 전화를 먼저 걸길 기다린다. 텔레비전을 좀 보는데, 제인에 대한 뉴스는 나오지 않아서 안도하는 한편, 잔인하게 살해된 지 2주 만에 벌써 잊히는 건가 싶어 화도 난다.

전화가 울려 잡아챘다.

"나 집에 왔어." 매튜다.

"잘됐다. 저녁 먹기 전엔 이리 올 수 있겠네."

"실은 집에 왔더니 경비 업체에서 사람이 와 있더라고. 아예 문간에 앉아 있던데. 당신이 일을 진행시켜버렸는 줄 몰랐네."

"무슨 일을 진행시켜?"

"경비 시스템 말이야."

"무슨 말인지……."

"당신이 어제 설치해달라고 했다던데? 하지만 기술자가 오늘 와보니 집에 아무도 없었던 거야. 30분째 계속 전화를 걸고 있었대."

"난 그런 적 없는데? 우리가 다시 연락하겠다고 했을 뿐이었어." 나는 짜증스럽게 말한다.

"하지만 계약서에 사인도 했던데?" 매튜가 어리둥절한 목소리로 말한다.

"그랬을 리 없잖아! 조심해, 매튜, 그 사람들이 사기 치는 거 아닌지 모르겠어."

"나도 그렇게 생각했어. 내가 아는 한 우린 아직 결정을 못 내렸다고 했지. 그랬더니 당신 사인이 들어간 계약서 사본을 보여주더라고."

"위조했나 보지."

매튜는 말이 없다.

"내가 마음대로 계약을 해버렸다고?"

"물론 그럴 리 없지. 다만 사인이 당신 거랑 똑같아서. 그리고……." 잠시 매튜가 망설인다. "업체를 쫓아내고 나서 당신이 주방에 놔둔 책자를 봤더니 고객 보관용 계약서가 들어 있더라고. 내가 호텔로 가지고 가서 보여줄까? 정당한 계약이 아니었으면 조치를 취해야지."

"소송이라도 걸려고? 몇 시까지 올 거야?" 마음속에 점점 피어오르는 의구심을 누르고 가벼운 말투를 유지하려 애쓴다.

"샤워도 하고 옷도 갈아입고…… 6시 반?"

"아래층 바에서 기다리고 있을게."

내가 말도 없이 경비 시스템을 설치하기로 계약했다고 생각하는 것 같아 좀 짜증이 난다. 하지만 머릿속에서 나를 비웃는 조그만 목소리가 들리는 것도 같다. 확실해, 캐시? 정말 확신하는 거야? 그래, 나는 단호히 대답한다. 확신하고말고. 게다가 그 경비 업체 직원은 계약을 따내기 위해서라면 거짓말을 하거나 사기도 칠 사람처럼 보였다. 나는 자신만만한 기분으로 내려가 바에서 샴페인을 한 병 주문한다.

얼음을 기다리는데 매튜가 도착한다. 무척 피곤해 보인다.

"많이 힘들었어?" 내가 묻는다.

"그랬다고 할 수 있지." 매튜가 키스를 하고 샴페인을 보며 말한다. "이거 좋네."

웨이터가 다가와 뚜껑을 따서 따라준다.

매튜가 잔을 들어 올리며 미소 짓는다. "우리를 위해."

"우리와 스위트룸을 위해."

"스위트룸을 예약했어?"

"그것밖에 안 남았대."

"저런." 매튜가 씩 웃는다.

"침대가 거대해."

"그 안에서 당신을 잃어버릴 정도는 아니지?"

"그럴 리가." 나는 탁자 위에 잔을 내려놓는다. "내가 사인했다는 계약서는 가지고 왔어?" 얼른 치워버리고 아무 방해 없는 진정한 주말을 맞이하고 싶다.

매튜가 주저하다가 주머니에서 서류를 꺼내며 미안한 듯 말한다. "당신 사인하고 너무 똑같아 보이긴 해."

나는 계약서를 뚫어지게 들여다본다. 맨 아래 서명이 아니라 계약서 자체를. 각 항목들이 누가 봐도 나의 글씨로 채워져 있다. 아니, 적어도 내가 보기엔 내 서명보다도 그 글씨가 더 확실한 증거다. 서명이야 누구든 위조할 수 있지만, 각 항목마다 단정히 채워진 대문자들은 내 필체 그대로다.

나는 서류를 찬찬히 훑어본다. 내가 쓴 게 아닌 것처럼 보이는 부분을 찾는다. 하지만 더 자세히 들여다볼수록 더 내가 쓴 것 같다. 아예 내가 그 글자들을 쓰고 있는 모습이 떠오르고 펜을 쥐고 있던 손의 감촉이, 그리고 다른 손으로 서류를 가볍게 누르고 있던 기억마저 나려고 할 지경이다.

나는 거짓말을, 내가 쓴 글씨가 아니라고 할 마음의 준비를 하고 입을 열지만, 당황스럽게도 눈물이 터진다.

매튜가 옆으로 와서 꼭 안아준다. "속아 넘어가서 사인을 했겠지." 정말 그렇게 믿는 건지, 아니면 빠져나갈 구실을 주는 건지 알 수 없다. 출장에 대해서도, 자기가 말하는 걸 잊어버렸나 보다고 했던 것처럼 말이다. 어쨌든 고맙게 느껴진다. "내가 내일 아침 일찍 전화해서 그냥 넘어가지 않을 거라고 말할게."

"하지만 거기 직원 말하고 내 말이 다를 텐데? 그냥 놔두자. 직원은 절대 인정 안 할 거고, 그럼 일만 더 복잡해지잖아. 우리에게 경비 시스템이 필요하기도 하고 말이야."

"그래도 계약 취소는 해야지. 직원이 뭐라고 했어? 그냥 견적서일 뿐이라고?"

"정확히 뭐라고 말했는지는 기억이 잘 안 나. 하지만 난 견적서에 동의한다는 뜻으로 생각했던 것 같아. 내가 너무 바보 같아." 나는 매튜가 만들어 준 핑계를 움켜잡는다.

"당신 잘못이 아니야. 업체에서 그런 방법을 쓰면 안 되지." 그러더니 잠시 말이 없다. "근데 솔직히 어떻게 대응해야 할지 잘 모르겠다."

"그냥 설치하게 하면 안 될까? 나도 잘못이 있으니까."

"어쨌든 그 직원과는 매듭을 짓고 싶어. 내일도 기술자를 보낼 테니 그 판매원은 보지 못할 공산이 크긴 하지만 말이야."

"정말 미안해."

"전체적으로 봤을 때 그렇게 잘못된 일은 아니야." 매튜가 자기 잔을 비우고 샴페인 병을 아쉬운 듯 바라본다. "한 잔 더 마시지 못하는 게 아쉽네."

"왜 안 돼? 운전해야 하는 것도 아니고."

"실은 해야 돼. 난 당신이 계약을 정말 한 줄 알았기 때문에 내일 아침에 다시 와서 설치해달라고 했거든. 그러니 우리가 정말 계약을 파기할 게 아니라면 내일 아침에 집에 있어야 돼."

"여기서 자고 일찍 가면 되잖아."

"6시 반에 일어나라고?"

"그렇게 일찍 가야 돼?"

"아침 8시에 보기로 했으니까."

그렇게 일찍 약속을 잡고 여기서 자지 않기로 결정한 게, 나 때문에 화가 나서 그런 건가 싶다. 나한테 직접 화를 내기는 싫으니까 말이다.

"하지만 내일 설치를 하고 저녁에는 올 거지?"

"물론이지." 매튜가 내 손을 잡으며 말한다.

매튜는 금방 떠나고 나는 방으로 올라가 눈이 피로해서 감길 때까지 영화를 본다. 하지만 잠이 안 온다. 내가 계약서를 하나하나 작성해놓고 나서 전혀 기억 못 한다는 사실이 나를 뼛속까지 뒤흔들어놓았다.

처음 엄마의 문제가 심각하다는 걸 깨달았을 때처럼 심한 건 아니라고 자위해본다. 2002년 봄이었다. 엄마는 동네 가게에 갔다가 집으로 돌아오는 길을 잃어버리고, 세 시간이 지나서야 나타났다. 경비 업체와의 일 이전에 내가 잊어버린 건 상대적으로 사소한 일들이었다. 수지 선물, 매튜 출장, 한나와 앤디의 바비큐 초대, 레이철과의 약속……. 하지만 사실 이런 일들을 잊어버린 것만도 좋지 않은데, 경비 업체와 계약까지 해놓고 전혀 생각이 나지 않는다는 것은 심각하다. 방문했던 직원이 나를 속인 거라는 말을 누구보다 믿고 싶지만, 둘이 주방에 있을 때를 돌아보니, 기억나는 것이 별로 없다는 사실을 깨닫는다. 마지막에 남자가 나에게 책자를 건네며 남편이 아주 놀라워할 거라고 한 말밖에는…….

8월 2일 일요일

호텔에서 체크아웃하고 나오면서 우리 둘 다 말이 없다. 내가 어디 가서 점심을 먹자고 했지만 매튜는 집에 가고 싶다고 한다. 주말이 기대한 대로 풀리지 않아 둘 다 실망한 상태다. 매튜가 금요일 밤에 호텔에서 자지 않은 이유를 합리적으로 설명했지만, 실은 나의 건망증이 일으킨 소란들에 질려서 그런 건 아닐까 너무나 걱정이 된다.

그래서 어제 매튜가 집에서 경비 시스템을 설치하는 동안, 나는 용기를 짜내 인터넷에서 '주기적 기억상실증'을 검색했다. '일과성 전체 건망증'이라는 용어가 나왔고, 엄마 때문에 익숙한 용어긴 했지만, 한 줄 한 줄 설명을 읽어나갈 때마다 가슴이 조금씩 무너져 내리는 것 같아, 얼른 닫아버렸다. 정말 내 증세인지 모르겠고, 자세히 알고 싶지도 않다. 지금으로서는 모르는 게 약이다.

어제는 7시가 되어서야 매튜가 나타났고 저녁 먹기 전에 바에서 한잔할 때, 평소보다 주의 깊게 나를 살펴보는 걸 알 수 있었다. 걱정이 된다는 말을 하지 않을까 싶었지만, 결국 매튜는 아무 말도 하지 않았다. 그게 더 안 좋았다. 방에서 우리 둘만 있을 때 얘기를 꺼내려나 생각도 했는데, 매튜는 올라가자마자 텔레비전을 틀었다.

그날 제인의 장례식이 열렸다는 뉴스가 나왔다. 꽃으로 뒤덮인 관이 헤스턴의 작은 교회로 운구되며 멍한 표정의 가족들이 뒤를 따르는 장면이 나왔고 나는 눈물을 흘렸다.

장례식 소식과 함께 경찰에서 제인의 핸드폰이 사라졌다는, 이제까지 알리지 않았던 정보를 밝혔다. 제인의 핸드폰과 비슷한 기종의 사진을 보여주며, 이런 걸 발견한 사람은 연락을 달라고 했다. 그러고 나서 나온 제인의 사진은 전과는 다른 것이었다.

매튜가 말했다. "예쁜 여자네. 정말 안타까운 일이야."

"그럼 예쁘지 않았다면 안타깝지 않단 거야?" 내가 갑자기 화가 나서 쏘아붙였다.

매튜는 놀라서 쳐다보았다. "그런 의미가 아닌 거 알잖아. 누구든 살인을 당한 건 끔찍한 일이지만 더구나 저 여자는 어린아이도 둘이나 있으니 더 그렇지. 그 아이들이 언젠가는 자기 어머니가 잔인하게 살해당했다는 걸 알게 될 거 아니야."

매튜는 다시 텔레비전으로 시선을 돌렸고, 경찰이 블랙워터 길 수색을 마쳤으며 다시 다닐 수 있게 되었다고 전하는 뉴스가 나왔다.

"거기서 살해 무기를 찾을 수 있을 것 같지 않은데. 차라리 용의자 찾는 데나 신경을 쓰지. 분명 아는 사람이 있을 거야. 그날 밤 피범벅이 됐을 테니까."

"그 얘기 좀 그만할 수 없어?"

"당신이 얘기 시작했잖아."

"난 텔레비전 안 켰어."

매튜가 나를 한참 쳐다보는 게 느껴졌다. "살인자가 아직도 오리무중이라서 그러는 거야? 무서워서? 만일 그런 거라면 당신은 이제 안전해. 우리 집에 경비 시스템이 설치됐으니까. 어쨌거나 살인자는 지금쯤 멀리 달아나고 없을걸."

"알아."

"그러니 걱정 좀 그만해."

나는 바로 지금이 매튜에게 내 걱정거리를 털어놓아야 할 때임을 깨달았다. 나에게 일어나고 있는 일, 내 머리에서 일어나고 있는 일이 걱정된다고. 그리고 엄마의 치매에 대해서도 알려줘야 했다. 하지만 나는 그 기회를 그냥 흘려보내고 말았다.

목욕을 하면 좀 기분이 누그러질까 싶었지만 제인의 남편이 자꾸 생각났다. 그의 고통을 덜어주기 위해 뭔가 할 수 있었으면, 제인을 만나 얼마나 즐거웠는지 말해줄 수 있었으면 좋겠다. 정말 좋은 사람이었다고. 그 욕구가 너무 커져서 나는 레이철에게 주소를 알려달라고 해서 편지를 쓰기로 결심했다. 욕조에 몸을 담가 머릿속으로 편지글을 생각해보며, 사실 그 남편보다는 나를 위해 쓰는 글이라는 의식이 들었다. 물이 차가워진 후에야 욕조에서 나와 매튜와 나란히 누웠는데, 서로의 거리가 이렇게 멀게 느껴진 적은 처음이었다.

❖

다시 현재로 돌아와, 호텔 안내 데스크 옆에 서 있는 매튜를 흘긋 본다. 차라리 매튜가 나의 기억력 문제에 대해 먼저 말을 꺼내주었으면 좋겠다. 분명히 문제가 있는데, 그도 아무 일 없는 척하고 있다.

"어디 가서 점심 먹고 싶지 않아?" 내가 묻는다.

매튜가 고개를 젓는다. "난 별로."

우리는 각자 차를 몰고 떠난다. 집에 도착해서 매튜가 새 경비 시스템 끄는 것을 나는 지켜본다.

"어떻게 하는지 가르쳐줄 거지?" 내가 묻는다.

매튜는 나보고 비밀번호를 고르라고 한다. 나는 쉽게 기억할 수 있도록 우리 생일을 거꾸로 입력한다. 몇 번 연습하고 나서 내가 집에 혼자 있을 때를 대비해 특정 방들을 별도로 설정하는 방법을 배운다. 그러자 갑자기, 내가 업체 직원에게 그런 방법도 가능했으면 좋겠다고 말했던 게 떠오른다. 즉 기억은 못 해도 직원과 더 심도 깊은 대화를 나누었던 게 분명한 것이다.

"그래, 알았어."

"좋아. 그럼 텔레비전 좀 켜볼까?"

우리는 거실로 들어가지만 뉴스가 나올 시간이라 나는 얼른 주방으로 피한다.

그러나 곧 매튜가 충격받은 얼굴로 주방 입구에 나타난다. "사람을 찌르는 것도 끔찍한 일인데, 큰 주방용 칼로 목을 긋다니. 그렇게 살해를 했나봐. 목을 베어서."

내 안에서 뭔가 툭 부러진다. 닥쳐! 주전자를 쾅 내려놓으며 소리친다. "그 입 닥치라고!"

매튜가 경악하여 쳐다본다. "맙소사, 캐시, 진정해!"

"당신이 맨날 끔찍한 살인 사건 얘기를 떠들어대는데 어떻게 진정을 해? 정말 미칠 것 같다고!"

"당신이 알고 싶을 것 같아서 그랬을 뿐이야."

"난 알고 싶지 않아! 알겠어? 조금도 관심 없다고!" 나는 눈물을 그렁거리며 주방을 박차고 나간다.

"캐시, 기다려!" 매튜가 내 팔을 잡아 품으로 끌어당긴다. "정말 미안해. 내가 너무 무신경했어. 당신이 만났던 사람이라는 걸 자꾸 잊어버려서 그랬어."

나는 힘이 쭉 빠져나가는 듯하다. "아냐, 내 잘못이야. 그렇게 소리쳐서는 안 됐는데."

매튜가 내 이마에 키스를 한다. "이리 와. 영화나 보자."

"살인 사건 나오는 건 안 볼 거야."

"코미디 영화를 찾아볼게."

그래서 우리는 영화를 본다. 아니, 매튜가 영화를 보고 나는 그가 웃을 때 따라 웃으며 내가 얼마나 미칠 듯한 기분인지 들키지 않으려 노력한다. 그 운명적인 금요일 밤, 숲을 관통해 지름길로 가기로 한 한순간의 선택이 내 삶에 이렇게 치명적인 타격을 미치다니, 믿을 수가 없다. 제인도 문제적 시간에 문제적 장소로 가는 잘못된 선택을 했는지 모르겠지만, 나야말로 그 사소한 실수가 이런 결과를 가져왔다. 이런 결과를.

8월 4일 화요일

식기세척기에 접시들을 넣고 있는데 전화벨이 울린다. 호텔에서 어떻게 지냈는지 레이철이 전화한 것 같다. 하지만 받았더니 아무 대답이 없다. 누가 이런 짓을 하는 걸까. 분명 누가 **있다**. 어제도 이런 전화를 받았다. 지난주에 호텔로 가기 전에도. 수화기에서는 아무 소리도 들리지 않는다. 나는 숨을 멈추고 아주 작은 소리라도 들리는지 귀를 기울인다. 하지만 아무 소리도, 잡음도, 숨소리조차 들리지 않는다. 저쪽 역시 숨을 참고 있는 건가? **그다.** 불안이 스멀스멀 온몸으로 번진다. 나는 전화를 확 끊는다.

그동안 온 전화가 있었나 싶어 자동응답기를 켜본다. 경비 업체에서 목요일에 건, 다음 날 설치하러 가겠다는 확인 전화와 금요일에 빨리 응답 달라는 독촉 전화 세 통이 와 있다. 또 하나는 코니에게서 온 전화다. 9월 수업 계획을 짜야 하는데 시작도 못 하고 있다.

전화벨이 다시 울린다. 심장이 또 두근거린다. 별일 아닐 거야……. 나는 스스로를 다독인다. 매튜나 레이철이나 아님 다른 친구가 수다 떨고 싶어서 전화한 거겠지. 하지만 확인해보니 발신번호 제한 전화다. 내가 왜 받았는지 모르겠다. 어쩌면 상대에게 누구냐고 묻고 싶었는지도 모른다. 그러나 으스스한 침묵에 입도 얼어붙은 듯 말이 나오지 않는다. 나는 떨리는 손으로 다시 수화기를 쾅 내려놓는다. 갑자기 집이 감옥처럼 느껴진다. 서둘러 위층으로 올라가 핸드폰과 가방을 가지고 차에 뛰어든다.

캐슬웰스로 운전해 간다. 카페로 가는 길에 가게에 들러 제인의 남편에게 보낼 카드를 산다. 그때 계산대에 쌓여 있는 신문이 내 눈에 띈다. 헤드라인이 살인 사건에 대한 새로운 사실이 밝혀졌다고 난리를 치고 있다. 딱히 사건에 대해 읽고 싶지는 않지만 경찰이 살인자를 잡을 가능성이 커졌나 싶어 한 부를 산다.

카페 구석 자리에서 신문을 펼친다. 지금까지는 경찰에서 제인의 살인이 무작위 공격이라고 생각했지만, 금요일 밤 11시 30분경 같은 장소에서 제인의 차가 멈춰 있는 것을 보고 지나갔다고 누가 제보를 했다. 그때는 살아 있었다고. 그래서 수사 방향이 완전히 바뀌었다. 제인이 그날 밤에 누구를 만나러 그 길가에 차를 세웠다는 뜻이 될 수 있고, 그 전수에도 그랬을 수 있다고 말이다.

이제 신문은 제인의 사생활에 대해 파헤치고 있다. 애인이 있었을 수 있다고, 결혼 생활이 순탄치 않았을 거라고. 나는 제인의 남편이 걱정된다. 심지어 남편이 살인자가 아닐까 하는 추측까지 나와 있다. 아이 둘을 보며 집에 있었다는 알리바이조차도, 잠시 빠져나와 살인을 저지를 시간 정도는 쉽게 낼 수 있었을 거라고 말하고 있다.

기사 옆에는 경찰이 제시한, 범행 도구로 쓰였을 칼의 사진이 나와 있다. 정교하게 톱니가 나 있고 검은 손잡이가 달린 주방용 칼을 보고 있자니 속이 울렁거리도록 무섭다. 심장이 너무 빨리 뛰어 현기증이 난다. 잠시 눈을 감아보지만 다시 뜨니 더욱 강한 공포가 밀려든다.

내가 길가에 차를 멈췄을 때 살인자는 벌써 숲속에 숨어서 기다리고 있었을지도 모른다. 만일 놈이 나를 봤다면, 나도 놈을 봤다고 생각할지 모른다. 내가 위협이 될 때를 대비해 번호판을 외웠을지도 모른다. 그리고 이제 위협이 되었다고 생각하겠지. 누가 경찰에 연락해서 새로운 사실이 밝혀졌다는 걸 모두가 알게 되었으니까. 내가 별말을 하지 않았다는 건 모를 것이다. 제인이 아는 사람을 기다리고 있었다든지 하는 말은 하지도 않았다는 건 모를 것이다. 중요한 사실은 내가 존재한다는 것, 그리고 내가 경찰에 연락했다는 것이다. 내가 누군지 알아내고 협박하기 위해 말없이 전화를 자꾸 걸었던 걸까?

나는 절박하게 주변을 둘러본다. 카페 메뉴가 눈에 들어온다. 나는 첫 번째 줄의 글자 수를 세기 시작한다. 하나, 둘, 셋, 넷, 다섯, 여섯. 되었다. 숫자를 차분히 세자 심장 박동도 느려지고 다시 정상적으로 숨을 쉴 수 있게 된다. 하지만 여전히 무섭고 몸이 떨린다.

핸드폰을 꺼내 레이철에게 건다. 다행히 사무실이 여기서 멀지 않다. "나 지금 캐슬웰스에 있어. 혹시 점심시간에 여유 있게 나올 수 있어?"

심상찮은 기색을 눈치챘는지 레이철이 재빨리 대답한다. "스케줄 확인해볼게. 보자…… 3시에 회의가 있으니 그 전에는 돌아와야겠네. 지금부터 서두르면 1시까지는 갈 수 있겠고. 그래도 돼?"

"그럼 좋지."

"'점박이 암소'에서 만날까?"

"그러자."

"시내에 사람 많니? 넌 어디 주차했어?"

"그레인저 스트리트에서 한 군데 찾았어. 하지만 너는 주차 빌딩으로 가야 할 거 같아."

"그래, 1시에 봐."

❖

"무슨 일이니, 캐시?"

나는 와인을 한 모금 마시며, 뭐라고 해야 할지 망설인다. "집에 있으면 위험할 것 같아."

"왜?"

"살인 사건 때문에. 제인이 알던 사람 때문에 살해됐을 수 있다잖아. 그럼 이 지역 사람이겠지."

레이철이 내 손을 꼭 잡는다. "너 진짜 힘들구나."

나는 슬프게 고개를 끄덕인다. "한 번 점심을 같이 먹었을 뿐이지만 정말 좋은 친구가 될 수 있을 것 같았거든. 게다가 언론에서 애인이 있었을 거라고 떠들어대는 게 괴로워. 정말 그럴 거 같지 않았어. 제인은 계속 남편 얘기를 하면서 진짜 좋은 사람이라고, 자기가 운이 좋았다고 했거든. 난 제인 남편에게 보내려고 카드까지 샀어. 주소 좀 알려줄 수 있지?"

"그럼, 내가 사무실에다 물어봐줄게." 그리고 레이철이 내가 산 신문을 향해 고갯짓을 한다. "칼 사진 봤어? 끔찍하더라."

"얘기하지 마. 생각도 하기 싫어."

"경비 시스템 설치하면 괜찮을 거야."

"벌써 했어. 금요일에."

레이철이 잔을 향해 손을 뻗는데, 소매에 걸려 있던 은팔찌들이 미끄러지면서 서로 부딪친다. "혼자 집에 있을 때 경비 시스템 설정할 수 있겠어?"

"응, 창문이랑 방문도 각각 별도로 설정할 수 있어."

"그런데도 위험하다는 생각이 든다고?"

"응."

"왜?"

"자꾸 이상한 전화가 와."

"무슨 전화?"

"받아도 말이 없어. 발신자 표시 제한으로 오고."

"그냥 끊어진다고?"

"아니, 누가 그냥 듣고만 있는 거야. 아무 말도 없이. 정말 무서워."

레이철이 잠시 생각에 잠긴다. "몇 번이나 왔었는데?"

"글쎄……. 대여섯 번? 오늘 아침에는 두 번이나 왔어."

레이철이 헛웃음을 짓는다. "그래서 무섭다고? 발신자 표시 제한 전화 몇 번 온 걸 가지고? 캐시, 나도 그런 전화 무지 받아! 대부분은 광고 전화거나 설문 전화고. 아무튼 집전화로 온다는 말이지?"

"응. 아무래도 광고 전화는 아닌 것 같아."

"그럼, 아는 사람이 전화하는 거라고?" 레이철이 이해가 안 간다는 표정으로 나를 본다.

"응."

"캐시, 전화 몇 통 가지고 왜 그래?"

나는 어깨를 으쓱한다. "제인 사건 때문에 그런가 봐……. 우리 집에서 너무 가까운 곳에서 일어났잖아."

"매튜는 뭐래?"

"매튜에게는 아직 말 안 했어."

"왜?" 레이철이 걱정스러운 눈으로 쳐다본다.

나는 비밀을 털어놓기로 결심한다. "왜냐하면 내가 최근 멍청한 실수를 몇 개 저질렀거든. 그리고 내가 정말 미쳤다고 생각하게 두기 싫으니까."

레이철이 와인을 한 모금 마시면서도 나에게서 눈을 떼지 않는다. "무슨 일?"

"먼저, 한나와 앤디를 바비큐 먹으러 오라고 초대한 걸 잊어버렸어. 우리 신포도에서 만나기로 한 날, 가던 길에 한나랑 마주쳤거든……."

"그랬다며. 그래서 늦었다고 했지."

"내가 얘기했나?"

"응. 그리고 한동안 못 만나서 바비큐 먹으러 오라고 초대했다며."

"내가 언제 초대했는지도 말했어?"

"응, 그 주 일요일 날."

나는 눈을 감고 심호흡을 한다. "그래…… 난 잊어버렸어."

"잊어버려?"

"응. 내가 초대했던 사실을. 실은 아예 기억이 나질 않아. 그날 아침 앤디가 전화해서 언제 가면 되냐고 물어서 겨우 알게 됐어. 하마터면 아무 준비도 없이 손님을 맞을 뻔했어. 그런데 그게 다가 아니야. 경비 시스템 계약한 것도 전혀 기억을 못 했어. 계약서를 작성하고 서명까지 했는데. 게다가 지금도 생각이 안 나." 나는 탁자 너머 레이철을 본다. "무서워, 레이철. 정말로. 나한테 무슨 일이 일어나는지 모르겠어. 엄마도……."

"경비 시스템 얘기는 무슨 말이야? 정확히 설명을 해봐."

"우리 신포도에서 만났을 때 내가 경비 업체 직원을 만나고 왔다고 견적서 받았다고 얘기했던 거 기억나?"

"응, 좀 기분 나빴다며."

"그랬지. 근데 매튜가 금요일에 출장에서 돌아와보니, 문 앞에서 직원이 기다리고 있더라는 거야. 그래서 경비 시스템 설치하기로 한 적 없다고 했더니, 직원이 내 사인이 담긴 계약서를 꺼내더래."

"그 남자가 서명을 위조했을 수도 있지. 세상에 그런 놈들이 얼마나 많은데."

"나도 처음엔 그렇게 생각했는데, 서명만이 아니었어. 계약서에 채워진 글자들이 내 필체가 틀림없더라고. 매튜는 내가 속아서 서명을 했을 거래. 나도 그런 척했지만…… 우리 둘 다 그런 게 아니라는 걸 알고 있는 것 같아."

레이철이 잠시 생각에 잠긴다. "내가 무슨 생각 하는지 알아? 내 생각엔 강압적인 분위기 때문에 네가 사인하게 됐을 것 같아. 그 남자가 엄청 불편했다며. 얼른 내보내고 싶어서 사인해준 거지. 그러고 나서는 그렇게 끌려갔던 게 창피해서 무의식적으로 기억을 차단해버린 거야."

"그 생각은 못 해봤는데."

"그랬던 게 분명해. 그러니 걱정하지 마."

"하지만 또 그게 다가 아니야. 수지 사주기로 했던 선물 잊어버린 거랑, 한나와 앤디 점심 초대는?"

나는 레이철이 오기로 했던 날 잊어버린 일에 대해서는 말하지 않는다.

"너, 어머니 돌아가신 지 얼마나 됐지?"

"이제 2년 좀 넘었네."

"그러는 동안 일도 다시 시작하고 결혼도 하고 이사도 했지. 사실상 새로운 삶을 시작했다고 봐야 해. 그 전 3년 동안은 밤낮으로 심한 치매 환자를 돌봐야 했고. 얼마 안 되는 기간 동안 너무 빨리 너무 많은 변화가 일어났잖아. 많이 지쳤을 거야."

나는 천천히 고개를 끄덕인다. 생각할수록 레이철의 말이 맞는 것 같다.

"좀 정신없는 몇 년이었지."

"그럼."

"하지만 그런 일이 자꾸 더 일어난다면?"

"무슨 말이야?"

최악의 가정을 소리 내어 말하기가 너무 힘이 든다. "나도 엄마처럼 되는 거라면? 엄마처럼 작은 일부터 조금씩 잊어버리기 시작한 거라면?"

"그게 걱정돼서 그런 거야?"

"솔직히 말해줘, 레이철. 나 뭐 이상한 거 못 느꼈어?"

"아니, 전혀. 가끔 좀 멍해 보이긴 했지만……."

"내가?"

"그러니까 뭔가 다른 생각에 빠져들면서 내가 하는 말을 안 들을 때가 있지."

"내가?"

"너무 걱정하지 마! 안 그러는 사람이 어딨니?"

"그럼 치매가 시작된 것 같지는 않다는 거야?"

레이철이 고개를 사납게 흔든다. "전혀."

"말 없는 전화들은?"

"무작위로 걸다가 끊어진 전화들이야. 무서워할 필요 없어. 너에겐 그저 휴식이 필요할 뿐이야. 매튜한테 어디 좀 데려가달라고 해."

"벌써 5일이나 여행 갔다 왔잖아. 그리고 매튜는 8월에 시간 내기 힘들어. 너는 곧 휴가 가잖아?"

"토요일에. 빨리 가고 싶어! 아, 점심이 나왔네."

레이철이 15분이나 늦게 돌아간 후에, 나도 기분이 좀 나아진다. 엄마가 죽은 후 바뀐 내 삶에 대해서는 레이철의 말이 옳다. 정말이지, 너무나 단조롭고 힘겨운 생활에서 새로운 경험이 가득한 풍부한 삶으로 옮겨왔다. 그동안 내가 겪은 모든 일을 생각하면 잠깐 흔들리고 혼란스러울 수도 있는 게 정상이다. 약간의 불협화음이 끼어들었을 뿐이다. 재난이 닥친 건 아니다.

이제 제인의 죽음에 대해서는 그만 생각하고, 기분 나쁜 전화에 대해서도 신경 끄고, 나에게 중요한 일들에, 매튜에게 집중해야겠다. 그러고 보니 아이디어가 하나 떠올라, 주차장으로 가는 대신 다시 돌아선다.

❖

나는 아기 용품점 앞에서 잠시 멈춰 진열된 예쁜 아기 옷들을 들여다본다. 그리고 문을 열고 들어간다. 가게 안에는 젊은 부부 한 쌍이 곧 태어날 아기를 위해 유모차를 고르고 있다. 아내는 배가 잔뜩 불렀다. 언젠가는 매튜와 나도 저렇게 서서 우리 아이를 위한 유모차를 고를 거라 생각하니 목이 메며 열망이 강해진다.

나는 옷걸이에서 파스텔 색조 풍선 그림이 그려진 조그만 잠옷을 발견한다. 가게 점원이 다가와 도와줄까 묻는다. 이제까지 본 중 머리가 가장 긴, 귀여운 젊은 여자다.

"예, 이걸 사고 싶은데요." 나는 잠옷을 내민다.

"정말 예쁘죠. 선물 포장 해드릴까요?"

"아뇨, 괜찮아요. 직접 쓸 거니까."

"정말 잘됐네요! 언제가 예정일이에요?"

직원의 질문에 나는 당황한다. 존재하지도 않는 아기를 위한 잠옷을 사는 거니까.

"아, 임신한 지 얼마 안 됐어요." 내가 말한다.

직원은 즐겁게 웃으며 자기 배를 두드린다. "나도요!"

"축하해요!"

젊은 부부도 이쪽으로 온다.

"딸인지 아들인지 알아요?" 아내가 나를 보며 묻는다.

나는 얼른 고개를 젓는다. "아직 초기라서요."

"우리는 아들이에요. 다음 달 예정이죠." 아내가 자랑스레 말한다.

"정말 좋겠어요."

"어떤 걸로 할지 못 정하겠어요." 아내가 계속 말한다.

"우리가 도와드릴게요." 점원이 말하고, 나도 모르는 사이에 우리는 유모차들을 하나하나 짚어나가며 장점과 단점을 토론한다.

"나라면 저걸로 하겠어요." 나는 아름다운 남색과 하얀색 유모차를 가리키며 말한다.

"한번 밀어보세요." 점원의 제안에 젊은 부부와 나는 차례로 유모차를 밀고 가게 안을 왔다 갔다 하며 정말 우아한 데다 다루기도 쉬운 완벽한 모델이라고 입을 모은다.

우리는 함께 계산대로 향하고, 점원은 나의 아기 잠옷을 예쁜 상자에 넣어주겠다고 고집한다. 그리고 우리는 아기 이름을 뭐로 할지에 대해서도 수다를 떨며, 나는 엄마가 된다는 것에 대해 그 어느 때보다도 자신감이 생긴다. 그저 지쳤을 뿐이라던 레이철의 주장도 자신감을 더해주었다. 오늘 저녁 당장 매튜에게 인공 수정을 시작하자고 말해야겠다. 이 조그만 아기 옷을 선물해서 힌트를 주는 것도 좋겠다.

점원이 나에게 문서를 하나 내민다. "저희 가게에서 포인트 제도를 운영하고 있는데요, 이름과 주소만 알려주시면 돼요. 일정 포인트 이상 쌓으면 다음부터는 할인해드려요."

나는 서류를 받아 작성하기 시작한다. "좋을 것 같네요."

"임산부 옷을 살 때도 쓸 수 있어요. 신축성이 뛰어난 허리띠가 달린 예쁜 청바지도 있어요. 저도 벌써 찜해두었답니다."

갑자기 내가 임신하지 않았다는 사실을 퍼뜩 깨달으며, 서류를 건네주고 서둘러 작별을 고한다. 거의 문까지 갔는데 점원이 부른다. "계산을 안 하셨어요."

점원은 웃으며 말했지만 나는 당황스러워 허둥거리며 카드를 건넨다. 드디어 가게를 나설 때쯤엔 거짓말을 했다는 열패감에, 애써 얻은 자신감이 다 날아간 듯하다. 집으로 돌아갈 기분도 아니지만, 계속 시내에 있다가 아까 부부를 또 마주치고 나의 임신에 대해 또 이야기해야 할까 두렵다.

일단 주차장으로 가지만 얼마 안 가 누가 나를 부른다. 돌아보니 학교 동료 존이 달려오고 있다.

"아까 가게에서 나오는 거 보고 달려왔어." 늘 그렇듯 함박 웃음을 지어 보이며 와락 포옹까지 하자 그의 검은 머리가 이마 위로 스륵 미끄러진다. "잘 지내, 캐시?"

"응, 그럼."

존의 시선이 내가 들고 있는 쇼핑백에 머문다. "귀찮게 굴려는 건 아닌데, 내 친구한테 아기가 태어나서 선물을 사려고 하거든. 근데 뭘 사야 할지 모르겠더라고. 나도 가게로 가려던 참인데, 캐시가 나오는 걸 봤어. 혹시 도와줄 수 있을까 싶어서."

"나도 친구 아기 주려고 잠옷을 샀어. 존도 잠옷 고르면 될 거야."

"그렇구나, 그래야겠다. 그리고 방학은 잘 보내고 있어?"

"그럭저럭. 쉬는 건 좋은데, 살인 사건 때문에 불안하네."

존의 얼굴이 즉시 흐려진다. "제인은 나랑 테니스를 치던 친구였어. 같은 클럽에 다녔거든. 뉴스를 보는데 믿을 수가 없더라. 아직도 너무 끔찍하게 느껴져."

"존도 제인이랑 아는 사이였지!"

존이 놀란 표정을 짓는다. "캐시도 제인이랑 아는 사이였어?"

"그저 조금. 레이철이 데려간 파티에서 만났어. 수다를 떨다가 중학교에서 일한다고 했더니 존을 안다고 하는 거야. 그러고 나서 몇 주 전에 점심을 같이 먹었어." 나는 그만 화제를 바꾸고 싶어진다. "존은 곧 그리스로 가지?"

"아니, 취소했어."

나는 의아하게 쳐다본다.

"여자친구랑 헤어져서."

"아……."

존이 어깨를 으쓱한다. "그럴 수도 있지 뭐." 그리고 자기 시계를 본다. "잠깐 차 한잔할 시간은 안 되겠지?"

"커피 한잔하면 좋지." 나는 시간을 더 때울 수 있게 되어 기쁘게 대답한다.

우리는 커피를 마시며 학교 얘기와 이달 말에 잡힌 연수, 그리고 9월 새 학기에 대해 얘기한다. 30분 정도 대화를 나누다가 헤어진 후, 나는 존이 아기 용품점으로 다시 들어가는 것을 보며 스트레스 지수가 올라가는 것을 느낀다.

점원에게 아까 친구가 사 간 것 같은 잠옷을 사고 싶다고 하면 어떻게 하지? 나인 줄 알면 임신 얘기가 나올 거고, 학교에서 존과 마주치면 모두 앞에서 축하한다고 할 수도 있다. 뭐라고 대답하지? 그냥 거짓말이었다고? 아예 이따가 전화해서 물을 수도 있다. 그렇게 되면 나는 점원에게 거짓말한 걸 인정하거나, 그녀가 내 말을 잘못 알아들었다고 우겨야 하리라. 머리가 지끈거리며, 정말이지 이렇게 우연히 마주치는 일은 다시 없기를 바랄 뿐이다.

집에 도착하여 문을 열고 들어서자 키패드의 붉은빛이 깜빡거리며 경비 시스템을 꺼야 함을 상기시킨다. 나는 문을 닫고 암호를 입력한다. 하지만 녹색 불이 들어오는 대신, 붉은빛이 미친 듯 깜빡이기 시작한다. 내가 암호를 잘못 입력했나 보다. 나는 다시, 9091 번호 하나하나를 정확히 입력한다. 하지만 붉은빛은 더욱 심하게 깜빡인다.

이제 카운트다운이 시작되었고 30초 후면 경비 시스템이 작동될 것이다. 나는 당황하여 내가 뭘 잘못했는지 알아내려 애쓴다. 비밀번호는 확실하니까 계속 눌러본다.

곧 애앵 하는 사이렌 소리가 귀를 찢을 듯 울려대며, 다른 경고음도 삑삑 삑삑 울려댄다. 지옥문이 열린 것 같다. 어쩔 줄 몰라 하며 키패드 앞에 서서, 경비 시스템을 끌 다른 방법이 있는지 알아내려 애쓰고 있을 때 전화벨이 울린다. 안 그래도 빨라지던 심장이 더욱 쿵쿵 뛰며, 장난 전화로 나를 괴롭히던 사람이 내가 방금 집에 도착한 걸 알고 전화했다는 생각만 든다. 나는 대문으로 달려가 길을 내다보며 누구 도와줄 사람이 없는지 찾는다. 하지만 경비 시스템이 지독한 소음을 내는데도 무슨 일인지 보러 오는 사람이 없다. 도움은 안 되고 고통만 주는 경비 시스템이라니, 나는 히스테릭해진다.

그때 매튜의 차가 보여 정신이 번쩍 든다. 아직 손에 아기 옷이 담긴 쇼핑백을 들고 있다. 내 차 문을 열고 쇼핑백을 의자 아래 던져 넣는다. 매튜가 운전해 오며 경비 시스템 소리를 듣고 어리둥절한 표정이 된다. 서둘러 차를 세우고 밖으로 뛰어나온다.

"캐시, 무슨 일이야? 당신 괜찮아?"

"경비 시스템을 끌 수가 없어! 비밀번호가 안 먹혀!"

매튜가 잠깐 안도하는 표정을 짓다가 다시 의아해한다. "무슨 소리야? 어제는 됐는데."

"나도 알아. 하지만 안 되는걸!"

"내가 해볼게." 매튜가 현관으로 들어가 키패드에 암호를 입력하자 소음이 즉시 멈춘다.

나는 당황해서 말한다. "이해가 안 돼. 왜 난 안 됐지?"

"번호 제대로 입력한 거 맞아?"

"응, 9091. 어제도 그렇게 입력했는데."

"뭐라고? 캐시, 9091이 아니라 9190이잖아! 당신 생일 다음에 내 생일. 순서를 헷갈렸네. 내 생일을 먼저 넣었으니." 매튜가 고개를 절레절레 젓는다.

내가 신음을 흘린다. "맙소사. 이렇게 멍청할 수가."

"뭐, 헷갈리기 쉽지. 하지만 안 먹히는 걸 알았을 때 반대로 해볼 생각은 안 들었어?"

"그러게." 나는 더욱 바보가 된 기분이다. 매튜의 어깨 너머로 경찰차가 온 것이 보인다. "경찰차가 웬일이지?"

매튜가 돌아본다. "그러게. 경비 업체에서 전화했을 수도 있겠다. 살인 사건도 가까이서 일어났으니까."

여자 경찰이 차에서 나오더니 울타리 너머로 외친다. "별일 없나요?"

"네, 아무 일 없습니다." 매튜가 말한다.

그래도 경찰은 진입로로 들어온다. "누가 침입한 게 아니었어요? 당신네 경비 시스템이 울리고 경비 업체의 전화도 받지 않는다고 해서요."

"미안합니다. 헛걸음하셨네요. 새로 경비 시스템을 설치해서 비밀번호를 헷갈렸어요."

"혹시 모르니 제가 집을 확인해볼까요? 집에 도착했을 때 경비 시스템이 울리고 있었던 건 아니죠?"

"그렇진 않습니다. 죄송해요. 제 잘못이에요. 암호를 잘못 입력했거 든요."

경찰은 위로하듯 미소를 짓는다. "미안할 거 없어요."

경찰이랑 같이 있으니 이상하게 안심이 된다. 아무래도 매튜랑 둘만 남겨 질 게 두려운 것 같다. 그동안은 내가 저지른 바보짓들을 매튜가 그냥 넘기 거나 대신 변명해주었다고 해도, 이번 일은 무시하기 힘들 것이다.

경찰이 돌아가고 나는 매튜를 따라 주방으로 간다. 매튜는 차를 만들고 우리 사이에는 너무나 불편한 침묵이 흐른다. 나는 차라리 듣고 싶지 않은 말이라도 해주길 바라게 된다.

"캐시, 우리 얘기 좀 할까?" 나에게 머그잔을 건네주며 매튜가 말한다.

"무슨 얘기?"

"요즘 좀 정신이 없어 보여서. 잊어버리는 것도 많고……."

"경비 시스템 주문하는 것도 그랬고, 그리고 암호를 헷갈린 것도……." 나는 고개를 끄덕인다.

"뭔가 신경 쓰이는 일이 있는 것 같아."

"누가 자꾸 전화를 걸고서 말이 없어."

차라리 이런 두려움을 인정하는 것이 내가 미쳐간다는 말보다 하기가 쉽다. 레이철은 걱정할 일이 아니라고 했지만, 매튜는 신경 써주었으면 좋 겠다.

"뭐? 언제?"

"아침나절에 계속."

"핸드폰으로, 아니면 집전화로?"

"집전화."

"번호는 봤어?"

"발신자 표시 제한이었어."

"그럼 해외 콜센터 같은 데서 걸려오는 전화겠지. 정말 그게 신경 쓰이는 일이야? 발신자 표시 제한 전화 몇 통이?"

"응."

"왜? 그런 전화 받는 게 처음도 아닐 테고. 그런 전화는 다들 받잖아."

"알아. 하지만 이 전화는 느낌이 다르단 말이야."

"어떻게?" 매튜가 인상을 찌푸린다.

나는 망설인다. 뭐라고 더 말해야 할지 모르겠지만 시작해버린 말이니 계속 하는 수밖에 없다.

"나를 아는 사람 같아."

"어째서? 당신 이름을 말했어?"

"아니, 아무 말도 안 했다니까. 그게 문제야."

"그럼 숨소리는 들려?"

"아니."

"그럼 무슨 소리가 들리는데?"

"아무 소리도. 하지만 남자 같아."

"어떻게 알지?"

"느낄 수 있으니까."

매튜는 답답하다는 표정이다. "그럴 리 없어, 캐시. 마케팅 회사에서 그냥 무작위로 전화를 거는 것뿐이야. 설문 조사를 하거나 주방용품을 팔려는 거겠지. 어쨌거나 남자인지는 어떻게 알아?"

놀라서 매튜를 본다. "뭐?"

"남자 같다며? 어떻게 남자인지 알지? 여자일 수도 있잖아."

"아냐, 남자가 확실해."

"그러나 말이 없다면 알 수 없잖아."

"그냥…… 그치만 발신자 표시 제한이라도, 누군지 추적해볼 수 있지 않을까?"

"그렇겠지. 하지만 정말 아는 사람이라고 생각하는 건 아니지? 그럴 리 없잖아."

나의 두려움을 뭐라고 설명하기는 힘들다. "아직 살인자도 잡히지 않았고……."

"그거랑 전화가 무슨 상관이야?"

"나도 몰라."

"살인자가 전화를 건 거라고 생각하는 거야?" 매튜의 미간이 점점 좁혀지며 황당하다는 티를 내지 않으려 애쓴다.

"그런 건 아니야." 나는 어정쩡하게 대답한다.

"여보, 당신이 무서워하는 건 이해하겠어. 이렇게 가까운 곳에서 살인 사건이 일어났고 아직 단서도 잡히지 않았으니까. 하지만 전화가 집으로 온 거라면, 당신한테 거는 전화도 아니잖아. 안 그래?" 그러더니 매튜는 잠시 생각을 한다. "내가 목요일, 금요일에 집에서 일할까? 내가 며칠이라도 집에 있어주면 안심이 되겠지?"

나는 펄쩍 뛰다시피 대답한다. "그래주면 정말 좋지!"

"내 생일도 되고 했으니 며칠 쉬는 것도 좋을 거야."

나는 고개를 끄덕이며 까맣게 잊고 있었던 매튜의 생일이 그제야 생각나 당황스럽다.

"어쨌든 오늘 아침 라디오에서 들으니 경찰은 제인이 살인자를 알았던 것 같다고 생각하더라."

"그랬을지도 모르지만, 애인은 아니었을 거야. 그런 사람으로 보이지 않았어."

"그래. 하지만 잘 모르는 사람이었잖아. 겨우 두 번 만났을 뿐인데."

"남편을 사랑하는 건 알 수 있었어. 절대 남편을 속일 사람도 아니고." 나는 고집스레 대답한다.

"어쨌든 살인자가 제인이 아는 사람이었다면, 다른 사람도 노리고 있을 것 같지는 않잖아. 더구나 전화까지 하지는 않겠지."

나도 동의할 수밖에 없는 설명이다. "당신 말이 맞네."

"그런 걸로 걱정하지 말자, 응?"

"알았어." 대답하지만, 그렇게 간단한 문제가 아니라는 걸 아는 사람은 나뿐이다.

8월 5일 수요일

다음 날 자두나무 아래 앉아 정원을 바라보고 있는데, 매튜에게 줄 완벽한 선물이 생각난다. 창고. 하나 있었으면 좋겠다고 몇 번이나 그랬는지 모른다. 오늘 주문하면 주말까지는 배달이 될 테고, 주말 동안 매튜가 설치하면 될 것이다.

컴퓨터로 조립식 창고를 찾아보려 집으로 들어가는데 전화벨이 울린다. 반쯤은 예상하고 있었다고 해도 나는 가던 길에 딱 멈춰 서, 모른 척해야 할지, 받아야 할지, 어쩔 줄 몰라 한다. 그러다가 분노가 치밀어 복도로 달려가 전화를 잡아챈다.

"당장 이딴 짓 그만두지 않으면, 경찰에 가서 얘기하겠어!" 나는 비명을 지르다시피 소리치지만, 말을 뱉는 순간 후회한다. 놀라서 숨을 삼킨다. 놈이 가장 걱정하고 있었을 바로 그 말로 놈을 위협하다니. 이제 놈은 내가 그날 밤에 자기를 정말 보았다고 생각할 것이다. 그런 뜻이 아니었다고, 경찰에 간다고 해도 할 말 없다고, 그저 전화 좀 그만했으면 싶을 뿐이라고 말하고 싶다.

"캐시? 무슨 일이야? 나 존이야."

수화기 너머에서 들려오는 목소리에 다리가 풀린다. 나는 떨리는 웃음을 짧게 웃고 말한다. "존, 미안. 딴 전화인 줄 알고."

"캐시, 괜찮아?"

"이젠 괜찮아. 광고 회사에서 하도 괴롭혀서…… 또 전화한 줄 알았지."
나는 평정을 되찾으려 애쓴다.

존도 조금 웃는다. "정말 성가시지. 나도 많이 당해. 하지만 걱정 마. 방금
처럼만 소리쳐주면, 다시는 전화 안 할 거야. 그런데 말이야, 경찰 신고까지
는 좀 심한 것 같은데?"

"미안, 순간 폭발해버렸어."

"괜찮아. 그럴 수도 있지. 아무튼 내가 전화한 건, 금요일 저녁에 학교 동
료 몇이 모여서 한잔하려는데 나올 수 있나 해서."

"금요일이라고?" 마음이 급해진다. "실은 매튜가 이틀 휴가를 내기로 해
서, 우리 어디 갈지도 모르거든. 그때 다시 알려줘도 될까?"

"물론이지."

"내가 전화할게."

"그래, 안녕, 캐시. 그날 봤으면 좋겠다. 그리고 그 회사에서 또 전화하면,
꼭 한마디 해줘."

"그럴게. 전화해줘서 고마워, 존."

전화를 끊고 나서 나는 바보가 된 기분에 힘이 빠진다. 존이 날 어떻게 생
각했을까? 바로 그때, 아직 전화기를 손에 들고 있는데 또 전화가 울리기 시
작한다. 이번엔 손이 부들부들 떨린다. 존이 더 할 말이 있어 다시 전화한
거면 좋겠다는 간절한 마음에, 전화를 덜컥 받는다. 이번에는 침묵이 전화
선을 타고 귀를 파고든다. 나는 또다시 놈이 원하는 대로 하고 만 나 자신이
미워진다.

아니면 반대로, 나의 침묵도 그를 답답하게 만들고 있을지 모른다. 놈은
내가 방금 존한테 했던 것처럼 이성을 잃고 고래고래 소리 지르기를 바라고
있을지도 모른다. 경찰에 가서 말하겠다고 위협해서, 제인에게 그랬던 것처
럼, 나를 죽일 구실이 생기길 바라는지도 모른다. 그런 생각이 들자, 오히려
존에게 화를 폭발시켰던 게 다행으로 느껴진다. 그리고 전화를 끊으면서는,

작은 승리감도 맛본다. 그리고 이제 전화가 한 번 왔으니 내일까지는 안 오겠구나 하는 안도감도.

하지만 그럴 수는 없다. 집 안에 있는 게 힘겹게 느껴져, 매튜를 위한 창고를 서둘러 선택해버린다. 물건 자체보다 토요일까지 배달이 확실히 될지에 더 신경을 썼다. 그러고 나서 책 한 권과 물 한 병을 들고 정원으로 나간다. 앉을 자리를 고르는데 시간이 좀 걸린다. 누가 몰래 다가와도 모를 만한 곳은 싫으니까. 2미터 가까이 되는 생울타리 때문에 힘들긴 하겠지만, 정문으로 들어올 수도 있다. 나는 집 옆, 진입로가 보이는 곳에 앉는다. 한때는 천국처럼 느껴졌던 나의 집이 이렇게 되다니 화가 나지만, 경찰이 범인을 잡을 때까지는 할 수 있는 게 별로 없다.

점심을 만들어 먹는데, 레이철에게서 제인의 남편 주소가 문자로 들어온다. 나는 핸드백에 두었던 카드를 꺼내 쓰기 시작한다. 생각보다 글이 쉽게 나온다. 진심에서 우러나와 쓰는 글이기 때문이다. 마치고 나서 읽어보았을 때도 만족스럽다.

월터스 씨께

이렇게 편지를 드리는 것이 실례가 안 되었으면 좋겠습니다. 그저 제인에 대한 슬픈 소식을 들었을 때 얼마나 마음이 아팠는지 말씀드리고 싶었어요. 오래 알던 사이는 아니었지만 짧은 동안에도 제인은 제게 깊은 인상을 주었습니다. 한 달 전 핀츨레이커스의 파티에서 처음 만났고 2주 후 브로버리에서 점심을 같이 먹었을 뿐이지만요. 그런데도 정말 좋은 친구를 잃은 기분이 드는 제 마음을 양해해주시면 감사하겠어요.

늘 월터스 씨와 가족들을 생각하겠습니다.

캐시 앤더슨

잠시 동안이나마 집에서 벗어날 핑계가 생겨 기쁜 마음으로 우표를 챙기고 500미터가량 떨어진 길가의 우체통까지 걸어간다. 아무도 보이지 않았지만 우체통에 편지를 넣을 때 누가 지켜보는 느낌이 든다. 지난번 공중전화로 경찰에 신고할 때와 마찬가지 기분이다. 뒷목에 소름이 돋아서 몸을 휙 돌려 돌아본다. 하지만 아무도 없다. 몇 미터 떨어진 나무의 가지들이 바람에 흔들리고 있을 뿐이다. 오늘은 바람이 전혀 불지 않았는데…….

나는 두려움을 넘어 공포에 질린다. 얼굴에서 핏기가 빠져나가고 숨이 막히는 듯하다. 팔다리가 흐물흐물해지는 것 같다. 나는 이성을 잃고 허둥지둥 도망치기 시작한다. 길 앞쪽의, 주택들이 모여 있는 곳이 아니라 길 끝쪽의 우리 집을 향해서, 숲을 향해서 뛰어간다. 조용한 오후의 아스팔트 위에서 내 발소리가 쿵쿵 울린다. 우리 집 진입로로 뛰어 들어가며 숨을 헐떡거린다. 나는 자갈길에서 쭉 미끄러진다. 바닥에 쾅 넘어진 나는 잠시 숨이 멎는다. 다시 호흡을 돌리려 애쓰는데 벌써 손과 무릎이 마구 쑤신다. 머릿속에서 조롱하는 목소리가 들린다. 아무도 없었다고!

나는 천천히 일어나 현관으로 절뚝거리며 간다. 주머니에서 열쇠를 꺼내며 상처 난 손바닥에 닿지 않도록 조심한다. 집 안에 들어서며, 나갈 때 경비 시스템을 켜두지 않아 다행이었다는 생각을 한다. 이런 상태로는 분명 또 제대로 끄지 못했을 것이다. 계단을 오르는데 눈물이 찔끔찔끔 솟는다. 몸을 씻는데 눈물이 줄줄 흐른다. 쓰라려서 우는 척할 수도 있지만, 얼마나 더 버틸 수 있을지, 솔직히 잘 모르겠다. 제인의 죽음 이후 너무 나약해진 자신이 부끄럽고 한심하다. 기억력 문제라도 없었다면 훨씬 잘 대처했을 테지만, 조기 치매의 가능성마저 시시각각 덮쳐오는 상태에서, 나는 모든 자신감을 잃어버렸다.

8월 7일 금요일

우리가 침대에서 게으름을 부리고 있는데, 집 앞에 트럭이 서는 소리가 들린다.

"쓰레기차가 오는 날이 아닌데?" 매튜의 선물이 오기로 돼 있다는 걸 알면서도 내가 능청스레 묻는다.

"배달 트럭인데. 길 앞쪽에 새로 이사 온 남자 게 아닌가 싶네." 매튜가 일어나 도로를 내다보면서 청바지와 티셔츠를 입는다. "요즘 가구를 많이 배달시키더라."

"길 앞쪽에 누구? 남자?"

"매물 표시 붙어 있던 집 말이야."

나는 또 가슴이 덜컥 내려앉는다. "9월 말에 부부가 이사 온다고 하지 않았나?"

"아닌데."

진입로의 자갈 밟는 소리가 들리더니 현관문 벨이 울린다. 매튜가 서둘러 내려간다. 나는 다시 누워 매튜가 방금 한 말을 생각해본다. 저번 날 내가 본 남자는 새로운 이웃이었나 보다. 안심이 되어야 하는데 그렇지가 않다. 왠지 마음 한구석에서부터 그가 말 없는 전화의 발신자가 아닐까 하는 의심이 피어오르고 있기 때문이다. 어제 내가 길에서 도망칠 때 누가 쫓아오지는 않았을지 몰라도, 우체통 앞에 서 있는 걸 분명 누가 보고 있었던 듯하다. 매튜에게 말하고 싶지만, 안 된다. 적어도 오늘은 아니다. 증거도 없고. 안 그래도 내 걱정을 듣고 당황스러워하고 있는데…….

매튜도 돌아오지 않고 갑자기 초조한 기분이 들어 나는 이불을 박차고 일어난다. 그때 매튜의 발소리가 들린다.

"놀랐지!" 방으로 들어오는 매튜에게 내가 외친다.

매튜가 곤혹스러운 표정으로 나를 본다. "그럼 실수가 아닌 거지?"

"물론이지. 당신도 원했던 거잖아." 매튜의 반응에 좀 놀라 내가 말한다.

매튜가 침대 끝에 앉는다. "그저, 왜 지금 샀나 해서."

"당신이 좋아할 거 같아서잖아!"

"그래도 이해가 안 돼."

매튜가 너무 당황스러워 보여 내 기분도 급격히 가라앉는다.

"당신 생일 선물로 산 건데."

매튜가 고개를 끄덕인다. "그렇구나. 하지만 내 거라기보다는 우리가 같이 쓸 거 아닌가?"

"뭐? 난 쓸 일이 없을 텐데?"

"어째서?"

"당신이 하나 갖고 싶다고 계속 노래를 불렀잖아! 하지만 상관없어. 필요 없으면 돌려보내면 되지."

"난 그런 적 없는데. 굳이 그런 말을 했을 리 없잖아. 그리고 저런 건 원하고 말고의 문제는 아니지. 단지 너무 이르지 않나 해서. 아직 알아보는 것도 시작 안 했는데, 아이를 가지게 되려면 몇 년은 더 있어야 하잖아?"

나는 매튜를 노려본다. "아이 가지는 거랑 무슨 상관이야?"

"도대체 이해가 안 가네, 내려간다." 매튜는 일어서서 방을 나간다.

"당신이 좋아할 줄 알았어!" 나도 소리치며 따라간다. "창고가 하나 있으면 좋겠다고 했잖아!"

매튜가 돌아선다. "창고라고?"

"응, 당신이 필요한 줄 알았는데."

"그건 그렇지."

"그럼 뭐가 문제야? 크기 때문에 그러는 거면 바꾸면 돼."

매튜가 인상을 쓴다. "그러니까 당신 말인즉슨 나한테 창고를 사줬다고?"

"응. 왜, 뭐가 배달됐는데?"

"맙소사!" 매튜가 웃기 시작한다. "내가 이해 못 한 것도 당연하지. 잘못 배달이 됐네. 창고가 아니라 유모차가 왔더라고! 아까는 정말 걱정이 됐다고. 당신 정신이 살짝 나간 줄 알았어."

"유모차? 무슨 그런 배달 사고가 다 있지?"

"그러게 말이야. 멋진 유모차이긴 하더군. 남색과 하얀색인데, 나중에 우리도 사게 되면 그런 걸 사면 좋을 것 같아. 그럼, 배달 업체에 빨리 전화해서 도로 가져가라고 하는 게 좋겠어. 아직 멀리 안 갔을 거야."

"잠깐, 그거 어딨어?"

"복도에. 하지만 보고 사랑에 빠진다고 해도, 꼭 돌려보내야 해. 다른 사람에게 배달되어야 하는 걸 테니까." 매튜가 농담을 한다.

나는 섬뜩한 예감을 느끼며 계단을 달려 내려간다. 현관 앞에는 포장이 주변에 풀어헤쳐진 유모차가 서 있다. 내가 캐슬웰스에서 보았던, 제일 실용적이라며 골라냈던 바로 그 모델이다.

매튜가 뒤에서 나를 껴안는다. "이제 내가 왜 그렇게 놀랐는지 알겠지? 당신 내 생일 선물로 창고를 주문했구나."

"당신이 늘 원했으니까." 나는 멍하니 중얼거린다.

"사랑해." 매튜가 내 뒷덜미에 코를 박으며 중얼거린다. "정말 고마워. 빨리 보고 싶다. 비록 대신 그걸 받을 사람은 불쌍하지만."

"이해가 안 가네." 나는 유모차를 바라보며 중얼거린다.

"인터넷으로 주문했어?"

"응."

"헷갈릴 수도 있지. 지금 빨리 전화하면 오후까지는 돌려받을 수 있을지도 몰라."

"하지만 내가 화요일에 캐슬웰스의 어느 가게에서 이 유모차를 봤거든. 거기서 어떤 젊은 부부가 나보고 좀 같이 봐달라고 해서 내가 이 유모차가 제일 좋다고 했어."

"그럼 그 사람들이 주문했나?"

"그랬겠지."

"그럼 말이 되네. 실수로 이리 보냈구나."

"하지만 내 주소는 어떻게 알았지?"

"글쎄, 어떤 가게였어? 백화점이었어? 당신도 거기서 뭘 샀으면 주소를 알려줬을 수도 있지."

"백화점 아니고 그냥 가게였어. 아기 용품 파는."

"아기 용품?"

"응. 우리 미래의 아기를 생각하고. 당신 주려고 했는데, 경비 시스템 때문에 난리가 나는 바람에 잊어버리고 있었어. 아직 차 안에 있을 거야. 아기 갖는 거 알아보기 시작하자고 말하려고 했거든. 그때는 좋은 생각 같았는데, 지금은 바보 같아 보이네."

매튜가 나를 꼭 끌어안는다. "아니, 그렇지 않아. 사랑스러운 생각이고, 지금 줘도 늦지 않아."

"다 망친 것 같아. 모든 게 잘못돼가고 있어."

"그렇지 않아. 캐시, 아기 옷 살 때, 혹시 가게에 우리 주소 적어주지 않았어?"

"포인트 카드 만든다고 적어줬네!" 나는 그제야 생각이 난다. "이름이랑 주소랑."

"그렇게 된 거였네. 어느 가게였어?"

"베이비 부티크. 여기 송장이 있을 거야." 나는 유모차를 들여다본다. "여기 있네."

매튜가 전화기 쪽으로 다가간다. "나한테 줘. 내가 전화할게. 그동안 당신은 아침 식사 시작해."

나는 주방으로 가서 커피를 만든다. 기계를 켜는데, 매튜가 통화하며 농담하는 소리가 들린다. 내 덕에 가게에서 유모차를 팔았으니 수수료라도 줘야 하지 않느냐고. 나도 그들이 내 조언을 따른 걸 알게 되니 기분이 좋다.

매튜가 주방으로 들어오자 내가 웃으며 말한다. "혹시 그 가게에서 우리더러 유모차 가지라고 한 건 아냐? 우리 미래의 아기를 위해서 말이야."

"그럼 사실인 거야? 점원이 뭔가 잘못 안 줄 알았는데…… 당신 정말로 임신한 거야, 캐시? 정말 그렇다면 놀라운 일이지만, 어떻게 그럴 수 있는지……. 병원에서 분명 난 아이를 갖지 못한다고 했는데, 잘못 진단했던 건가? 애초에 나한테는 문제가 없었는지도 모르겠네!"

매튜의 얼굴에 떠오른 표정을 보고, 나는 그 어느 때보다도 나 자신이 미워진다.

"난 임신하지 않았어." 내가 조용히 말한다.

"뭐?"

"임신 안 했다고."

"하지만 가게 점원이 나보고 축하한다고, 당신을 기억한다고 하던데? 우리 아기를 위해 유모차를 주문했다고."

매튜의 실망한 표정을 보고 있기 괴롭다. "나를 다른 사람이랑 헷갈렸나봐. 말했잖아, 다른 젊은 부부가⋯⋯."

"하지만 점원은 당신이 임신했다고 그랬다고 했어. 어떻게 된 거야, 캐시?"

나는 의자에 앉는다. "나는 나를 위해서 아기 옷을 사는 거라고 말했어. 사실이니까. 그랬더니 내가 임신한 거라고 지레짐작한 거야. 난 그냥 점원이 그렇게 생각하게 놔두었고. 그때는 아니라고 하기가 뭐했거든." 나는 우울하게 중얼거린다.

"그럼 유모차는?"

"나도 몰라."

매튜는 실망감을 감추지 못한다. "무슨 뜻이야, 모른다니?"

"기억이 안 나!"

"어⋯⋯ 설득당해서 샀다는 거야?"

"기억이 안 나." 나는 다시 말한다.

매튜는 맞은편에 앉아 내 손을 잡는다. "여보, 혹시 누구랑 얘기 좀 해보면 어떨까?"

"무슨 뜻이야?"

"당신 요즘 좀 이상해. 아무래도 살인 사건 때문에 지나치게 스트레스를 받고 있는 것 같아. 전화 문제도 그렇고."

"전화가 왜?"

"이상할 정도로 의미를 부여하고 있잖아. 내가 그 전화를 직접 받은 건 아니지만⋯⋯."

"당신이 없을 때만 그런 전화가 오는 게 내 탓이야?" 나는 외치고 만다. 지난 이틀간은 한 통도 오지 않았다는 사실이 이상할 정도로 신경이 쓰였다.

매튜가 놀라 쳐다본다.

"미안⋯⋯. 당신이 집에 있으니까 전화를 안 하는 게 너무 짜증이 나서."

"뭐, 그래도 확인을 위해 디킨 박사를 한번 만나보는 게 좋을 것 같아."

"어째서?" 나는 다시 방어적이 된다. "그냥 좀 피곤해서 그래. 레이철도 내가 엄마가 돌아가신 후 너무 많은 일이 일어나서 지친 거래."

매튜가 찌푸린다. "레이철이 전문가는 아니잖아."

"하지만 난 레이철 말이 맞는 것 같아."

"그럴 수도 있지. 하지만 의사를 만나본다고 나쁠 건 없잖아."

"난 괜찮아, 매튜. 정말. 그냥 좀 휴식이 필요할 뿐이야."

매튜는 믿는 표정이 아니다. "제발, 내가 예약을 하게 해주면 안 될까? 당신은 필요 없다고 해도, 나를 위해서라도 부탁할게. 정말 이건 아니야. 더이상은 안 되겠어."

나는 마음을 다잡고 말한다. "만일 나한테 무슨 문제가 있다고 하면 어떻게 해?"

"무슨 문제?"

"나도 몰라……." 나는 겨우 뒷말을 입 밖에 낸다. "치매나 그런 거."

매튜가 눈살을 찌푸린다. "치매? 당신은 그런 거에 걸리기엔 너무 젊어. 당신 말처럼 스트레스 때문일 거야." 그리고 잡고 있던 내 손을 좀 흔든다. "그래도 필요한 도움은 받았으면 좋겠어. 내가 대신 예약 잡아도 되지?"

"그래야 당신이 행복하다면."

"그래야 당신도 행복해질 거야. 요즘 별로 행복해 보이질 않았어. 안 그래?"

요즘 눈물이 마를 새가 별로 없는 것 같긴 하다.

"그래. 그랬지."

8월 8일 토요일

어떻게 했는지 매튜가 다른 예약이 취소된 틈을 타 오늘 아침 디킨 박사
와 약속을 잡았고 우리는 결국 병원에 왔다. 지금 집으로 이사 온 후 디킨
박사의 병원에 매튜와 나 둘 다 등록했지만 그동안은 아픈 적이 없어 만날
일이 없었다. 매튜도 마찬가지라고 생각했는데, 진찰실로 함께 들어가서 보
니, 의사가 매튜를 아는 것 같다. 더욱 놀랍게도, 디킨 박사는 이미 나의 기
억력 문제에 대해 모두 알고 있는 듯하다.

나는 당황해서 말한다. "남편이 박사님께 벌써 다 얘기한 줄 몰랐네요."

디킨 박사가 설명한다. "남편분이 많이 걱정하더군요. 처음 기억력에 문
제를 느낀 게 언제인지 말해주겠습니까?"

매튜가 안심시키려는 듯 내 손을 꼭 쥐지만 나는 확 뿌리치고픈 충동을
간신히 누른다. 배신감을 느끼지 않으려 애써봐도, 나 모르게 둘이 내 얘기
를 의논했다니, 약점 잡힌 기분이 든다.

"잘 모르겠네요." 나는 매튜가 알아채지 못했고, 또 잘 덮고 넘어간 사실
들까지 밝히고 싶지 않아 그렇게 말한다. "몇 주 전쯤인 것 같아요. 내가 지
갑을 놓고 슈퍼에 가서 매튜가 돈을 내러 와줘야 했어요."

"그 전에도 핸드백을 놓고 캐슬웰스까지 갔었잖아. 슈퍼에 쇼핑한 물건

을 놔두고 온 적도 있고." 매튜가 조용히 말한다.

"아, 그래 잊고 있었네." 말하고 보니 또 다른 건망증 사례를 인정한 셈이다.

"그런 일은 누구에게나 일어날 수 있죠." 디킨 박사가 안심시키듯 말한다. 디킨 박사가 나이 지긋하고 인생 경험도 많은 할아버지 타입이라서, 모든 걸 교과서대로 하는 신참 의대 졸업생이 아니라서 다행이다. "그런 정도는 걱정할 문제가 아니죠. 하지만 가족 내력에 대해 물어야겠네요." 이대로 넘어갈 수 있을까 했던 나의 희망이 무참히 꺾인다. "부모님이 두 분 다 돌아가신 것으로 알고 있는데요, 어떤 사유였는지 물어봐도 될까요?"

"아버지는 자동차 사고였어요. 집 앞에서 길을 건너다가 사고가 났어요. 어머니는 폐렴이었고요."

"두 분 다 돌아가시기 전에 다른 질병은 없었나요?"

"어머니에게 치매가 있었어요."

매튜가 놀라는 소리를 낸다. 작은 소리였지만 나는 놓치지 않는다.

"언제 진단받았는지 말해줄 수 있나요?"

나는 얼굴이 확 붉어진다. 디킨 박사도 눈치챘을 것이다. 고개를 확 숙여 머리칼이 흘러내린다. "2002년입니다."

"그때 어머니 연세가?"

"마흔네 살이었어요." 나는 조용히 대답한다. 매튜를 볼 수가 없다.

그때부터 나의 수치심은 점점 더해지며 얼굴은 더욱 붉어진다. 알고 보니 매튜는 그동안 어떤 변명이나 나의 핑계에도 속아 넘어가지 않고 있었고 상황을 생각보다 훨씬 정확히 파악하고 있었다. 디킨 박사가 적어나가는 사건 목록이 점점 길어질수록 나는 당장이라도 진찰실을 나가고 싶어진다.

하지만 그게 끝이 아니다. 다음엔 살인 사건과 관련된 문제가 남았다. 내가 제인을 알았고 살인도 가까운 곳에서 일어났으니 내가 힘들어하고 무서워하는 게 당연하다는 데는 의사도 동의하지만, 살인자가 전화를 걸어온다고 내가 생각한다는 얘기를 매튜가 전하자, 의사가 곧 사람을 불러 나를 끌고 가는 건 아닐까 하는 의심까지 든다.

"그 전화 얘기 좀 해주겠어요?" 의사가 빤히 쳐다보며 부드럽게 물어서, 나는 어쩔 수 없이 그런 기분이 든다고만 대답한다. 살인자가 나를 보았을 수도 있다는 말은 할 수 없다. 이제 나를 망상증이라고 생각하겠지.

한 시간 후 병원을 나서며 너무 비참한 기분이 든다. 주차장까지 걸어가는 동안 매튜의 손도 잡기를 거부한다. 차 안에서도 고개를 돌리고 창문만 내다본다. 상처와 모욕의 눈물에 굴복하지 않으려 애쓴다. 매튜도 내가 터지기 일보 직전이라는 걸 아는지 아무 말 하지 않는다. 그리고 처방된 약을 사려고 약국 앞에 멈추었을 때 나는 나가지 않는다. 알아서 하라지. 우리는 집까지도 아무 말 없이 차를 타고 오고 나는 매튜가 시동도 끄기 전에 차에서 내린다.

"여보, 이러지 마." 매튜가 사정하며 따라 들어온다.

"그럼 내가 어떻게 할 줄 알았어?" 나는 돌아서서 쏘아붙인다. "나 모르게 의사랑 내 얘기를 하다니, 당신 내 편 맞아?"

매튜가 움찔한다. "나는 늘 당신 편이었고 앞으로도 늘 당신 곁에서, 당신 편이 될 거야."

"그럼 내가 잊어버린 아주 사소한 일들까지 몽땅 얘기해야 했던 거야?"

"디킨 박사가 구체적인 예시를 들어달라고 했고 나는 거짓말 할 생각이 없었어. 당신이 걱정돼서, 캐시."

"그럼 왜 진작 얘기 안 하고 오히려 대신 변명해주고 괜찮은 척한 거야? 그리고 아기 옷 가게 점원한테 내가 임신한 척한 얘기는 왜 한 거야? 그게 기억력 문제랑 무슨 상관이지? 아무런, 아무 상관도 없지. 이제 나를 온갖 것들에 더해 망상가처럼 보이게 만들었잖아! 내가 왜 그랬는지 설명했는데, 아기 옷을 내가 쓸 거라고 했더니 점원이 오해했고 굳이 정정하지 않고 그냥 놔두었던 거라고! 디킨 박사에게 그 얘기는 대체 왜 한 건지 나는 도저히 이해가 안 가."

매튜는 식탁 의자에 앉아 손으로 머리를 감싼다. "당신이 유모차까지 주문했잖아, 캐시."

"난 유모차 주문 안 했어!"

"경비 시스템도 계약 안 했다며."

나는 주전자를 잡아채 수도꼭지에 쾅 하고 친다. "내가 속아서 주문하게 된 거라고 했던 게 바로 당신 아냐?"

"캐시, 난 그저 당신이 필요한 도움을 받았으면 했을 뿐이야." 그리고 매튜는 잠시 멈추었다가 말을 잇는다. "당신 엄마가 44세에 치매 진단을 받았는지 몰랐네."

"치매는 보통 유전되는 게 아니야. 디킨 박사도 그렇게 말했잖아." 내가 되받아친다.

"나도 알아. 하지만 당신한테 계속 아무 문제가 없는 척하는 건 어리석은 짓이야."

"뭐, 내가 건망증에 망상증까지 있다고?"

"그러지 마."

"의사가 나한테 뭘 처방했든, 난 먹지 않을 거야."

매튜가 고개를 들어 나를 본다. "이번 처방은 스트레스에 대한 약뿐이야. 하지만 그거 없이도 견뎌낼 수 있으면 먹지 마." 그러더니 헛웃음을 짓는다. "어쩌면 내가 대신 먹어야 할지도 모르겠다."

그 말투에 정신이 번쩍 든다. 그제야 그의 표정을 보니, 힘들고 괴로워 보인다. 그러고 보니, 매튜의 입장에 대해선 한 번도 생각해본 적이 없다는 걸 깨닫는다. 내가 이렇게 흐트러지고 있는 모습을 보면서 어떤 기분을 느꼈을지……. 너무 미안한 마음에 식탁을 돌아서 의자 옆에 무릎을 꿇고 매튜를 끌어안는다.

"미안해."

매튜가 내 이마에 키스를 한다. "당신 잘못이 아니야."

"내가 이렇게 이기적이었다니 믿을 수가 없어. 나를 참아줘야 하는 당신 기분은 어떨지 생각도 못 했어."

"무슨 일이 있든 우린 함께 헤쳐나갈 수 있을 거야. 어쩌면 그저 한동안 좀 느긋해질 필요가 있는 건지도 모르지." 그리고 매튜는 내 팔을 푼 다음 손목시계를 본다. "지금부터 그렇게 하자. 내가 집에 있는 동안 당신은 아무

것도 할 필요가 없어. 그냥 식탁에 앉아서 내가 점심 만드는 거나 지켜봐."

"알았어." 나는 고맙게 대답한다.

나는 식탁에 앉아 매튜가 샐러드 만드는 모습을 지켜본다. 너무 피곤해서 여기서 잠이 들 수도 있을 것 같다. 눈앞에서 나의 실수 목록들이 펼쳐지는 걸 보고 있어야 했던 시간은 굴욕적이었지만, 생각해보면 디킨 박사를 만나러 간 건 잘한 일이었다. 더구나 그는 내가 스트레스 때문에 그랬을 거라고 말해주었으니까.

❖

나는 싱크대 위에 놓여 있는, 의사에게 처방받은 약이 든 상자들을 내려다본다. 정말 이런 약들을 먹고 싶지는 않지만 혹시 도저히 못 견딜 것 같을 때 의지할 게 생긴 셈이다. 더구나 매튜는 다시 직장에 나갔고 레이철은 오늘 시에나로 떠났으니까. 하지만 앞으로 몇 주 동안은 수업 준비로 무척 바쁠 것이다.

나는 주방에 앉아서 엄마를 생각한다. 엄마가 주방에 서서 주전자를 노려보고 있는 걸 발견한 날이 떠오른다. 뭘 하고 있느냐고 물었더니, 주전자 스위치를 어떻게 켜는지 기억이 나지 않는다고 했다. 갑자기 엄마가 몹시 그리워진다. 찌르는 듯한 아픔까지 느껴져 숨을 쉴 수가 없다. 엄마의 손을 잡고 사랑한다고 말해주고 싶다. 그러면 엄마가 나를 안아주며 다 괜찮아질 거라고 말해주었으면 좋겠다. 때로는 정말 그런지 확신이 서지 않기 때문이다.

8월 9일 일요일

나는 가정용품을 직접 조립하길 좋아하는 사람은 아니지만, 매튜를 도와 창고를 만드는 일은 즐겁다. 뭔가 다른 일에 집중할 수 있고 일이 끝난 후에는 성취감도 느낄 수 있었다. 한동안 서서 우리가 만들어놓은 작품을 감상하다가 매튜가 말한다.

"진 토닉 한잔할 차례군. 창고 안에서 마시자. 내가 술 가져올게, 당신은 의자 가져와."

우리는 창고 안에서 매튜가 갓 짠 라임 주스와 진저에일로 특별 제조한 진 토닉을 마신다. 그러고 나서 느긋이 저녁 식사를 하고 황혼이 깔리기 시작할 무렵, 접시들은 그냥 놔두고 안으로 들어가 여행 다큐멘터리를 본다. 얼마 지나지 않아 매튜가 하품을 시작해, 나는 그에게 먼저 올라가라고, 설거지는 내가 하겠다고 한다.

식기세척기 옆에 쌓아둔 접시 쪽으로 가는데, 언뜻 주방 저쪽에, 정원으로 나가는 문 옆에 뭔가 보인다. 나는 순간 얼어붙는다. 한쪽 팔도 반쯤 뻗은 상태로 감히 움직이지 못한다. 위험 신호가 뇌리를 번뜩이며 어서 도망치라고, 주방에서 나가라고, 집에서 나가라고 외치는 듯하지만 팔다리가 납덩이처럼 무겁게 느껴지고 머릿속은 뒤죽박죽이 된다. 매튜를 부르고 싶지만 몸과 마찬가지로 공포로 목소리도 마비된 듯하다. 몇 초가 흐르고, 당장이라도 누가 뒷문을 박차고 들어올 것 같다는 생각에 나는 겨우 다리를 비틀비틀 움직여 복도로 나간다.

"매튜!" 나는 소리 지르며 계단 위로 엎어진다. "매튜!"

공포에 질린 내 목소리에 놀라 매튜가 침실에서 뛰쳐나온다. "캐시!" 순식간에 계단을 뛰어내려와 내 팔을 꽉 잡는다. "무슨 일이야? 왜 그래?"

"주방에!" 나는 이가 딱딱거려 말도 제대로 나오지 않는다. "주방에 떨어져 있어."

"뭐가?"

"칼이! 누가 갖다놨어, 주방에, 뒷문 앞에 떨어뜨려놨어! 놈이 저기 있는 거야! 경찰에 전화해야 돼!"

매튜가 내 팔을 놓고 어깨를 감싼다. "진정해. 캐시, 다시 말해봐. 뭐가 있다고?"

나는 숨을 헐떡인다. "칼이 주방 바닥에 떨어져 있어."

"무슨 칼?"

"제인을 죽인 칼! 경찰에 빨리 전화해야 해. 아직 정원에 있을 거야."

"정원에 있다고?"

"살인자 말이야!"

"말도 안 돼, 여보."

"빨리 경찰에 전화해." 나는 손을 모아 애원한다. "주방에 그 칼을 놔뒀다니까!"

"알았어. 하지만 먼저 내가 확인해볼게."

"안 돼. 제발 전화 먼저 해."

"내가 확인 먼저 해본다니까."

"하지만……."

"전화도 할 거야. 하지만 먼저 내가 칼을 봐야 해. 왜냐하면 어디 있는지, 어떻게 생겼는지 경찰이 물을 테니까." 매튜가 나를 놓고 주방으로 간다.

"놈이 아직 있으면 어떻게 해?"

"문에서 들여다보기만 할게."

"절대 들어가면 안 돼!"

"알았어. 어디 있었다고?" 매튜가 물으며 주방 문간에서 목을 빼꼼히 내민다.

나는 쿵쿵 뛰는 가슴을 누르고 대답한다. "뒷문 앞에. 정원에서 들어왔나 봐."

매튜가 침착하게 말한다. "나도 아까 라임 자를 때 쓴 칼은 보여. 하지만 그거밖에 안 보이는데."

"내가 봤다니까!"

"이리 와서 당신도 볼래?"

나는 계단에서 조금씩 매튜를 향해 가며 주방을 조심스레 들여다본다. 뒷문 앞에는 우리가 사용하는 검은 손잡이의 과도가 떨어져 있다.

"당신이 본 게 저거야, 캐시?" 매튜가 내 얼굴을 살피며 묻는다. "당신이 본 칼이 저거야?"

나는 고개를 젓는다. "아냐, 저것보다 훨씬 컸어. 사진에서처럼 손잡이가 검은색이었고."

"뭐, 그건 안 보이네. 혹시 다른 데 없나 들어가볼까?" 매튜가 계속 차분하게 말한다.

나는 매튜 뒤에 꼭 붙어 주방으로 들어간다. 매튜는 주방을 한 바퀴 둘러보는 시늉을 하며 내 표정을 살핀다. 내가 미쳐가고 있나 싶은 절망감에, 나는 갑자기 흐느껴 울기 시작한다.

"괜찮아, 여보." 매튜의 목소리는 친절하지만 나를 안아주진 않는다. 더 이상은 못하겠다는 듯, 그냥 그 자리에 서서 말한다.

"칼을 봤단 말이야." 나는 계속 흐느낀다. "저게 아니었어."

"그럼 당신이 주방을 나온 사이 누가 들어와서 칼을 바꿔놓고 다시 나갔다는 말이야?"

"그랬을 거야."

"정말 그렇게 생각하면 경찰에 전화하는 게 좋겠다. 정말 미친놈이 돌아다니고 있는 거니까."

나는 울면서 매튜를 본다. "내가 계속 얘기하려고 했던 게 그거야. 놈이 나를 겁주려 하고 있어!"

매튜는 식탁으로 와서 의자에 앉는다. 생각에 잠긴 듯 보인다. 나는 그가 말을 하길 잠시 기다린다. 하지만 그는 멍하니 허공을 노려보고 있을 뿐이다. 그제야 매튜가 할 말 잃은 상태라는 것을 깨닫는다. 그로서는 나의 고집스러운 주장을 납득할 근거가 없기 때문이다.

"왜 살인자가 당신을 노리는지, 아주 조그마한 이유라도 있다면 나도 이해할 수 있을지 모르지. 하지만 아무 이유도 없잖아. 미안하지만 얼마나 더 당신이 이러는 걸 봐야 하는지 모르겠어."

매튜의 목소리에 담긴 절망감에 나는 정신이 번쩍 든다. 나는 자제심을 발휘하려 모든 힘을 짜낸다. 살인자가 나를 노린다는 두려움보다도, 매튜가 나를 떠날지 모른다는 두려움이 더 크다.

"내가 잘못 봤나 봐." 나는 떨리는 목소리로 말한다.

"그럼 경찰에 전화 안 할 거야?"

나는 할 거라고, 정원을 수색해봐야 한다고 소리치고 싶은 욕구를 꾹 누르며 말한다. "응."

매튜는 일어난다. "내가 충고 하나 할까, 캐시? 의사에게 처방받은 약을 먹어. 그럼 우리 둘 다 좀 쉴 수 있을지 몰라." 그러고 나서 매튜는 주방을 나가버린다. 문을 쾅 닫지는 않았지만 거의 그런 거나 다름없다. 침묵 속에 나는 바닥에 떨어져 있는 조그만 칼을 쳐다본다. 언뜻 보긴 했지만 그 무시무시한 칼과 저걸 헷갈릴 수는 없다. 미치지 않은 다음에야, 정신병적 망상에 시달리지 않는 다음에야.

나는 결심을 하고 싱크대로 가서 약 상자를 집어 든다. 디킨 박사는 일단 하루 세 번 한 알씩 먹고 혹시 불안이 심하면 두 알을 먹으라고 했다. 나의 지금 상태는 불안이 심하다는 말로는 부족하다. 하지만 먹지 않는 것보다는 나을 테니 두 알을 까서 물로 삼킨다.

8월 10일 월요일

누군가 다가와 나를 잠에서 끌어낸다. 나는 소리를 지르려 입을 벌리지만 아무 소리도 나오지 않는다.

"여기서 잘 필요까진 없잖아." 매튜의 목소리가 멀리서 들리는 것 같다.

그제야 내가 거실 소파에 누워 있다는 걸 깨닫는다. 처음엔 왜 그런지 이해가 안 갔지만, 곧 기억이 난다.

"약을 두 알 먹었어." 나는 중얼거리며 일어나 앉는다. "그러고 나서 여기 와 앉았는데, 바로 기절했나 봐."

"다음엔 한 알만 먹어야겠네. 처음 먹는 약이니까. 난 출근한다고 알려주러 왔어."

"알았어." 나는 다시 소파 위로 쓰러진다. 매튜가 아직 화가 많이 난 것 같다는 생각이 들지만 나는 다시 잠 속으로 빠져든다. "이따 봐."

다음에 눈을 뜨자, 처음엔 매튜가 돌아온 줄 알았다. 아니면 아직 안 떠났거나. 매튜 목소리가 들린다. 그런데 자동응답기에서 나는 소리다.

나는 일어나지만 여전히 멍한 기분이다. 전화벨이 울리는 소리도 못 듣고 잠이 깊이 들었나 보다. 시계를 보니 아침 9시 15분이다. 복도로 나가 응답기를 튼다.

"캐시, 나야. 아직 자나 보네. 아니면 샤워 중이든지. 나중에 다시 전화할게."

이걸로는 부족하다. 나는 목소리를 좀 고른 후 전화를 한다.

"미안, 샤워 중이었어."

"괜찮나 해서 전화했어."

"이제 괜찮아."

"다시 잠들었어?"

"응, 좀 전에 깼어."

매튜가 한숨을 쉰다. "어젠 내가 미안했어."

"나도."

"최대한 일찍 갈게."

"그럴 필요 없어."

"출발하기 전에 전화할게."

"알았어."

나는 수화기를 내려놓는다. 우리 사이 통화가 이렇게 딱딱했던 건 처음인 듯하다. 나의 상태가 우리 관계까지 어긋내고 있다는 생각에 기분이 더 피폐해진다. 아까 매튜가 일찍 들어오겠다고 했을 때 통명스레 대답한 것이 후회된다. 우리 사이를 어떻게든 다시 제자리로 돌려놓고 싶은 다급함에 나는 다시 전화를 걸기 위해 수화기를 든다. 하지만 번호를 누르기 전에 전화벨이 먼저 울린다. 매튜도 나만큼이나 속상했나 보다 싶어 얼른 받는다.

"나도 다시 전화하려고 했는데. 내가 통명스러웠지? 미안해. 약 때문에 아직도 멍해서."

매튜는 말이 없다. 내 사과가 미진했나 싶어 더 구체적으로 미안한 마음을 표현하려는 순간, 매튜가 아니라는 걸 깨닫는다. 입이 마른다.

"여보세요? 당신 누구야?" 나는 날카롭게 묻는다.

사악한 침묵이 나의 공포를 확인시켜준다. 놈이 또 전화를 걸어온 것이다. 목요일과 금요일에 전화를 걸지 않았던 건 매튜가 집에 있었기 때문이다. 내가 오늘 집에 혼자 있는 줄 알고 다시 전화를 건 것이다. 우리 집을 지켜보고 있다는 뜻이다. 근처에 있다는 뜻이다.

공포가 내 몸을 할퀴는 듯하다. 어젯밤에 본 그 칼이 망상이 아니라 진짜라는 증거가 필요하다면, 바로 이거다. 나는 수화기를 떨어뜨리고 현관으로 달려가 떨리는 손으로 걸쇠를 건다. 경비 시스템을 켜고, 특정 방만 설정하려면 어떻게 해야 했는지 기억해내려 애쓴다. 호흡을 가다듬으려 애쓰며 어디가 가장 안전할지 생각해본다. 주방은 아니다. 어젯밤에 이미 침입당했으니까. 침실도 아니다. 만일 놈이 들어오면 난 갇힌 신세가 되니까. 그렇다면 거실이다. 경비 시스템을 설정한다.

거실로 들어가 문을 쾅 닫는다. 그래도 안전하다는 느낌이 들지 않는다. 거실 문에는 자물쇠가 없다. 문을 막아놓을 게 없나 둘러본다. 안락의자뿐이다. 겨우 문 앞으로 밀고 가는데 또 전화벨이 울린다. 공포가 나의 폐에서 공기를 모두 쥐어짜내는 듯하다. 어젯밤에 본 칼 생각만 난다. 나는 다시 한 번 거실을 둘러보며 무기로 쓸 만한 게 없나 찾아본다. 벽난로 옆에 부지깽이가 보인다. 다급히 달려가 잡아채고는 창문들의 커튼을 닫는다. 먼저 뒤뜰로 난 창문, 그리고 집 앞에 난 창문. 갑자기 어두워지니 더욱 무서워 재빨리 전등을 켠다.

이제 뭘 어떻게 해야 할지 모르겠다. 매튜에게 전화를 하고 싶다. 하지만 경찰이 더 빠를 거다. 전화를 찾다가 생각해보니, 여기는 전화가 없다. 집전화는 복도에 놔두었고 핸드폰은 가지고 있다고 해도 여기서는 연결이 안 된다. 온몸에서 힘이 빠져나간다. 이제 아무것도 할 수가 없다. 놈이 벌써 밖에 있을지도 모르니 전화기를 가지러 복도로 나갈 수도 없다. 결국 내가 할 수 있는 건 놈이 나를 찾아 들어올 때까지 기다리는 것뿐이다.

소파를 짚고 비틀거리다가 그 뒤에 쭈그리고 앉는다. 부지깽이를 들고 부들부들 떨고 있다. 멈추었던 전화벨이 다시 울리기 시작한다. 나를 놀리는 것 같다. 겁에 질려 숨을 죽이고 흐느낀다. 전화벨이 또 멈춘다. 이번엔 정말 그만두려나 싶어 안도하는 순간 다시 울리기 시작한다. 희망 고문을 하는 듯 잠시 멈추었다가 되풀이되는 악랄한 전화벨 소리에 꼼짝 없이 걸려든 것 같다. 시간이 얼마나 지났는지도 모르겠다. 그러다가 놈도 지쳤는지 전화벨이 멈춘다.

처음에는 마침내 찾아온 고요가 고마웠다. 하지만 곧 그것이 끊임없는 전화벨 소리만큼이나 위협적으로 느껴진다. 아예 집 안으로 들어왔기 때문에 전화 거는 걸 멈추었을 수도 있는 것이다.

복도에서 소리가 들린다. 현관문이 딸깍 열리더니 탁 닫힌다. 그러고 나서 자박자박 발소리가 다가온다. 나는 거실 문만 꼼짝 않고 쳐다본다. 손잡이가 돌아가기 시작한다. 공포가 장막처럼 나를 덮친다. 무섭게 휘감아 숨을 쉴 수가 없다. 이제는 아예 흑흑 소리까지 내던 나는 창문을 향해 뛰어간다. 다급하게 커튼을 젖히고 창턱에 놓여 있던 난초 화분도 밀쳐버린다. 내가 창문을 확 여는데 거실 문이 열리다가 안락의자에 탁 걸린다.

내가 막 정원으로 빠져나가는데 경비 시스템이 울린다. 그리고 정신없는 삑삑 소리 와중에 거실 문 쪽에서 매튜가 내 이름을 부르는 소리가 들린다. 나는 다시 거실 문으로 달려가 안락의자를 밀쳐내고 매튜에게 매달린다. 그리고 밖에 살인자가 있다고 마구 소리친다.

"잠깐만! 경비 시스템 좀 끄고!" 매튜가 내 팔을 풀려고 애쓰는데 또 전화벨이 울리기 시작한다.

"그놈이야!" 나는 외친다. "그놈이야! 그놈이 아침 내내 계속 전화하고 있어!"

"경비 시스템 좀 먼저 끄게 해줘!"

매튜가 나를 떨쳐내고는 키패드로 가서 번호를 입력하자 귀를 찢을 듯 삑삑거리던 경비 시스템이 멈춘다.

이제는 전화벨 소리만 남는다. 매튜가 전화를 받는다. "여보세요? 네, 앤더슨입니다."

나는 눈을 휘둥그레 뜨고 매튜를 바라본다. 어떻게 살인자에게 이름을 말해줄 수가 있지?

"미안합니다. 또 경비 시스템을 잘못 작동시켰어요. 아내가 전화를 받지 않아서 확인하러 집에 왔는데요, 아내가 경비 시스템을 작동시켜놓은 줄 모르고 그냥 들어왔어요. 성가시게 해드려 미안합니다. 아뇨, 괜찮아요, 다른 문제는 없습니다."

그제야 조금씩, 괴로울 정도로 천천히 모든 상황이 이해된다. 공포 대신 수치가 온몸을 휘감는다. 나는 계단에 주저앉아, 또다시 모든 것을 오해했음을 깨닫는다. 나뿐 아니라 매튜를 위해서도 정신을 수습하려 노력하지만 떨림이 멈추지 않는다. 손이 제멋대로 움직이는 걸 감추려 팔짱을 낀다.

매튜는 경찰에게 올 필요 없다고 거듭 확인을 시키고 나서, 누군가에게 다시 전화를 걸어 아무 문제없다고 또 말하고 전화를 끊는다.

"방금은 누구였어?" 내가 멍하니 묻는다.

"사무실." 매튜는 나를 보고 싶지 않은 듯, 계속 등을 보이며 대답한다.

그를 탓하긴 힘들다. 내가 그였다면, 바로 현관문으로 나가 다시는 돌아오지 않을 것이다.

"발레리가 별일 없는지 전화 달라고 했거든." 매튜는 돌아선다. 곤혹스러워하는 표정이 역력한 걸 보니, 차라리 뒤돌아 있을 때가 나았다. "어떻게 된 거야, 캐시? 왜 내 전화 안 받았어? 내가 얼마나 걱정했는지 알아? 거의 한 시간은 계속 전화를 했는데. 혹시 위층에 있나 싶어 핸드폰도 걸고. 무슨 일이 있는 줄 알았잖아."

나는 그만 울음 섞인 웃음을 터뜨린다. "왜, 살해라도 당했을까 봐?"

매튜가 순간 경악한 표정을 짓는다. "내가 그렇게 생각했으면 좋겠어?"

나는 바로 후회한다. "아니, 그런 거 아니야."

"그럼 왜 전화 안 받은 거야?"

"당신 전화인 줄 몰랐어."

"무슨 소리야? 내 번호가 떴을 텐데!" 매튜가 머리를 미구 쓸어 넘긴다. "나를 훈련이라도 시키려는 거야? 그래서 그런 거야? 만일 그런 거면, 정말 당신을 용서 못 할 것 같아. 내가 여기까지 오면서 무슨 생각을 한 줄 알아?"

나는 울부짖는다. "나는 어쩌고? 나는 무슨 생각을 했는지 알아? 왜 나한테 계속 전화한 거야? 내가 이상한 전화가 온다는 얘길 했잖아!"

"당신이 인사도 없이 전화를 끊었잖아! 당신이 화가 난 것 같아 걱정돼서 전화한 건데! 왜 번호도 확인 안 하고 이상한 전화라고 생각한 거야? 당신 말은 하나도 말이 안 되잖아!"

"오늘 아침에도 또 이상한 전화를 받았다고! 그 후에는 또 그 전화일까 봐 너무 무서워서 번호 확인도 못 했어."

"그리고 너무 무서워서 스스로를 거실에 가둔 거야?"

"뭐, 내가 얼마나 무서웠는지는 알겠지."

매튜가 지쳤다는 듯 고개를 연방 절레절레 흔든다. "그만 좀 해, 캐시."

"나라고 이러고 싶어서 이러는 줄 알아?"

매튜가 현관으로 간다.

"어디 가는 거야?"

"사무실에."

나는 어쩔 줄 몰라 묻는다. "좀 더 있으면 안 돼?"

"당신이랑 연락이 안 돼서 회의도 미루고 왔어."

"그럼 회의 끝나자마자 올 거지?"

"아니, 그럴 수 없어. 일손도 부족해."

"하지만 아까는 일찍 온다며."

매튜가 한숨을 쉬며 차근차근 말한다. "방금 한 시간 넘게 자리를 비웠잖아. 그러니 일찍 퇴근해도 평소 정도지."

매튜는 현관문을 탁 닫고 가버린다. 얼마나 더 나를 참아줄 수 있을까? 나 자신이 미워진다. 내가 왜 이렇게 되었는지 모르겠다.

나는 주방으로 가서 찻물을 올린다. 어젯밤에 칼을 보지 않았더라면 오늘 아침에 좀 더 잘 대처했을지도 모른다. 전화는 여전히 무서웠겠지만, 그렇게 벌벌 떨지는 않고 다음에 걸려오는 전화번호를 확인했을 것이다. 그랬더라면 매튜에게서 온 전화라는 걸 알았을 테고, 받았을 테고, 아무 일도 없이 지나갔을 텐데.

그렇게 난리를 치면서 거실에 스스로를 가두다니, 지금 생각하면 우스꽝스럽기만 하다. 넌 미쳐가고 있어. 머릿속 목소리가 노래를 부르듯 읊조린다. 넌 미쳐가고 있어.

나는 차를 가지고 거실로 온다. 내가 박차고 나갔던 창문이 아직 열려 있어 닫는다. 그러고 보니 경비 시스템을 울리게 만든 건 나일 수도 있겠다는 생각이 든다. 아니, 나는 창문을 열어서, 매튜는 현관문을 열어서, 우리 둘이 함께 경비 시스템을 작동시켰겠다는 생각이 들고, 웃음이 나온다. 웃음이 나오니 기분이 꽤 좋아져서, 나는 그냥 계속 웃음이 나오게 놔둔다.

그렇게 신경질적으로 웃으며 다른 창문, 집 앞쪽으로 난 창문으로 가서 커튼을 젖힌다. 즉시 웃음이 목에 걸린다. 집 밖 도로에 남자가 서 있다. 전에 지나가는 걸 본, 우리 이웃일 수도 있는 남자다. 저 남자가 말 없는 전화를 걸었을 수도 있다. 제인을 죽였을 수도 있다. 우리는 잠시 서로를 노려보다가, 남자가 가버린다. 길 저쪽에 집들이 모여 있는 곳을 향해서가 아니라,

숲 쪽으로 간다.

마지막 남아 있던 힘이 다 빠져나간다. 나는 주방으로 가서 약을 더 먹는다. 남은 시간 동안 그나마 견딜 수 있도록 말이다. 소파에서 내내 웅크리고 있다가, 매튜가 돌아오기 한 시간 전에야 억지로 몸을 일으킨다. 그리고 우리는 처음으로 아무 말 없이 저녁을 먹는다.

8월 12일 수요일

끊임없는 빗소리에 잠에서 깨어난다. 마치 물속을 헤쳐나가는 것처럼 팔다리가 무겁다. 나는 억지로 눈을 뜬다. 왜 이렇게 모든 게 힘들게 느껴지는지 모르겠다. 한밤중 파티에 몰래 끼어든 아이처럼, 어젯밤 늦게 삼킨 약이 기억난다.

얼마나 빨리 약에 의지하게 되었는지 놀랍다. 어제 아침에도, 매튜가 나가자마자 재빨리 두 알을 삼켰다. 그제와 같은 아침을 반복할 수는 없었으니까. 약은 효과를 발휘하여, 말 없는 전화가 또 왔지만, 나는 걷잡을 수 없는 공포에 빠져들지 않았다. 나는 전화를 받고 잠시 듣다가 끊었다. 요컨대 나는 놈이 원하는 대로 한 것이다. 놈은 또 전화를 걸었지만, 나는 너무 졸려서 전화를 받으러 갈 수 없었고, 푹 잠들어버려 이후로는 아무 소리도 듣지 못했다.

결국 매튜가 퇴근하기 직전에야 잠에서 깼다. 또다시 얼마나 쉽게 하루를 잠으로 보내버렸는지 놀라, 다시는 약을 먹지 않겠다고 결심한다.

하지만 어젯밤에, 뉴스에서 제인 사건에 대한 새로운 정보가 나왔다. 경찰은 그녀가 살인자를 태운 다음 숲길로 갔던 거라고 짐작하고 있었다. 즉 내가 지나쳐 갔을 때 살인자는 차 안에 있었던 거다.

"결국 애인이 있었던 거네." 뉴스를 듣고 매튜가 말했다.

"왜 그렇게 말해?" 나는 공포를 숨기며 따지듯 물었다. "그냥 누굴 태워

췄을 수도 있지."

"미치지 않고서야 어떤 여자가 그런 야밤의 폭풍우 속에서 낯선 사람을 태워주겠어? 당신이라면 그러겠어?"

"아니, 난 안 그러겠지만, 날씨가 너무 안 좋으니까 오히려 친절을 베풀었을 수도 있지."

"그럴 수도 있겠지. 하지만 조금만 더 사생활을 조사해보면 애인이 나올 거야. 그러니 제인을 죽인 살인자를 다른 데서 찾을 이유가 없어. 전에도 말했지만, 그냥 개인적인 살인이었다고."

비록 제인에게 애인이 있었다고 믿지는 않지만, 매튜의 말에 조금은 안심이 된다. "당신 말이 맞았으면 좋겠다."

"내 말이 맞다니까. 걱정 좀 그만해, 캐시. 그 나쁜 놈은 금방 철창신세가될 거야."

그때 기자들에게 쫓기듯, 제인의 남편이 화면에 나왔다. 제인에게 애인이 있었던 걸 알았느냐고, 기자들이 남편에게 물었다. 남편은 장례식에서도 그랬듯이 조용히, 품위 있게 답변을 거부했고, 나는 그만큼 더 커진 죄책감에 다시 짓눌렸다. 다시 미칠 것 같은 기분이 되어 위층으로 올라가서도 생각을 멈출 수가 없었다. 내가 제인의 차를 지나쳐 갈 때, 살인자가 창문으로 나를 내다보고 있었다니, 잠을 잘 수가 없었다. 나는 결국 새벽 3시에 내려와 약을 두 알 삼켰다.

그래서 지금 이렇게 멍하니 누워 있다. 옆에 누운 매튜를 본다. 편히 자고 있다. 시계를 보니 8시 15분이다. 그러니까 토요일인 것이다. 그렇지 않았다면 매튜는 벌써 일어나 준비하고 있을 테니까. 나는 손을 뻗어 매튜의 뺨에 손을 얹는다. 내가 그를 얼마나 사랑하는지 생각해본다. 그런데 나에게 존재하는지도 몰랐던 면을 보여줘버렸다. 아마 지금쯤 대체 어쩌다 나 같은 여자와 결혼하게 된 걸까 생각하고 있을 것이다. 엄마가 마흔네 살에 치매 진단을 받았다고 사실대로 말해주었어도 매튜는 나와 결혼했을까? 그 질문이 나를 계속 괴롭힌다. 하지만 답은 알고 싶지 않기도 하다.

매튜에게 감사한 마음을 보여줘야 한다는 생각에 간신히 정신을 차린다.

아침이라도 침대로 가져다줘야겠다. 나는 침대에서 벌떡 일어나 앉는다. 잠시 정신을 더 모은다. 진짜 일어서려니 너무 힘들다. 의자에 단정히 걸려 있는 매튜의 출근복이 보인다. 깨끗한 셔츠, 어제와 다른 넥타이…… 그제야 지금이 토요일이 아니라 수요일이라는 걸 깨닫는다. 매튜가 자명종 소리를 못 듣고 자버린 건 처음 본다.

얼마나 기겁할까 싶어서 매튜를 깨우려고 손을 뻗다가, 문득 멈춘다. 그냥 자게 놔두면 그 말 없는 전화가 울릴 때 매튜가 받아볼 수도 있겠다는 생각이 든다. 가슴이 콩닥거린다. 내가 매튜를 또 속이려 하는 거다. 나는 다시 누워 조용히 이불을 끌어 덮는다. 나는 시계를 보면서, 자칫 깨울까 싶어 숨도 제대로 쉬지 못한다. 시곗바늘이 고통스러울 정도로 천천히 움직인다. 8시 30분, 8시 45분…… 매튜를 지각시키는 게 미안하지만, 그 전화를 심각하게 생각하게 만들려면, 이 수밖에 없다고 스스로를 합리화한다. 하지만 그날 밤 제인의 차를 보았다는 말을 하지 않고서도 매튜가 문제를 심각하게 받아들이게 만들 수 있을까?

9시 전에 매튜가 혼자서 깨어난다. 놀라 소리를 지르며 벌떡 일어난다. "캐시, 캐시! 시계 봤어? 9시가 다 됐어!"

나는 깊은 잠에서 막 깨어난 체한다. "뭐? 그럴 리가……."

"정말이라고! 봐!"

나는 눈을 비비며 일어난다. "자명종 맞춰놓지 않았어? 켜놓는 걸 잊어버린 거야?"

"아니, 못 듣고 잤나 봐. 당신은 못 들었어?"

"들었으면 깨웠겠지." 거짓말이 술술 나오지만 너무 어색하게 들려 매튜에게 들킬 것 같다.

그러나 매튜는 정신없이 옷을 찾아 입고 머리를 만지느라 바쁘다. "아무리 운이 좋아도 10시 전에는 못 가겠네."

"한 번쯤 늦으면 안 돼? 지금까지 지각한 적도 없고 야근도 많이 하잖아."

"그건 그렇지." 매튜가 한숨을 쉰다.

"그러지 말고 샤워 먼저 해. 내가 아침 만들게."

"알았어. 발레리에게 연락은 해야겠다."

매튜는 전화를 하고 나는 아래층으로 내려가 주방으로 간다. 매튜가 있어도 긴장되는 건 어쩔 수 없다. 말 없는 전화가 걸려오길 바라게 될 줄은 몰랐지만, 혹시 오늘 정말 전화가 안 오면 어떻게 하나 하는 생각에, 속이 울렁거린다. 왜냐하면 놈이 전화를 안 한다는 건, 매튜가 있다는 걸 안다는 뜻이기 때문이다.

"배가 안 고파?" 매튜가 아침을 먹다가 나의 빈 접시를 보며 묻는다.

"지금은……. 혹시 전화가 울리면 당신이 받아줄래? 만일 그 전화면 당신이 들어봤으면 해서."

"지금으로부터 10분 안에 전화하면……."

"안 하면?"

매튜는 부드러운 표정을 지으려 애쓰지만 미간에 주름이 잡히기 시작한다. "하루 종일 기다려줄 수는 없잖아."

그러나 채 10분이 안 되어 전화벨이 울리기 시작하고 우리는 복도로 같이 간다. 매튜가 번호를 확인한다. 발신자 표시 제한이다. 나는 '말하지 말고 듣기만'이라고 입 모양을 만든다.

매튜가 전화를 받는다. 몇 초 듣고 있다가 스피커폰을 켜서 나도 아무 말 없는 전화 소리를 듣게 해준다. 매튜는 누구냐고 묻고 싶어 근질거리는 표정이지만 내가 입술에 손가락을 대고 끊으라는 손짓을 해 보인다.

"이게 다야?" 매튜가 심드렁하게 묻는다.

"응. 좀 달랐지만." 나도 모르게 그렇게 말한다.

"뭐가 달랐는데?"

"나도 몰라. 뭔가 좀 달랐어."

"어떻게?"

나는 얼굴을 붉히며 어깨를 으쓱한다. "보통은 누가 있는 게 느껴졌거든. 근데 오늘은 아무것도 안 느껴졌어. 침묵이 달랐어."

"어떻게 침묵이 다를 수 있어, 캐시." 매튜가 시계를 본다. "난 그만 가야겠다." 내가 말없이 서 있자 매튜가 어깨를 꼭 잡는다. "스피커폰으로 들어서 다르게 들렸나 보다."

"그럴 수도."

"아닌 거야?"

"그냥…… 전의 전화들은 훨씬 위협적이었거든."

"위협적?"

"응."

"그거야 혼자 있으니까 그렇게 느꼈겠지. 전화엔 아무 나쁜 낌새도 없었어, 캐시. 그런 생각 그만해. 그저 광고 전화가 잘못 걸려왔을 뿐이야."

"당신 말이 맞겠지."

"내 말이 맞다니까."

매튜가 너무 확신에 차 보여서, 나는 그냥 믿기로 한다. 그 모든 전화들이 그냥 다 어느 외국에서 잘못 걸려온 광고 전화들이라고.

"오늘은 정원에 좀 나가서 쉬지그래?" 매튜가 말한다.

"장을 먼저 봐야겠어. 집에 먹을 게 하나도 없거든."

"오늘 또 카레 만들면 어때?"

"좋은 생각이야." 오후 내내 할 일이 생겨서 기쁘다.

매튜가 키스하고 떠난 후 나는 위층으로 올라가 핸드백을 가지고 내려온다. 브로버리의 농부 장터로 가야겠다.

현관문을 막 나서려는데 전화벨이 울리기 시작한다. 나는 잠시 망설인다. 놈이 아까 전화 받은 게 내가 아니었다는 걸 알고 다시 하는 걸까? 하지만 나는 그런 생각을 떠올리는 자신에게 짜증이 난다. 좀 전에, 광고 전화라고 생각하기로 결심하지 않았던가. 가봐. 머릿속 목소리가 비웃는다. 가서 들어보면 알 거 아니야? 하지만 나는 새로 얻은 자신감을 시험에 들게 할 생각이 없다.

나는 브로버리로 차를 몬다. 장터에서 어슬렁거리며 카레에 쓸 야채와 고수를 사고 후식으로 먹을 무화과를 산다. 꽃 판매대에서는 커다란 백합 다발을 사고 와인 가게에서 그날 저녁에 마실거리를 산다. 그리고 나서는 오후 내내 즐겁게 요리를 한다. 어느 순간엔가는 라디오 소리 너머로 전화벨이 울린 것도 같지만, 나는 당황하는 대신 라디오 소리를 좀 더 키운다. 내가 믿기로 결심한 대로 밀고 나갈 것이다.

❖

"우리 축하할 일이 있나?" 매튜가 냉장고의 샴페인 병을 보더니 묻는다.

"응."

매튜가 미소를 짓는다. "뭔데?"

"기분이 훨씬 좋아졌어."

약을 하나도 먹지 않고 하루를 잘 보낸 것이다.

매튜가 나를 끌어안는다. "오랜만에 들어보는 정말 좋은 소식인걸. 얼마나 좋아졌는데?"

"아기 가질 생각을 시작해볼 정도로."

"정말?" 매튜는 행복하게 묻는다.

"응." 내가 키스하며 대답한다.

"그럼 샴페인은 침대로 가지고 갈까?" 매튜가 중얼거린다.

"당신이 제일 좋아하는 카레 만들었는데?"

"나도 알아. 냄새가 나네. 나중에 먹으면 되지."

"사랑해."

"내가 더 사랑해." 매튜가 나를 번쩍 안아 올린다.

8월 13일 목요일

나는 다음 날 늦게까지 잔다. 일어나보니 매튜는 벌써 출근했다. 어젯밤을 생각하니 짜릿한 기쁨이 느껴진다. 나는 침대에서 나와 욕실로 가서 느긋하게 샤워를 한다.

태양도 그동안을 만회하겠다는 듯 이글거려서 나는 반바지와 티셔츠를 입고 밀짚 샌들을 신는다. 노트북을 가지고 아래층으로 내려간다. 오늘은 일을 좀 해야겠다.

아침을 먹고 학교에서 가져온 문서들을 모아 주방으로 가서 컴퓨터를 켠다. 하지만 집중이 잘 안 된다. 언제 전화가 올지 귀를 곤두세우고 있기 때문이다. 시계가 째깍거리는 소리도 정신을 흐트러뜨린다. 매초 더 소리가 커지는 듯, 9시를 향해 천천히 움직이는 시곗바늘을 내 눈도 좇고 있다. 그러다가 9시 30분이 되었다. 이렇게 무사히 시간이 가고, 이젠 정말 다 끝났나 믿기 시작할 무렵, 전화벨이 울리기 시작한다.

쿵쿵거리는 심장 박동을 느끼며 복도 쪽을 노려본다. 나는 스스로를 다잡는다. '오늘은 새로운 날이다. 나는 전화벨을 두려워하던 어제 그 사람과는 다른 사람이다.' 의자를 밀어내고 단호하게 복도로 걸어간다. 하지만 먼저 자동응답기가 전화를 받는다. 레이철의 목소리가 흘러나온다.

안녕, 캐시, 나야. 햇살 가득한 시에나에서 전화하는 거야. 핸드폰로도 걸었는데. 나중에 다시 걸어야겠네. 알피 얘기만 잠깐 해줄게. 아, 어찌나 지루한지!

안도의 웃음을 터뜨리며 핸드폰으로 전화를 걸기 위해 위층으로 올라간다. 반쯤 계단을 올라가는데 집전화가 다시 울린다. 레이철이 다시 걸었나 싶어 달려 내려가 전화를 받는다. 하지만 귀에 대자마자, 나는 알 수 있다. 레이철이 아니다. 어제 나가기 직전 걸려오던 전화가, 비록 내가 광고 전화라고 믿기로 결심했다고 해도, 실은 놈의 전화라는 걸 알 수 있었던 것처럼 말이다.

순식간에 희망을 빼앗겨버린 나는 분노가 치솟아 전화를 끊어버린다. 간단히 수화기를 쾅 내려놓는다. 놈은 바로 다시 전화를 건다. 그럴 줄 알았다. 그래서 다시 받아서 끊어버린다. 내가 이러리라 예상을 못 했다는 듯, 1분 정도 지나서야 놈은 다시 전화를 건다. 나는 다시 받아서 끊는다. 놈이 다시 걸고, 내가 받아서 끊고, 놈이 다시 걸고 그렇게 한동안 반복하는데, 어쩐지 이 놀이가 재미있게 느껴진다. 하지만 결국은 내가 이길 수 없는 게임이라는 걸 알고 있다. 놈은 자기가 원하는 걸 얻을 때까지 나를 그냥 내버려두지 않을 것이기 때문이다. 그래서 나는 잠시 전화를 들고, 수화기로 들리는 놈의 말 없는 위협을 듣고 있다가 매튜에게 전화를 건다.

매튜의 핸드폰은 꺼져 있다. 그래서 나는 사무실로 걸어서 비서와 연결해 달라고 부탁한다.

"안녕, 발레리. 저 캐시예요. 매튜의 아내."

"안녕하세요, 캐시."

"네, 매튜에게 전화했는데 핸드폰이 꺼져 있더라고요."

"지금 회의 중이라서 그럴 거예요."

"회의 시작한 지 오래됐나요?"

"9시부터요."

"보통 회의에 들어가면 끝날 때까지 안 나오죠?"

"뭐, 커피를 마시거나 하러 나올 수도 있어요. 급하시면 불러드릴 수 있는데요."

"아니에요, 괜찮아요. 나중에 연락하죠."

그래도 하루의 휴식은 가질 수 있었다고, 나는 멍하니 생각하며 약을 두 알 삼킨다. 적어도 하루는 그게 광고 전화였다는 매튜의 말을 믿을 수 있었다고 말이다. 이제 더 이상은 자신을 속일 수 없지만, 적어도 하루를 넘기게 해줄 알약이 있으니까.

약이 듣기를 기다리며 거실 소파에 늘어져 리모컨을 들고 있다. 전에는 낮에 텔레비전을 본 적이 없었는데, 채널을 돌리다 보니 쇼핑 프로그램들이 보인다. 있는 줄도 몰랐던 온갖 물건들을 신기하게 바라보다가, 긴 은 귀고리 하나가 눈에 띈다. 레이철에게 주면 좋아할 것 같다. 나는 재빨리 펜을 찾아 나중에 주문할 수 있게 종이에 메모를 한다.

한 시간쯤 후, 다시 전화벨이 울리지만 약이 효과를 발휘해, 걱정이 되어도 무섭지는 않다.

매튜의 전화다. "좋은 아침, 여보. 잘 잤어?" 어젯밤에 사랑을 나눈 후라 매튜의 목소리는 부드럽다.

"응……." 나는 잠시 망설인다. 말 없는 전화 얘기를 꺼내서 이 친밀한 분위기를 망치고 싶지 않다.

"발레리가 그러는데 전화했다면서."

"응, 오늘 아침에 또 말 없는 전화를 받아서."

"그래서?" 매튜는 실망감을 숨기지 못한다.

그를 나의 악몽 속으로 끌고 들어가기 전에 뭔가 사랑스러운 대화를 조금이라도 나누지 못하는 내가 한심하다.

"그냥 말해야 할 것 같아서……."

"내가 어떻게 해줬으면 좋겠어?"

"모르겠어. 경찰에 얘기하면 어떨까?"

"그럴 수도 있지. 하지만 그런 전화 몇 번 왔다고 진지하게 받아들여줄까? 살인자 찾느라고 바쁠 텐데."

"살인자에게서 온 전화 같다고 하면 관심을 가져주지 않을까?" 나도 모르게 그렇게 말해놓고 보니 매튜가 한숨을 참는 기색이 느껴지는 것 같다.

"저기, 피곤하고 신경이 곤두서면 그런 생각이 들 수도 있을 거야. 하지만 전혀 논리적인 판단이 아니라는 건 당신도 알잖아. 그 점을 먼저 고려해봐."

"그럴게." 나는 순순히 대답한다.

"이따 봐."

"알았어."

나는 전화를 끊고, 어제만 해도 매튜가 느꼈을 안도감을 망친 기분이 들어 나 자신이 미워진다. 가지고 내려온 노트북도 내버려두고 쇼핑 채널을 또 보다가 망각 속으로 빠져든다.

전화벨 소리에 잠이 깬다. 태양빛은 어느새 오후로 바뀌었고 나는 정신을 깨우면서 본능적으로 숨을 죽인다. 응답기가 전화를 받는다. 레이철이 다시 전화했나 싶었지만 의아하게도 교장인 메리의 전화다. 다가오는 교사 연수 일정에 대해 말하는 듯하다. 또 다른 스트레스까지 받고 싶지 않아 귀를 막아버린다. 하지만 전화가 끝나고 나자, 숙제 안 한 학생 같은 심정이 되어, 노트북을 가지고 서재로 들어간다.

서재 책상으로 가서 겨우 일을 시작하는데, 집 앞 도로에서 웬 차가 급가속 출발을 하는 바람에 깜짝 놀란다. 도로 저쪽의 집들을 향해 가며 엔진 소리가 멀어진다. 차가 오는 소리는 왜 듣지도 못했을까, 언제부터 집 앞에 있었을까 하는 생각이 든다.

생각을 안 하려 노력하지만 그럴 수 없다. 마음속에 공포가 자리를 잡고 머릿속에서는 의문이 점점 끓어오른다. 내가 잠든 사이 온 차인가? 누구 차지? 살인자? 내가 소파에서 자는 걸 창문으로 들여다보았을까? 꼭두각시 인형 지켜보듯이? 미친 소리라는 걸 알지만, 내가 느끼는 공포는 너무나 현실적이다.

나는 복도로 달려 나가 차 열쇠를 잡고 현관문을 연다. 눈부신 태양빛에 순간 멍해지다가 고개를 숙이고 눈 위를 손으로 가린다. 어디로 가야 할지도 모르면서 일단 차를 몰아 집을 나선다. 그저 집에서 나갈 목적으로 운전하다 보니 어느새 캐슬웰스로 가고 있다.

도착해서 먼저 소규모 주차장 두 군데에 가보았지만 다 차 있어서 주차 빌딩으로 간다. 근처 가게들을 정처 없이 돌아다니며 몇 가지 물건을 사고 한동안 카페에서 차를 한 잔 마신다. 그러고 나서 주변 가게를 좀 더 돌아다니며 집으로 돌아가야 하는 순간을 조금 더 미룬다. 6시에 주차장으로 가며, 매튜가 나보다 먼저 집에 돌아가 있기만을 바란다. 도저히 빈집으로 들어갈 엄두가 나지 않을 것 같다.

갑자기 누가 뒤에서 팔을 잡는 바람에 놀라 소리를 지르며 돌아본다. 코니가 함박웃음을 지으며 서 있다. 그녀의 얼굴을 다시 보게 되니 모든 것이 너무나 정상적인 세상으로 되돌아간 듯, 나는 안도감을 느끼며 코니를 껴안는다.

"깜짝 놀랐잖아! 심장마비 오는 줄 알았네!" 나는 쿵쿵거리는 심장을 진정시키며 말한다.

코니도 나를 껴안는다. 익숙한 꽃향수가 마음을 한층 진정시켜주는 듯하다.

"미안, 이렇게 놀랄 줄은 몰랐네. 어떻게 지냈어? 방학은 잘 보내고 있어?"

나는 고개를 끄덕이며 머리를 정돈한다. 혹시 정말 정신 나간 여자처럼 보이는 건 아닐까?

"응, 날씨만 오늘처럼 좋으면 좋겠다. 오늘 정말 끝내주지? 넌 어떻게 지냈어? 곧 여행 가지?"

"응, 토요일에. 빨리 가고 싶어."

"지난번에는 회식 때 먼저 가서 미안했어." 코니에게 인사를 못 하고 나온 게 신경이 쓰였다.

"상관없어, 신경 쓰지 마. 단지, 네가 일찍 가니 존도 일찍 가서 우리끼리 놀아야 했던 건 아쉬웠지만."

"저런, 그런 줄 몰랐네."

"그래도 괜찮았어. 우리 집 텔레비전으로 노래방 프로그램을 틀고 천둥소리랑 대결을 벌였지. 그때 실황을 찍은 동영상이 어디 있는데."

"나 꼭 보여줘!"

"걱정 마. 곧 보여줄게." 그러고는 코니가 핸드폰을 꺼내 확인을 하더니 묻는다. "나 댄이랑 한잔하기로 했는데 같이 갈래?"

"아니, 고맙지만 사양할게. 집에 가려고 주차장으로 향하던 중이었어. 짐은 다 쌌어?"

"거의. 교사 연수만 준비하면 돼. 28일 금요일 괜찮냐는 메리 전화 받았지? 난 수요일에 돌아오거든. 이제 거의 다 하긴 했어. 너는?"

"나도." 나는 거짓말을 한다.

"그럼 28일 날 봐."

"그러자. 여행 재미있게 하고!"

"너도 잘 지내."

나는 코니를 만나 한결 나아진 기분으로 주차장으로 간다. 해야 할 일을 안 하고 거짓말한 게 마음에 걸리긴 하지만. 그러고 보니 메리가 응답기에 남겨놓은 말을 들어야겠다. 혹시 연수 때 부탁하는 일이 있는지도 모르니까. 그러다 보니 걱정이 된다. 이렇게 문제가 많은데 어떻게 일을 시작할지 모르겠다. 살인자라도 잡혔더라면. 설마 곧 잡히겠지? 제인이랑 아는 사람이라니, 곧 찾을 수 있을 거다.

주차장에 도착해 엘리베이터를 타고 4층으로 올라가 차를 세워둔 E열로 간다. 하지만 거기엔 차가 없었다. 바보가 된 기분으로 왔다 갔다 하고도 결국 못 찾고 F열까지 훑어본다. 그러나 거기도 차는 없다.

E열에 세운 걸 알면서도, 당황한 채 다른 열까지 들러보기 시작한다. 4층에 주차를 한 건 확실했다. 왜냐하면 1층, 2층에는 자리가 없을 것 같아서 바로 3층으로 올라갔고, 거기도 만차여서 이 층까지 왔기 때문이다. 그런데 왜 차가 없지? 한 바퀴 다 돌고 나서도 찾지 못해 결국 5층으로 올라간다. 잘못 기억했을 수도 있으니까. 들고 나는 차들을 피하며, 차를 세운 곳을 잊어버린 여자처럼 보이지 않으려 애쓰며, 5층을 샅샅이 뒤졌는데도 나의 미니는 보이지 않는다.

나는 다시 4층으로 내려가 잠시 서서 기억을 가다듬으려 애쓴다. 엘리베이터는 하나뿐이니, 오늘 아침 차에서 내려 거기까지 어떻게 갔는지, 거꾸로 되짚어본다. 하지만 내가 기억하는 곳에 차는 없다. 답답해서 눈물이 날 것 같다. 1층으로 내려가 관리실에 차를 잃어버렸다고 하는 수밖에 없다.

엘리베이터로 가다가 마음을 바꿔 계단으로 내려가며, 각 층에 들러 혹시 내 차가 있나 살펴본다. 1층까지 내려와 관리실에 가니 중년 남성이 컴퓨터 앞에 앉아 있다.

"죄송하지만 제 차를 도둑맞은 것 같아요." 나는 히스테릭하지 않게 말하려 애쓴다.

남자는 못 들은 척, 컴퓨터만 쳐다본다.

나는 다시 한 번, 더 크게 말한다.

"들었어요." 남자가 고개를 들어, 창구 너머 나를 바라본다.

"아, 그래요? 그럼 어떻게 하면 되는지 알려줄 수 있나요?"

"한 번 더 찾아봐요."

"찾아봤어요." 나는 화가 나서 말한다.

"어디 있었죠?"

"4층에요. 2, 3, 5층도 찾아봤어요."

"그럼 어디 두었는지 모르는 거군요."

"아뇨, 잘 기억하고 있어요!"

"자기 차를 도둑맞았다는 사람마다 내가 1파운드씩 받았다면 지금쯤 부자가 됐을 겁니다. 주차표는 있어요?"

나는 핸드백의 지갑에서 표를 꺼내 창구 밑으로 내민다. "여기."

"그럼 누가 당신 차를 몰고 주차표도 없이 차단기를 통과해 나갔다는 겁니까?"

"잊어버린 척하고 돈을 냈겠죠."

"번호판이 어떻게 되죠?"

"RV07BWW. 검은색 미니예요."

남자는 컴퓨터를 들여다보더니 고개를 젓는다. "그 차에 주차표가 재발행돼서 나갔다는 기록이 없어요."

"무슨 말이에요?"

"당신 차는 도둑맞지 않았다고요."

"그럼 어디 있단 말이에요?"

"당신이 놔둔 데 있겠죠."

남자는 다시 컴퓨터를 쳐다본다. 나는 그를 노려보며, 갑자기 치미는 증오심에 놀란다. 이유는 알고 있다. 나의 기억력이 흩어지고 있다는 증거를 더해주었기 때문이다. 하지만 그렇게 간단히 나를 무시하는 태도에도 화가 난다. 그리고 나는 주차했던 곳을 정확히 기억하고 있다. 나는 창구 유리를 손으로 탕 친다. 남자가 놀라서 쳐다본다.

"나랑 같이 가주면, 그렇지 않다는 걸 증명해 보일게요." 나는 확신에 차서 말한다.

남자는 잠시 나를 쳐다보더니 뒤를 돌아본다. "팻시, 잠깐 나 대신 있어 줄 수 있어?" 여자 하나가 뒤쪽 사무실에서 나온다. "이 부인이 자기 차를 도둑맞았대."

여자가 씩 웃는다. "물론 그랬겠지."

"분명하다고요!" 내가 쏘아붙인다.

남자가 관리실에서 나온다. "그럼 가봅시다."

엘리베이터가 내려오기를 기다리는데 내 핸드폰이 울린다. 메리에게서 온 것일까 봐 받고 싶지 않지만, 관리실 남자가 이상하게 생각할 테니 어쩔 수 없이 가방에서 꺼낸다. 매튜에게서 온 전화다. 나는 안도하며 전화를 받는다.

"여보세요?"

"전화해서 기쁜 것 같네. 나 집인데 어디 있어?"

"캐슬웰스야. 쇼핑하고 들어가려고 했는데 좀 문제가 생겨서. 차를 도둑맞은 것 같아."

"도둑맞았다고? 분명해?"

"뭐, 그런 것 같아."

"끌려간 건 아니고? 선불표 놔두는 걸 잊어버린 건 아냐? 아니면 주차 시간을 초과했든지."

"아니야." 나는 비웃음을 띠는 주차 관리인에게서 좀 떨어지며 말한다.

"주차 빌딩에 주차했거든."

"그럼 끌려간 건 아니네."

"도둑맞았다니까."

"어디 주차했는지 잊어버렸구나."

"아니야! 게다가 이미 여길 전부 다 찾아봤다고."

"경찰에 전화했어?"

"아직. 지금 여기 관리인이랑 같이 확인하러 가는 길이야."

"그럼 도둑맞은 게 확실하진 않구나?"

"내가 조금 있다 다시 전화해도 될까?" 나는 얼굴이 붉어지는 것을 느낀다. "엘리베이터가 와서."

"알았어."

엘리베이터 문이 열리고 안에서 사람들이 나온다. 우리는 4층으로 올라간다. 나는 엘리베이터 건너편을 가리키며 말한다. "저쪽에 주차했다고요. E열에."

"앞장서요." 남자가 말한다.

나는 성큼성큼 그리로 가서 말한다. "여기 있어야 한다고요."

"RV07BWW라고 했죠?"

"그래요."

"저기 있네."

"어디?"

"저기요."

남자의 손가락이 가리키는 곳을 보니 내 차가 있다.

나는 중얼거린다. "그럴 리 없는데. 아까는 정말 저기 없었다고요." 나는 그리로 가며 제발 내 차가 아니기를 빌고 있다. "이럴 리가 없어요. 이 줄을 두 번이나 확인했다니까요."

"그런 사람 많습니다." 남자가 승리감에 너그러워진 목소리로 말한다.

"무슨 말을 해야 할지 모르겠네요."

"뭐 그럴 수도 있으니 너무 신경 쓰지 말아요."

"하지만 정말 여기 없었는데. 정말이에요."

"다른 층에서 찾았나 보죠."

"정말이에요. 바로 여기로 올라왔는데 차가 없어서 5층으로 올라갔다가 3층도 확인했다고요. 2층까지도."

"6층은 올라갔어요?"

"아뇨, 옥상은 아니었던 게 확실하니까."

"7층이 옥상이에요."

"상관없어요. 어쨌든 난 4층에 주차했으니까요."

"그래요. 그랬으니 여기 있죠."

나는 주변을 둘러보며 묻는다. "다른 엘리베이터가 있나요?"

"아뇨."

나는 힘이 빠진다. "아무튼 시간 낭비 하게 해서 너무 미안해요. 고맙고요." 나는 이제 얼른 가고 싶다.

"천만에요." 남자가 손을 흔들며 가버린다.

나는 차 안으로 들어가 눈을 감는다. 모든 과정을 돌이켜보며, 왜 내가 차를 못 보았을까 따져본다. 유일한 가능성은 내가 4층이 아니라 5층으로 갔었다는 거다. 내가 왜 그런 바보 같은 실수를 저질렀을까? 매튜에게 설명할 생각을 하니 더 괴롭다. 아까 전화를 안 받았더라면, 아까 차를 도둑맞았다는 말을 하지 않았더라면. 이제 전화해서 차를 찾았다고 해야 하지만, 내 실수를 인정하는 전화를 차마 걸 수가 없다.

나는 시동을 걸고 천천히 출구로 빠져나간다. 지쳐서 머리가 무겁다. 차단기 앞에 와서야, 나는 그 난리를 치고 나서 결국 4층 기계에서 주차 요금을 정산해야 하는 걸 잊어버렸다는 사실을 깨닫는다. 백미러를 보니 벌써 내 뒤로 차들이 줄을 섰다. 미칠 듯한 기분에 '도움' 버튼을 누르고 소리친다.

"정산하는 걸 잊어버렸어요!" 내가 송화기에 떨리는 목소리로 외치자 뒤 차가 경적을 울린다. "어떻게 해야 하죠?"

차에서 나가 가까운 기계까지 걸어가서 돈을 내고 오며, 대여섯 명의 운전자들에게서 쏟아질 분노를 고스란히 뒤집어써야 하나 걱정하고 있는데, 차단기가 올라간다.

"고마워요." 나는 송화기에 대고 말하고, 관리인의 마음이 바뀌기 전에 액셀을 있는 힘껏 밟아 주차장을 떠나간다.

시내를 벗어나는데, 너무 흥분한 듯싶어 아무래도 잠시 쉬었다가 진정되면 가야 할 것 같다. 때마침 핸드폰도 울리지만, 매튜일 게 뻔해 차를 세우기가 싫다. 아예 집으로 가지 말고 기름이 떨어질 때까지 돌아다닐까 싶지만, 그랬다간 매튜가 걱정할 테고, 그러기엔 난 매튜를 너무 사랑한다.

집에 도착할 때까지 핸드폰이 계속 다시 울린다. 진입로로 들어서자 매튜가 서둘러 밖으로 나온다. 걱정으로 일그러진 얼굴을 보니 죄책감이 피로감과 뒤섞인다.

"당신 괜찮아?" 매튜가 물으며 내 차 문을 연다.

"괜찮아." 나는 시선을 피하며 차에서 내린다.

"전화해줬어야지. 걱정했잖아."

"미안."

"어떻게 된 거야?"

"내가 엉뚱한 층에서 찾고 있었지 뭐야."

"다른 층도 다 확인해봤다며?"

"그게 그렇게 중요해? 자동차를 도둑맞은 게 아니었으면 된 거 아냐?"

매튜가 어떻게 그럴 수 있느냐고 묻고 싶은 걸 참는 게 보인다. 그러다가 마침내 말한다. "당신 말이 맞네."

나는 집으로 들어간다.

"당신 피곤하겠다. 내가 저녁 준비할까?"

"그럼 고맙지……. 난 샤워 좀 할게."

나는 욕실에서 한참을 보낸다. 침실에서 옷을 갈아입을 때는 더욱 오래 시간을 끈다. 다시 매튜와 마주해야 하는 순간을 어떻게든 미루고 싶다. 너무 기분이 바닥이라, 그대로 침대에 쓰러져 잠들고 싶다. 이 끔찍했던 하루를 그만 보내버리고 싶다. 매튜가 올라와 날 찾지 않을까도 싶었지만 주방에서 저녁 만드는 소리만 계속 들려온다.

결국 내려가서는, 억지로 온갖 이야기를 꺼내, 학교, 날씨, 코니와 마주친 일에 대해 끊임없이 수다를 떤다. 매튜가 끼어들 틈은 조금도 남겨두지 않는다. 주차한 데를 잊어버렸던 일이 나를 괴롭게 만들었다는 인상은 전혀 주지 않으려고 애쓴다. 심지어 달력에 연수 날짜를 적으며 얼른 다들 다시 보고 싶다고, 다시 학기가 시작되었으면 좋겠다고 말한다.

하지만 속은 걱정으로 썩어 들어가며 매튜가 만든 리소토를 억지로 삼킨다. 아까 집 앞에 수상한 차가 있었다고 말하고 싶지만 그 뒷설명을 어떻게 하겠는가? 그저 나만 더욱 신경질적이고 망상적으로 보이게 될 뿐이다.

8월 14일 금요일

제인이 살해당한 지 4주가 지났고 그 짧은 기간 나의 삶이 얼마나 바뀌었는지 믿을 수 없을 정도다. 죄책감과 두려움이 어디든 나를 따라다녔고, 그런 느낌 없이 사는 게 어떤지조차 기억나지 않는다. 어제 자동차 둔 곳을 잊어버린 일도 나를 사정없이 흔들어놓았다. 나에게 치매가 시작되었다는 증거가 또 나온 것이다. 우울해질 수밖에 없다.

거실에서 또 텔레비전에 쇼핑 채널을 틀어두고 무기력하게 앉아 있다. 10시쯤 전화가 울리자 나는 즉시 겁에 질린다. 들숨은 목에 턱 걸리고 심장이 막 뛰며 어지러워진다. 전화벨이 울릴 때마다 반사적으로 공포 반응을 일으키는 것 같다. 자동응답기가 작동되어 그 전화가 아니라는 것을 알 수 있지만 그래도 마음은 놓이지 않는다. 놈이 **전화하리라는 걸** 아니까.

우편함이 달가거려 또 깜짝 놀란다. 이제 보니 전화뿐 아니라 모든 소음에 예민하게 반응하고 있다. 어쩌다 이 지경이 되었을까? 강한 사람이었던 내가 언제부터 이렇게 겁쟁이가 되었지? 이렇게 작은 일들이 나를 좀먹게 만들다니, 나 자신이 부끄럽다. 숨을 죽이고 우체부의 발걸음이 멀어지는 소리를 듣고 있는 꼴이라니, 창피하다. 어쨌든 살인자가 아니라 정말 우체부였다는 건 알겠다. 우편물을 가져와 봉투에 손으로 쓴 나의 주소를 확인하면서 혹시 놈이 아닐까 싶어 손을 바들바들 떤다.

열어보고 싶지 않지만, 더 강한 힘에 끌리듯 봉투를 찢어낸다. 모르는 것보다는 아는 게 더 나으니까.

캐시에게

편지 잘 받았어요. 제인에게 좋은 기억이 있었군요. 당신이 보내준 편지가 얼마나 큰 위로가 되었는지 모릅니다. 나도 제인이 당신과 점심을 함께하고 와서 정말 즐거웠다고 얘기했던 걸 기억하고 있습니다. 당신도 같은 심정이었다니 기쁘네요. 그리고 이렇게 편지까지 써줘서 정말 고맙습니다. 끔찍한 시간을 보내고 있긴 하지만 당신의 편지와 같은 격려들이 얼마나 힘이 되는지 모릅니다.

딸아이들에 대해서도 걱정해주어 감사합니다. 엄마를 많이 찾지만, 무슨 일이 일어났는지 알기에는 너무 어려서 다행이라고 할까요. 아이들은 그저 엄마가 천사가 되어버렸다고만 안답니다.

주소를 보니 당신도 이 근방에 살더군요. 혹시 시내에서 나를 보거든 먼저 인사를 해주면 반갑겠습니다. 나는 이미 얼굴이 이렇게 알려져버렸으니까요. 사람들이 무슨 말을 해야 할지 몰라 그런다는 건 알지만, 나를 보고 피하는 건 좀 힘들더라고요.

안부를 전하며, 알렉스

나도 모르게 참고 있던 숨을 떨리듯 토해낸다. 시야가 눈물로 흐려진다. 그저 제인의 남편에게서 온 편지일 뿐이었다는 안도감, 그리고 막막한 슬픔을 느낀다. 그의 상냥한 감사의 말들이 내 상처 난 영혼을 낫게 해주는 연고 같이 느껴진다. 그러나 내가 그날 밤 제인을 그냥 두고 지나갔다는 걸 안다면, 나에게 이런 편지를 보내지는 않았으리라.

편지를 다시 읽는데, 각각의 단어들이 화살처럼 내 양심을 찌른다. 그에게 진실을 말하고 싶다는 욕구가 불쑥 치민다. 나를 비난하겠지. 하지만 어쩌면, 혹시 어쩌면, 내가 할 수 있는 일은 없었다고 말해줄지도 모른다. 내가 지나가기 전부터, 이미 그렇게 될 운명이었다고. 그런 말이 그에게서 나오면 나도 믿을지 모른다.

전화벨이 또 울려 나를 현실로 데려온다. 위안이라고는 없는, 용서라고는 없는, 두려움과 괴롭힘만이 끝없이 계속되는 현실이다. 나는 전화를 벌컥 받는다. 나를 가만두라고 소리를 지르고 싶다. 하지만 내가 이렇게 겁에 질렸다는 사실을 알리고 싶지 않다. 그래서 우리는 기다린다. 각자의 목적을 가지고. 몇 초가 흐른다. 나는 비로소 깨닫는다. 전화선을 타고 오는 말 없는 위협을 내가 감지할 수 있다면, 저편에서도 나의 두려움을 감지할 수 있으리라는 것을. 막 끊으려다가 이번 전화는 뭔가 좀 다르다는 걸 깨닫는다.

나는 귀에 신경을 집중한다. 뭐가 다른 건지 알아내려 애쓴다. 배경에서 희미한 소음이 들린다. 바람 소리일 수도 있고 나뭇잎이 사각거리는 소리일 수도 있다. 뭐가 되었든, 야외에 있다는 뜻인 것 같다. 공포가 밀려들며 당장이라도 나를 집어삼킬 듯하다.

아드레날린이 분출한다. 정신을 바짝 차리고 서재로 들어가 밖의 도로를 내다보지만 도로엔 아무도 없다. 잠시 안도가 되지만, 그렇다고 해서 살인자가 숨어 있지 않다는 뜻은 아니라고, 쉽사리 물러날 리 없는 공포가 속삭인다. 송글송글 땀이 솟아난다. 경찰에 전화하고 싶지만, 아무래도, 이성적으로 생각할 때, 경찰이 와서 정원을 수색한다고 해도 놈을 찾아내지는 못할 것 같다. 그렇게 멍청할 리 없으니까.

집에 못 있겠다. 그냥 앉아서 놈의 처분만 기다리고 있을 순 없다. 나는 복도로 달려 나가 아무 신발이나 꿰신고 탁자에서 차 열쇠를 집고는 현관문을 연다. 둘러보지만 집 앞에는 아무도 없다. 어쨌든 혹시 모르니, 바로 차 문을 열고 들어가 문을 모두 잠근다. 그리고 씩씩거리며 운전해 재빨리 대문을 빠져나온다. 매물로 나왔던 집을 지나가는데, 남자 하나가 정원에 서 있는 것이 보인다. 내가 보았던 그 남자다. 손에 전화기를 들고 있는 건 보이지 않지만 상관없다. 저 남자가 나에게 계속 전화를 건 걸 수도 있다. 제인의 살인자일 수도 있다. 비밀 연인이었을 수도 있다. 게다가 매일 아침 매튜가 출근하는지, 나 혼자 집에 있는지 지켜보기에도 완벽한 환경이다.

이젠 정말 경찰에 가야겠다. 하지만 먼저, 매튜에게 말을 해야겠다. 내 의심을 말하고 그럴 수도 있겠다는 말을 들어야겠다. 또 소란을 피우게 되는 건 싫으니까. 그래도 매튜 앞에서 바보가 되는 게, 경찰 앞에서 바보가 되는 것보다는 낫다. 아무 증거도 없이 경찰에게 새로 이사 온 남자를 조사해달라고 할 수 있을까? 그러지 않아도 경비 시스템으로 자꾸 난리를 쳐서 나를 멍청이라고 생각할 텐데.

흥분한 상태로 차를 몰다가 빨간불을 그냥 지나칠 뻔한다. 이러다 사고를 낼까 걱정되어 마음을 진정시키려 노력한다. 누구랑 같이 있었으면 좋겠지만 레이철은 시에나에 있고 다들 여행을 갔거나 내일 떠난다.

결국 브로버리까지 가기로 하고 끊임없이 누가 따라오지 않는지 백미러를 흘긋거린다. 하이스트리트에 주차하고 어디 앉아 점심을 먹는 척하며 시간을 죽여야겠다. 그렇게 생각하고 핸드백을 찾았지만, 집에 두고 왔다는 걸 깨닫고 기가 막힌다. 차라도 한잔 마시고 들어가야 할 것 같아 동전을 찾아 글러브박스를 뒤져보는데 날카로운 노크 소리가 들려 펄쩍 놀란다.

존이 미소를 지으며 들여다본다. 나는 놀라서 미소도 못 짓는다. 심호흡을 하며 글러브박스의 뚜껑을 닫는다. 창문을 내리고 말한다.

"깜짝 놀랐잖아." 그래도 미소는 지어주려 애쓴다.

"미안. 그렇게 놀랄 줄 몰랐네…… . 주차하려는 거야, 나가는 거야?"

"둘 다야."

존이 어리둥절한 표정을 짓는다.

"방금 도착했는데, 핸드백을 집에 놔두고 와서. 도로 가서 가져오려고."

"내가 좀 도와주면 어때?"

나는 망설인다. 괜한 구실을 주고 싶지는 않지만, 어차피 존도 내가 매튜와 결혼한 걸 안다. 그리고 나도 집으로 돌아가거나 하루 종일 커피 한 잔, 신문 한 부 살 돈도 없이 브로버리를 어정거리고 싶진 않다.

"그럼 커피 한잔 사줄래?"

"그 말이 나오길 기다렸지." 존은 주머니에 손을 집어넣어 1파운드 동전 두 개를 꺼낸다. "그리고 주차비도 대신 내줄게."

"아, 그 생각은 못 했네……. 1파운드면 될 거야. 난 한 시간만 있으면 되니까."

"커피뿐 아니라 점심도 내가 살게. 그러면 1파운드론 부족하잖아."

"나야 고맙지. 하지만 내가 다음에 갚게 해줘야 해."

하루 중 두 시간이 채워진다는 생각에 기분이 좋아진다.

"그럼 좋지." 존이 주차 기계로 가서 동전을 넣고 티켓을 창문으로 내민다.

"고마워." 나는 차 밖으로 나온다.

존이 내 발을 보고 한마디 한다. "신발 멋진데."

내려다보니 정원 일 할 때 신는, 엄마 거였던 낡은 모카신을 끌고 나왔다. 나는 웃으며 말한다. "잡초 뽑다가 바꿔 신는 걸 잊었었네. 이래도 같이 다니고 싶어?"

"당연하지. 어디로 갈래?"

"존이 골라."

"코스텔로는 어때?"

"시간 좀 있어?"

"물론이지. 너는? 급한 일 있는 건 아니지?"

"전혀."

그 후로 두 시간을 정말 즐겁게 보내서인지 이 시간이 끝나는 게 아쉽다. 이제 집으로 돌아가 또 나 혼자 불안과 싸울 생각을 하니 벌써부터 우울해진다. 존이 계산서를 달라고 손짓한다.

"정말 고마웠어. 이런 시간이 필요했나 봐."

"나도."

"어째서?"

"여자친구랑 헤어지고 좀 힘들었거든. 캐시는 왜? 요즘도 광고 전화에 시달리는 거야?"

나는 존을 노려본다. "무슨 뜻이야?"

"저번에 내가 전화했을 때 소리를 쳐댔잖아. 아직도 귀가 얼얼하다고."

나는 신음한다. "나도 아직 창피해 죽겠어."

"그래서 지난 금요일에 술 마시러 안 나온 건 아니지? 기다렸는데."

"완전히 잊고 있었어!" 다시 불안이 스멀스멀 밀려온다. "미안해, 존, 정말……."

"신경 쓰지 마. 매튜가 며칠 휴가 내기로 해서 어디 갈지도 모른다고 했잖아."

뭐라도 말해야 할 것 같지만, 그날 저녁은 즐거웠느냐고 물어야 할 것 같지만, 나는 망연자실해서 가만히 있는다.

"캐시, 괜찮아? 기분이 안 좋아 보여."

나는 고개를 끄덕이고 시선을 피한다. 하이스트리트를 내다보며, 잘 살아가고 있는 다른 사람들을 바라본다. "그냥…… 이번 여름은 좀 이상한 것 같아서."

"무슨 일 있었어? 얘기해봐."

나는 천천히 고개를 젓는다. "내가 미쳤다고 생각할 거야."

"그럴 리 없잖아."

나는 존을 바라보며 힘없이 미소 짓는다. "실은 진짜 미쳐갈 가능성도 있어. 우리 어머니가 죽기 전에 오래 치매를 앓았거든. 나도 그렇게 될까 봐 걱정이 돼."

존이 손을 뻗어와서 혹시 내 손을 잡으려나 싶었지만 그는 물컵을 든다. "치매는 미치는 게 아니야."

"그렇긴 하지."

"치매 진단을 받은 거야?"

"아니, 아직은. 전문가에게 가봐야 되나 싶지만, 그것도 잊어버리겠지."

우리는 함께 웃음을 터뜨리기 시작한다.

나는 킬킬거리다가 말한다. "아, 다시 웃으니 좋네."

"뭐, 내가 보기에 넌 전혀 미친 것 같지 않은데."

"존은 나를 매일 보는 건 아니니까. 매튜는 그렇게 재미있어하지 않아. 내가 계속 멍청한 짓을 하니까. 신발 갈아 신는 것도 잊어버리고 핸드백은 집에 두고 나오고."

"서둘러 나와서 그런 거지 미쳐서 그러는 게 아니잖아." 그러면서 존이 강렬한 검은 눈으로 내 눈을 빤히 본다. "왜 집에서 서둘러 나온 거야?"

"더 이상 혼자 있기가 싫어서." 내가 어깨를 으쓱한다.

"제인이 살해당한 후부터?"

"모든 게 으스스하게 느껴져. 우리 집도 너무 외따로 떨어져 있는 것 같고."

"하지만 다른 집들이 근처에 있지 않아?"

"응……."

나는 존에게 그 전화에 대해 털어놓아도 될까, 집 앞에 나타났던 남자에 대해 얘기해도 될까 망설인다. 하지만 웨이트리스가 계산서를 들고 나타난다.

존이 지갑을 꺼내며 말한다. "곧 학기가 다시 시작되고, 너무 바빠서 그런 거 신경 쓰지 않아도 될 테니 다행이 아닐까?" 그리고 인상을 쓴다. "연수도 28일에 시작되고. 제발 다음 학기 수업 준비 마쳤다고 하지 말아줘."

"난 시간표도 안 들여다봤어." 내가 고백한다.

존이 기지개를 켜며 씩 웃자 티셔츠가 올라가며 그을린 피부가 드러난다. "나도."

"진짜?"

"응."

나는 안도의 한숨을 쉰다. "그렇게 말해주니 정말 위로가 된다. 어제 캐슬웰스에서 코니랑 우연히 만났는데 거의 다 했다지 뭐야."

"윽."

나는 문득 생각나는 게 있어 존을 쳐다본다. "그날 존도 코니 네 안 갔다면서. 우리 회식 끝나고 말이야."

"응, 갈 기분이 아니었어."

"그랬구나."

"어쨌거나 캐시도 없는데 내가 뭐 하러 가겠어." 존이 가볍게 말한다.

"그래, 의미 없지. 내가 늘 파티의 주인공이니까."

존이 웃는다. "그러게."

그러나 우리 둘 다 존이 정작 하고 싶은 말이 그게 아니라는 걸 안다.

우리는 식당을 나오고 존이 나를 차까지 데려다준다.

"근데 그때 아기 잠옷은 샀어?" 내가 묻는다.

"그랬지. 코끼리가 그려진 파란색으로. 내 친구가 좀 놀라더라고. 예쁜 것 같아서 샀는데, 아기가 딸인 걸 잊었지 뭐야."

"기억력이 나쁜 게 나만이 아니라서 다행이야."

"이제 알겠지? 누구에게나 그런 일은 일어나. 이번 주말에 뭐 멋진 계획 있어?"

"그냥 쉬려고. 정원에나 나가서."

"그래, 잘 쉬어." 그리고 존이 내 차를 가리킨다. "이게 캐시 차지?"

"응." 나는 그를 껴안는다. "고마워, 존. 오늘 신세 졌네."

"무슨 말씀." 존이 점잖게 말한다. "운전 조심하고, 학교에서 봐."

존이 지켜보는 동안 나는 차를 출발시켜 하이스트리트를 떠나며, 이제 매튜가 돌아올 때까지 나머지 시간은 어떻게 보내나 하는 생각을 한다.

교차로에 도착해서, 평소에는 오른쪽으로 돌았는데, 문득 헤스턴으로 가는 방향을 안내하는 표지판이 보이더니, 어느새 나는 제인이 살던 마을로 차를 몰고 있다. 살해당하던 날도 그리로 가고 있었을 것이다. 내가 뭘 하는 건가, 어쩔 작정인 건가 당혹감에 휩싸이면서도 왠지 계속 가게 된다.

5분 정도 후에 도착한다. 공원과 술집 사이 도로에 주차하고 차에서 내린다. 공원은 작지만 예쁘게 가꿔져 있다. 나는 정문으로 들어가 천천히 길을 따라가며 다양하고 아름다운 꽃들을 감상한다. 그늘 밑 벤치들은 대부분 노부부들이 오후 산책 중 휴식을 취하고 있어, 나는 그늘 없는 벤치에 잠시 앉는다. 또 몇 시간 보낼 곳을 찾게 되어 기쁘다.

제인도 이 벤치에 앉은 적이 있을까? 이 공원은 많이 와봤을까? 공원 한

쪽에 놀이터가 있어서 아이들이 그네를 타고 있다. 제인도 아이들을 그네 태우거나 아이들이 미끄럼틀에 올라갈 때 불안하게 지켜보며 서 있었을 것이다. 그런 생각을 하자 늘 그랬듯 죄책감에 짓눌린다.

아이들을 지켜보며, 매튜와 내가 정말 아이를 갖는 축복을 누릴 수 있을까 생각하는데, 조그만 여자아이 하나가 그네를 내려오려 하는 것이 보인다. 자립심은 가상하지만, 발 하나가 그네에 걸려 아무래도 못 내려올 것 같다. 내가 본능적으로 입을 벌려 주변 어른들에게 아이가 넘어질 것 같다고 소리치려는데, 아이는 벌써 바닥에 넘어진다. 아이가 울음을 터뜨리자 남자 하나가 달려온다. 그때 또 다른 여자아이 하나도 그네에서 내려달라며 손을 내민다. 남자는 두 번째 아이를 얼른 안아 올린 다음 다른 아이 앞에 앉아 살펴본다. 아이를 털어주고 금발머리에 키스를 해준다.

그러고 보니 남자는 바로 제인의 남편이다. 나는 꼼짝 못하고 남자를 바라본다. 혹시 내가 잘못 본 게 아닐까? 하지만 온 신문에 그의 사진이 도배되어 있고 텔레비전에도 몇 주째 계속 나온다. 얼굴을 잘못 알아볼 수가 없다. 게다가 여자아이 둘은 쌍둥이 같다. 본능적으로 그가 나를 보기 전에 최대한 빨리 도망치고 싶지만, 나는 정신을 차리고 마음을 가라앉힌다. 그는 내가 자기 아내를 구할 수도 있었던 사람이라는 걸 모른다.

제인의 남편이 놀이터를 나선다. 다친 아이는 안고 다른 아이는 손을 잡았다. 내가 앉아 있는 벤치 쪽으로 오솔길을 걸어온다. 두 아이 다 울고 있어, 반창고를 붙여주고 아이스크림을 사주겠다고 달래는 소리가 들린다. 하지만 다친 아이는 자신의 까진 무릎을 보며 좀처럼 진정하지 못한다. 피가 꽤 많이 난다.

"티슈 좀 줄까요?" 나도 모르게 그렇게 묻는다.

그가 내 앞에 멈춰 서더니 고마운 듯 말한다. "주시면 좋겠네요. 집까지 좀 더 가야 돼서."

내가 주머니에서 티슈를 꺼내 건넨다. 제인의 남편은 아이를 내가 앉은 벤치 옆에 앉히고 그 앞에 쭈그리고 앉는다.

"봐, 착한 아줌마가 이걸 주셨어. 이걸로 무릎을 닦으면 좀 덜 아파지겠지?" 제인의 남편이 티슈로 무릎을 꼭 누르자 피가 스며들며 아이가 울음을 그친다.

"로티, 이제 안 아파?" 다친 아이의 자매가 걱정스레 쳐다보며 묻는다.

"응."

"아이고, 다행이다." 제인의 남편이 나를 본다. "우리 어릴 때처럼 콘크리트에 넘어졌으면 어쩔 뻔했어요." 그리고 티슈를 뗀다. "이제 다 나았네."

조그만 딸아이는 자기 무릎을 들여다보더니 어느 정도 만족한 듯, 벤치에서 내려선다. "놀자."라고 하더니 풀밭으로 달려간다.

제인의 남편은 신음을 흘리며 일어선다. "그럼 이제 집에 안 간다고?"

"너무 예쁜 아이들이네요." 내가 말한다.

"대부분은 그렇죠. 가끔 많이 힘들게 하지만."

"엄마가 얼마나 보고 싶을까요." 나도 모르게 그렇게 말이 나와 경악한다. "아…… 죄송해요. 난 그저…….."

"괜찮습니다. 적어도 당신은 내가 누군지 모르는 척 안 하네요. 나를 어떻게 만날 수 있지 않을까 싶어 헤스턴에 오는 사람이 얼마나 많은지 몰라요. 유명인사라도 되는 것처럼. 보통은 아이들을 이용해 말을 트고, 아이들 엄마에 대해 물어보죠. 집에서 점심 만들고 있느냐고. 아니면 아이들처럼 금발이냐고. 처음엔 아무것도 모르고 애들 엄마가 죽었다고 말해줬어요. 그럼 더 찔러봐요. 결국엔 살해당했다고까지 얘기를 해줘야 하죠. 그럼 놀라는 척하면서 정말 유감이라고 얼마나 힘들었겠느냐고 합니다. 어떤 여자가 정말 선을 넘어, 경찰이 그 뉴스를 어떻게 전하더냐고 물을 때에서야 상황을 파악했죠."

나는 가만히 듣기만 한다.

"그런 사람들을 부르는 말이 있을 거예요. 뭔진 몰라도. 덕분에 마을 가게와 술집이 대호황을 맞았죠." 그러면서 씁쓸한 미소를 짓는다.

"정말 미안해요." 나는 다시 말한다.

그에게 내 정체를 밝히고 싶다. 오늘 아침에 답장을 받았노라고. 하지만 그가 방금 한 말을 생각해보니, 다른 사람들과 마찬가지로 나도 그와 마주치지 않을까 싶어 이 공원으로 온 것이다. 그게 아니면 내가 헤스턴에 올 이유는 없으니까. 그의 초대를 받아서 온 것도 아니고 말이다.

나는 일어선다. "가볼게요."

"제가 한 말에 기분 상하진 않았으면 좋겠네요."

눈부신 태양 아래, 그의 갈색 머리에 몇 가닥 회색빛이 보인다. 제인이 죽기 전부터 그랬을까 궁금하다.

"전혀요. 그저 돌아갈 때가 돼서요."

"어…… 도와줘서 감사합니다. 다행히 이젠 다 잊고 노네요." 제인의 남편이 딸들을 보며 말한다.

"천만에요." 나는 미소를 지으려 노력하지만, 내가 도와주었다는 그의 말에 가시방석에라도 앉은 기분이 된다.

"남은 오후 잘 보내세요."

"당신도요."

공원을 나서는데 심장이 쿵쾅거린다. 도와줘서 고맙다는 말이 귓가에 윙윙 울린다. 차까지 가는 내내 그 말이 나를 비웃는 듯하다. 내가 대체 뭐에 홀려서 여기까지 왔을까. 사죄라도 하러 온 걸까.

내가 다시 돌아가서 정체를 밝히고, 그날 밤 갓길에서 제인을 보았다고 하면 그는 뭐라고 말할까? 예의 그 슬픈 미소를 지으며 상관없다고, 나도 살해당했을 테니 도와주지 않길 잘했다고 할까? 아니면 나의 몰인정에 치를 떨며 나에게 손가락질을 하고 공원의 사람들을 향해 내가 자기 아내를 도와주지 않았다고 고발할까.

알 길이 없기에, 나는 시동을 걸고 집으로 돌아온다. 내내 제인의 남편과 그녀가 남기고 간 두 딸아이 생각뿐이다. 최대한 천천히 차를 몰았음에도, 집에 도착하니 5시다. 진입로로 들어서는데, 다시 불안감이 몰려오며 집에 들어갈 수 없을 것 같다. 매튜가 돌아오기 전까지는 안 된다. 그래서 나는 그냥 차 안에 앉아 있다. 그늘인데도 너무 더워서 나는 조금이나마 바람이 들어오지 않을까 창문을 연다.

핸드폰이 삑 울린다. 메리에게서 온 문자인 걸 보고 핸드폰을 꺼버린다.

그다음부터는 시작도 하지 않은 일을 걱정하느라 시간이 가는 줄 모른다. 마침내 매튜의 차가 들어올 때는 일찍 퇴근한 줄 알았다. 하지만 시계를 보니 벌써 6시 30분이다. 매튜는 내 옆에 차를 세우고 나도 열쇠를 가지고 차에서 내린다. 나도 방금 도착한 척한다.

"딱 맞춰 도착했네." 나는 웃으며 말한다.

"당신 더워 보이는데? 에어컨 안 틀고 다녔어?" 매튜가 키스를 건네며 묻는다.

"겨우 브로버리 다녀오는데 에어컨까지 켤 필요는 없는 것 같아서."

"쇼핑했어?"

"응."

"뭐 좋은 기 샀어?"

"아니."

매튜가 자기 열쇠로 현관문을 연다. "핸드백은?"

"차에 뒀어. 좀 있다 가지러 가야지. 먼저 물 좀 마시고." 내가 얼른 들어가며 말한다.

"잠깐! 경비 시스템 먼저 꺼야지. 어, 안 켜져 있네." 매튜가 인상을 쓰는 것 같다. "경비 시스템 안 켜고 나갔어?"

"어, 잠깐 갔다 올 거라서."

"그래도 다음부터는 켜. 설치했는데 사용해야지."

매튜가 2층으로 올라가 옷을 갈아입는 동안 나는 차를 만들어 정원으로 나간다.

매튜도 잠시 후 따라 나와 내 발을 보더니 말한다. "설마 그걸 신고 나간 건 아니지?"

또 걱정을 시키긴 싫어 억지로 웃음 지으며 대답한다. "설마, 방금 갈아 신었어."

매튜도 내 옆에 앉아 긴 다리를 뻗는다. "그래서 오늘 뭐 했어? 브로버리에서 쇼핑한 거 말고?"

"수업 준비 좀 했지."

내가 왜 존을 만난 얘기를 안 하는지 나도 모르겠다.

"잘했네." 매튜가 손목시계를 보고 말한다. "7시 10분. 차 마시고 신발 갈아 신은 다음에 외식할까? 주말을 그렇게 시작해 보자고."

아직 존과 먹은 점심도 다 소화되지 않아서 뜨끔한다. "정말? 집에서 쉬고 싶지 않아?"

"혹시 당신이 카레를 만들어놓았다면 모를까."

"미안."

"그럼, 다른 사람이 만든 카레 먹으러 가볼까?"

"좋아."

코스텔로에 가자고 하지 않아서 다행이다.

❖

내가 2층으로 올라가 옷을 갈아입고 작은 핸드백을 꺼낸 다음 카디건 아래 감춰서 들고 내려오니, 매튜가 경비 시스템을 켜고 있다. 나는 내 차로가 뒷좌석에서 핸드백을 꺼내는 척한다. 우리는 즐겨 찾던 브로버리의 인도 식당에 간다.

메뉴를 보다가 내가 묻는다. "새로 이사 온 남자랑 혹시 얘기해봤어?"

"응, 어제. 당신이 캐슬웰스에서 오는지 보려고 도로에 나가 있었거든. 그 사람이 우리 집 앞을 걸어서 지나가기에 잠시 얘기했지. 이사 오기 직전에 아내랑 헤어졌나 보더라고."

"그 남자는 어디로 가는 중이었는데?"

"무슨 말이야?"

"우리 집을 지나갔다며?"

"아, 자기 집으로 돌아가는 거였어. 산책했나 보더라고. 내가 언제 저녁에 초대하겠다고 했어."

나는 심장이 덜컹 내려앉는다. "그랬더니 뭐래?"

"그러겠다고 하지. 그래도 괜찮지?"

나는 메뉴판을 들여다보는 척하다가 말한다. "살인자면 어떻게 해?"

매튜가 폭소를 터뜨린다. "농담하는 거지?"

나도 억지로 미소를 짓는다. "물론이지. 그래서 어떤 사람 같아?"

"꽤 괜찮아 보이던데."

"몇 살쯤?"

"글쎄…… 60대 초반?"

"내가 봤을 땐 그렇게 늙어 보이지 않았는데?"

"조종사로 일하다가 은퇴했대. 그래서 날씬한가 봐."

"왜 늘 우리 집 밖에 서 있는지 물어봤어?"

"아니? 그런 줄 몰랐는데. 하지만 우리 집이 아름답다고 했어. 그러니 감상하느라 그랬나 보지." 매튜가 신경 쓰이는 표정으로 묻는다. "그 남자가 늘 우리 집 밖에 서 있어?"

"몇 번 봤어."

"그게 죄는 아니지." 마치 내가 할 말을 짐작하고 경고하는 듯하다.

"누가 뭐래?"

매튜가 화해의 미소를 보낸다. "그러지 말고 뭘 먹을지 얼른 고르자."

충분히 사람 좋아 보이는 은퇴한 조종사도 얼마든지 살인자가 될 수 있다고 지적하고 싶지만, 매튜는, 경찰에 신고는 고사하고, 내 말에 조금도 동의하지 않을 것이다.

8월 15일 토요일

아침을 먹는데, 우편물이 텅 하고 떨어지는 소리가 온 집 안을 울린다. 매튜가 버터 토스트를 먹다 말고 일어나 나간다. 돌아올 때는 편지 몇 통과 작은 상자를 들고 있다.

"당신한테 온 거네." 매튜가 상자를 건넨다.

나는 단순한 하얀 포장을 의아하게 쳐다본다. "뭐야?"

"나도 몰라. 당신이 주문한 거 아냐?"

"아무것도 주문 안 했는데." 나는 상자를 얼른 식탁 위에 내려놓는다. 만지기도 두렵다. 혹시 그 말 없는 전화를 거는 자가 보낸 건가?

"내가 열어볼까?"

"어…… 아냐." 나는 상자를 들고 서재로 간다. 그냥 뜯어볼 수도 있지만 가위를 찾아서 봉투를 조심조심 자른다. 안에는 작은 상자가 들어 있다. 꺼내서 두근거리며 뚜껑을 열어본다. 검은 공단 방석 위에 정교한 모양의 은 귀고리가 놓여 있다. 내용물을 알아보자 안도감이 든다.

"멋진데?" 매튜가 어느새 들어와 뒤에서 들여다본다.

"레이철한테 줄 거야. 이렇게 빨리 올 줄 몰랐네."

"생일 선물이야?"

나는 일드레의 어촌 집을 생각하며 대답한다. "응."

매튜는 잔디를 깎으러 가고 나는 귀고리를 서랍 안에 넣은 다음 잠시 서재 창문을 내다본다. 도로 너머 들판이 보인다. 전에는 여기 있으면 참 안전하게 느껴졌는데. 아무도 우리를 침범할 수 없을 듯했다.

그때 집전화가 울린다. 나는 다시 얼어붙지만, 지금은 주말이니 그놈일 리 없다. 그렇더라도 일단은 응답기가 받게 놔둔다. 다시 메리다. 연수에 대해 남겨놓은 몇 건의 메시지를 내가 받았는지 물어본다. 몹시 찔린다. 방학은 곧 끝나는데, 나는 해놓은 일이 없다. 메리는 전화를 끊으며 핸드폰을 잃어버린 건 아니냐고 농담조로 덧붙인다. 문자도 몇 통이나 보냈다면서.

얼마 지나지 않아 집전화가 또 울린다. 메리가 이렇게 집요해진 건가 의아해하며 나는 번호를 확인해본다. 레이철이다.

나는 반갑게 전화를 받는다. "안녕?"

"잘 지냈어?"

미쳐가고 있어, 라고 말하고 싶지만 "수업 준비하느라 바빴어."라고 대답한다.

"그 전화는 또 안 오고?"

"요즘엔 안 와." 나는 거짓말한다. "시에나는 어때?"

"아름다워. 정말 즐겁게 지내고 있어. 알피 때문은 아니고." 레이첼이 껄껄 웃으며 대답한다. "얼른 다 얘기해주고 싶은데 또 나가봐야 해."

"곧 결혼식 얘기 나오는 거야?"

"절대 아니지. 어쨌든 날 알잖아. 내가 결혼 같은 거 할 사람이 아니라는 거. 돌아가면 화요일 점심에 만날까? 월요일은 공휴일이잖아. 화요일이 다시 출근하는 첫날이니 뭔가 위안거리가 있어야지. 너는 수요일부터 출근이지?"

"응. 그러니 화요일에 점심 같이 먹으면 좋지. 신포도에서 만날까?"

"그러자."

끊고 나서야 여름방학이 겨우 두 주 남았다는 데 생각이 미친다. 좋은 건지 나쁜 건지 모르겠다. 이 집과 전화 공격에서 벗어나고 싶다. 하지만 이 모든 일을 다 해결하고 학교로 돌아갈 수 있을까?

"준비됐어?"

고개를 들어보니 매튜가 깔끔한 카키 바지에 폴로셔츠를 입고 작은 스포츠 백을 들었다.

"무슨 준비?"

"오후에 스파에 가기로 했잖아."

나는 고개를 끄덕이며 억지로 미소를 지어내지만, 어제저녁에 매튜가 치체스터에 스파를 예약해놓았다고 했던 걸 깜빡했다. 약혼하고 나서 갔던 곳인데 어젯밤에 우리 새 이웃에 대한 대화 때문에 생겼던 긴장이 매튜의 깜짝 선물로 풀어진 셈이었다.

"난 신발만 신으면 돼." 나는 말하며, 평소 입던 반바지 대신 오늘 아침에 입은 면 치마의 주름을 편다. 그러니 어쩌면 무의식적으로 기억하고 있었는지도 모른다.

위층으로 올라가 비키니를 챙기고 또 뭐 필요한 게 없나 생각하는데 매튜가 부른다.

"이제 가야 해, 캐시!"

"알았어!"

나는 입고 있던 상의를 벗고 옷장을 연 다음 뭔가 좀 더 산뜻한 게 없나 찾아본다. 조그만 단추들이 달린 하얀 면 셔츠를 꺼내 얼른 입는다. 그리고 욕실에 들어가 머리를 빗고 화장을 좀 할까 하는데 매튜가 아래층에서 또 부른다.

"캐시, 내 말 안 들려? 우리 2시 예약이야!"

그제야 시계를 보니 45분밖에 남지 않았다. "미안! 비키니 좀 찾느라고." 나는 소리치고 아래층으로 달려 내려간다.

차에 올라타 출발하는 걸 보고 눈을 감는다. 벌써 지친 기분이다. 하지만 매튜와 있으니 어떤 위험도 나를 침범하지 못할 것같이 든든하다.

갑자기 차가 획 쏠려 문에 몸을 부딪히며 눈을 뜬다. 무슨 일인가 싶어 몇 번 눈을 깜빡이다가 퍼뜩 정신이 든다.

"매튜! 지금 엉뚱한 데로 가고 있잖아!" 내가 공포에 질려 소리친다.

매튜가 눈살을 찌푸리며 나를 본다. "치체스터로 가고 있어."

"나도 알아, 하지만 왜 블랙워터 길로 가는 거야?"

"이리 안 가면 10분은 늦을 테니까."

나는 가슴이 덜컥 내려앉는다. 이 길로 가고 싶지 않다. 갈 수 없다! 앞유리로 그때의 그 갓길이 다가온다. 머리가 빙빙 도는 것 같다. 공포에 휩싸여 나는 차 문 손잡이를 잡는다.

"캐시! 뭘 하는 거야? 지금 나가면 안 돼! 60킬로미터로 달리고 있다고!" 매튜가 브레이크를 꽉 밟아 차가 확 앞으로 쏠리며 멈춰 선다. 제인이 살해 당한 갓길 바로 맞은편에 차가 멈추었다. 누가 그곳에 꽃을 가져다놓았고 비닐들이 굴러다닌다.

악몽이 시작된 곳에 다시 온 나는 울음을 터뜨린다. "안 돼, 매튜, 여기서 멈추면 안 돼……."

"맙소사……." 매튜가 넌더리를 치며 기어를 바꿔 차를 움직이다가 다시 멈춘다. "이건 미친 짓이야."

"미안해……." 나는 흐느낀다.

매튜가 한동안 속을 끓이는 듯하더니 말한다. "내가 어떻게 해줬으면 좋겠어? 계속 운전해, 아니면 집으로 돌아갈까?"

너무 심하게 울음이 나와 숨도 쉴 수 없다. 매튜가 손을 뻗어 안아주려 하지만 나는 그를 떨쳐버린다. 매튜는 한숨을 쉬며 좁은 길에서 차를 돌리기 시작한다. 집으로 돌아가려는 것이다.

나는 계속 흐느끼며 말한다. "안 돼, 집에 못 가. 못 가겠어."

매튜가 도로 중간에서 위험하게 차를 멈춘다. "그게 대체 무슨 소리야?"

"집으로 가고 싶지 않다고."

"왜지?" 매튜의 목소리는 차분하지만 그 속에서 심상치 않은 긴장을 느낄 수 있다.

"집이 더 이상 안전하게 느껴지지 않아."

매튜는 심호흡을 하며 목소리를 가다듬는다. "또 살인 사건 때문에 그러는 거야? 캐시, 살인자는 우리 집에 오지 않아. 당신이 누구인지도 모르고. 당신이 괴로운 건 이해하지만 이젠 극복해야 하잖아."

나는 매튜를 보며 분노에 차서 말한다. "살인자도 안 잡혔는데 어떻게 극복해?"

"그럼 내가 어떻게 해야겠어? 당신을 위해 경비 시스템도 설치했어. 근처 호텔에라도 데려다줄까? 그걸 원하는 거야? 그렇다면 그렇게 해줄게!"

집에 도착해서도 내 상태가 나아지지 않아 매튜가 디킨 박사에게 전화를 한다. 그가 오겠다고 해서 맞이한 후에도 나는 눈물을 멈출 수 없다. 디킨 박사가 약은 어떻게 먹고 있느냐고 해서 매튜가 규칙적으로 먹지 않는다고 대답한다. 디킨 박사는 눈살을 찌푸리며 약을 처방한 건 필요해서라고 말한다.

디킨 박사가 지켜보는 동안 나는 감사히 약을 두 알 삼키고 약 기운이 돌아 아무래도 상관없는 상태가 되기를 기다린다. 그러는 동안 디킨 박사가 나에게 부드럽게 질문한다. 무엇 때문에 폭발하게 되었느냐고. 그러자 매튜가, 내가 거실에서 스스로를 가두고 있던 얘기를 한다. 디킨 박사가 또 걱정스러운 행동이 없었느냐고 하자, 매튜는, 내가 주방에서 커다란 칼을 보았다고 했지만 실은 그냥 주방에서 쓰는 과도였을 뿐이었다는 얘기를 한다.

그러고 나서 히스테리를 일으켰다고.

둘은 서로 눈짓을 주고받더니 마치 내가 없는 것처럼 나에 대해 얘기를 시작한다. '신경쇠약'이라는 단어도 나온다. 하지만 나는 신경 쓰지 않는다. 약이 벌써 마법을 부리기 시작했기 때문이다.

디킨 박사가 떠나며, 내가 쉴 수 있게 하라고, 내 상태가 악화되면 연락하라고 지시한다. 나는 오후 내내 소파에서 반쯤 졸며 보내고 매튜는 옆에서 내 손을 잡고 텔레비전을 본다. 프로그램이 하나 끝나자 매튜가 텔레비전을 끄며 또 걱정되는 일은 없느냐고 묻는다.

"학교 가기 전에 해야 하는 일이 있는데……." 약을 먹었는데도 다시 눈물이 흐른다.

"하지만 벌써 거의 다 했잖아, 안 그래?"

전에 한 거짓말이 발목을 잡는다. "조금. 하지만 아직 할 게 많아. 기한 내할 수 있을지 모르겠어."

"누구한테 부탁 좀 하면 안 될까?"

"안 돼. 다들 자기 일만 해도 벅찬데."

"그럼 내가 도와줄까?"

"어떻게 도와줘……. 이제 어쩌지, 매튜?"

"다른 사람도 도와줄 수 없다, 혼자서도 못하겠다면, 나도 알 수가 없지."

"늘 너무 피곤하기만 해."

매튜가 내 머리를 쓸어준다. "도저히 안 되겠으면 파트타임으로 일하면 어때?"

"그럴 수 없어."

"왜?"

"지금 와서 사람을 구하긴 너무 늦었으니까."

"말도 안 돼! 당신한테 무슨 일이 생기면 당연히 사람을 구해야지."

나는 매튜를 노려본다. "무슨 뜻이야?"

"뭐, 대체 불가능한 사람은 없으니까."

"하지만 왜 나한테 무슨 일이 생긴다는 거야?"

"그저 상황을 설명한 것뿐이야. 혹시 당신 다리가 부러졌거나 버스에 치였다면 당연히 사람을 구해야 할 거 아니야."

"하지만 마치 나한테 무슨 일이 일어날 걸 안다는 듯이 얘기했잖아."

"말도 안 돼, 캐시!" 매튜의 목소리가 날카롭게 올라가 나는 흠칫 놀란다. 매튜가 언성을 높이는 일은 드물다. 그도 깨닫고 한숨을 쉰다. "그저 예를 든 것뿐이야."

"미안." 나는 중얼거린다.

약이 공포를 몰아내고 대신 잠을 부른다.

매튜가 나를 끌어당겨 안지만 불편하게 느껴진다. "메리에게 파트타임으로 일하겠다고 해봐."

"아예 그만두든지." 내가 말하는 소리가 들린다.

매튜가 나를 떼어놓으며 어리둥절한 표정을 짓는다. "그만두고 싶다고? 목요일에는 학교에 얼른 돌아가고 싶다며?"

"그저, 이런 상태로 맡겨진 일을 다 해낼 수 있을지 알 수 없어서. 몇 주 더 쉬고 좀 나아지면 9월 중순에 돌아갈까 봐."

"그러게 해주겠어? 디킨 박사가 일할 상태가 아니라고 진단을 내려주면 모를까."

"진단을 내려줄까?" 마음 한구석에서는, 그 전화들은 어떻게 할 거냐고, 정말 집에 계속 있고 싶냐는 목소리도 들리지만, 그 목소리에 귀를 기울일 집중력이 없다.

"그럴 수도. 일단 약을 먹어보자. 학기가 시작하려면 아직 2주가 남았잖아. 규칙적으로 먹다 보면 상태가 좋아질 거야."

8월 28일 금요일

현관문이 닫히는 소리가 들린다. 나는 침대에 누워 매튜가 자동차를 출발시키는 소리를 듣는다. 진입로를 나서서 길을 따라 사라진다. 집 안에는 고요가 깃든다. 겨우 몸을 일으켜 아침 식사 쟁반에 놓여 있는 복숭아색 알약 두 알을 입에 넣고 오렌지 주스를 마신다. 가운데를 잘라, 나름대로 신경 써서 배치한 갈색 토스트와 작은 그릇에 담긴 그리스 요구르트와 그래놀라는 무시한다. 나는 다시 베개에 누워 눈을 감는다.

매튜의 말이 옳았다. 규칙적으로 약을 먹으니 기분이 훨씬 좋다. 나의 삶은 지난주부터 극적으로 나아졌다. 지지난 주부터던가? 눈을 떠 시계에서 날짜를 확인한다. 오늘이 28일 금요일이니 지지난 주가 맞다.

그동안의 일은 별로 기억이 나지 않지만, 8월 15일은 내가 신경쇠약에 걸린 날로 뇌리에 각인되어 있다. 그날은 또한 엄마의 생일이었다. 그날 밤에 디킨 박사가 떠나고 나서야 기억이 났다. 엄마의 무덤에 꽃을 놓고 왔어야 했는데 기억도 못 했다는 생각에 나는 매튜를 원망하고 말았다. 내가 엄마 생일을 알려준 적이 없으니 사실 매튜가 그런 비난을 받아선 안 된다는 걸 나도 안다. 매튜는 참고, 대신 다음 날 같이 가자고 말했다.

하지만 나는 여전히 엄마 무덤에 가지 못하고 있다. 육체적으로, 그럴 수 없기 때문이다. 나는 잠자기 전에 약을 두 알 더 먹어서 다음 날 아침까지 쭉 잔다. 내가 쉬어야 한다는 디킨 박사의 충고를 깊이 새겨들은 매튜는 출근하기 전에 아침 식사를 침대로 가져오며 두 알을 더 가져다준다. 그러면 매튜가 떠난 후 늘 느끼던 불안이, 샤워를 하고 옷을 입을 때쯤에는 무감각해진다.

한 가지 나쁜 점은, 오전이 지나도록 계속 무기력해서 걸음을 번갈아 내디디는 것조차 힘들다는 것이다. 하루 종일 비몽사몽 상태로 소파에 늘어져서 텔레비전 쇼핑 채널을 켜두고 지낸다. 다른 채널로 바꿀 힘조차 없다. 가끔 어렴풋이 전화벨이 울리는 걸 느끼지만 거의 의식 표면으로 들어오지 않는다. 그리고 내가 전화를 받지 않으니 전화가 훨씬 덜 오는 것 같다. 놈은 계속 전화한다. 나를 잊지 않고 있다는 걸 알려주기 위해서이리라. 하지만 내가 받지 않으니 꽤 답답할 거라는 생각에 즐겁다.

사는 게 쉽다. 약은 그렇게 강력하면서도 어느 정도는 내가 기능을 하도록 해준다. 빨래도, 식기세척기도 돌아가고 청소도 되어 있다. 사실 나는 아무 기억도 나지 않는다. 그러잖아도 약해져가는 기억력을 약이 엉망으로 만들고 있는 건 아닌가 걱정해야 할 것 같긴 하다. 나에게 지각이 있다면 복용량을 줄여야 하겠지만, 그렇다면 애초에 약이 필요 없었을 것이다.

식사량이라도 좀 되면 이렇게 힘이 없지는 않을지도 모르지만, 정신은 물론 입맛도 잃은 것 같다. 매튜가 가져다준 음식은 쓰레기통으로 들어가고 점심은 늘 너무 졸려서 건너뛴다. 그러니 하루 중 내가 먹는 유일한 음식은 저녁에 매튜와 먹기 위해 만드는 식사뿐이다.

매튜는 내가 하루를 어떻게 보내는지 알지 못한다. 그가 퇴근할 때쯤엔 약 기운이 다 떨어지고 나는 정신을 차려서 머리를 빗고 화장을 하고 저녁도 준비하기 때문이다. 그리고 매튜가 물어보면 나는 하지도 않은 일을 지어내거나 찬장 청소를 했다고 말한다. 무지는 축복이다.

나는 바깥세상과 차단되고 싶다. 문자가 너무 많이 온다. 레이철, 메리, 한나가 커피를 마시자고 하고, 존은 수업 계획에 대해 얘기를 하고 싶어 한다. 아직은 어느 문자에도 대답하지 않았다. 누구도 볼 기분이 나지 않으니까. 더구나 수업 계획에 대해 얘기하고 싶지는 않다. 슬슬 압박이 느껴지자, 문득 최고의 해결책은 핸드폰을 잃어버리는 것이라는 생각이 든다. 그렇다면 누구에게도 응답할 필요가 없으니까. 어차피 집에선 제대로 사용도 못 하니, 별 소용도 없었다.

나는 핸드폰을 가져온다. 음성 메시지 두 개와 문자 메시지가 또 두 개 와 있다. 나는 열어보지도 않고 핸드폰을 끈다. 거실로 가져가서 어디 숨길 데 없나 둘러본다. 난초 화분으로 가서 난초를 화분에서 들어낸 다음 화분 바닥에 핸드폰을 놓고 다시 난초를 둔다.

약을 먹으면 치매에 걸렸다는 것도 잊어버리지 않을까 싶지만, 늘 뭔가 조그만 사건이 나타나 나의 뇌가 천천히 해체되고 있다는 것을 알려준다. 이젠 전자레인지 사용법이 기억나지 않는다. 저번엔 핫초코를 한잔 만들어 먹고 싶었는데 수많은 버튼들이 무슨 뜻인지 알 수 없어 냄비를 이용해야 했다. 쇼핑 채널에서 본 기억은 나지만 주문한 기억은 없는 물건들이 계속 배달된다.

어제 또 다른 상자가 도착했다. 퇴근한 매튜가 발견해서 가지고 들어왔다. "이게 현관 앞에 있더라. 또 뭐 주문했어?" 3일 만에 두 번째로 도착한 물건임에도 매튜는 차분하게 말했다.

나는 혼란에 빠진 표정을 보여주고 싶지 않아 고개를 돌렸다. 현관문의 우편 구멍으로 들어올 수 있는 물건을 주문했더라면, 매튜가 발견하기 전에 숨길 수나 있었을 텐데. 화요일에 야채 국수틀이 배달된 지 얼마 되지도 않았는데 또 뭘 주문하다니.

"한번 열어봐." 내가 시간을 벌기 위해 말했다.

"왜, 나 주려고 산 거야?" 매튜가 상자를 흔들었다. "무슨 도구 같은데."

매튜가 포장을 뜯는 동안 나는 뭐였는지 기억해내려 무진 애를 썼다.

"감자 슬라이서네." 매튜가 의아한 표정을 지었다.

"생긴 게 재미있잖아." 감자가 순식간에 칩 형태로 썰리던 모습이 기억난다.

"설마 월요일에 온 야채 국수틀이랑 같이 쓰려고 산 거야? 이런 건 대체 어디서 보고 사는 거야?"

나는 일요일 신문에 딸려온 잡지 광고에서 보았다고 말한다. 쇼핑 채널보다는 낫게 들리니까.

앞으로는 핸드백을 침실에 두어야겠다. 집을 언제든 떠날 수 있게 아침에 핸드백을 가지고 내려오는 버릇이 들었다. 그러다 보니 신용카드도 쉽게 꺼낼 수 있게 된 것이다. 하지만 말 없는 전화를 걸던 자가 갑자기 나타나면 어떻게 하지? 멀리 못 도망갈 텐데. 약 때문에 운전은 엄두도 못 낸다. 나가 봤자 정원이니 별 도움이 안 된다.

어쩔 때는 놈이 나타난 것 같다. 퍼뜩 정신이 들며, 심장이 빠르게 뛴다. 놈이 창문으로 나를 보고 있었다는 확신이 든다. 도망치려는 본능 때문에 반쯤 의자에서 일어서다가 다시 주저앉는다. 무슨 상관인가 싶다. 만일 놈이 정말 여기 온다면, 적어도 모든 게 끝날 거다.

약은 생명줄이기도 하지만 결국 죽음을 부를 것임을, 나는 똑똑히 인식하고 있다. 최소한 나의 결혼은 망가뜨릴 것이다. 나의 이상한 행동을 매튜가 얼마나 오래 참아줄 수 있을까?

일어나서 먹은 약이 벌써 머릿속을 흐릿하게 만들기 시작했다는 것을 의식하며, 재빨리 샤워를 하고, 이제는 나의 유니폼이 된 헐렁한 청바지와 티셔츠를 입는다. 이렇게 입으면 소파에서 하루를 보낸 다음에도 그렇게 흉해 보이지 않는다. 어느 날은 원피스를 입고 지냈더니 매튜가 돌아올 때쯤엔 너무 많이 구겨져서, 정원 덤불 속에서 구르기라도 한 거냐는 농담을 들었다.

핸드백은 그대로 두고, 아침 식사 쟁반을 아래층으로 가지고 내려간다. 토스트를 잘게 조각 내 정원으로 가서 새들에게 준다. 잠시 앉아서 햇빛이라도 쬐고 싶지만, 문을 잠그고 집 안에 있어야 안전함을 느낄 수 있다. 약을 규칙적으로 먹기 시작한 이후로는 외출을 하지 않았다.

저녁 식사는 냉장고에 있는 걸로만 만들었고 비상시를 대비해 사다놓은 장기 보관용 우유 팩을 쓰고 있다. 어제 매튜는 냉장고가 거의 빈 것을 눈치챘다. 내일 장을 보러 가자고 했으면 좋겠다.

나는 느릿느릿 집 안으로 들어온다. 냉장고를 뒤져 소시지를 찾아내고, 이걸 어떻게 저녁으로 만들까 싶어 머리를 열심히 굴려본다. 찬장에 토마토 단지가 있고 어딘가 양파 몇 알이 뒹굴고 있을 것이다. 저녁이 고맙게도 해결되니 나는 거실 소파로 가서 주저앉는다.

쇼핑 채널의 사회자가 오랜 친구 같다. 오늘의 품목은 작은 크리스털로 장식된 손목시계다. 너무 피곤해 침실로 가서 핸드백을 가져올 수 없는 게 다행이다. 집전화가 울리기 시작한다. 나는 눈을 감고 잠을 청한다. 천천히 망각 속으로 가라앉는 기분이 참 좋다. 그리고 몇 시간 후 약 기운이 다하기 시작하면 부드럽게 현실로 끌어올려지는 기분도.

오늘은 꿈과 현실을 넘나들며 잠에 취해 있을 때, 누가 근처에 있는 느낌이 든다. 놈이 창문 밖에서 들여다보는 게 아니라, 마치 거실 안으로 들어와 나를 내려다보고 있는 것 같다. 나는 꼼짝 않고 누워 감각을 곤두세우며 몇 초를 보낸다. 숨이 가빠지며 온몸이 긴장한다. 더 이상 기다림을 참을 수 없게 되었을 때, 눈을 번쩍 뜬다. 놈이 손에 칼이라도 들고 내려다보고 있을 것 같았는데, 심장이 너무 뛰어 쿵쿵 소리가 거실 전체에 울리는 것 같았는데, 아무도 없다. 고개를 돌려 창문을 내다봐도 아무도 없다.

한 시간 후 매튜가 돌아올 때는 소시지 캐서롤이 오븐에서 조리되고 식탁도 차려졌다. 다른 요리는 전혀 없는 상황을 무마하기 위해 와인도 한 병 딴다.

"좋아 보이네. 하지만 난 맥주 먼저 마셔야겠어. 당신은 다른 거 필요 없어?" 매튜가 냉장고로 가서 문을 연다. "아, 오늘 장 안 봤어?"

"내일 같이 가지 않을까 싶어서."

"회의 갔다가 돌아오면서 장 본다고 했잖아. 회의는 어땠어?" 매튜가 맥주를 꺼내고 냉장고 문을 닫으면서 말한다.

나는 의아한 표정으로 벽에 붙은 달력을 본다. 오늘 날짜 아래 교사 연수 날이라고 적혀 있다. 심장이 덜컥 내려앉는다.

"안 가기로 했어. 다시 일하지도 않을 건데 연수는 나가서 뭐 하겠어."

매튜는 놀라서 쳐다본다. "언제 그렇게 결정한 거야?"

"같이 얘기했잖아. 내가 다시 일할 기분이 나지 않는다고 했더니 당신이 디킨 박사랑 의논해보자면서."

"약 먹으며 몇 주 기다려보자는 얘기도 했지. 하지만 당신이 원하면……." 매튜가 서랍에서 병따개를 꺼내 맥주병을 딴다. "메리는 이렇게 짧은 시간에 다른 사람 구할 수 있대?"

그가 내 표정을 보지 못하게 고개를 돌린다. "나도 몰라."

매튜가 병째 한 모금 마신다. "돌아가지 않겠다니까 메리가 뭐라고 해?"

"나도 몰라." 나는 중얼거린다.

"무슨 말이든 했을 거 아니야?"

"아직 말 안 했으니까. 난 오늘 결정했어."

"하지만 메리가 당신이 왜 연수 날 안 나오는지 알고 싶어 했을 거 아니야?"

천만다행으로 초인종이 울려 나는 대답을 하지 않아도 된다. 매튜가 나가고 나는 식탁에 그대로 앉아 고개를 숙이고 있다. 어떻게 연수 날을 잊어버릴 수 있을까?

그때 매튜가 거듭 사과하는 소리가 들려, 메리가 집에 왔음을 깨닫는다. 나는 기겁하여, 제발 매튜가 그녀를 집으로 들이지 말기만을 바란다.

"메리였어."

고개를 들어보니 매튜가 나의 대답을 기다리고 있다. 하지만 나는 아무 말도 할 수 없다. 말하는 법을 잊어버린 것 같다.

"일단 보냈어." 우리가 결혼한 이래 처음으로 매튜는 화가 난 듯하다. "메리에게 아무 말도 안 한 거야? 왜 메시지에도 대답을 안 했어?"

"못 봤어. 핸드폰도 잃어버렸고. 못 찾겠더라고."

"마지막으로 본 게 언젠데?"

"우리가 저녁 먹으러 나갔을 때 같아. 요즘 쓸 일이 없어서. 없어진지도 몰랐네."

"집 어디에 있겠지."

나는 고개를 젓는다. "사방으로 찾아봤지만 없어. 차 안도 봤는데. 식당도 전화해봤는데 없더라고."

"노트북은? 그것도 잃어버렸어? 그리고 집전화는 왜 안 받았어? 학교 사람들이 모두 당신한테 연락하려고 애썼나 보더라고. 메리, 코니, 존. 처음엔 당신이 막판에 여행을 갔는 줄 알았지만, 오늘 회의에도 안 나타나니 무슨 문제가 없는지 직접 봐야겠다고 메리가 온 거야."

"약 때문이야. 기절하다시피 졸리니까."

"그럼 디킨 박사에게 복용량을 줄여달라고 해야지."

"아니, 싫어."

"잡지에서 물건을 주문할 수는 있는 사람이 동료들한테는 연락도 못 한다는 거야? 상사한테도? 메리는 알았다고 하고 돌아갔지만 틀림없이 화가 났을 거야."

"그만 좀 해!"

"그만 좀 하라고? 방금 내가 당신 체면을 구해줬어, 캐시!"

매튜가 옳다는 건 알고 있기에, 나는 한발 물러선다. "메리는 뭐래?"

"메리가 한 말은 별로 없어. 내가 여름 동안 당신 건강에 문제가 좀 생겨서 약을 먹고 있다고 했어. 별로 놀라지 않는 게 지난 학기부터 걱정이 됐나 보더라고."

"아, 그래……."

"그때는 그냥 피로해서 자꾸 뭘 잊어버리나 싶어 말 안 했대. 여름방학 때 쉬면 나아지겠지 하고."

나는 공허한 웃음을 짓는다. "그럼 내가 안 돌아가겠다고 해서 한시름 놨겠네." 메리까지 나의 건망증을 알아챘다니 굴욕감에 망연자실해진다.

"그 반대로, 다들 걱정하고 있다고, 얼른 나아서 돌아올 수 있게 되면 연락달라고 했어."

"친절하네." 나는 죄책감까지 든다.

"우리 모두 당신이 낫기만을 바라고 있어, 캐시."

눈물이 솟는다. "나도 알아."

"디킨 박사에게 진단서를 받아야 할 거야."

"당신이 대신 해줄 수 있어?"

"알았어."

"그리고 슈퍼마켓도 데려다줬으면 좋겠어. 약 먹은 동안은 운전하고 싶지 않고 음식도 다 떨어졌어."

"그 약이 그렇게 약효가 세?"

나는 잠시 망설인다. 만일 그렇다고 하면, 복용량을 줄일 것이기 때문에.

"혹시나 위험할 수 있으니까 그러는 거야."

"그럼 알았어. 내일 가자."

"그래도 되지?"

"물론이지. 당신한테 도움이 될 수 있는 거라면 뭐든 말해줘. 내가 해줄게."

"그래, 나도 알아." 나는 고마워서 대답한다. "나도 알아."

9월 1일 화요일

매튜가 아침 식사를 가지고 와줄 때까지 기다리기가 힘들다. 얼른 약을 먹고 싶다. 어제가 공휴일인 걸 잊어버려서, 벌써 3일 동안 약을 먹지 못 했다.

약이 나에게 얼마나 영향을 주는지 매튜가 알아챌까 봐 주말에는 먹지 않는다. 약을 받으면 서랍 속에 숨겨놓는다. 더구나 매튜랑 같이 있으면 약이 별로 필요가 없다.

밤에는 물론 필요하다. 먹지 않으면 밤새 깨어 제인에 대해, 아직도 잡히지 않고 전화를 해대는 살인자에 대해 생각하며 보내야 할 테니까. 지난 주말 낮 동안에도 몇 번 망설였다. 하나만 먹을까. 그러면 좀 진정되지 않을까. 첫 번째 위기는 토요일 아침에 장을 잔뜩 보고 집으로 돌아왔을 때 찾아왔다. 우리는 밖에서 커피를 마셨다. 잠시나마 현실 세계로 다시 돌아가니 좋았다.

마트에서 돌아와 음식들을 정리하며, 꽉 찬 냉장고를 보니 다시 삶의 주도권을 찾은 것만 같은 기분이 들어 감탄하고 있는데, 매튜가 맥주를 땄다.

"지금부터 시작하는 것도 나쁘지 않겠지." 매튜가 기분 좋게 말했다.

"무슨 말이야?" 나의 요구가 점점 부담스러워져서 술이라도 취해야겠다는 건가 싶었다.

"앤디가 오늘 저녁 때 카레를 만든다면 맥주랑 같이 먹어야 하지 않을까?"

나는 치즈들을 냉장고에 넣으며 시간을 끌었다. "한나와 앤디 네 가는 게 오늘이라고?"

"당신이 토요일이라며? 전화해서 확인해볼까?"

아무것도 기억나지 않았지만, 내가 또 잊어버렸다고 인정하고 싶지 않았다. "아냐, 됐어."

매튜는 맥주를 마시며 핸드폰을 꺼냈다. "아무래도 확인해두는 게 좋겠어." 한나에게 전화를 하니 당연히 우리를 기다리고 있다고 했다. "그리고 당신이 디저트 만들겠다고 했잖아." 매튜가 전화를 끊고 말했다.

"아, 그래." 나는 공포감과 싸우며 케이크 재료가 충분하기만을 빌었다.

"아니면 내가 버트란드에서 사 올까?"

"딸기 타르트면 될 것 같아. 그래줄래?"

"물론이지."

또다시 창피당하는 일은 면했지만 기분이 급락했다. 벽에 걸린 달력을 보니 토요일에 뭐라고 쓰여 있는 것이 보였다. 매튜가 나가기를 기다렸다가 가까이 가보니 '한나와 앤디네 저녁 7시'라고 쓰여 있었다. 그대로 무너지지 않으려 애썼지만 쉽지 않았다.

그러다가 저녁을 먹을 때, 한나가 나에게 학교에 돌아가게 되니 어떠냐고 물었다. 사람들에게 뭐라고 할지 생각해본 적이 없어서 잠시 어색한 침묵이 감도는데, 매튜가 나섰다.

"캐시는 좀 쉬기로 했어요."

한나는 너무 예의가 발라 이유를 묻지 않았다. 그런데 앤디가 나에게 자기들 여행 사진을 보여준다며 부산을 떠는 동안, 매튜와 한나가 뭔가 심각하게 대화하는 것이 보였다.

돌아오는 차 안에서 내가 매튜에게 물었다. "아까 한나랑 무슨 얘기 했어?"

"한나가 걱정하더라고. 당연하잖아, 친구니까."

집에 돌아와 잠자리에 들면서, 당당하게 약을 먹을 수 있는 상황이라는 게 고마웠다.

드디어 아침을 들고 계단을 올라오는 매튜의 발소리가 들린다. 나는 눈을 감고 자는 척한다. 내가 깨어난 걸 알면 얘기를 시작할 텐데, 내가 원하는 건 약뿐이다. 매튜가 쟁반을 놓고 이마에 부드럽게 키스해, 나는 몸을 뒤치는 척한다.

"도로 자." 매튜가 조용히 말한다. "이따 봐."

매튜가 방을 나가자마자 약을 집어 먹는다. 그러고 나서, 지난 3일간 들였던 노력에 지쳐, 평소처럼 옷을 입고 아래층으로 내려가는 대신, 그대로 다시 침대에 드러눕는다.

그다음 눈을 뜨니, 끈질긴 벨 소리에 깊은 잠에서 깨어난 거였다. 처음에는 전화벨인 줄 알았다. 하지만 아무리 울려도 응답기가 작동하지 않았다. 나는 점차 저 소리가 초인종 소리이며 누가 현관에서 계속 누르고 있다는 것을 깨닫는다.

누가 현관문 앞에 와 있다고 해도 그다지 신경 쓰이지는 않는다. 그러기엔 너무 약에 취해 있기도 하고, 살인자가 나를 죽이러 와서 저렇게 초인종을 울려댈 것 같지도 않기 때문이다. 그러니 내가 또 주문한 기억도 나지 않는 물건들을 가지고 온 배달부일 것이다. 하지만 방문자가 우편물 구멍에 대고 소리를 치기 시작하자, 레이철이 왔다는 걸 깨닫는다.

나는 가운을 걸치고 내려가 문을 연다.

"살아 있었구나!" 레이철이 안도한 듯 외친다.

"무슨 일이야?" 나는 느릿느릿 중얼거린다.

"오늘 신포도에서 점심 먹기로 했잖아!"

나는 경악해서 레이철을 본다. "지금 몇 시지?"

레이철이 핸드폰을 꺼낸다. "1시 20분."

"잠이 깊이 들었나 봐." 잊어버렸다고 하는 것보다 나을 것 같아서 그렇게 말한다.

"12시 45분이 돼도 안 나타나서 핸드폰으로 계속 전화를 걸다가, 네가 잃어버렸다고 한 게 기억났지. 아직 새거 안 샀어?"

"응, 아직……."

"집전화도 안 받아서 네가 오는 길에 사고라도 났나 걱정했잖아. 늦을 거면 연락이라도 해줬을 텐데. 차라리 직접 가서 괜찮은지 확인하는 게 속 편하겠다 싶었지. 네 차가 주차돼 있는 거 보고 얼마나 기뻤는지 알아?"

"여기까지 오게 만들다니 미안해……."

"들어가도 돼?" 대답도 기다리지 않고 레이철이 복도로 들어온다. "내가 샌드위치 좀 만들어도 될까?"

나도 따라가 식탁에 앉는다. "얼마든지."

"너 주려고. 내 게 아니라. 며칠 못 먹은 사람 같아." 레이철이 찬장에서 빵을 꺼내고 냉장고를 연다. "어떻게 된 거야, 캐시? 시에나에 3주 갔다 왔더니 다른 사람으로 변해 있는 것 같아."

"그동안 좀 힘들었어."

레이철이 마요네즈, 토마토, 치즈를 식탁에 놓고 접시를 찾는다. "아팠어?"

레이철은 멋지게 탄 피부에 하얀 원피스를 입어 눈부시게 아름다워 보인다. 나의 잠옷 차림이 의식되어 가운을 당겨 여민다.

"정신적으로."

"또 그 소리. 하지만 얼굴도 엉망이고 목소리도 이상하다."

"약 때문이야." 내가 식탁에 엎드리며 말한다.

"무슨 약?"

"디킨 박사에게 처방받았어."

"약을 왜 먹는데?" 레이철이 얼굴을 찌푸린다.

"견뎌내려고."

"뭐를? 무슨 일 있었어?"

나는 식탁에서 고개를 든다. "살인 사건 말이야."

레이철이 어리둥절한 표정을 짓는다. "제인 살인 사건?"

"왜, 그거 말고 또 일어났어?"

"캐시, 그건 벌써 몇 달 전이잖아!"

레이철이 이상해 보인다. 눈을 깜빡여보지만 레이철은 여전히 이상해 보인다. 내가 약을 먹어서 그런가 보다.

"나도 알아. 하지만 살인자가 아직도 안 잡혔잖아."

"그래서 아직도 널 쫓아다닌다고?"

"으응……."

"하지만 왜?"

나는 다시 식탁에 엎드린다. "아직도 전화가 와."

"이젠 안 온다고 했잖아."

"그래, 하지만 이젠 신경 안 쓰인다는 뜻이었어. 약 덕분에. 받지도 않으니까."

레이철이 빵에 마요네즈를 바르고 토마토와 치즈를 썬다. "그럼 계속 그놈에게서 전화가 오는지 어떻게 알아?"

"그냥 알아."

"네 두려움에는 근거가 하나도 없다는 거 알고 있지? 걱정되게 왜 그래, 캐시. 직장은 어떻게 하고? 학기가 내일 시작되지 않아?"

"안 갈 거야."

레이철이 칼질을 멈춘다. "얼마나 오래?"

"나도 몰라."

"상태가 그렇게 안 좋은 거야?"

"더 나쁠걸."

레이철이 샌드위치를 완성해 접시에 올려놓는다. "이거라도 먹어. 그러고 나서 얘기하자."

"6시까지 기다려야 할 거야."

"왜?"

"그때 약 기운이 떨어지거든. 그러면 정신이 좀 돌아와."

레이철이 입을 떡 벌리고 나를 본다. "그럼 하루 종일 이러고 보낸다는 거야? 대체 뭘 먹는 거야? 항우울제?"

나는 어깨를 으쓱한다. "상상력 억제제 같은 거 아닐까."

"네가 그러고 있는데 매튜는 뭐라고 안 해?"

"처음엔 그렇게 좋아하지 않더니 요즘엔 생각을 바꿨어."

레이철이 샌드위치 접시를 들어서 나에게 내민다. "먹어!"

내가 반쯤 먹고 나서 레이철에게 지난 몇 주간 있던 일을 들려준다. 주방에서 칼을 본 것부터, 정원에 누가 있는 것 같은 기분, 거실에 자신을 가두고, 주차장에서 차 세운 곳을 잊어버리고, 유모차를 주문하고, 쇼핑 채널에서 계속 물건을 사고. 이야기를 끝낼 때쯤에는 레이철도 할 말을 잃는 게 보인다. 더 이상 내가 피곤해서 그러는 게 아님을 알 수 있으니까.

"그런 줄 몰랐네." 그리고 너무 속상해 보인다. "매튜는 어때? 잘 도와주고 있으면 좋겠네."

"응, 아주. 하지만 앞으로 더 심해진다면, 내가 정말 엄마처럼 치매에 걸렸다면, 계속 그러긴 힘들겠지."

"넌 치매에 안 걸렸어." 레이철이 단호하게, 심지어 무서운 기색으로 말한다.

"네 말이 맞았으면 좋겠다." 나에게도 저런 확신이 있었으면.

레이철은 바로 돌아가면서 다시 오겠다고, 뉴욕으로 출장 갔다 와서 들르겠다고 약속한다.

내가 배웅하며 부러워한다. "정말 좋겠다. 나도 멀리 떠나고 싶어."

"나랑 같이 가자." 레이철이 충동적으로 말한다.

"짐이 될 거야."

"짐이라니, 무슨! 내가 회의 간 동안 넌 호텔에서 쉬다가 저녁에 만나면 되잖아." 레이철이 내 손을 잡으며 흥분으로 눈을 빛낸다. "제발 그렇게 하자, 캐시. 정말 재미있을 거야! 그리고 나서 며칠 휴가를 내서 관광도 하고."

아주 잠시, 나도 흥분을 느낀다. 정말 그렇게 할 수도 있을 것 같다. 하지만 다시 현실이 짓눌러오고 나는 결코 떠날 수 없다는 걸 안다.

"못 해. 못 가." 내가 조용히 대답한다.

레이철이 안타깝다는 표정으로 나를 본다. "그렇지 않다는 거 잘 알잖아."

"미안해, 레이철. 정말 할 수가 없어. 다음에, 어쩌면." 나는 문을 닫고 그 어느 때보다도 비참한 심정이 된다. 얼마 전만 해도 레이철과 뉴욕에 갈 기회가 생긴다면 덥석 붙잡았을 것이다. 하지만 지금은, 비행기를 타기는커녕 집을 나선다는 생각만으로도 속이 울렁거린다.

모든 것을 다 잊고 싶어, 나는 주방으로 가서 약을 한 알 더 먹는다. 그랬더니 바로 기절을 해버려, 매튜가 내 이름을 부르는 소리를 듣고서야 깨어난다.

"미안." 나는 중얼거리며, 소파에 널브러져 있는 모습을 보였다고 생각하니 고개를 들 수가 없다. "잠이 깊이 들었나 봐."

"괜찮아. 내가 저녁 만들게, 샤워 좀 하고 깰래?"

"그럴게."

나는 발을 질질 끌며 위층으로 올라가 찬물에 샤워를 하고 주방으로 내려간다.

"향기 좋은데." 매튜가 식기세척기에서 접시를 꺼내다가 고개를 들고 말한다.

"미안, 접시 정리도 못 했네."

"괜찮아. 그건 그렇고 세탁기는 돌렸어? 내일 흰 셔츠 입어야 하는데."

나는 재빨리 돌아선다. "지금 바로 할게."

"느긋한 하루를 보냈나 보네." 매튜가 놀린다.

"좀 그랬지."

다용도실로 가서 빨랫감들 중 셔츠를 골라 세탁기에 넣는다. 하지만 스위치를 켜려 하자, 손가락이 버튼들 위에서 어쩔 줄 몰라 한다. 무섭게도, 뭘 눌러야 할지 전혀 기억이 나질 않는다.

"이것도 넣는 게 좋을 것 같아."

깜짝 놀라 돌아보니 매튜가 웃통을 벗고 서 있다. 손에 셔츠가 들려 있다.

"미안, 놀랐어?"

"아니, 별로." 나는 당황하며 말한다.

"멍해 보여."

"난 괜찮아."

나는 셔츠를 받아서 세탁기에 넣은 다음, 뚜껑을 닫고 멍하니 서 있다.

"당신 정말 괜찮아?"

"아니."

"내가 느긋한 하루 어쩌고 해서 그래? 그냥 농담이었어."

"그것 때문이 아니야."

"그럼 뭐야?"

얼굴이 확 달아오른다. "세탁기를 어떻게 작동시키는지 기억이 안 나."

길고 긴 침묵이 몇 초 이어진다.

"내가 하지 뭐." 매튜가 재빨리 내 옆으로 다가온다. "자, 아무 문제없어."

"당연히 문제가 있지!" 내가 격노하여 외친다. "세탁기 돌리는 것도 기억이 안 나면, 내 뇌가 제대로 작동을 못 하고 있다는 거잖아!"

"여보…… 별일 아닐 거야." 매튜가 부드럽게 말하며 나를 안아주려한다.

나는 그를 뿌리친다. "그렇지 않아! 별일 아닌 척하는 데도 이젠 질렸어!"

나는 그를 밀치고 주방을 지나 정원으로 나간다. 시원한 공기에 좀 진정이 되지만, 기억력 감퇴가 점점 빨라지는 것 같아 너무 무섭다.

매튜는 잠시 그냥 놔뒀다가 나를 따라 나와 옆에 앉는다. "디킨 박사가 보낸 편지 읽어봐."

나는 다시 긴장이 된다. "무슨 편지?"

"지난주에 온 거."

"몰랐는데." 그렇게 말하면서도 병원 소인이 찍힌 봉투를 본 기억이 희미하게 난다.

"봤을 거야. 당신이 열어보지 않은 다른 편지들 하고 같이 놔뒀잖아."

지난 몇 주 동안 점점 쌓여만 갔던 편지 더미가 생각난다. 그것까지 처리할 여력은 정말 없었다. "내일 볼게."

"며칠 전에도 그렇게 말했잖아. 실은……." 매튜가 어색해하며 말을 멈춘다.

"뭐야?"

"병원에서 온 건 내가 열어봤어."

"내 편지를 열어봤다고?"

"병원에서 온 것만. 아무래도 당신이 보기 힘들어하는 것 같아서. 중요한 내용일지도 모르는데. 약을 바꾸러 오라거나 그런 걸 수도 있고."

"당신이 그럴 권리는 없어." 그를 노려보며 말한다. "그 편지 어디 있지?"

"당신이 놔둔 곳에."

분노와 함께 차오르는 공포를 숨기며 나는 주방으로 가서 편지 더미를 뒤진다. 이미 뜯긴 봉투를 열어 한 장의 종이를 펼치는 손가락이 떨리고 있다. 이런저런 구절들이 눈에 들어와 박힌다. **증상에 대해 전문가와 의논해보니, 우선 검사를 받아보기를, 조발성 치매, 최대한 빨리 예약을.**

편지가 내 손에서 떨어진다. 조발성 치매라니. 입속에서 병명을 발음해본다. 열린 문을 통해 어느 새 한 마리가 그 단어를 얼른 주워들고 지저귀기 시작한다. 조발성 치매, 조발성 치매, 조발성 치매.

매튜가 나를 안는다. 나는 그대로 온몸이 굳어져 있다.

"이제 알게 되었겠네." 나의 목소리가 눈물로 떨린다. "만족해?"

"어떻게 그렇게 말해? 난 슬플 뿐이야. 화도 나고."

"나랑 결혼해서?"

"아냐, 절대 그렇지 않아."

"날 떠나고 싶으면 떠나도 돼. 나한테 좋은 요양원 들어갈 돈이 없는 것도 아니고."

매튜가 나를 안고 흔든다. "여보, 그런 말 하지 마. 전에도 말했잖아. 난 떠날 생각 없어. 절대. 게다가 디킨 박사도 검사를 받아보라고 했을 뿐이야."

"하지만 결과도 그렇게 나오면? 난 어떻게 될지 알고 있어. 얼마나 막막하고 힘든 일이 될지도."

"혹시나 그렇게 되더라도, 우리 함께 해결하자. 우리에겐 아직 시간이 많아, 캐시. 아주 행복한 시간이 될 수 있어. 설령 치매가 시작됐다고 해도 말이야. 속도를 늦출 수 있는 약도 있을 거고. 제발 걱정할 일이 생기기도 전에 걱정부터 하지 말자. 힘들 거라는 건 알지만, 긍정적인 태도를 지켜야지."

남은 저녁은 어찌어찌 보내지만, 나는 계속 겁에 질려 있다. 전자레인지도, 세탁기도 작동 못 시키는데, 어떻게 긍정적인 태도를 지키지?

엄마가 주전자 스위치를 켜지 못했던 기억이 떠오르며 눈물이 흘러내린다. 간단한 차 한잔도 끓이지 못하게 되기까지 몇 년이나 걸릴까? 옷도 혼자 입지 못하게 되기까지 얼마나 걸릴까? 내가 울기 시작한 것을 보고 매튜가 이보다 더 나쁜 일을 당하는 사람도 많다고 말한다. 나는 정신이 나가는 것보다 더 나쁜 일이 뭐가 있느냐고 묻는다. 매튜가 대답을 못 한다. 매튜는 긍정적 태도를 유지하려 최선을 다하는 것뿐인데, 감사는 못할망정, 화를 내봐야 얻을 게 없다는 건 안다. 하지만 그에게 화가 나는 건 어쩔 수가 없다. 내게 남은 마지막 희망을 앗아갔기 때문이다. 내 건망증이 치매가 아닌 다른 문제일 수도 있다는 희망 말이다.

9월 20일 일요일

나는 주방에 서서 점심으로 만든 리소토를 천천히 젓는다. 눈은 정원에서 잡초를 뽑는 매튜를 보고 있다. 보고 있다기보다, 주말 동안 약 없이 지내느라 흐트러지기 시작한 마음을 다잡으려 눈에 힘을 주고 있다.

제인이 죽은 지 두 달이 되었고 지난 몇 주가 어떻게 지나갔는지 전혀 기억나지 않는다. 약 덕분에 고통 없이 멍하니 보냈다. 검사를 받아보라는 디킨 박사의 편지를 언제 받았는지, 애써 헤아려보니 3주 전이다. 3주가 되도록, 나는 조발성 치매에 걸렸을 수도 있다는 사실을 받아들이지 못하고 있다. 언젠가는 직면할 날이 오겠지. 검사는 다음 달 말에 하기로 했다. 지금은 받고 싶지 않다.

제인 생각도 계속 난다. 얼굴이 떠오르지만, 표정은 그때 숲에서 보았던 것처럼 흐릿하다. 얼굴이 잘 생각나지 않아서 슬프다. 모두 너무 오래전 일처럼 느껴진다.

말 없는 전화는 계속 온다. 주중에 혼자 집에 있으면, 하루 종일 일정한 간격으로 전화가 울리는 것을 알고 있다. 가끔은 흐릿한 머릿속을 뚫고 한나, 코니, 존이 메시지 남기는 목소리가 들린다. 하지만 응답기가 받기 전에 끊어지는 전화는, 그놈에게서 온 것이다.

쇼핑 채널에서 주문도 계속한다. 다만 수준이 올라가서, 이제는 주방용품 대신 장신구를 주문한다. 그제 금요일에 매튜가 퇴근해 들어오면서 또 배달부가 놔두고 간 상자를 가져오는 것을 보고, 또 내용물 아는 척 게임을 해야 하나 뜨끔했다.

"내가 제일 좋아하는 음식 냄새가 나네." 매튜가 미소를 지으며 키스하는 동안 나는 주문한 게 뭔지 생각해내느라 머리를 계속 굴렸다.

"주말을 잘 시작해보려고."

"좋네." 매튜가 상자를 들어 보였다. "또 주방용품이야?"

"아니." 아니길 바라며 대답했다.

"그럼 뭐야?"

"선물."

"내 거?"

"아니, 내 거."

"내가 봐도 돼?"

"그럼."

매튜가 가위를 가져다 겉봉투를 잘랐다. 검은 가죽 상자 두 개가 나왔다. "칼인가?"

"열어봐." 갑자기 뭔지 생각이 났다. "진주야."

매튜가 상자 하나를 열었다. "아주 멋지네."

"레이철 거야." 나는 자신 있게 말했다.

"귀고리 벌써 사지 않았어?"

"그건 크리스마스용이야."

"이제 겨우 9월인데?"

"일찍 사서 나쁠 건 없지."

"그렇긴 하지." 매튜가 영수증을 꺼내 보더니 작게 휘파람을 불었다. "친구에게 400파운드짜리 선물을?"

"내 돈이니 내 마음대로 쓸 수 있지." 나는 방어적으로 대꾸했다. 역시 레이철에게 줄 집을 산 이야기는 매튜에게 할 수 없었다.

"물론 그렇지. 그럼 나머지는 누구 줄 거야?"

아무래도 주문한 걸 잊고 또 주문한 것 같았다.

"내 생일 선물로 당신이 줄 수 있지 않을까 해서."

매튜가 얼굴을 찌푸렸다. 이제 더 이상 '그런 척하기' 놀이를 못하겠다는 거다. "진주 이미 갖고 있지 않아?"

"이런 건 없어." 세 번째 주문은 안 했기를 빌면서 내가 대답했다.

"그렇군." 매튜가 이상한 눈으로 나를 쳐다보았다. 요즘 자주 저랬다.

❖

리소토가 다 되었다. 매튜를 부르고 같이 앉아서 점심을 먹는다. 다 먹었을 때쯤 초인종이 울린다. 매튜가 나간다.

"레이철이 온다는 얘긴 안 했잖아."

레이철을 데리고 주방으로 들어오는 매튜는 미소를 띠고 있지만 좋아하는 기색은 아니다.

나는 기쁘긴 하지만 오기로 한 걸 내가 까먹은 건지, 아니면 그냥 온 건지 전혀 알 수가 없어 당황스럽다.

"캐시도 몰랐어. 그냥 잠깐 들른 거야." 레이철이 날 구해주듯 말한다. "하지만 방해가 됐다면 그냥 갈게." 레이철이 질문하듯 나를 본다.

"아냐, 괜찮아." 내가 서둘러 대답한다. 매튜가 늘 레이철을 불청객처럼 느끼게 만드는 게 싫다. "막 점심을 끝낸 참이었어. 안 먹었으면 뭐 좀 줄까?"

"에스프레소 한잔 주면 좋지."

서 있으면서도 움직이지 않는 매튜 대신, 내가 일어나 찬장으로 가서 컵을 꺼낸다. "당신도 마실래?"

"응."

나는 컵을 받침대에 놓고 캡슐을 꺼낸다.

"그래서, 어떻게 지내?" 레이철이 묻는다.

"잘 지내. 레이철은? 출장은 어땠어?" 어디로 간다고 했는지는 기억이 나지 않는다.

"맨날 똑같지. 돌아오는 길에 공항에서 뭘 샀게?"

나는 캡슐을 구멍에 넣지만 캡슐은 밀려들어가는 대신 그대로 위로 비죽 나와 있다.

"뭘 샀는데?" 나는 다시 넣으려 애쓴다.

"오메가 시계."

나는 캡슐을 집어넣으려 낑낑대며 매튜의 시선을 느낀다. "우아, 멋지겠네." 캡슐은 밀려들어가질 않는다.

"그래. 나 자신에게 선물 좀 해주려고."

나는 캡슐을 강제로 넣어보려 꾹꾹 누른다. "정말 잘했어. 그래도 돼."

"레버를 먼저 들어 올려야지." 매튜가 조용히 말한다.

나는 얼굴이 화끈거린다. 그렇게 하자 캡슐이 미끄러져 들어간다.

"그다음은 내가 할까? 당신이랑 레이철은 정원에 나가 있어. 내가 커피 갖다줄게." 매튜가 제안한다.

"고마워."

테라스로 나와서 레이철이 묻는다. "근데 정말 괜찮은 거야? 전화 먼저 할 걸 그랬나 봐. 하지만 오늘 아침에 브로버리에 있다가 한번 들러볼까 싶었어."

"걱정 마. 너 때문이 아니라 나 때문이니까. 커피머신 작동법이 생각이 안 났어. 처음에는 전자레인지더니, 그다음엔 세탁기, 이젠 커피머신이야. 다음번엔 옷 입는 법을 잊어버리겠지." 그러고 나서 폭탄선언을 할 준비를 한다. "나 조발성 치매에 걸린 것 같아."

"그래, 몇 주 전에 얘기했어."

"그랬나." 나는 기운이 빠져 말한다.

"검사 아직도 안 받았구나?"

"응."

"약은? 아직도 먹고 있어?"

"응." 그러고서 나는 목소리를 낮춘다. "하지만 주말에는 안 먹어. 약효가 얼마나 강한지 보여주고 싶지 않거든. 먹는 척하고 서랍에 숨겨."

레이철이 인상을 쓴다. "캐시! 그렇게 약효가 강하면 먹으면 안 되지! 최소한 복용량을 줄이든지."

"그러고 싶지 않은걸. 그게 없으면 한 주를 버틸 수가 없어. 혼자 집에 있다는 사실을 잊게 해주니까. 전화도 잊게 해주고."

"아직도 전화가 온다고?"

"왔다 안 왔다 해."

레이철이 내 팔을 잡는다. "경찰에 말해야지, 캐시."

"무슨 소용이 있겠어? 경찰이 해줄 수 있는 게 없을걸."

"그거야 모르지. 추적을 해줄 수도 있고. 매튜는 뭐래?"

"더 이상 전화가 안 오는 줄 알아."

"우리 커피가 오네." 레이철이 큰 소리로 매튜의 도착을 알린다. 그리고 다정하게 미소를 지으며 말한다. "고마워."

"더 필요하면 불러."

"그럴게."

레이철이 한 시간 후에 떠나며 다음 금요일에 나를 데리러 와 외출을 시켜주겠다고 한다. 내가 운전을 못 하겠는 걸 아는 것이다. 이제 외출도 다른 사람에게 의지해야 하는 나 자신이 한심하다. 삶이 어떻게 이렇듯 순식간에 망가질 수 있는지. 절망감에 몸이 실제로 욱신거리듯 아프다.

하지만 나를 이렇게까지 의존적인 인간으로 만든 건 치매가 아니라는 걸, 나는 깨닫는다. 언젠가는 그렇게 될 수도 있겠지만 말이다. 두 달 전 제인의 자동차를 그냥 지나쳤던 이후 나의 모든 깨어 있는 순간을 끊임없이 들쑤시고 있는 공포와 죄책감이, 나를 의존적인 인간으로 만들었다. 나를 이런 한심한 존재로 만든 것은 그 두 가지다. 제인이 그런 일을 당하지 않았더라면, 아예 내가 제인을 만나지 않았더라면, 조발성 치매라고 해도 이렇게 무너져 내리지는 않았을 것이다. 정면으로 맞닥뜨리며, 지금 이 순간에도, 하루하루 소파에서 잠들어 보내는 대신 해결책을 찾아 나섰을 것이다.

내 처지를 깨닫게 되자, 내가 어떤 지경까지 떨어졌는지 자각하고 나자, 정신이 번쩍 든다. 무기력에서 벗어나 적극적인 행동을 취할 결심을 하게 된다. 내 삶을 회복하기 위해 내가 할 수 있는 일을 생각해본다. 적어도 일 상생활은 되찾아야 한다.

헤스턴에도 다시 가봐야겠다. 지금 내 마음의 평화를 찾는 데 도움을 줄 수 있는 사람이 있다면, 제인의 남편 알렉스일 것이다. 그가 내 죄책감을 없 애줄 수는 없을 것이다. 그건 평생 지고 가야 할 테니까. 그래도 그는 선하 고 동정심 있는 남자 같았다. 그날 밤 내가 제인을 돕지 않고 그냥 지나친 걸 진심으로 사죄한다면, 나를 용서할 마음을 보여줄지 모른다. 그렇게 되 면, 혹시나 그렇게 되면, 나도 자신을 용서할 수 있게 될지 모른다.

그리고 공포도, 말 없는 전화를 거는 자가 그토록 세심하게 길들이고 있 는 나의 두려움도, 어떻게 해볼 수 있을지 모른다. 헤스턴 한번 갔다 온다고 해서 나의 모든 문제가 해결될 거라 생각할 정도로 순진하지는 않지만, 그 것이 시작이 될 수는 있을 것이다.

9월 21일 월요일

매튜가 아침에 가져다준 약을 서랍에 넣는다. 오늘은 헤스턴으로 운전해 야 하니까 머리를 맑게 유지해야 한다. 그리고 한참 동안 샤워를 한다. 모든 무기력을 물이 씻어내주었으면 좋겠다. 다 씻고 나자 오랜만에 정신적으로 강해진 것을 느낀다. 마치 다시 태어난 것 같다.

그래서일까. 10시에 전화가 울리기 시작하자, 받기로 결심한다. 우선 말 없는 전화들이 그냥 내가 상상해낸 것이 아니라는 점을 확인하고 싶다. 그 리고 두 번째로, 이렇게 오랫동안 전화를 받지 않았는데도 놈이 계속 전화 를 하다니, 사실 믿을 수가 없기 때문이다.

전화를 받자 헉 하는 숨소리가 들린다. 내가 놀라게 한 것이다. 놈에게 불시의 일격을 가했다는 즐거움에, 전화선을 타고 들려오는 침묵에도 전보다 훨씬 잘 대처할 수 있다. 평소에는 공포에 떨리던 나의 숨결이, 고른 상태를 유지한다.

"그동안 그리웠어." 속삭이는 목소리가 전화선을 스르르 타고 내려와 보이지 않는 힘처럼 나를 타격한다. 공포가 다시 솟아오른다. 피부에 소름이 돋는다. 그 악랄함으로 나를 숨 막히게 만든다.

나는 수화기를 탁 내려놓는다. 그렇다고 해서 놈이 근처에 있다는 뜻은 아니야. 나는 아까 느꼈던 침착함을 되찾으려 애쓴다. 말을 걸었다고 해서 지금 지켜보고 있다는 뜻도 아니고. 나는 심호흡을 하며, 생각해본다. 전화를 받을 줄 모르고 있었던 걸 보면, 놈이 나의 일거수일투족을 지켜보고 있지는 못한 것이다. 그렇다고 해도 다시 두려움이 밀려오는 것은 어쩔 수 없다. 한번 찾아와야겠다고 결심하면 어쩌지? 내가 다시 일상을 회복했다는 것을 알아버렸으니까 말이다.

주방으로 들어가 먼저 창문부터 확인한다. 그리고 나서 뒷문을. 손잡이를 움직여보지만 꼼짝도 않는다. 아무도 못 들어올 거다.

나는 다시 커피를 만들려다가, 어제의 당황스러운 사태가 생각나, 그냥 우유 한 잔만 따라 마신다. 왜 놈이 갑자기 말을 걸어온 걸까 궁금하다. 어쩌면 나를 흔들어놓고 싶어서 그랬는지도 모른다. 처음으로 나의 공포를 감지할 수 없었을 테니까. 우리 사이에 뭔가 근본적 변화가 생긴 것 같아서 승리감을 맛본다. 정체를 밝혀낸 건 아니지만 자신을 이렇게 드러내도록 만들었다. 단지 속삭임뿐이었을지라도 말이다.

헤스턴에 너무 일찍 도착하고 싶지는 않아서, 집 안 정리를 좀 하며 혼자 있다는 사실을 잊어보려 하지만 좀처럼 안정되지 않는다. 민트 티를 한잔 만들어 마시면 나을까 싶다. 주방에 앉아 마신다. 시간이 정말 더디게 가지만, 엄청난 노력을 짜내 그럭저럭 11시까지 버티다 떠난다. 경비 시스템도 켜둔다.

차로 브로버리를 지나가면서, 지난번에 존과 마주친 기억을 떠올린다. 아무래도 5주 전이었던 것 같다. 그날 살인자가 정원에 있는 것 같아 얼마나 무서웠는지 생각난다. 누가 나에게 그런 공포를 주입할 수 있다니, 정말 화가 난다. 대체 그 5주 동안 난 뭘 했나? 올해 여름이 그냥 날아갔다.

헤스턴에 도착해 같은 길에 주차하고 공원으로 건너간다. 제인의 남편도 아이들도 보이지 않는다. 오면 바로 만날 거라 생각한 건 아니었다. 그가 끝내 공원에 오지 않을 가능성이나 내 얘기를 듣고 싶어 하지 않으면 어떻게 해야 할지 생각하고 싶지 않아서, 그냥 한동안 빈 벤치에 앉아 얼굴에 내리쬐는 9월 말의 태양을 즐긴다.

12시 반쯤 펍으로 가다가 가게에서 신문을 산다. 바에서 커피를 시키고 정원으로 가지고 간다. 놀랄 만큼 많은 사람이 벌써 점심을 먹고 있어서 갑자기 시선이 의식된다. 내가 혼자라서가 아니라, 모두 서로 아는 사이거나 단골인 것 같아서다.

다른 사람들과 떨어진 나무 아래 작은 테이블 자리로 가서 신문을 읽는다. 앞면에 별 눈길을 끄는 소식이 없어서 다음 페이지로 넘어간다. '왜 아무도 체포가 안 될까?'라는 제목의 기사가 눈에 확 뜬다. 내용을 보지 않아도 제인의 살인 사건에 대한 기사임을 알 수 있다. 기사에는 제인의 친구인 젊은 여자의 사진이 실렸다. 경찰 수사의 느린 진척에 나만큼이나 답답해하고 있는 것 같다.

분명 살인자가 누구인지 아는 사람이 있을 거예요. 여자가 그렇게 말하고 있다. 그 말에 담긴 원망을 기자가 강조해 곱씹는다. 두 달 전 젊은 여성이 잔인하게 살해되었다. 그리고 이렇게 기사를 맺는다. 어딘가의 누군가는 뭔가를 알고 있을 게 분명하다.

나는 신문을 덮는다. 속이 울렁거린다. 경찰이 차 안에 제인이 살아 있는 걸 본 사람에게 다시 연락달라고 요청하는 일은 멈춘 것 같지만, 이 기사가 다시 문제의식을 환기시킬지도 모른다. 나 역시 가만히 앉아 있을 수가 없어서 펍을 나와 제인의 남편을 찾아 거리를 걷기 시작한다. 이젠 정말 빈손으로 돌아갈 수 없을 것 같다. 그가 어디 사는지는 모른다. 마을 안에 사는지 아니면 근처의 신축 단지에 사는지도 알 수 없다.

그러다가 돌집들이 늘어선 어느 길을 지나는데, 똑같은 세발자전거 두 대가 앞뜰에 놓여 있는 집을 발견한다. 나는 망설일 틈 없이 그 집으로 들어가 현관문을 노크한다.

제인의 남편이 창문으로 내다보고도 오래도록 나오지 않아서 문을 열어주지 않으려는 줄 알았다.

결국 나와서 나를 내려다보며, 아무 감정이 담기지 않은 목소리로 말한다. "휴지를 건네줬던 분이군요."

기억해주는 게 기쁘다. "네. 방해해 죄송하지만 잠시 말씀 좀 나눌 수 있을까요?"

"기자라면 거절입니다."

"기자가 아니에요."

"어떤 다른 매체에서 나왔다고 해도 역시 거절입니다."

나는 고개를 흔들면서도 차라리 그 이유로 와 있는 것이길 바라는 심정이 된다. "아뇨, 전혀 그렇지 않습니다."

"그럼 혹시…… 제인이랑 예전에 친했는데, 멀어진 동안 그런 일이 일어나서 몹시 속상하다는 얘기를 하고 싶은 건가요?"

"꼭 그런 건 아니에요."

"그럼 무슨 얘기를 하고 싶은 거죠?"

"전 캐시예요."

"캐시?"

"네, 몇 주 전에 편지를 썼죠. 제인과 그…… 직전에 점심을 같이 먹었다고……."

"그렇군요!" 제인의 남편이 잠시 얼굴을 찌푸린다. "그때 공원에서 만났을 때는 왜 얘기 안 했습니까?"

"모르겠어요. 혹시 주제넘다고 생각할까 봐 그랬던 것 같아요. 그날 헤스턴을 지나가다가 제인이 공원 얘기를 한 게 기억나서 잠시 들렀어요. 당신이랑 마주칠 줄은 몰랐거든요."

"전 거기 자주 가요. 아이들이 거기 가는 건 절대 싫증 안 내니까요. 비가 오나 눈이 오나 가자고 조르죠."

"아이들은 잘 지내나요?"

"꽤 잘 지냅니다." 그리고 제인의 남편이 물러선다. "들어오세요. 아이들이 잠들었으니 잠시 시간이 됩니다."

나는 그를 따라 거실로 들어간다. 장난감이 바닥에 흩어져 있고 수많은 가족사진에서 제인이 나를 쳐다본다.

"차 한잔 드릴까요?"

"아뇨, 괜찮습니다." 나는 초조해져서 말한다.

"할 말이 있다고요."

"네." 갑자기 눈물이 솟아 가방에서 티슈를 찾는다. 이런 나 자신이 싫다.

"앉으세요. 뭔가 걸리는 게 있나 보군요."

"네." 나는 다시 말하고 소파에 앉는다.

제인의 남편은 의자를 가져와서 맞은편에 앉는다. "천천히 하세요."

"그날 밤에 제인을 봤어요." 나는 휴지를 손가락으로 비틀며 말한다.

"그래요, 파티에서 만났다면서요. 제인에게도 들었던 기억이 납니다."

"아니, 그날 말고요. 그녀가……." 살해라는 말이 목에 걸려서 나오지 않는다. "그녀가 죽은 날에요. 블랙워터 길을 지나다가 갓길에 서 있는 그녀의 차를 지나쳤어요."

제인의 남편이 너무 오래 말이 없어서 충격이 큰가 싶다.

"경찰에는 말했습니까?" 결국 제인의 남편이 그렇게 말한다.

"네. 경찰에 전화해서 제인이 살아 있는 걸 봤다고 말한 사람이 저예요."

"다른 건 본 게 없나요?"

"네, 제인밖에 못 봤어요. 하지만 그녀인 줄도 몰랐고요. 비가 너무 많이 와서 생김새가 잘 안 보였거든요. 여자인 것만 알 수 있었어요. 제인이었다는 걸 그 후에 알게 됐고요."

제인의 남편이 숨을 내쉰다. "차에 누가 같이 앉아 있는 건 못 봤습니까?"

"못 봤어요. 그랬으면 경찰에 말했겠죠."

"그래서 그냥 지나갔다고요?"

나는 그의 눈을 볼 수 없어 고개를 숙인다. "고장이 났나 싶어서 그 앞에 차를 세웠어요. 그러면 그녀가 차에서 나오지 않을까 싶었죠. 하지만 안 나오더라고요. 비가 정말 억수로 왔거든요. 그래서 헤드라이트를 켜든지 경적을 울려서 도움이 필요하다고 알리지 않을까 하고 기다렸지만 그것도 아니어서 벌써 누굴 불렀나 싶었어요. 저라도 나가서 무슨 문제가 없나 가봐야했던 걸 알지만…… 무서웠어요. 함정 같은 걸 수도 있고. 그래서 집에 도착하자마자 경찰이나 서비스 센터 같은 데 전화를 해서 가보라고 해야겠다고 생각했죠. 집이 겨우 몇 분 떨어진 곳에 있었으니까요. 하지만 집에 도착했을 때 일이 생겨서 전화하는 걸 잊어버렸어요. 그러고 나서 다음 날 아침, 살인 사건이 일어난 걸 알았을 때, 전…… 그때 어떤 심정이었는지…… 어떻게 전화해야 하는 걸 잊을 수 있었는지, 믿을 수 없었어요. 계속 생각할 수밖에 없었죠. 제가 전화했더라면, 그녀는 아직 살아 있을 텐데. 죄책감 때문에 아무에게도 말할 수 없었어요. 남편한테도요. 만일 사람들이 알게 되면, 저를 비난할 거라고 생각했거든요. 제가 아무 도움도 주지 않았기 때문에 그녀가 죽었다고요. 그 말이 옳겠죠. 그러고 나서 그게 제인이라는 걸 알았을 때는 정말…… 저도 살인자만큼이나 비난받을 일을 저질렀다고 느꼈어요."

나는 숨을 죽이고 제인의 남편이 비난하길 기다렸지만 그는 고개를 흔들며 말한다. "그렇게 생각할 필요 없어요."

"최악이 뭔지 알아요? 그 후에, 자꾸 그런 생각이 든다는 거예요. 제가 그때 도와주러 갔다면, 저도 당했을지 모른다는 생각이 든다는 거예요. 다행이라는 생각요. 제가 어떤 인간인지 알겠죠?"

제인의 남편은 부드럽게 말한다. "당신이 나쁜 사람이라서 그런 게 아니에요. 인간이니까 그런 거죠."

"왜 이렇게 친절해요? 왜 나한테 화를 내지 않아요?"

제인의 남편이 일어선다. "그걸 원하는 거예요? 그래서 온 겁니까? 제인의 죽음이 당신 때문이라고, 당신이 끔찍한 사람이라고 말해주길 원해요? 그렇다면 잘못 찾아온 겁니다."

나는 고개를 젓는다. "그래서 온 게 아니에요."

"그럼 뭘 원하죠?"

"제가 얼마나 더 오래 죄책감을 느끼며 살 수 있을지 모르겠어요."

"자책은 그만해요."

"그럴 수 없을 거예요."

"이봐요, 캐시. 당신이 원하는 게 용서라면, 기꺼이 그렇게 해드리죠. 도와주지 않았다고 해서 비난할 생각 없습니다. 입장이 바뀌었다면 제인도 그랬을 거라는 생각이 들고요. 제인도 무서워서 못했을 거예요."

"하지만 제인은 집에 돌아와 기억하고 전화는 했을 거예요."

제인의 남편이 사랑스럽게 웃고 있는 금발 쌍둥이의 사진을 집어 든다. "이미 제인의 죽음으로 너무 많은 사람들의 삶이 망가졌어요. 당신은 그러지 마세요."

"고맙습니다." 나는 다시 눈물이 솟아난다. "정말 고마워요."

"그렇게 괴로워하고 있었다니, 안됐다는 생각이 들 뿐이에요. 지금이라도 차 한잔 드릴까요?"

"괜한 수고 끼치고 싶지 않아요."

"어차피 당신이 노크할 때 만들던 중이었어요."

제인의 남편이 차를 가지고 돌아오자, 나도 어느 정도 수습이 된다. 나에 대해 물어서 교사라고만 대답한다. 그리고 우리는 딸아이들에 대해서도 이야기를 나눈다. 그는 계속 아이들만 돌보는 게 힘들다고, 다시 직장으로 돌아가고 싶다고 말한다. 실은 제인이 죽은 후 사람들과 어울리고 싶지 않았다고, 지난주에 직장 동료들이 점심 먹으러 오라고 해서 처음 나갈 기분이 났다고 덧붙인다.

내가 묻는다. "나가보니 어땠어요?"

"못 나갔어요. 딸아이들을 돌봐줄 사람을 못 찾아서요. 양쪽 부모님 모두 바로 와주시기엔 너무 멀리 살거든요. 주말에는 얼마든지 보러 와주시지만, 제인의 부모님은 아이들 보는 걸 아직 힘들어하세요. 아이들이 제인이랑 많이 닮았거든요."

"동네에는 도와줄 분이 안 계신가요?"

"딱히요."

"그렇다면 제가 언제든 아이들을 봐드릴게요."

제인의 남편은 놀란 듯 보인다.

"아, 미안해요. 바보 같은 소리를 했네요. 절 모르실 텐데, 당연히 믿고 아이들을 맡길 수 없겠죠."

"어…… 어쨌든 그렇게 말해줘서 고마워요."

분위기가 어색해져, 나는 찻잔을 비우고 일어선다. "이제 가야겠네요. 대화 나눠주셔서 고마워요."

"당신 기분이 나아질 수만 있다면요."

"네, 정말 좋아졌어요."

그가 나를 현관까지 바래다주는데, 갑자기 말 없는 전화들에 대해 털어놓고 싶은 충동이 인다.

"뭐 더 하고 싶은 말이 있나요?"

"아뇨, 괜찮아요." 더 이상 그의 삶에 끼어들 순 없다.

"그럼 잘 가요."

"안녕히 계세요."

나는 천천히 입구를 향해 걸어가며 내가 기회를 놓친 건가 하는 생각이 든다. 이제는 초대도 받지 않고 다시 그의 집으로 찾아갈 순 없으니까 말이다.

"언제 또 공원에서 봐요."

그제야 그가 지켜보고 있었다는 것을 깨닫고 몸을 돌려 말한다. "그래요. 안녕히 계세요."

집에 도착하니 4시 정도 되었다. 약을 먹기엔 너무 늦은 시간이라, 정원에 앉아 매튜를 기다리기로 한다. 오늘 나갔다 온 얘기는 하지 않을 생각이다. 얘기를 하면, 어디를 갔다 왔는지 거짓말을 해야 할 테고, 거짓말을 하고 나면 기억을 못 해서 곤란하게 될 게 뻔하니 말이다.

더위에 목이 말라 집으로 들어간다. 경비 시스템을 꺼야 한다는 걸 기억하고 주방으로 갔다가, 문을 열고 선뜻 들어가질 못하는 나 자신을 발견한다. 이리저리 훑어보는데 불안감이 척추를 타고 내려온다. 모든 것이 그대로인 듯 보여도 그렇지 않다는 느낌이 든다. 아침에 내가 나간 후, 뭔가 바뀌었다.

나는 천천히 다시 복도로 나와 꼼짝 않고 서서, 온 신경을 귀에 집중한다. 하지만 고요뿐이다. 그렇다고 누가 없다는 보장은 없다. 복도에서 전화기를 들고 조용히 현관으로 빠져나온다. 문을 달칵 닫고 집에서 멀어진다. 그래도 전화가 작동이 되어야 하니 대문 밖으로 빠져나가진 않는다. 떨리는 손으로 매튜에게 전화를 한다.

"내가 다시 전화해도 돼? 회의 중이라." 매튜가 묻는다.

"누가 집에 들어온 것 같아." 내가 조심스레 말한다.

"잠시만."

매튜가 양해를 구하고 의자를 빼는 소리가 들린다.

"무슨 말이야?"

"누가 집에 들어온 것 같아." 내가 동요를 감추려 애쓰며 말한다. "잠깐 산책 나갔다 왔는데, 돌아와보니 누가 주방에 들어왔던 것 같아."

"어째서?"

"나도 몰라." 또다시 내 말이 미친 소리처럼 들릴 것 같아 초조해진다.

"뭐가 없어졌어? 도둑이라도 들었다는 거야?"

"도둑인지는 모르겠어. 그저 누가 집에 들어온 것 같아. 집에 와줄 수 있어, 매튜? 어떻게 해야 할지 모르겠어."

"산책 나가면서 경비 시스템은 켜놨어?"

"응."

"그럼 누가 어떻게 들어와?"

"나도 몰라."

"침입한 흔적은?"

"모르겠어. 자세히 살펴보지도 않았고. 저기, 이러고 있을 시간이 없어. 아직 누가 있는 거면 어떻게 해? 경찰에 전화해야 하지 않을까?" 나는 잠시 망설인다. "제인의 살인자도 아직 잡히지 않았잖아."

매튜는 말이 없다. 마지막 말은 덧붙이지 말았어야 했다. "정말 누가 집에 있는 것 같았어?"

"정말이야. 지어낸 말 아니야. 아직도 있을지 몰라."

"그럼 경찰에 전화하는 게 좋겠네." 매튜가 내키지 않는 듯 말한다. "나보다 빨리 도착할 테니까."

"하지만 당신도 올 거지?"

"응, 나도 지금 출발할게."

"고마워."

매튜가 다시 전화해 경찰이 곧 갈 거라고 알린다. 경찰은 금방 오긴 했지만 조용히 왔다. 매튜가 살인자 얘기는 하지 않은 것 같다. 경찰차가 집 앞에 서고 저번에 경비 시스템이 울렸을 때 왔던 여자 경찰이 내린다.

"앤더슨 부인?" 경찰이 진입로를 걸어 들어온다. "로슨 순경입니다. 남편분이 집에 들러달라고 부탁해서요. 누가 집에 들어온 것 같다고요?"

"예, 잠시 산책을 나갔다 왔더니 누가 주방에 있는 것 같더라고요."

"침입한 흔적 같은 게 보였습니까? 바닥에 유리 조각이 떨어져 있었다든지."

"주방밖에 못 봐서 모르겠어요."

"아직도 안에 있는 것 같고요?"

"모르겠어요. 다시 안 들어가봤거든요. 바로 정원으로 나와서 남편에게 전화했어요."

"제가 현관문으로 들어가도 되겠습니까? 열쇠 있어요?"

"네." 내가 경찰에게 열쇠를 준다.

"여기 계세요, 앤더슨 부인. 안전해 보이면 들어오시라고 말씀드리죠."

경찰이 집 안으로 들어가고, 그녀가 누구 없느냐고 외치는 소리가 들린다. 그러고 나서 5분 정도, 조용하기만 하다. 경찰이 밖으로 나온다.

"집 안을 샅샅이 뒤졌지만 침입의 흔적은 발견하지 못했습니다. 망가진 문이나 깨진 창문도 없고 다 닫혀 있었어요. 흐트러진 물건도 없었고요."

"정말요?" 내가 불안하게 묻는다.

"들어가서 확인해보세요. 혹시 없어진 게 있는지."

나는 경찰을 따라 들어가서 방을 하나하나 들어가본다. 비록 흐트러진 물건은 없는 것 같아도, 누가 분명히 들어왔었다. 경찰이 그걸 어떻게 아느냐고 물을 때, 나는 그저 '느낄 수 있다'고밖에 말하지 못한다.

우리는 주방으로 간다. 로슨 순경이 식탁에 앉으며 말한다. "차나 한잔하면 어떨까요?"

나는 주전자를 올리러 가다가 딱 멈춰 선다. "내 머그잔." 하고 돌아선다. "제가 나갈 때 머그잔을 여기 놔뒀는데 없어졌어요. 그래서 누가 들어온 걸안 거예요. 머그잔이 원래 둔 데서 없어졌어요."

"식기세척기 안에 있지 않을까요?"

열어보니 거기 선반에 걸려 있다. "제가 미친 게 아니었어요!" 나는 의기양양하게 외친다.

로슨 순경이 회의적인 표정으로 쳐다본다.

"전 여기 넣은 적 없어요. 이쪽에 올려놨었다고요."

그때 문이 열리고 매튜가 들어온다.

"별문제 없었던 거야?" 매튜가 불안한 표정으로 묻는다.

로슨 순경이 나를 대신해 대답한다. 나는 혹시나, 내가 세척기에 넣고서 잊어버린 것은 아닐까 골똘히 생각해본다. 하지만 그렇지 않다. 나는 다시 로슨 순경에게 주의를 돌린다. 그녀는 매튜에게 어떤 침입의 흔적도 찾지 못했다고 말을 마친다.

나는 주장한다. "하지만 정말 누군가 있었다니까요. 제 머그잔이 혼자 식기세척기 안으로 들어갈 리는 없으니까요."

매튜가 묻는다. "무슨 말이야?"

"내가 나가기 전에 머그잔을 이쪽에 놨거든, 근데 돌아와보니 식기세척기 안에 들어가 있었어."

매튜는 졌다는 듯이 나를 바라본다. "당신이 넣고서 기억을 못 하는 거겠지." 그러고서 로슨 순경에게 말한다. "제 아내가 가끔 기억력에 문제가 생겨서요. 자주 좀 잊어버려요."

"그렇군요……." 순경이 동정 어린 표정을 짓는다.

"이번엔 그런 문제가 아니에요!" 나는 화가 나서 말한다. "내가 바보도 아니고, 뭘 했고 하지 않았는지는 안다고!"

"하지만 가끔 그러잖아." 매튜가 부드럽게 말한다.

나는 반박을 하려다가 입을 다문다. 더 이상 말이 이어졌다가는 매튜가 내가 저지른 실수들을 또 줄줄 풀어낼 것이다. 이어진 침묵 속에서, 아무리 주장해도 그들이 내 말을 믿지 않을 것임을 깨닫는다.

"괜한 수고를 끼쳐드려 죄송합니다." 내가 딱딱하게 말한다.

"괜찮습니다. 위험한 것보다는 조금 수고하는 게 낫죠." 순경이 친절하게 대답한다.

"난 이만 가서 좀 누워야겠어."

"좋은 생각이야. 나도 좀 있다 올라갈게."

로슨 순경도 가고 나서 매튜가 올라오길 기다리지만 아무리 기다려도 오지 않는다. 그래서 내려가보니 그는 정원에서 혼자 와인을 마시고 있다. 세상 아무 걱정도 없다는 듯이.

나는 화가 솟는다. "누가 집에 들어왔었다고 해도 신경 안 쓰이나 보네."

"캐시, 설령 그렇다고 해도, 그저 머그잔 하나 세척기에 넣어놓고 간 거라면, 위협이 되는 건 아니지 않아?"

이런 모습은 처음이라, 매튜가 비꼬는 건지 농담하는 건지 알 수가 없다. 너무 몰아붙이는 게 아닌가. 하지만 화를 참을 수가 없다. "결국 어느 날 집에 와서 내 목이 잘린 꼴을 봐야 믿게 되겠지."

"정말 그런 생각을 하는 거야? 이 집에 누가 들어와서 당신을 죽일 거라고?"

"내가 무슨 생각을 하든 상관없잖아. 아무도 관심을 안 가져주니까!"

"그래서 모두 잘못하고 있다고? 당신 두려움에는 아무런 근거가 없어."

"그놈이 나한테 말을 걸었어!"

"누가?"

"살인자!"

"캐시⋯⋯." 그는 고통스러운 듯 소리를 낸다.

"아니, 놈이 정말 말을 걸었어. 그리고 이 집에 왔었어! 이해 못 하겠어, 매튜? 모든 게 바뀌었다고!"

매튜가 절망스레 고개를 흔든다. "당신은 아파, 캐시. 조발성 치매에다가 망상까지 있어. 그걸 그냥 인정할 수 없는 거야?"

너무나 잔인한 말에 나는 얼어붙는다. 아무 말도 할 수 없어 등을 돌리고 집 안으로 들어간다. 주방에서 약을 두 알 삼키고 매튜가 들어오길 기다린다. 하지만 매튜는 들어오지 않는다. 그래서 나는 위층으로 올라가 옷을 벗고 침대로 들어간다.

9월 22일 화요일

눈을 뜨자 아침이다. 어제 오후의 사건들이 한꺼번에 밀어닥친다. 고개를 돌려 매튜를 본다. 어제 올라와서 나를 깨우려 했을까? 자신의 잔인한 말에 사과하려 했을까? 하지만 매튜는 없다. 시계를 보니 8시 반이다. 이미 아침 식사 쟁반이 협탁에 놓여 있다.

혹시 쪽지라도 남겨놓지 않았을까 일어나보지만, 그저 시리얼 한 그릇과 우유, 알약 두 알이 놓여 있을 뿐이다. 불안과 슬픔으로 가슴이 아프다. 아무리 떠나지 않겠다고, 곁에 있겠다고 약속했어도, 매튜가 어제 같은 모습까지 보인 건 심상치 않다. 살인자에게 스토킹당하고 있다고 계속 난리를 치는 아내 때문에 질렸을 수는 있다. 하지만 그렇게 통명스레 무시하기 전에 먼저 근본 원인을 알아봐야 하지 않을까?

가만 생각해보니, 매튜는 한 번도 나를 차분히 앉히고 왜 살인자가 나를 쫓고 있다고 생각하느냐고 물어본 적이 없다. 만일 그랬더라면, 그날 밤 제인의 차를 본 이야기를 털어놓았을지 모른다.

슬픔의 눈물이 흘러내리고 나는 고통을 덜기 위해, 손을 뻗어 주스와 함께 알약을 삼킨다. 하지만 눈물은 멈추지 않는다. 잠이 몰려오기 시작한 후에도, 끔찍한 절망감이, 내 앞에 어떤 미래가 기다리고 있을까 하는 공포가 나를 놔주지 않는다.

내가 치매에 걸렸다면 매튜는 나를 떠날 것이고 나는 요양 시설로 들어갈 수밖에 없을 것이다. 몇몇 친구들만이 의무감에서 나를 방문할 것이고 그 의무감마저, 내가 그들을 더 이상 기억하지 못하게 되는 순간 끝나겠지. 점점 더 울음이 걷잡을 수 없이 커지며 비참하게 흑흑거리다가 잠이 든다.

그러다가 얼마간 시간이 흐른 후, 끔찍한 신음을 내며 깨어난다. 머리가 터질 것같이 아프다. 감정적 고통이 육체적 고통으로 그대로 나타난 듯하다. 눈을 뜨려 하지만 그럴 수가 없다. 온몸이 불덩이가 된 것 같고 손을 들어 머리를 만지니 땀으로 축축하다.

뭔가 끔찍한 문제가 생겼음을 깨닫고 침대에서 나오려 하지만 다리에 힘이 없어 바닥에 쓰러진다. 다시 잠이 나를 끌어당기는 듯하지만, 어떤 육감이, 굴복하면 안 된다고, 정신 차리고 계속 움직이라고 다그친다. 하지만 불가능하게 느껴진다. 흐릿한 의식 속에서 생각할 수 있는 거라고는, 내가 갑자기 무슨 발작을 일으켰나 하는 것이다. 생존 본능이 확 발동된다. 여기서 살아나려면 최대한 빨리 도움을 요청해야 한다.

나는 네 발로 기며 계단까지 몸을 끌어간다. 그리고 굴러떨어지다시피 아래층으로 내려간다. 의식을 잃을 정도로 고통이 심하지만, 초인적인 노력으로 전화기가 있는 곳까지 기어간다. 매튜에게 전화를 하고 싶지만 시간이 없다. 999를 누른다. 여자가 받는다. 뭉개지는 발음으로 도와달라고 말한다. 제대로 말이 나오질 않아 알아들었을지 모르겠다. 막 주소를 말하려는데, 손에서 전화기가 떨어진다.

❖

"캐시, 캐시, 내 말 들려요?"

너무 희미한 목소리라 그냥 무시할까도 싶지만, 너무 끈질기게 되풀이되어, 나는 결국 눈을 뜬다.

"눈을 떴어요!" 누군가의 목소리가 들린다.

"캐시, 내 이름은 팻이에요. 정신 차릴 수 있겠어요?"

눈앞에 어떤 얼굴이 보인다.

"병원으로 데려갈 거예요. 그 전에 당신이 먹은 게 이 약인지 말해줄 수 있나요?"

여자가 디킨 박사의 처방약을 들어 보인다. 나는 고개를 조금 끄덕인다. 누가 나를 들어 올리고 시원한 바람이 느껴지더니 구급차 안으로 들어왔다.

"매튜?" 내가 작게 말한다.

"병원에서 만날 거예요. 이걸 몇 알이나 먹었는지 말해줄 수 있어요?"

나는 무슨 말이냐고 하려다가 격렬하게 토하기 시작한다. 병원에 도착했을 때는 너무 힘이 없어 나를 내려다보며 하얗게 질린 매튜에게 미소도 짓지 못한다.

"나중에 면회하세요." 간호사가 쏘아붙인다.

"괜찮겠죠? 아무 일 없겠죠?" 매튜가 멍하니 묻는다.

나보다 그가 더 걱정된다.

각종 검사들이 이어진 뒤에 의사가 질문을 시작하자, 내가 약을 과다 복용했다는 의심을 받고 있다는 걸 깨닫는다.

나는 깜짝 놀라 의사를 노려본다. "과다 복용이라고요?"

"그래요."

"내가 왜 그런 짓을 하겠어요?"

의사는 믿지 않는 눈치다. 나는 당황하여 매튜를 만나겠다고 주장한다.

"아, 감사합니다, 당신 괜찮구나." 매튜는 내 손을 잡으며 괴로운 표정을 짓는다. "나 때문이야, 캐시? 내가 어제 한 말 때문에 그랬어? 그렇다면 너무 미안해. 당신이 이럴 줄 알았다면 난 절대 그런 심한 말 안 했을 거야."

나는 눈물을 그렁거리며 말한다. "난 과다 복용 안 했어. 왜 다들 자꾸 그렇게 말하는 거야?"

"하지만 구급대원에게 그렇게 말했다며?"

"안 그랬어. 왜 사실도 아닌 말을 하겠어?"

내가 일어나 앉으려 하자 의사가 엄하게 말한다.

"진정하고 다시 누워요, 앤더슨 부인. 아직 상태가 안 좋습니다. 다행히 구급차에서 대부분 게워내 위세척은 안 했지만 앞으로 24시간 동안 계속 안정을 취하며 지켜봐야 해요."

나는 매튜의 팔을 꽉 잡는다. "구급대원이 오해를 했나 봐. 디킨 박사의 처방약을 보여줘서 그걸 먹은 거라고 대답은 했지만, 과다 복용했다고는 말 안 했어."

"유감이지만 검사 결과는 그렇게 나왔어요." 의사가 말한다.

나는 매튜에게 애원하듯 말한다. "당신이 아침에 갖다준 두 알만 먹었어. 그 후로는 1층에 내려가지도 않았다고."

"구급대원이 집에서 가져온 약상자입니다." 의사가 매튜에게 비닐백을 내민다. "없어진 약이 있나요? 많이 먹지는 않은 것 같아요. 열 개 정도일 겁니다."

매튜가 상자를 열어 의사에게 보여준다. "이틀 전에 이 상자를 땄고 여덟 알이 비어요. 아침에 두 알, 저녁에 두 알, 하루에 네 알씩 먹으니 맞지요. 다른 상자는 원래대로 빈 곳이 없는데요. 어떻게 약을 더 먹을 수 있었는지 모르겠습니다."

"아내분이 약을 따로 모아놓았을 가능성은 없나요?" 의사가 묻는다.

대화에서 무시되는 게 화가 나서, 나 여기 있다고 한마디 하려는데, 갑자기 서랍 속에 모아두었던 알약들이 생각난다.

"없어진 약이 있으면 눈치챘을 겁니다. 주로 내가 아내에게 약을 챙겨주니까요. 잊어버리지 않도록 출근하기 전에 아침에 갖다주거든요. 들으셨는지 모르겠지만, 간호사들에겐 얘기했는데요, 아내가 조발성 치매에 걸렸을 가능성이 있습니다."

매튜와 의사가 나의 치매 가능성에 대해 말하는 동안, 혹시 내가 서랍 속 약을 나도 모르게 먹었던 건가 생각해본다. 설마 그랬을까 싶지만, 내가 얼마나 절망하고 모든 것을 잊고 싶어 했는지 돌이켜보면, 매튜가 두 알을 가져다준 후 서랍에 손을 넣어 알약을 더 꺼냈을 수도 있다. 갑자기 너무나 삶을 견딜 수 없어 무의식적으로 끝나길 원했던 걸까?

그러지 않아도 죽을 뻔한 상황에 심신이 피폐해져 있는데, 남아 있던 힘조차 다 빠져나가는 듯하다. 나는 기진맥진해 드러누우며 눈을 감는다. 솟아오르는 눈물을 감춘다.

"캐시, 괜찮아?"

"피곤해." 나는 중얼거린다.

"그냥 자게 두는 게 좋을 것 같네요." 의사가 말한다.

매튜가 뺨에 키스해준다. "내일 다시 올게."

9월 28일 월요일

결국 나는 약 먹은 걸 인정해야 했다. 내 핏속에 증거가 명백히 남아 있었기 때문에. 서랍 속에 숨겨놓았던 약을 좀 먹었다는 건 인정했지만 자살할 생각으로 모아놓았던 건 아니라고 주장했다. 그저 매튜가 집에 있을 때는 약을 먹을 필요가 없어서 거기 넣어두었을 뿐이라고.

매튜에게 왜 말하지 않았느냐고 물어서, 약을 먹으면 아무것도 할 수 없다는 상태가 된다는 걸 매튜에게 알리고 싶지 않았노라고 설명했다. 매튜는 회의적인 표정으로, 그건 사실이 아니지 않느냐고, 자기가 알기론 약을 먹어도 어느 정도까지는 활동할 수 있지 않았느냐고 물었다. 그래서 나는, 내가 그런 일을 했는지도 거의 모르고 있었다고 고쳐 대답했다. 유일하게 다행이었던 점은 내가 얼마 안 먹어서, 나의 행동이 진짜 자살보다는 도움을 요청하는 비명 같은 것으로 받아들여졌다는 점이다.

다음 날 저녁 매튜가 집으로 데려왔을 때 내가 제일 먼저 한 행동은 위층으로 올라가 서랍을 열어보는 것이었다. 약들은 사라지고 없었다. 비록 대놓고 말은 안 해도, 매튜는 내가 실수로 약을 먹었다는 걸 믿지 않는 것이었다. 우리 관계의 관 뚜껑에 또 다른 못이 하나 더 박힌 기분이 들었다. 매튜의 잘못은 아니다. 여름이 시작될 때만 해도 그저 좀 정신이 산만해 보였을 뿐이던 아내가, 여름이 끝날 때는 치매와 망상증에 걸려 자살까지 시도하게 되었다면, 내가 매튜였다고 했을 때 어떤 기분이 들지 상상도 못 하겠다.

내가 그럴 필요 없다고 했는데, 매튜는 주말까지 계속 같이 쉬겠다고 고집을 부렸다. 사실 난 매튜가 다시 출근하길 바랐다. 내가 어떻게 되어가고 있는 건지 생각을 좀 해보고 싶었기 때문이다. 약물 과용 사고로 인해, 오히려 삶이 얼마나 소중한지 깨달았고, 조금이나마 가능할 때 다시 내 삶을 찾겠다고 단단히 결심하게 되었다. 우선 나에게 새로이 처방된 파란 알약을 거부하는 것부터 시작했다. 매튜에게는 그것들 없이 해내겠다고, 어떻게든 현실 세계로 돌아가겠다고 말했다.

그런 일들이 벌어지는 와중이라, 뭐 그런 일들이 없어도 마찬가지였을 수 있지만, 레이철과 약속이 있었던 걸 잊어버리고 있었다. 그래서 금요일 저녁 레이철이 나타났을 때 나는 전혀 외출 준비가 되어 있지 않았다.

"10분만 기다려줘……." 나는 레이철을 보고 기뻐서 말했다. "기다리는 동안 매튜가 차 한잔 주겠지."

매튜는 놀란 표정으로 나를 보았다. "정말 나가려고?"

"왜 안 돼? 내가 환자도 아니고."

"그렇지만……." 매튜가 레이철을 보았다. "캐시가 병원에 있었던 건 알지?"

레이철이 놀라며 되물었다. "아니, 전혀 몰랐어. 무슨 일이 있었어?"

"내가 저녁 먹으면서 얘기해줄게." 내가 매튜를 보고 눈을 부라리며 서둘러 말했다. "오늘 저녁에 혼자 있어도 괜찮지?"

"나야 상관없지. 그저……."

"난 괜찮다니까."

레이철도 불안해하면서 물었다. "괜찮겠어, 캐시? 아팠었다면……."

"지금 나한테 필요한 게 바로 외출이었어." 나는 단호하게 대답했다.

10분 후 우리는 레이철의 차를 타고 브로버리로 향했다. 가는 동안 약물 과용 사고에 대해 말하자 레이철은 그 약들이 무의식적으로 그렇게 위험한 일을 저지르게 만들 수 있다는 데 기겁하며, 내가 다시는 그런 약을 먹지 않겠다고 맹세하자 안도했다. 다행히 레이철은 더 이상 그 얘기를 하고 싶어 하지 않는 나를 이해하고 저녁을 먹으면서는 다른 얘기를 했다.

그리고 지난 토요일, 나의 삶이 산산조각 난 지 10주가 되던 그날에, 매튜 는 그 머그잔에다 차를 갖다주었다. 월요일 오후에 그 난리를 치게 만든 바 로 그 머그잔이었다. 모든 일이 되풀이되는 듯했다. 머릿속에서 그 잔을 싱 크대 위에 두었던 모습이 선명하게 떠올랐다.

물론 내 머리를 완전히 믿을 수는 없지만, 주방을 나가며 그 잔을 식기세 척기에 넣지 않은 건 분명했다. 그렇다면 누가 넣었을까? 나 이외에 이 집 열쇠를 가진 유일한 사람은 매튜다. 하지만 매튜가 넣은 건 아니다. 늘 질서 정연한 그는 늘 세척기 뒤에서부터 식기를 넣는데, 그때 세척기는 거의 비 어 있었다. 게다가 매튜가 낮에 집에 들렀다면 왜 얘기를 하지 않았겠나. 사 실 식기를 세척기 앞쪽에서부터 넣는 사람은 바로 나다. 그리고 내가 나도 모르게 약물 과용을 했다면, 세척기에 머그잔을 넣고 기억을 못 할 가능성 도 꽤 크다.

우리는 그럭저럭 주말을 보냈다. 매튜는 내가 언제 터질지 모르는 시한폭 탄이라도 되는 것처럼 주변을 살금살금 다녔다. 오늘 아침 드디어 사무실로 탈출하게 되었을 때, 안도의 한숨을 쉬지는 않았지만, 나를 돌봐주는 게 힘 들었다는 건 짐작할 수 있다. 비록 약을 먹지 않아서 정신은 훨씬 또렷한 상 태였지만 말이다. 나의 약물 과용 사고가 매튜를 한계까지 밀어붙인 듯했 다. 그리고 이제 그는 집에서도 편히 쉴 수 없게 된 것이다.

매튜가 나가자마자 나는 일어났다. 또 말 없는 전화가 걸려오기 전에 집 을 나가고 싶었다. 그냥 받지 않았다가는 놈이 계속 전화할 것이고 결국 나 는 다시 뒤흔들릴 것이다. 하지만 오늘 나는 침착해야 한다. 다시 헤스턴으 로 제인의 남편을 보러 갈 것이기 때문이다.

헤스턴에는 쌍둥이들이 낮잠 잘 가능성이 큰 이른 오후에 도착할 계획이 기 때문에, 우선 브로버리에 들렀다. 느긋하게 아침을 먹고 나머지 시간 동 안엔 새 옷을 샀다. 이제는 맞는 옷이 없는 것 같기 때문이다.

알렉스는 현관에서 나를 보고 별로 놀라지 않는 것 같다. "다시 올 것 같왔죠. 다른 할 말도 있는 것 같았거든요."

"가라고 하면 갈게요. 하지만 그러지 않았으면 좋겠어요. 당신이 아니면 절 도와줄 사람이 없거든요."

알렉스가 거실로 안내해주며 차를 주겠다고 하지만 긴장이 많이 된 나는 거절한다.

"그럼 어떻게 도와드릴까요?"

"절 미쳤다고 할지도 몰라요." 내가 운을 뗀다. 알렉스가 아무 말이 없어 심호흡을 하고 말을 잇는다. "어쨌든 얘기할게요. 제가 제인이 살아 있는 걸 봤다고 경찰에 전화한 날, 경찰에서 전화 건 사람을 찾는다고 언론에 공지를 내보냈죠. 그다음 날 저한테 이상한 전화가 걸려왔어요. 전화를 받았는데 아무 말이 없어서 끊었죠. 처음에는 별 생각이 없었는데 다음 날 똑같은 전화가 걸려왔고 그다음에도 또 오자 겁이 나기 시작했어요. 씩씩 숨소리가 들리거나 하는 전화도 아니었어요. 그런 전화라면 대처할 수 있었겠죠. 그냥 침묵뿐이긴 했지만 저편에 누가 있는 건 알 수 있었어요. 남편한테 말했더니 그냥 랜덤 광고 전화가 잘못 걸린 거라고 했지만, 전 점점 전화벨 소리가 무서워지기 시작했어요. 왜냐하면 제인을 죽인 사람한테서 온 전화일 거라는 의심이 들었거든요."

알렉스가 헛, 하고 놀라는 소리를 내고 다시 가만히 있어서 나는 계속 말을 이었다.

"제 번호판을 봤다면 전화번호는 쉽게 알 수 있었겠죠. 제가 제인의 차 앞에 잠시 차를 세웠으니까 비가 많이 왔어도 번호를 알아볼 수 있었을 거예요. 그자가 자꾸 전화할수록 저는 점점 무서워졌어요. 제가 그 남자를 봤다고 생각하는 게 아닐까 싶었죠. 그래서 경찰에 얘기를 못 하게 하려고 경고를 보내는 거라고요. 하지만 저는 제인밖에 못 봤어요. 전화를 그냥 무시하려고도 해봤지만 내가 받을 때까지 계속, 계속 전화를 해요. 그리고 남편이 있을 때는 절대 전화를 안 하고요. 그래서 우리 집을 지켜보고 있는 게 아닌가 더 겁이 났죠. 너무 겁이 나서 고집을 부려 집에 경비 시스템까지 설치했어요. 하지만 그자는 어떻게 해선지 집에 들어와서 흔적까지 남겨요.

경찰이 예로 든 것 같은 커다란 칼을……. 다음 날에는 그자가 정원에 있는 것 같아서 혼자 겁먹고 거실로 들어가 갇히기도 했죠. 그러다가 신경쇠약이 되어 약을 먹기 시작했어요. 그래야 전화가 와도 신경을 안 쓸 수가 있으니까요. 그러다가 지난 월요일에 당신을 만나고 돌아와보니, 그자가 집에 들어왔던 것 같았어요. 뭐가 없어지거나 부서지거나 한 건 아니었지만 그자가 들어왔다는 건 알 수 있었죠. 강한 확신이 들어 경찰에 전화했지만 경찰은 아무 흔적도 찾지 못했어요. 그리고 제가 나가기 전에 밖에 놔두고 간 머그잔이 식기세척기에 들어가 있는 걸 발견했어요. 저는 바로 그게 증거라고 주장했지만 다들 절 미친 사람처럼 쳐다봤어요."

나는 다시 잠시 말을 멈추고 망설인다.

"실은 나한테 조발성 치매 증상이 있어요. 너무 많이 잊어버려서 사람들은 더 이상 제 말을 믿지 않아요. 하지만 지난 월요일에 그자가 들어왔던 건 알아요. 제가 다음 희생자가 될까 봐 너무 무서워요. 그래서…… 이제 전 어떻게 하면 되죠? 경찰도 이제는 제가 망상을 하는 거라고 생각해요. 살인자가 절 쫓고 있다고 해도 믿지 않을 거예요. 더구나 그런 전화가 온다는 것 자체를 제가 증명하지 못하고 있으니까요. 제가 미친 것 같나요?" 나는 절망적으로 덧붙인다.

알렉스는 한동안 말이 없다. 아무래도 어떻게 하면 기분 상하지 않게 나를 돌려보내나 궁리하는 것 같다.

"정말 그런 전화가 오고 있어요." 나는 책꽂이에 기대 선 알렉스를 보며 호소하듯 덧붙인다. "믿어줘요."

"믿습니다." 알렉스가 말한다.

그냥 빈말을 해주는 걸까? 나는 불안하게 알렉스를 쳐다보며 묻는다. "정말요? 왜요? 다른 사람은 아무도 안 믿는데요?"

"감이겠죠. 어쨌든 당신이 그런 말을 꾸며낼 이유가 없잖아요. 관심을 끌기 좋아하는 사람같이 보이지도 않고요. 만일 그렇다면 진작에 경찰과 언론에 갔겠죠."

"제가 망상을 하는 건 아닐까요?"

"정말 망상이라면 망상이 아닐까 하는 의심도 안 하겠죠."

"그럼 정말 제가 제인의 살인자에게서 전화를 받는다는 걸 믿는단 말이에요?"

"아뇨, 전화를 받는다는 건 믿지만 제인의 살인자가 거는 건 아닙니다."

"설마 광고 전화라는 건 아니죠?" 나는 실망감을 숨기지 못하며 다시 묻는다.

"아뇨, 분명 그것도 아닙니다. 누군가 확실히 당신을 괴롭히고 있어요."

"하지만 왜 살인자는 아니라는 거죠?"

"말이 안 되잖아요. 제인의 차 옆을 지나갈 때 정확히 뭘 봤다고 했죠? 그녀의 얼굴을 똑똑히 볼 수 있었다면 알아봤을 테지만, 그러지 못했다면서요?"

"대충은 볼 수 있었어요. 금발인 것까지는 알 수 있었죠. 하지만 그게 다예요."

"그럼 누가 그 옆에 앉아 있는 걸 봤다고 해도 컴컴할 뿐이었을 것 아니에요."

"그래요. 하지만 살인자는 그걸 모르잖아요. 제가 자기를 봤다고 생각할 수도 있죠."

알렉스가 책꽂이를 떠나 내 옆으로 와서 앉는다. "살인자가 제인 옆에 앉아 있었다면 말이지요? 경찰은 제인이 살인자를 태우고 숲길로 갔다고 생각하더군요. 만일 그랬다면 뒷좌석에 앉았을 리는 없겠죠."

"그렇죠……."

아내의 애인에 대해 온갖 얘기가 나오는 걸 듣는 기분이 어떨까…… 미안해진다.

"그리고 당신의 추측에는 문제가 하나 더 있어요. 만일 살인자가 정말 당신이 경찰에 결정적 증거를 제공할 수 있다고 생각했다면 왜 당신을 살려두겠어요? 그냥 죽이지 않고? 벌써 한 번 살인을 한 자인데 다시 못하겠어요?"

"하지만 그 전화가 살인자한테서 온 게 아니라면…… 누가 건다는 거예요?" 나는 어리둥절해서 묻는다.

"그건 당신이 알아내야죠. 장담하지만, 그 전화는 제인의 살인자가 거는 게 아닐 겁니다." 알렉스가 내 손을 잡는다. "제 말 믿어요."

"저도 얼마나 믿고 싶은지 몰라요. 제가 화요일 아침에는 뭘 했는지 알아요? 약물을 과다 복용했어요. 일부러 그런 건 아니에요. 제가 약을 잔뜩 먹고 있는 줄도 몰랐어요. 하지만 더 이상 견딜 수가 없어서 무의식적으로 그런 게 아닐까 싶어요."

"저라도 그 고통을 덜어줄 수 있다면 좋았을 텐데요. 하지만 전 제인의 죽음이 우리 가족 이외에 다른 사람에게 그런 영향을 미치리라곤 생각 못 했네요." 알렉스가 조용히 말한다.

나는 천천히 대꾸한다. "이상하네요. 그 전화가 살인자가 건 것이 아니라고 하니 안심이 되어야 하는데…… 최소한 이전에는 누군지는 알았잖아요. 이제는 그것조차 모르게 됐어요."

"이런 말까지 듣고 싶지는 않겠지만, 당신이 아는 사람일 가능성이 클 겁니다."

나는 공포에 질려 알렉스를 노려본다. "제가 아는 사람요?"

"아빠……." 그때 티셔츠를 입고 기저귀를 찬 딸아이 하나가 문간에 나타난다. 알렉스가 일어나 가서 아이를 안아드는 동안 나는 얼른 눈물을 닦는다.

"루이즈는 아직 자니?" 알렉스가 키스를 해주며 묻는다.

"룰루 자."

"무릎은 이제 괜찮니?"

내가 묻자 아이는 다리를 들어서 나에게 보여준다. 나는 웃으며 "다 나았구나. 잘됐네." 하고 대꾸한다. 그리고 알렉스에게 말한다. "이만 가볼게요. 정말, 다시 한 번 감사합니다."

"도움이 되었으면 좋겠네요."

"정말 도움이 됐어요." 그러고 나서 나는 딸아이에게 인사한다. "안녕, 샬럿."

"이름을 기억하는군요." 알렉스가 기쁜 듯 말하고 문까지 배웅한다. "제가 한 말, 생각해보세요."

"그럴게요."

"조심히 돌아가고요."

너무나 많은 감정이 소용돌이쳐서, 운전을 할 수 없을 것 같다. 나는 공원으로 가서 벤치에 잠시 앉는다. 처음 전화가 걸려온 후 지난 10주 동안 나를 괴롭히던 두려움이 좀 사라지는 것 같다. 매튜와 레이철이 살인자가 전화할 리 없다고 계속 말하긴 했지만, 둘 다 내가 그날 제인을 보았던 걸 모르니, 나의 두려움을 이해할 수 없을 거라고만 생각했다. 하지만 제인의 남편이 모든 사실을 알고 나서 내놓는 설명에는, 일리가 있다. 하지만 나를 아는 사람이 거는 전화일 거라는 설명은 어떨까?

다시 두려움이 몰려온다. 아니, 오히려 더 큰 두려움이 마음속에 자리 잡아 숨이 가쁘다. 입이 마른다. 이런저런 이름들이 머릿속에서 떠돈다. 대체 누구일까? 친구의 남편일 수도 있고 몇 달에 한 번씩 유리창 청소를 해주는 귀여운 남자일 수도 있고 경비 업체 직원일 수도, 길 앞쪽의 새 이웃 남자일 수도, 학교 학부형일 수도 있다. 내가 아는 모든 남자를 차례로 떠올려보다가 결국은 모두를 의심하게 된다. 대체 그런 짓을 왜 하는지, 납득이 되는 사람은 없다. 그저 사이코패스이기 때문일 테니, 오히려 누구든 그럴 수 있을 것 같다.

알렉스가 또 아이들과 공원에 왔다가 나를 발견하게 만들고 싶지는 않다. 이젠 정말 내가 스토커라도 되는 줄 알 테니까. 나는 공원을 나선다. 집으로 가야 한다. 하지만 또 누가 집에 들어온 걸 발견하면 어쩌지? 이미 경비 시스템은 소용없었다. 하지만 어떻게? 기술을 잘 아는 사람인가? 아니, 아예 슈피리어 시큐리티 시스템의 직원인가? 직원이 왔다 간 날 창문이 열려 있던 게 기억난다. 혹시 마음대로 드나들 수 있도록 조작해놓았던 게 아닐까? 그자가 전화를 거는 걸까?

집에 가기가 싫어 나는 다시 브로버리로 차를 몬다. 예약 없이도 받아주는 미용실로 들어간다. 다른 볼일 없이 거울 앞에 앉아 내 얼굴만 바라보게 되자 그제야 내가 지난 두 달 동안 얼마나 수척해졌는지 깨닫는다. 미용사가 어디 아팠느냐고 묻는다. 머리칼이 너무 푸석하다고. 나는 조발성 치매에 대해서도, 약물 과용에 대해서도 말하지 않는다.

미용실에서 너무 오래 있었던지, 돌아와보니 매튜의 차가 이미 들어와 있다. 차를 세우는데 매튜가 뛰어온다.

"맙소사, 어디 갔었어? 걱정했잖아." 혼비백산한 표정이다.

"브로버리에 가서 쇼핑도 하고 머리도 잘랐어."

"그래…… 다음에는 쪽지라도 남겨. 아니면 나간다고 전화를 하든지. 그렇게 멋대로 돌아다니지 말고, 캐시."

나는 발끈한다. "멋대로 돌아다닌디고?"

"무슨 말인지 알잖아."

"모르겠는데. 내가 뭘 하는지 일일이 보고하지는 않을 거야, 매튜. 예전에도 그랬고 앞으로도 그럴 거야."

"조발성 치매가 생기기 전에는 그럴 필요 없었지. 내가 사랑하는 거 알잖아, 캐시. 얼마나 걱정하는지도. 최소한 핸드폰은 가지고 다녀줘. 연락이라도 되게."

"알았어. 내일 하나 살게."

9월 29일 화요일

다음 날 아침 전화벨이 울리자, 아는 사람일 거라던 알렉스의 말이 생각나 전화를 받는다.

"누구야?" 무섭다기보다는 궁금하다. "내가 생각했던 사람이 아니지? 그럼 누구야?" 내가 묻는다.

전화를 내려놓으며 이상한 승리감을 느낀다. 하지만 경악스럽게도 곧바로 다시 전화가 걸려온다. 잠시 서서 전화를 받아야 하나 망설인다. 받지 않으면 받을 때까지 걸 것이다. 하지만 놈이 원하는 대로 해주고 싶지 않다. 순순히 전화를 받고 말없이 서 있지 않을 것이다. 더 이상은 아니다. 내 남은 인생의 소중한 몇 주, 몇 달을 이미 잃어버렸다. 더 이상 잃지 않으려면 이제는 맞서기 시작해야 한다.

결국 무너질까 두려워 나는 정원으로 나간다. 전화벨 소리가 들리지 않게. 아예 전화선을 뽑아버릴까도 생각하지만, 놈을 이 이상 화나게 만들고 싶지는 않다. 또 다른 방법은 하루 종일 나가 있다가 매튜가 퇴근할 때 돌아오는 것이다. 하지만 내 집에서 쫓겨나는 데도 질렸다. 신경을 분산시킬 일을 찾아야 한다.

전정가위가 눈에 띈다. 두 달 전 놓아둔 그 자리에 그대로 있다. 한나와 앤디가 와서 바비큐를 먹고 간 날이다. 창턱에는 장갑도 놓여 있다. 가지치기라도 좀 해보기로 한다. 장미들 모양을 내는 데 한 시간 정도 들인다. 그러고 나서 점심시간까지 열심히 잡초를 뽑는다. 누군지는 모르겠지만 전화하는 사람은 헛된 노력에 쓸 시간이 정말 많은가 보다. 지금쯤은 내가 전화를 안 받으리라는 걸 알 수 있을 텐데 말이다. 어떤 인간인지 상상을 해본다. 인간관계를 맺지 못하는 외톨이라는 가정을 하면 안 될 것이다. 지역 유지일 수도, 가정적인 남자일 수도, 부유하고 친구도 많은 남자일 수도 있다. 지금 확신하는 한 가지는 내가 아는 사람이라는 것인데, 왠지 더 무서워야 할 것 같지만 그렇지가 않다.

살인 사건이 아니었다면 처음부터 그 전화를 고분고분 받지도 않았을 거라는 생각이 든다. 아예 비웃어주었을지도 모른다. 한심한 놈이라고 하면서, 자꾸 전화하면 경찰에 알리겠다고 말이다. 경찰에 알리지 않은 유일한 이유는, 놈이 살인자인 줄 알았기 때문이다. 너무 무서워서 마비가 되었던 거다. 놈을 이렇게 오래 그냥 내버려두었다는 생각에, 놈의 정체를 밝혀야겠다고 마음을 다잡는다.

1시가 되자, 점점 뜸해지던 전화가 갑자기 뚝 그친다. 점심이라도 먹으러 간 것처럼. 아니면 하도 전화 버튼을 눌러대다가 건초염이라도 걸렸는지 모르지. 나도 놈을 흉내 내 점심을 만들어 먹는다. 혼자 집에서 이렇게 오래

버텼다는 게 기쁘다. 하지만 2시 30분까지 놈이 다시 전화를 하지 않자 슬슬 불안해진다. 놈의 정체를 밝히기로 마음은 다잡았지만 아직은 준비가 되지 않았다.

혹시나 놈이 직접 와보려 할 경우 나 자신을 보호해야겠어서, 창고로 가 괭이, 갈퀴, 전정가위를 꺼낸다. 그리고 상대적으로 좀 안전하게 느껴지는 집 앞쪽으로 간다. 화단에서 시든 꽃들을 잘라내고 있는데, 전직 조종사였다는 저쪽 집 사람이 지나가며, 이번에는 안녕하세요, 하고 인사를 한다. 그동안은 그가 나타나면 공포에 질리기만 했는데, 이번에는 그를 마주 보며 찬찬히 뜯어본다. 어제 알렉스와 대화한 덕분인지, 이번엔 겁나지 않는다. 남자는 전혀 사악해 보이지 않고 오히려 슬퍼 보인다. 그래서 나도 안녕하세요, 대답해준다.

한 시간가량 정원 일을 더 하며 전화를 기다려보다가, 선베드를 집 옆으로 가져가서 매튜가 올 때가지 쉬기로 한다. 하지만 긴장이 풀리지 않는다. 내 삶을 되찾고 싶지만, 나를 괴롭히는 놈이 누구인지 알아내기 전까지는 그럴 수 없을 것이다. 그러기 위해서는 도움이 필요하다.

나는 현관으로 들어가 레이철에게 전화를 건다. "오늘 일 끝나고 만날 수 있을까?"

"무슨 일 있니?"

"아니, 그저 도와줬으면 하는 일이 좀 있어서."

"그거 반가운 소리네! 캐슬웰스에서 만날까? 하지만 6시 30분은 돼야 갈 텐데. 그래도 괜찮아?"

나는 잠시 망설인다. 캐슬웰스 주차장에서 차를 잃어버린 이후 다시 간 적이 없다. 하지만 레이철이 직장에서 10분 거리인 캐슬웰스를 놔두고 매번 브로버리로 와주길 바랄 수는 없다.

"점박이 암소?"

"거기서 봐."

나는 매튜에게 새 핸드폰을 사러 나간다고 쪽지를 남기고 캐슬웰스로 간다. 주차 빌딩에 다시 가기는 싫어서 작은 주차장에 차를 세우고 상가로 간다. 점박이 암소를 지나가는데, 창문 안에 사람들이 벌써 붐비는 것이 보이고, 레이철이 중간쯤 자리에 앉아 있다. 왜 한 시간이나 일찍 와 있나 의아해하는데, 누가 다가와 같은 자리에 앉는다. 다름 아닌 존이다.

나는 깜짝 놀라 황급히 고개를 숙이고 뒤로 물러선다. 다행히 둘 다 나를 못 본 것 같다. 나는 머리가 너무 혼란스럽지만, 그저 둘이 만날 줄 예상을 못 했기 때문일 뿐이다. 그런데 사실인가? 둘이 만나는 건가? 둘이 만났을 때 어땠는지 다시 떠올려본다. 분명 편안해 보였다. 그런데 사귄다고? 생각해보니 말이 되는 것 같다. 둘 다 똑똑하고 매력적이고 재미있다. 둘이 데이트를 하게 되면 많이 웃고 마실 것 같다. 그러자 슬퍼진다. 왜 나한테 아무 말도 안 했을까? 더구나 레이철이⋯⋯.

나는 둘이 커플인 게 마음에 들지 않는 것 같다. 내가 레이철을 깊이 사랑하긴 해도, 존은 레이철과 진정으로 행복하기엔 너무 순한 사람이다. 너무 어리기도 하고. 이렇게 생각하는 내가 싫어진다. 이렇게 미리 눈치챘으니, 레이철이 나를 만나 얘기하기로 결심했을 경우에 준비가 되어 있어서 다행이다. 물론 둘이 사귀는 게 아닐지도 모른다. 아니면 지금은 예전 연인으로서 만난 걸 수도 있다. 그럴 경우 레이철은 얘기하지 않을 거다. 생각해보면 레이철은 잠깐 만나는 사람 얘기는 나한테 거의 하지 않는다.

생각에 빠져 걷다 보니, 핸드폰 가게가 있는 곳과 반대쪽으로 가고 있다. 그래서 길을 건너 다시 중심가 쪽으로 가며, 점박이 암소는 피한다. 좀 더 가다 보니 아기 용품점이 나온다. 임신한 척했던 기억이 떠올라 창피함에 얼굴이 붉어진다. 하지만 내가 다시 삶을 되찾으려면, 바로잡아야 하는 일이다. 나는 계산대로 간다. 고맙게도 가게는 비었고, 그때 젊은 여성이 그대로 점원으로 있다.

"저 기억할지 모르겠네요."

점원이 의아한 눈으로 본다.

"두 달 전에 와서 아기 잠옷을 사 갔어요."

"물론 기억하죠. 저랑 비슷한 때가 출산일이었잖아요." 점원은 내 배를 내려다보고 전혀 부르지 않은 것을 보더니 당황한다. "어⋯⋯ 죄송해요."

"괜찮아요. 전 사실 임신 안 했어요. 한 줄 알았는데 아니었죠." 나는 황급히 말한다.

점원이 동정 어린 표정으로 쳐다본다. "상상 임신이었어요?"

나는 최소한의 자존심은 지킬 수 있을 것 같아, 내가 너무 간절히 바라서 그렇게 됐나 보다고 대답한다.

"곧 정말 임신할 수 있을 거예요."

"그랬으면 좋겠네요."

"이런 말씀 드려도 될지……. 실은 저도 아직 유모차 사기에는 이르지 않을까 생각했었거든요. 혹시 원하시면 제가 매니저에게 물어봐서, 약간의 수수료만 제하고 환불받을 수 있게 해드릴까요?"

"유모차 환불받으려고 온 건 아니에요. 갖고 있어서 좋은걸요. 그저 인사를 하고 싶어 들렀어요."

"그러셨다니 감사하네요."

나는 인사를 하고 문으로 간다. 기분이 얼마나 좋은지 놀라울 정도다.

"그런데 유모차는 맞게 배달되었죠? 남색이었죠?"

"네." 나는 웃으며 대답한다.

"정말 다행이에요. 제가 잘못 기억했던 거면 친구분이 절 가만두지 않았을 거예요."

나는 거리로 내려선다. 점원의 말이 귀를 울린다. **친구분.** 내가 잘못 들었나? 나랑 같이 가게에 있던 부부를 말하는 건가? 그날 내가 가게를 나가고 나서, 내가 어떤 유모차를 주문했는지 헷갈려서 그 부부에게 내가 원하는 게 파란 건지 물어보았던 걸까? 하지만 점원은 '친구분'이라고 말했다. '그 부부'가 아니었다. 점원은 우리가 우연히 가게에서 만난 사이라는 걸 분명 알고 있다. 그렇다면 누구를 말하는 거지?

진실과 정면으로 맞닥뜨렸는데도, 믿지를 못하겠다. 그날 내가 이 가게에 들렀던 걸 아는 사람은 존뿐이다. 내가 황당해할 것이 뻔한데 존이 나에게 유모차를 보냈을 리 없다. 다시 머릿속이 너무 혼란스럽다. 나는 다시 길을 건너 코스타스로 간다. 두 달 전 아기 용품점에서 마주친 후 존과 함께 갔던 곳이다. 나는 커피를 주문하고 창가에 앉는다. 나는 건너편 가게를 뚫어지게 쳐다보며 무슨 일이 있었던 건지 머릿속을 정리하려 애쓴다.

별일 아니었을 수도 있다. 존은 늘 나에게 지나치게 잘해주었으니까. 존이 나랑 헤어지고 나서 아기 용품점으로 가서, 나에게 들은 잠옷 얘기를 했을 테고, 점원은 내가 임신한 얘기를 했을 테고, 당연히 내 소식을 듣고 기쁜 존은 나에게 선물을 사주고 싶어 했을 것이다.

하지만 유모차처럼 비싼 걸 선물한다고? 게다가 선물이었다면, 왜 익명으로 보낸단 말인가? 그리고 얼마 뒤 브로버리에서 만났을 때, 나의 임신이나 유모차에 대해 왜 아무 말 안 했지? 자기 행동이 쑥스러워서? 전부 말이안 된다.

다른 설명도 있다. 별일 아니었던 게 전혀 아닌 거다. 심장박동이 빨라지기 시작한다. 그날 존이 나를 따라왔던 건가? 브로버리에서 내 차 창문을 두드릴 때도? 생각해보면, 열흘 동안 두 번이나 우연히 마주치는 건 드문 일이다. 나를 겁주려고 일부러 익명으로 유모차를 보낸 건가? 그때 존은 나의 치매에 대해 몰랐을 텐데, 내가 스스로 보내놓고 기억 못 한다고 생각할 줄은몰랐을 것이다. 브로버리에서 점심을 먹으면서 치매에 대해 말했으니까. 게다가 존이 왜 그런 짓을 하겠나? 머릿속에서 작은 목소리가 속삭이는 듯하다. 나를 사랑하니까? 그리고 심장이 아플 정도로 쿵쿵거린다. 나를 미워할 정도로 사랑한다고?

존이 그 말 없는 전화들을 걸었다고 생각하니 속이 울렁거린다. 존은 내가 제인의 살인 사건 이후 얼마나 괴로워하는지, 고립된 우리 집 때문에 무서워하는지 알고 있었다. 심지어 존은 다른 집들이 근처에 있지 않느냐고물어보았다. 우리 집에 온 적도 없는데, 어떻게 알지? 갑자기 너무 화가 나서 그대로 점박이 암소로 달려가 레이철 앞에 있는 그에게 따지고 싶은 걸간신히 참는다. 하지만 그러기 전에 먼저, 모든 것을 꼼꼼히 확인해두어야한다.

머릿속에서 모든 일들을 따져본다. 모든 면에서 살펴봐도, 사실이라 믿고싶지 않아도, 전화로 나를 고문하던 자를 찾아낸 게 너무나 명백해 보인다.

생각해보면, 지난 7월, 내가 전화에 대고 나 좀 내버려두라고 소리를 질렀을 때, 존은 놀란 척하며 자신을 밝혔다. 그러나 실은 계속 존이었던 것이다.

내가 사과하며 콜센터에서 성가신 전화를 걸어왔다고 했다. 그때 존은 코니와 같이 한잔하자고 전화했다는 핑계를 대며 혼자 웃었음이 분명하다. 나는 매튜가 휴가를 내기로 해서 힘들 거라 했고, 그때는 전화가 오지 않았다. 심지어 타이밍도 딱 맞는다. 학교도 방학을 했고, 존은 여름 내내 나를 겁주는 데 혼신의 힘을 쏟았던 것이다. 하지만 너무 이상하다. 오늘 아침만 해도 누가 존이 말 없는 전화의 주인공이라고 했다면, 나는 그 자리에서 웃어버렸을 것이다.

그러다가 한 가지가 또 떠오르며, 머리를 망치로 얻어맞은 듯하다. 제인이 죽던 날, 존은 코니네로 돌아가지 않았다. 게다가 존은 제인과 테니스를 치던 사이였다고 한다. 본인이 직접 말했다. 둘이 애인이었을까? 그날 밤 코니네로 돌아가는 대신 제인을 만났던 거고? 그럼 존이 제인을 죽였다? 그럴 리가……. 그때, 아무도 만나본 적 없는 존의 여자친구에 대해 존이 한 말이 또 생각난다. 헤어졌다고 했지.

레이철은 어떻게 된 거지? 만일 존과 사귀고 있다면 레이철도 위험하다. 하지만 레이철도 존이 한 짓을 알고 있다면……. 숨이 쉬어지지 않는다. 머릿속에서 너무나 많은 시나리오들이 펼쳐져, 점박이 암소로 가기는커녕 그냥 집으로 돌아가고 싶어진다. 시계를 보니 결정할 시간이 아직 15분 남았다.

결국 레이철을 만나기로 결정한다. 거기까지 걷는 동안 모든 가능성에 대비해 마음을 단단히 먹는다. 존이 레이철과 함께 있을 수도 있다. 레이철이 존에 대해 말해줄 수도 있다. 만일 레이철이 존에 대해 아무 말도 하지 않는다면, 내가 먼저 끔찍한 가능성에 대해 말해야 할까? 심지어 나 자신도 믿을 수가 없는 터무니없는 사실을?

펍에 도착했을 때는 너무 붐벼서 레이철이 한 시간 일찍 와 있지 않았더라면 우리는 자리에 못 앉을 뻔했다.

"좀 조용한 자리는 없었어?" 나는 농담을 시도해본다. 우리는 프랑스 학생들에게 둘러싸인 듯하다.

레이철이 포옹하며 말한다. "나도 방금 도착했어. 이 자리를 차지한 것만도 행운이지."

거짓말을 듣자 속에서 뭔가 꿈틀거린다.

"내가 마실 것 가지고 올게. 뭐 마실래?" 내가 제안한다.

"와인 조금만. 운전해야 하니까."

바에서 와인을 기다리는 동안, 레이철이 왜 만나자고 했느냐고 물으면 뭐라고 해야 할지 생각해본다. 이미 말 없는 전화의 주인공은 알게 되었으니 전화를 추적하는 데 도움을 받을 필요가 없다. 혹시 존이 아니라면 모를까⋯⋯. 혹시 내가 점원의 말을 잘못 이해하고 혼자 망상을 시작한 거라면 모를까⋯⋯.

"그래서 무슨 일이야?"

내가 앉자 레이철이 묻는다.

"매튜 때문에."

"왜? 무슨 일 있었어?"

"아니. 매튜의 생일이라, 뭔가 특별한 걸 해주고 싶거든. 최근에 나 때문에 고생을 너무 해서 보답하고 싶어. 혹시 뭔가 좋은 아이디어 없어? 넌 이런 거 잘 알잖아."

"생일이 언젠데 이 야단이야?" 레이철이 눈살을 찌푸린다.

"내가 요즘 좀 정신이 없으니까 그렇지. 혹시 계획 세우는 데 도와줄 수 있을까? 잊어버려도 레이철이 알려줄 테니까."

"알았어. 뭘 했으면 좋겠는데? 주말여행? 열기구 비행? 스카이 다이빙? 요리 강습?"

"다 근사해 보인다. 요리 강습만 빼고."

그렇게 30분가량 레이철은 아이디어를 줄줄이 내놓는다. 나는 어차피 생각이 다른 곳에 가 있기 때문에 모두 좋다고 한다.

"전부 다 해줄 수는 없어. 돈이 얼마가 들어도 상관없다면 모를까." 레이철이 짜증을 낸다.

"좋은 아이디어가 너무 많아서 그렇지." 내가 고마운 척 대꾸한다. "레이철은 일요일 이후 어떻게 지냈어?"

"똑같지 뭐."

"시에나에서 만났던 남자 얘기는 안 해줄 거야?"

"알피…… 근데 미안, 화장실 좀." 레이철이 일어선다.

레이철이 화장실 간 동안 존 이야기를 어떻게든 꺼내보기로 결심한다.

하지만 레이철은 돌아와서 자리에 앉는 대신 그냥 서서 말한다. "캐시, 미안하지만 나 이만 가야 될 것 같아. 내일 바쁜 일이 있어서 준비할 게 있거든."

"응, 그래." 나는 놀라서 대답한다. "나도 가야겠지만 운전하기 전에 커피 한잔 마셔야 할 것 같아."

"주중에 나시 날 잡자." 레이철이 작별 포옹을 한다.

프랑스 학생들을 밀치며 떠나가는 레이철의 뒷모습을 나는 의아하게 쳐다본다. 만났다가 이렇게 서둘러 가버리는 모습을 처음 보기 때문이다. 존을 만나러 가는 건가? 혹시 어디서 기다리고 있을까?

레이철이 막 문을 나서는데, 프랑스 학생 중 하나가 소리를 친다. 여학생이 레이철을 부르고 있다. "마담, 마담!" 하지만 레이철은 그냥 가버린다. 그러자 여학생은 옆자리 남학생과 실랑이를 시작하고 나는 고개를 돌려 웨이트리스를 보고 커피를 부탁한다.

"실례합니다." 다시 고개를 돌려보니 여학생이 걱정스러운 표정으로 내 앞에 서 있다. 손에는 작은 검정 핸드폰을 들고 있다. "미안하지만 제 친구가 친구분 가방에서 이걸 꺼냈어요."

나는 핸드폰을 보며 대답한다. "아뇨, 제 친구 게 아닌데요. 내 친구는 아이폰을 써요."

"아니에요. 저기 제 친구가……." 여학생이 주장하며 그녀와 실랑이를 벌인 남자애를 가리켜 보인다. "쟤가 그분 가방에서 꺼냈어요."

"왜 그런 거죠?" 나는 인상을 찌푸리며 묻는다.

"**도발**을 한 거예요. 아주 나쁜 장난이죠. 돌려주려고 했는데, 금방 뺏을 수가 없어서……. 하지만 이제 뺏었으니 돌려드리는 거예요."

남자애를 쳐다보니 씩 웃으면서 손을 합장하고 까딱 고개를 숙인다.

"정말 못됐죠."

"그러네요. 하지만 아무래도 제 친구 것 같지가 않은데. 다른 사람으로 착각한 거 아니에요?"

여자애가 남자애에게 다시 가서 프랑스어로 잠깐 뭐라고 하자 그 자리의 모두가 동의하며 고개를 끄덕인다.

여자애가 다시 와서 말한다. "맞아요. 친구분이 쟤를 밀칠 때 쟤가 그 가방에서 꺼냈대요. 만일 받고 싶지 않으시면 바텐더에게 줄게요."

"아니, 받을게요. 고마워요. 꼭 돌려주죠. 친구가 제 물건은 안 건드렸으면 좋겠네요."

여자애가 서둘러 대답한다. "아니, 안 그럴 거예요."

"그렇담 고마워요."

여자애는 다시 친구들에게 돌아가고 나는 손안의 핸드폰을 살펴본다. 구형 폴더 기종이고, 선불폰 같다. 이런 게 레이철 것일 리 없는데. 존이 레이철에게 주었나? 주변 모든 것이 점차 빙글빙글 도는 듯하다. 이제 누구를 믿어야 할지 모르겠다. 나 자신조차.

핸드폰을 열어본다. 주소록으로 들어간다. 등록된 번호는 하나뿐이다. 나는 잠시 망설인다. 내가 정말 이 번호를 누르고 싶은 걸까? 스토커가 된 기분이다. 하지만 이게 레이철 핸드폰인지도 확실하지 않다. 어쨌든 내가 말을 할 필요는 없다. 그저 상대의 목소리를 들으면 된다.

예감으로 울렁이는 속을 억누르고, 나는 전화를 건다. 바로 받는다. "대체 왜 전화를 하는 거야? 문자만 보내기로 했잖아!"

말을 하려 했다고 해도, 말을 할 수가 없었을 것이다. 나는 숨이 콱 막힌다.

그때 왁자하게 일어서는 프랑스 학생들 소리에 정신이 퍼뜩 든다. 나는 손에 들린 핸드폰을 내려다본다. 그리고 충격에 빠져 전화를 끊는 걸 한동안 잊어버렸음을 깨닫는다. 어쨌든 전화는 끊어져 있다.

나는 미친 듯 머리를 굴린다. 핸드폰이 열린 몇 분 동안, 뭔가 내 정체가 드러날 만한 소리가 들렸을까? 하지만 상대방은 내 주변 소리만 들었을 것이다. 나의 미친 듯한 심장박동 소리가 들렸을 리는 없다. 아예 그 전에 끊었을지도 모르지, 뭔가 이상하다는 걸 깨달았을 테니.

커피가 와서 황급히 마신다. 매튜가 의아해하고 있을 것이다. 쪽지에다 레이철을 만난다는 말은 안 했으니까. 나는 서둘러 자동차로 가서 레이철의 핸드폰을 조수석 글러브박스 깊숙한 쪽에 숨긴다. 최대한 빨리 집으로 돌아가고 싶지만, 세상 무슨 일이 있어도 블랙워터 길로 가는 일은 없을 것이다. 대신 액셀을 끝까지 밟는다. 머릿속은 다른 생각으로 꽉 차 있다. 레이철이 분명 전화할 텐데, 뭐라고 해야 하나.

"쪽지는 봤지만 이렇게 늦게 올 줄 몰랐네." 매튜가 투덜거리며 주방으로 들어서는 나에게 키스를 한다.

"미안, 레이철 만나서 잠깐 한잔했어." 주방은 밖에 비해 시원하고 토스트 냄새가 희미하게 난다.

"아, 그랬군. 핸드폰은 샀어?"

"아니, 뭘 사야 할지 모르겠더라고. 내일은 꼭 살게."

"인터넷으로 찾아보든지. 그리고 레이철이 전화했어. 전화 달라고 하더라."

나는 심장이 쿵 내려앉는다. "좀 이따 할게. 샤워 먼저 하고. 밖이 너무 더워서."

"꽤 급해 보이던데."

"그럼 먼저 해야겠네."

나는 복도에 있는 핸드폰을 가지고 주방으로 다시 간다. 전화를 거는데 매튜가 와인 줄까 하고 묻는다. 병은 이미 따놓았다. 나는 고개를 끄덕인다.

"안녕, 캐시." 이렇게 동요하는 레이철의 목소리는 처음 듣는다. 숨기려 애를 쓰는 것 같긴 하지만.

"전화하라고 했다며."

"응. 있지. 혹시 내가 펍에서 나간 다음에 누구 핸드폰 주웠다는 사람 없었어? 내가 어디 떨어뜨린 것 같아."

"나 지금 네 핸드폰에다 전화한 건데?" 내가 침착하게 대답한다.

"내 핸드폰이 아니었어. 친구 걸 대신 맡아주고 있었거든. 내 백에서 떨어졌든지 했나 봐."

친구. 그 단어가 머릿속을 메아리친다. "혹시 점박이 암소에는 전화해 봤어?"

"응, 주운 사람이 없대."

"잠깐, 그거 혹시 검은색 작은 핸드폰이야?"

"응, 맞아. 봤어?"

"지금쯤 해협을 건너고 있을걸. 아까 프랑스 학생들 기억나지? 우리 주변에 앉아 있던. 네가 간 다음에 작은 검정 핸드폰을 가지고 서로 던지고 뺏고 하더라고. 그때는 그 애들 중 하나 거라고 생각했는데."

소름 끼치는 침묵이 잠시 흐른다. "확실해?"

"응. 한참 가지고 놀더라고. 정말 구형이라서, 레이철 친구 거라고 생각하기 힘들었네. 요즘 누가 그런 핸드폰을 써."

"아직 펍에 있을까? 그 프랑스 학생들?"

레이철이 캐슬웰스로 다시 달려간다고 생각하니 너무 고소하다.

"내가 나올 때는 있었어. 일어날 생각이 없어 보이던데."

레이철이 다시 가도 그 애들은 떠난 지 한참 후일 것이다. 내가 나갈 때 이미 일어서고 있었으니까.

"그럼 얼른 다시 가봐야겠다."

"행운을 빈다, 꼭 찾길."

나는 수화기를 내려놓으며, 그럭저럭 처리한 데 안도한다.

"무슨 일이야?" 매튜가 묻는다.

"레이철이 펍에서 핸드폰을 잃어버렸대. 프랑스 학생들이 가져간 것 같아서 지금 찾으러 간다고."

"그렇군."

"오늘 뭘 먹고 싶어? 스테이크는 어때?"

"실은 앤디가 전화해서 펍에서 맥주 한잔하자고 했어. 그래도 될까?"

"그럼, 가봐. 거기서 저녁 먹게?"

"응, 당신 혼자 먹어도 되지?"

나는 팔을 들어 기지개를 켠다. "난 그냥 일찍 잘까 봐."

"들어와서 깨우지 않도록 조심할게."

나는 현관으로 가는 매튜를 보며 말한다. "사랑해."

"내가 더 사랑해." 매튜가 돌아보며 미소를 짓는다.

나는 자동차가 나갈 때까지 기다리고 나서도 좀 더 기다린다. 그러고 나서 서둘러 내 차로 가서 핸드폰을 꺼낸다. 레이철이 어떤 친구 대신 맡아주고 있었다는 그 핸드폰을.

다시 집으로 들어가 기실에 앉는다. 너무 떨려 열어볼 수가 없다. 나는 문자로 들어가본다. 가장 최근에 받은 메시지를 본다. 레이철이 점박이 암소를 떠나기 직전이다.

〉화요일 19:51
조금만 더 참아
거의 끝이 보여, 약속해

그러고 바로 전 메시지를 본다. 레이철의 마지막 메시지, 아마도 화장실에서 보냈을 것이다.

화요일 19:50
경보 해제, 신경 쓸 필요 전혀 없었네
이제 가려고, 진짜 질려서
정말 끝이 나는 건지 의문이 들기 시작 :(

그러고 오늘 저녁 일찍 받은 문자.

〉화요일 18:25
나중에 알려줘

화요일 18:24
작업 성공, 악평의 씨앗이 뿌려짐
그 사람한테, 교장에게 말해달라고 했으니
곧 뿌리를 내리겠지
지금은 걔 기다리고 있어

그리고 오늘 아침에 주고받은 문자들.

〉화요일 10:09
문제가 생겼어
오늘 아침 전화했더니 나보고
살인자가 아닌 걸 안다고 하더라

화요일 10:09
젠장, 뭔 소리야?

〉화요일 10:10
겁먹을 필요 없어

화요일 10:10
어쩌려고?

〉화요일 10:10
다시 전화해야지
전처럼 진을 빼놓아야겠어

화요일 10:52
어떻게 됐어?

〉화요일 10:53
전화를 안 받아

화요일 10:53
나간 거 아냐?

〉화요일 10:53
아닐 거야

화요일 10:53
계속 해봐

〉화요일 10:54
그래야지

화요일 16:17
있지, 방금 걔가 전화했어, 얘기 좀 하재
무슨 일일까?

〉화요일 16:19
오늘 아침 전화 때문이겠지
최대한 알아내

화요일 16:21
점박이 암소에서 보기로

미리 가서 존을 만날 거야
한 번에 두 마리 새를 잡아야지

그러다가 나는 문자를 처음부터 보면 훨씬 파악이 빠르겠다는 걸 깨닫는다. 쭉 위로 올려보니 7월 17일부터 시작된다. 내가 블랙워터 길로 차를 몰아 제인을 본 날이다.

>7월 17일 21:31
잘 받았어?

7월 17일 21:31
응 :)

>7월 17일 21:31
좋아, 명심해, 전화 말고 문자만
나 혼자 있는 게 확실할 때도
이 핸드폰은 늘 가지고 다니는 게 중요해
밤에 걔가 잠들면 전화할게

7월 17일 21:32
앞으로 몇 달 못 보다니 힘들 거야

>7월 17일 21:32
돈을 생각해봐
당신에게 일부라도 줬다면 이렇게까지 됐겠어
이젠 우리가 다 가질 거야

7월 17일 21:32

잘될까?

〉7월 17일 21:33
물론이지, 벌써 얼마나 잘 먹히는지 봐
벌써 자기가 건망증이 있다고 생각하고 있어
지금까지는 사소한 것들이었지만
이제부턴 정말 머릿속을 휘저어놔야지

7월 17일 21:33
잘돼야 될 텐데, 나중에 수지 선물 문자 보낼게
먹히면 반은 성공한 거나 다름없어

❖

〉7월 18일 10:46
좋은 아침!
그녀가 널 만나러 간다는 거 알려주려고

7월 18일 10:46
기다리고 있어
걔가 수지 선물 얘기했어?

〉7월 18일 10:47
아니 하지만 신경이 곤두서 있는 듯

7월 18일 10:47
내 문자가 먹힌 거겠지?
이 근처에서 여자가 죽었다는 얘기 들었어?

〉7월 18일 10:47
그래 끔찍하더라
경과 알려줘

7월 18일 12:56
세상에 이렇게 잘돼갈 수가!
지금 집으로 가고 있어

〉7월 18일 12:56
벌써? 같이 점심 먹는 줄 알았는데

7월 18일 12:56
입맛이 없다나 :)

〉7월 18일 12:57
그 정도로 잘 먹힐 줄이야

7월 18일 12:57
이보다 더 잘될 순 없지,
완전히 무너져 내리던데

〉7월 18일 12:58
정말 자기가 선물을 잊어버렸다고 믿는 거야?

7월 18일 12:58
그 선물 생각해낸 게 너였다고 내가 그랬거든
기억나는 척하는 모습이 어찌나 웃기던지
돈은 넣어뒀어? 걔가 확인할 거야

>7월 18일 12:58
서랍에 160

7월 18일 12:59
빙고!

문자를 다 읽는 데 한 시간쯤 걸린다. 그러고 나서 처음 읽은, 레이철이 점박이 암소 화장실에서 보낸 문자를 본다. 대부분 눈물로 흐릿해진 채 읽었지만, 몇몇 문자들은 한참 뒤에도 뇌에 낙인처럼 남아 있다. 이것만으로도 진실은 충분히 드러났지만, 차마 진실을 마주 볼 수가 없을 것 같다. 나를 파괴할 진실이라는 것을 알기에. 하지만 내가 지난 세 달 동안 경험했던 일을 돌아보면, 그런 일들을 겪고도 아직 이렇게 버티고 있는 걸 보면, 나는 생각보다 강한 사람인 것 같다.

나는 눈을 감고, 언제부터 매튜와 레이철의 불륜이 시작되었을까 생각해 본다. 둘이 처음 만났을 때를 돌이켜본다. 내 삶에 매튜가 나타난 지 한 달 정도 되었을 때다. 나는 이미 사랑에 빠져 있었고 레이철이 매튜를 좋아하길 정말 바랐다. 하지만 둘은 그다지 잘 지내지 못했다. 혹은 당시엔 그렇게 보였다. 서로에게 바로 끌렸는데, 그걸 숨기느라 서먹한 척했는지도 모른다. 얼마 지나지 않아, 심지어 매튜와 내가 결혼도 하기 전에 둘은 불륜이 되었을 수 있다.

우리의 결혼이 매튜에겐 사기였을 뿐이라면 너무 괴롭다. 내 돈을 손에 넣기 위한 수단일 뿐이었다면……. 매튜가 나를 진짜 사랑했고 내 돈에 눈이 먼 건 그 후라고 믿고 싶다. 그를 꼬드긴 것은 레이철이었다고. 하지만 지금으로선 알 수 없다.

나는 몇 시간 동안 백 살은 늙은 기분으로 천천히 일어선다. 레이철의 핸드폰을 손에 계속 쥐고 있다. 매튜가 돌아오기 전에 숨겨야 한다. 물론 앤디랑 만나진 않겠지. 그토록 많은 범죄 증거가 들어 있는 작고 검은 핸드폰을 찾는 걸 돕고 있을 것이다. 거실을 둘러보다가, 창턱에 늘어선 난초 화분에 눈이 멎는다. 내 핸드폰이 아직 저 속에 있을 것이다. 나는 그리로 가서 다른 화분을 들어낸 다음, 레이철의 핸드폰을 넣고 다시 난초를 넣는다. 그리고 침실로 간다.

❖

매튜의 차가 들어오는 소리를 듣고 나서야 내가 처한 위험을 깨닫는다. 혹시 레이철과 매튜가 프랑스 학생들을 발견하게 되었다면, 내가 핸드폰을 가져간 것을 알리라. 나는 이불을 확 젖히고 침대에서 뛰어내린다. 핸드폰을 가지고 경찰서로 가는 대신 침대로 들어가 누웠다는 게 믿어지질 않는다. 하지만 너무 멍하고 기진한 상태라 제대로 생각할 수 없었다. 지금은 너무 늦었다. 핸드폰도 없고 집전화는 아래층에 있는데, 경찰을 부를 방법이 없다.

차 문이 쾅 닫히는 소리를 듣고 소스라치며 욕실로 들어간다. 뭔가 무기로 쓸 만한 게 없는지 찾아본다. 욕실장을 열자 손톱깎이가 눈에 띄지만 그걸로는 안 될 것 같다.

매튜의 열쇠가 짤랑거리며 현관문이 열린다. 나는 공포에 질려 헤어스프레이 통을 잡아채고 다시 침대로 뛰어든다. 스프레이 통을 베개 밑에 넣고 뚜껑을 벗긴다. 그러고 나서 문을 바라보며 누워 눈을 감고 자는 척한다. 손에는 통을 꼭 쥐고서.

영수증이 줄줄 출력되듯이, 문자 메시지들이 머릿속에서 불쑥불쑥 튀어나온다.

9월 20일 11:45
지루해

〉9월 20일 11:51
여기 와서 돌아가는 꼴 한번 보면 어때?

새로운 상황도 있어

9월 20일 11:51
정말?
우리가 마주치는 거 싫어했잖아

〉9월 20일 11:51
이번은 예외로 하지
당신이 좀 캐물어야 할 것도 같고

9월 20일 11:51
뭘?

〉9월 20일 11:52
주중에는 완전히 맛이 가면서 주말에는 왜 멀쩡한지

9월 20일 11:52
알았어, 몇 시?

〉9월 20일 11:53
오후 2시

9월 20일 23:47
오늘 오후에 복도에서 키스한 건 너무 위험했어

〉9월 20일 23:47
그럴 가치가 있었지
뭐 좀 알아냈어?

9월 20일 23:47
주말에는 약 안 먹는대
약효가 얼마나 강한지 당신에게 보여주기 싫대
받은 약은 서랍에 숨긴다면서
당신이 오렌지 주스에 넣는 2알만 먹는 거지

〉9월 20일 23:49
어느 서랍이라는 말은 했어?

9월 20일 23:49
침대 옆

〉9월 20일 23:49
잠깐만, 찾아보고 올게

〉9월 20일 23:53
11알 찾았어
끝내주는 생각도 났고

9월 20일 23:53
뭔데? 뭔데?

〉9월 20일 23:54
약물 과용

9월 20일 23:54
설마!!! 미쳤어!!!

>9월 20일 23:54
자살 시도처럼 보이게 만들려고
공식적으로 불안정한 사람을 만드는 거지

9월 20일 23:55
그러다 죽으면?

>9월 20일 23:55
우리 문제가 해결되겠지
하지만 안 죽어, 조사 더 해볼 테니 걱정 마

계단을 올라오는 매튜의 조용한 발소리 하나하나에 내 심장 소리가 점점 커지는 듯하다. 마침내 그가 들어오자 마구 쿵쿵거린다. 내 침대 발치에 서 있는 그에게 그 소리가 들릴 것만 같고 이불 아래서 내 몸이 떨리는 게 보일 것 같다. 내려다보는 그의 눈길을 내가 느낄 수 있듯이, 분명 나의 공포를 그도 감지할 수 있을 것이다. 내가 핸드폰을 가지고 있는 걸 알까? 아니면 적어도 하루는 더 안전한 걸까? 기다림이 힘들어지고, 결국 불가능해진다. 나는 살짝 몸을 뒤치며 눈을 조금 뜬다.
"돌아왔네." 나는 졸린 척 중얼거린다. "앤디와는 즐거웠어?"
"응, 안부 전하더라. 다시 자. 나는 샤워할게."
나는 순순히 눈을 감고 매튜가 다시 아래층으로 내려가는 소리를 듣는다. 또다시 문자 메시지들이 머릿속에서 불쑥불쑥 튀어나온다.

>9월 21일 16:11
문제가 생겼어
당신이 아까 집에 들어갔던 걸 알아챘어

9월 21일 16:11

어떻게?

>9월 21일 16:11
몰라, 어쨌든 경찰을 불렀어

9월 21일 16:12
뭐? 왜?

>9월 21일 16:12
불러달라고 하니까
안 불러주면 수상해 보일 거야
지금 집으로 간다, 잘 무마해봐야지

9월 21일 23:17
최대한 빨리 연락 좀
너무 걱정돼, 오후에 어떻게 됐는지 알려줘

>9월 21일 23:30
걱정 마, 다 괜찮아졌어

9월 21일 23:30
내가 갔던 건 어떻게 알았대?

>9월 21일 23:30
당신이 머그잔을 식기세척기에 넣었어
그걸 알아챘더라고

9월 21일 23:31

내가? 기억 안 나는데

〉9월 21일 23:31
누가 조발성 치매인지 모르겠네

9월 21일 23:31
들킬 뻔했는데 상당히 즐거워 보인다

〉9월 21일 23:31
모든 게 너무 잘 풀렸으니까

9월 21일 23:32
어떻게?

〉9월 21일 23:32
경찰이 간 다음에, 조발성 치매에다 망상증까지 있다고 했거든
확 돌아서 가버리더니 약을 2알 먹었어

9월 21일 23:33
그래서?

〉9월 21일 23:33
내일 아침에 서랍에 있는 13알을 오렌지 주스에 넣어야지
2알 더 먹을 테니 총 15알에, 아직 체내 남아 있는 2알도 있으니 충분할
거야

9월 21일 23:34
정말 하려고?

〉9월 21일 23:34
놓치기엔 너무 아까운 기회야
지금 해야 돼

9월 21일 23:34
잘될까?

〉9월 21일 23:35
우리가 싸웠다고 얘기해야지
당신도 어제 오후에 그녀 상태가 안 좋은 걸 봤고
서랍에 넣어둔 약 얘기도 들었지
하지만 진짜 먹을 줄은 꿈에도 몰랐던 거야

9월 21일 23:36
15알 정도로 죽진 않겠지?

〉9월 21일 23:36
그저 아프게 만들 뿐이야
내일 점심에 집에 갈 거야 화해하러 간 척해야지
기절한 걸 발견하고 구급차를 부르게 되겠지

〉9월 22일 08:08
했어
출근 중이지만 두어 시간 있다가 돌아갈 거야

9월 22일 08:09

주스를 안 마시면 어쩌지?

>9월 22일 08:09
좀 더 있다가 자살 시도를 하게 되겠지

>9월 22일 11:54
병원에서 연락받음
병원으로 가는 중

9월 22일 11:54
성공한 거야?

>9월 22일 11:55
그런 것 같아 자기가 직접 구급차를 불렀대
다시 알려줄게

그러고 보니 샤워 소리가 들리지 않는다. 매튜가 욕실로 가지 않은 것이다. 어디로 갔지? 어두운 침묵 속에 귀를 있는 대로 곤두세우니 앞쪽 침실에서 매튜 목소리가 작게 웅얼웅얼 들린다. 매튜와 레이철은 혹시 핸드폰이 경찰 손에 들어갔을까 봐 겁에 질렸을 것이다. 나를 죽일 만큼 공포에 질렸을까? 혹시 또 약을 먹여서 자살처럼 보이게 만들까? 하지만 이번에는 확실히 죽이려 하겠지.

계속 헤어스프레이 통을 잡고 침대에 누워 매튜가 돌아오길 기다리며, 그 어느 때보다 큰 공포를 느낀다. 더구나 지금은 그 칼이 있다는 것도 아니까.

>8월 8일 23:44
오늘 의사한테 갔던 일도 너무 잘 풀렸어

8월 8일 23:44
약 받았어?

〉8월 8일 23:44
응 근데 안 먹겠대
마음을 바꾸게 만들어야겠어

8월 8일 23:45
좋은 물건이 있어

〉8월 8일 23:45
뭔데?

8월 8일 23:45
커다란 주방용 칼
그 살인 사건에 쓰인 것과 같은

〉8월 8일 23:46
??? 그런 건 어디서 났어?

8월 8일 23:46
런던
몰래 집 안에 어디 놔뒀다가 걔가 발견하게 만드는 거야
겁에 질리게

〉8월 8일 23:46
좋은 생각이 아니야 경찰에 전화할 테고
지문은 어쩌려고

위험해

8월 8일 23:47
작전만 잘 짜면 돼

〉8월 8일 23:47
생각해보지

❖

〉8월 9일 00:15
생각해봤는데

〉8월 9일 00:17
뭐 해?

8월 9일 00:20
지금 봤네! 작전이 생각났어?

〉8월 9일 00:20
응 하지만 문자로 설명하긴 어려워
전화할게

8월 9일 00:20
전화는 위험하다며?

〉8월 9일 00:21
위험한 상황이니 위험한 수단을 써야지

〉8월 9일 20:32
뒷문 열어놨어
계획한 대로 재빨리 해내야 해
실수하면 안 돼

8월 9일 20:33
날 믿어, 잘될 거야 :)

〉8월 9일 23:49
안녕

8월 9일 23:49
드디어! 비명 소리 때문에 계속 걱정돼서 혼났어!

〉8월 9일 23:50
정말 성공하다니 믿어지지 않을 정도야
엄청난 히스테리를 일으켰어

8월 9일 23:50
경찰이 안 와서 다행이었어

〉8월 9일 23:51
헛것을 보는 거라고 간신히 설득했어

8월 9일 23:51
잘했어
칼은 창고에 두고 오는 수밖에 없었어, 괜찮겠지?

>8월 9일 23:52

상관없어, 언제 또 필요할지 모르니까

지금 레이철이 매튜를 설득해서 저 칼을 쓰라고 하고 있을지도 모른다. 만일 내 목을 그어버린다면, 사람들은 제인의 살인자가 다시 나타난 거라고 생각할 것이다. 매튜는 내가 받았던 말 없는 전화들 얘기를 꺼내면서 그때는 그게 살인자의 전화라는 내 말을 믿지 않았다고 몹시 후회하는 척을 할 것이다.

레이철은 오늘 저녁 나를 만난 후 걱정이 되어서 매튜에게 잠시 만나자고 했다며 알리바이를 제공할 것이고, 나를 죽이기 위해 사용된 칼은, 제인을 죽이기 위해 사용되었던 칼처럼, 절대 발견되지 않겠지. 그리고 나는 숲속 살인자의 두 번째 희생양 캐시 앤더슨으로 알려질 것이다.

손님방 침실 문이 딸깍 열린다. 나는 숨을 죽이고 매튜가 어디로 가는지 귀를 기울인다. 아래층으로 내려가 정원으로 나갈 것인가 아니면 내가 있는 침실로 올 것인가. 만일 아래층으로 내려간다면, 나도 달려 내려가 거실로 가서 레이철의 핸드폰을 난초 화분에서 찾아내 도망칠 시간이 될까? 그렇다고 하더라도, 그냥 도망쳐야 하나, 차를 타야 하나? 시동 켜는 소리를 들으면 달려올 텐데. 차 없이 도망치면 매튜가 나의 도망을 알아채기 전에 얼마나 멀리 갈 수 있을까?

침실 쪽으로 오는 매튜의 발소리가 들리자, 나는 안도감에 힘이 다 빠진다. 하지만 벌써 칼을 가지고 있을 수도 있다. 집에 들어오기 전에 가지고 왔을 수도 있다.

매튜가 침실로 들어오자 나는 벌떡 일어나 헤어스프레이를 눈에 분사하지 않도록 온 힘을 다해 참는다. 공격받기 전에 공격해야 한다 생각은 들지만, 스프레이 노즐에 올린 손가락이 너무 떨려 제대로 조준도 안 될 것 같다. 오히려 당하고 말 것 같아서 그대로 누워 있을 뿐이다.

부스럭거리며 옷 벗는 소리가 들린다. 그제야 나는 깊은 잠에 빠진 척 고른 숨소리를 내려 무진 애를 쓴다. 침대로 들어와 파들파들 떠는 나를 발견하면 수상하게 생각할 수밖에 없다. 오늘 밤은 나의 침착성에 내 목숨이 달렸다.

9월 30일 수요일

아침이 밝아오자, 내가 아직도 살아 있다는 게 믿기질 않는다. 매튜가 출근하기 전까지, 고통스러울 정도로 오랜 시간이 걸리는 것처럼 느껴진다. 매튜가 나가자 나는 서둘러 옷을 입고 주방으로 내려가 매튜가 전화를 걸어오길 기다린다. 그 어느 때보다도 오늘, 필요한 역할을 제대로 해내야 한다. 그 어느 때보다도 오늘, 그가 원하는 대로 행동해주어야 한다.

이제는 누가 전화하는지 아니까, 무섭지 않을 줄 알았다. 하지만 그가 무슨 짓을 저지를 수 있는지 알게 되어 더욱 무서운 것 같다. 9시쯤 되어서 전화벨이 울리기 시작하자, 그 점이 확실해진다.

어제 전화에 대고 누구냐고 물었으니, 오늘도 뭐라 말을 다시 해야 한다는 걸 안다. 그렇지 않으면 갑자기 자신감을 보이던 내가 하룻밤 사이 왜 또 달라졌는지 의아해할 것이다. 그러니 다시, 나는 그에게 누구냐고 묻고, 나를 그냥 내버려두라고 하고 나서, 전화를 바로 끊는다. 목소리에 담긴 공포심이 적당한 양이었길 빌어본다.

오늘 할 일이 많다. 그들의 거짓말과 속임수의 그물을 하나씩 풀어봐야 한다. 우선 한나네 집으로 간다. 아직 외출하지 않았기를. 다행히 자동차가 진입로에 있다.

한나는 나를 보고 깜짝 놀라는 눈치다. 좀 당황하는 것 같다. 그러면서 나한테 좀 어떠냐고 묻는다. 그제야 매튜가 한나에게 내 자살 시도 얘기를 한 게 아닌가 싶다. 하지만 정확히 무슨 소리를 들었느냐고 물을 시간은 없다. 그래서 그냥 다시 예전 상태를 회복했다고만 말한다. 그 정도면 되겠지. 커피 한잔하겠느냐고 해서, 시간이 없다고 거절하고 본론을 꺼낸다.

"한나, 7월 말에 우리 집에 바비큐 먹으러 온 날 기억하지?"

"물론이지. 매튜가 농부 장터에서 사 온 스테이크가 숙성이 잘되어서 너무 맛있었어." 한나가 의아해하던 눈을 빛내며 대답한다.

"좀 실없는 질문으로 들릴지도 모르는데, 우리 길에서 우연히 만났을 때 내가 초대를 했던가?"

"응, 바비큐 먹으러 한번 오라면서."

"그런데 내가 그때 날짜도 얘기했었나? 일요일에 오라고?"

한나가 팔짱을 끼고 잠시 생각한다. "정식으로 초대한 거는 다음 날 아니었어? 맞다, 캐시가 정원 일 하고 있다면서, 매튜가 대신 전화를 했지."

"이제야 기억나네." 나는 안도하는 척하며 말한다. "실은 내가 요즘 건망증이 생겨서 헷갈리는 일이 몇 가지 있더라고. 정말 내가 잊어버린 건지 아니면 애초에 내가 생각했던 대로 됐던 게 아닌지. 음…… 무슨 말인지 헷갈리지?"

"어…… 좀 그렇네." 한나가 웃으며 대답한다.

"예를 들어, 몇 주 전 너희 부부가 우리를 저녁 식사에 초대했을 때, 내가 그걸 기억 못 해서 꽤 자책했었거든……."

"아, 그건 내가 매튜랑 얘기해서 그럴 거야. 내가 집전화랑 핸드폰으로 몇 번 메시지 남겼는데, 답이 없기에 매튜한테 전화했거든."

"그럼 매튜가 나한테 우리가 디저트 사가야 한다는 말 하는 걸 잊었나 보다."

"아, 그래. 매튜가 먼저 사오겠다고 제안하더라고."

내가 이런 질문들을 해댄 이유를 알려줘야겠기에, 내가 혹시 조발성 치매에 걸렸을지 모른다고, 아직 알아보는 중이니까 당분간은 아무에게도 말하지 말아달라고 부탁하고 떠난다.

7월 24일 15:53
브로버리에서 만나자는데 목소리가 심각해
무슨 일이지?

〉7월 24일 15:55
경비 업체에서 온 남자가 불안하게 만들었나 봐
그것 때문 아닐까?
만날 거야?

7월 24일 15:55
응, 6시에 만나자고 했어

〉7월 24일 15:55
혹시 쓸 만한 건수 있으면 알려줘

〉7월 24일 23:37
안녕, 만난 건 어떻게 됐어?

7월 24일 23:37
별일 없었어, 경비 업체 남자가 섬뜩했다고 불평

〉7월 24일 23:37
한나랑 마주친 얘기는 들었어?

7월 24일 23:38
응

〉7월 24일 23:38
그 부부에게 바비큐 먹으러 오라고 했대
날짜는 안 정한 것 같으니 그걸 사용할까 생각 중

7월 24일 23:38

어떻게?

〉7월 24일 23:38
아직은 모르겠어
그리고 나 출장 간다고 했어

7월 24일 23:39
뭐래?

〉7월 24일 23:39
싫어해, 그래서 내가 벌써 얘기했다고 하니까
자기가 잊어버린 줄 알아
혹시나 해서 달력에 써놓기도 했지, 나 글씨 위조 잘해

7월 24일 23:39
그런 재주가 있었어?

❖

〉7월 25일 23:54
오늘 어땠어?

7월 25일 23:54
응, 당신이 그립긴 했지만 너무 힘들어 :(

〉7월 25일 23:54
두어 달만 참으면 돼
한나 부부 바비큐 초대 관련해서 좋은 생각이 났어

내일 아침 10시에 집으로 전화해서 앤디인 척해줘

7월 25일 23:54
?

>7월 25일 23:55
그냥 좀 해줘

❖

>7월 26일 10:35
고마워, 앤디!

7월 26일 10:35
하하, 잘됐어?

>7월 26일 10:35
바비큐에 필요한 소시지 사러 나왔어

7월 26일 10:36
정말 자기가 초대한 걸로 믿어?

>7월 26일 10:36
응!

7월 26일 10:37
어떻게 그렇게 쉽게 믿지?

〉7월 26일 10:37
:)

한나네 집을 나서서 산업지구에 위치한 경비 업체로 간다. 어수선한 안내 데스크에서 직원이 미소를 지으며 묻는다.
"어떻게 오셨나요?"
"몇 주 전에 우리 집에 이 회사 경비 시스템을 설치했어요. 혹시 우리 계약서 좀 복사해줄 수 있을까 해서요. 우리가 가지고 있던 거는 잃어버린 것 같아서."
"네, 그러죠. 성함이?"
"앤더슨입니다."
직원이 복사본을 가지고 와서 건넨다.
"고마워요."
나는 그 자리에서 서류를 훑어본다. 설치일이 8월 1일 토요일로 되어 있고 매튜의 서명이 아래 있다.

〉7월 20일 23:33
있잖아, 저녁 먹는데 경비 시스템을 설치하고 싶다네
심지어 금요일에 직원이 오기로 약속까지

7월 20일 23:33
미안! 내가 그쪽 집이 외따로 떨어져 있고
어쩌고 해서 그런가 봐
경비 시스템이라도 설치하지 그러냐고 했거든
진짜 할 줄 몰랐네

〉7월 20일 23:34
그럼 우리 계획이 힘들어질 텐데

7월 20일 23:34
나한테도 암호를 알려주면 상관없지 :)

❖

〉7월 27일 08:39
좋은 아침!

7월 27일 08:40
전화할 줄 알았지, 출장 가는 중?

〉7월 27일 08:41
아니 산업지구에서 경비 업체가 문 열길 기다리고 있어

7월 27일 08:41
왜?

〉7월 27일 08:41
경비 시스템 신청하고 그녀가 했다고 믿게 만들려고

7월 27일 08:42
그게 가능해?

〉7월 27일 08:42
가짜 계약서에 서명을 위조하면 되지

7월 27일 08:43
정말?

〉7월 27일 08:44
식은 죽 먹기야, 글씨 위조 잘한다니까
회사 문 열린다, 나중에 문자할게

〉7월 27일 10:46
애버딘으로 가는 기차 안,
토요일 아침에 설치하기로
그때 나만 집에 있어야 하는데,
내보낼 방법이 뭐가 있을까?

7월 27일 10:47
생각해볼게
조심해 가고

❖

〉7월 29일 09:36
전화 건 게 진짜 무서웠나 봐!
혼자 집에 있고 싶지 않다기에
호텔에 가라고 했어

7월 29일 09:36
누구는 좋겠네

〉7월 29일 09:37
우리도 가자, 꼭!
토요일에 경비 시스템 설치할 때도 없을 테니 잘됐지
당신이 해줘야 할 일도 있어

7월 29일 09:38
알았어

〉7월 29일 09:38
나중에 집에 전화해서 메시지 남겨줘
경비 업체에서 금요일 설치 확인 전화한 것처럼

7월 29일 09:39
토요일 아니고?

〉7월 29일 09:39
아니, 금요일로 해줘 이유가 있어
내일도 같은 전화 걸어주고

7월 29일 09:40
알았어

❖

7월 31일 16:05
잘 돌아왔어?

〉7월 31일 16:34
지금 집에 왔어, 호텔로 가려고
그녀에게 전화해서 경비 업체에서 와 있더라고 했어
가짜 계약서 들고 가서 보여주려고

7월 31일 16:35

자기가 쓴 거라고 믿을까?

>7월 31일 16:35
믿을 거야

>7월 31일 19:13
믿었어

7월 31일 19:14
정말 미쳐가는 거 아니야?

>7월 31일 19:14
그럼 좋지

   나는 경비 업체를 나와 캐슬웰스로 간다. 아기 용품점 점원이 손님 상대로 바빠 잠시 기다리며 초조한 마음을 달랜다.
   "설마 그 유모차, 생각이 바뀌어 오신 건 아니죠?" 점원이 나를 보더니 말한다.
   나는 그녀를 안심시킨다. "전혀 아니에요. 좀 물어보고 싶은 게 있어서요. 제가 어제 왔을 때, 유모차를 잘못 보냈으면 제 친구가 가만두지 않았을 거라고 했죠?"
   "네."
   "그게 어떻게 된 일인가요? 실은 전혀 짐작을 못 한 일이어서요. 갑자기 유모차가 배달됐으니까요."
   "그러잖아도 저는 좀 더 있다가 시기에 맞춰 배달하는 게 어떻겠느냐고 했거든요. 하지만 친구분이 바로 배달되기를 원하더라고요."
   "그 친구는 언제 왔나요? 제가 나간 직후에 들어와 나에게 선물을 사주고 싶다고 했나요?"

"그렇죠. 1~2분 있다가 들어와서 손님 친구라고, 손님이 뭔가 마음에 들어 했던 게 있느냐고 물었어요. 그래서 저는 손님이 벌써 잠옷을 샀다고 했죠. 그러고서 다른 부부가 유모차 고르는 걸 도와주며 마음에 들어 하는 것 같았다고요. 그러니까 친구분이 바로 그거라며 결제하고 배달을 부탁했어요." 점원이 불안한 표정을 짓는다. "그리고 나서 저랑 같은 산달이라 반가웠다고 했더니 그 여자분이 충격을 받은 표정이 돼서 제가 괜한 말을 했나 싶었어요. 하지만 곧 그분이 자기도 알고 있었다면서, 다만 점원에게 그런 얘기를 해서 놀랐다고 했어요."

"실은 임신한 것 같아 너무 기뻐서 친구 둘한테 말했거든요. 근데 둘 중에 누가 유모차를 보냈는지 모르겠어요. 배송인도 안 쓰여 있고 쪽지도 없었으니까요. 보낸 사람 이름을 찾아줄 수 있나요? 감사 인사를 하고 싶어서요."

"물론이죠. 잠시만 기다려보세요. 성함이 어떻게 되셨죠?"

"캐샌드라 앤더슨이에요."

"아, 네, 여기 있네요. 어, 근데 이름이 없어요. 친구분이 안 쓰셨네요."

"그럼 생김새는 기억나세요?"

점원은 잠시 생각에 잠긴다. "그게…… 키가 크고 검은 곱슬머리였어요. 죄송해요. 별 도움이 못 되겠네요."

"아니에요, 그렇게 말씀하니 누군지 알겠어요. 잘됐네요. 감사 인사도 못 하고 있었는데." 그리고 잠시 쉬었다가 다시 말을 잇는다. "그런데 혹시 제 남편이랑 얘기한 거 기억나요?"

"손님 남편요? 아니요, 얘기 안 했던 것 같은데요."

"유모차가 배달되던 날 이리로 전화했을 거예요. 금요일이었던 것 같은데. 남편은 유모차가 잘못 배달된 줄 알았거든요."

"전혀 기억이 안 나네요. 정말 전화하신 게 맞아요? 주중에는 저밖에 근무 안 하거든요."

"제가 뭔가 잘못 알았나 봐요." 나는 미소를 짓는다. "고마워요, 큰 도움을 주셨어요."

8월 4일 11:43
걔가 또 다급한 목소리로 전화해서 캐슬웰스에서 만나자네

>8월 4일 11:50
내가 또 말 없는 전화를 걸었거든
만날 거야?

8월 4일 11:51
응 근데 일이 너무 많아서 오래는 못 만나
나중에 알려줄게

8월 4일 14:28
최고의 소식
당신 전화가 살인자에게서 걸려온 건 줄 알아

>8월 4일 14:29
뭐???
진짜 미친 거 아냐

8월 4일 14:29
알아서 그렇게 돼가면 우리는 좋지
그리고 바비큐 사건도 좀 도와줬어
일요일에 한나와 앤디를 초대했다고
나한테도 말했다고 했지

>8월 4일 14:30
잘했어

8월 4일 14:31
사무실로 돌아가야겠어
나중에 얘기해

8월 4일 14:38
내가 뭘 봤게?

〉8월 4일 14:39
사무실로 돌아간다며

8월 4일 14:39
주차장으로 가다가
걔가 아기 용품점에서 나오는 걸 봤어

〉8월 4일 14:39
아기 용품점?
거기서 뭘 하지?

8월 4일 14:40
나도 모르지

〉8월 4일 14:40
알아낼 수 없어?

8월 4일 14:40
시간 없는데

〉8월 4일 14:40

시간 좀 내봐
아기 용품점엔 왜 간 건지
우리가 이용할 문제인지도 몰라
아무리 작은 일도 다 써먹을 필요가 있어

8월 4일 14:41
알았어

8월 4일 15:01
정말이지 믿을 수가 없네

〉8월 4일 15:01
드디어
왜 이렇게 오래 걸렸어?

8월 4일 15:02
짜증 내지 마
좋은 소식 가져왔는데

〉8월 4일 15:02
말해봐

8월 4일 15:02
당신이 곧 아빠가 된대!

〉8월 4일 15:03
뭔 개소리야???

8월 4일 15:03
정말 정관수술 한 거 맞아?

>8월 4일 15:03
당연하지!
대체 뭐야?

8월 4일 15:03
난들 아나
걔가 임신했다고 점원에게 그랬대
그래서 내가 당신 집으로 유모차를 배달시켰어

>8월 4일 15:03
??

8월 4일 15:04
유모차와 사랑에 빠진 것 같더라고
경비 시스템과 마찬가지로,
자기가 주문했다고 여기게 만들어야지

>8월 4일 15:04
또 성공할지 모르겠네

8월 4일 15:04
시도해보지 뭐
안 먹히면, 가게에서 헷갈린 거라고 해야지
그러려면 금요일에 배달될 때 자기가 집에 있어야겠다

>8월 4일 15:05
그래, 며칠 휴가 내서
걱정하는 남편 역할을 해야지
좀 더 생각해보긴 해야겠다

8월 4일 15:06
휴가 내서 나랑 있어야 하는데 :(

>8월 4일 15:06
곧 그렇게 될 거야
그나저나 아까 내가 슬쩍 집에 가서 경비 시스템 암호 바꿔놓고 왔어
그녀가 경비 시스템을 작동시킬 가능성이 크지

8월 4일 15:07
똥 같은 하루가 되겠네

>8월 4일 15:07
앞으로도 계속 그렇게 되어야지 :)

8월 4일 23:37
경비 시스템은 어떻게 됐어?

>8월 4일 23:38
자기도 와서 봤어야 하는데
경찰이 왔어

8월 4일 23:38
정말 자기가 암호를 잘못 입력한 줄 안단 말이야?

>8월 4일 23:38
이번엔 부인하지도 않던데

8월 4일 23:38
애도 아니고, 너무 쉽잖아

>8월 4일 23:39
진짜 신기하지?

❖

8월 6일 23:45
내일 유모차 맞을 준비 다 됐어?

>8월 6일 23:47
:)

8월 6일 23:47
임신 건은 어떻게 할 거야

>8월 6일 23:47
써먹을 수 있으면 써먹어야지

❖

>8월 7일 23:46
유모차 고마워

8월 7일 23:46
마음에 들었다니 다행이네
어떻게 됐어?

>8월 7일 23:47
너무 웃겨
일이 한참 꼬였었어
나한테 깜짝 선물로 창고를 주문했더라고
그래서 처음엔 유모차가 창고인 줄 알고 동문서답을 했지

8월 7일 23:47
?

>8월 7일 23:47
뭐 어쨌든 걱정할 건 없어
본인은 유모차를 주문한 적이 없다고 주장해서
내가 가게에 전화 거는 척했지
그러고 나서 점원이 나보고 축하한다고 하더라며
임신 얘기를 폭로했어

8월 7일 23:48
뭐래?

>8월 7일 23:48
점원이 임신한 줄 알기에 그냥 내버려뒀다고

8월 7일 23:48
왜 그런 짓을?

250

유모차는 어떻게 됐어?

>8월 7일 23:49
결국 자기가 주문한 걸로 믿었어

8월 7일 23:49
세상에!
정말 맛이 가고 있나 봐

>8월 7일 23:49
더욱 좋은 건, 내일 의사를 만나기로 설득했다는 거야

8월 7일 23:50
자기가 미리 의사를 만나서 걔 얘기를 한 걸 알면
좋아하지 않을 텐데
약을 처방 안 하면 어쩌지?

>8월 7일 23:50
할 거야 망상증에다가 극도로 예민한 상태라고 했어
걸맞게 행동하길 바라야지

　나는 아기 용품점에서 나와 내가 일하던 학교로 간다. 마침 점심시간에
맞춰 도착한다. 존을 생각하니, 내가 얼마나 쉽게 그를 살인자로 단정했는
지 떠올라 부끄러워진다. 하지만 아직은 그가 어떤 사람인지 알 수 없다. 레
이철과 만났으니까. 제인의 얼굴이 떠오르며, 다시 슬픔이 밀려온다. 하지
만 지금은 제인 생각을 할 때가 아니다.
　나는 학교 현관문을 열고 들어선다. 비어 있는 복도를 따라 걷다 보니, 내
가 얼마나 이곳을 그리워했는지 깨닫는다. 나는 교무실 문 앞에 서서 심호

흡을 하고 들어간다.

"캐시!" 코니가 반색을 하며 일어나다가 샐러드를 바닥에 떨어뜨린다. 그리고 달려와 꽉 껴안는다. "세상에나, 너무 반가워. 우리가 얼마나 걱정했는지 알아?"

다른 동료들도 우리를 에워싼다. 어떻게 지냈느냐고, 다시 봐서 너무 기쁘다고 말한다. 나는 그들에게 잘 지낸다고 안심시키고 나서 존과 메리는 어디 있느냐고 묻는다.

"존은 급식 당번이고 메리는 사무실에 있지." 코니가 말한다.

나는 메리를 만나러 간다. 그녀도 역시 다른 교사들과 마찬가지로 반가워한다. 너무 마음이 놓인다.

"모두 실망시켜서 미안해요. 사과하고 싶어요. 연수 날에도 못 나가고."

"그런 말 말아요." 감청색 정장에 분홍 셔츠를 입은 메리는 그 어느 때보다도 현명해 보인다. "남편분이 자세하게 이것저것 알려주서서 전혀 문제없었어요. 내가 그날 저녁에 꽃을 가지고 집에 들렀을 때 못 만난 건 아쉬웠지요. 남편분이 캐시가 잔다고 하더군요."

"감사 카드를 드렸어야 했는데……." 내가 고개를 숙이며 말한다. 매튜가 나에게 꽃을 전해주지 않은 건 말하고 싶지 않다.

"별말씀을." 그러고 나서 메리가 나를 찬찬히 살펴본다. "실은, 이렇게 좋아 보일 줄 예상 못 했다는 말을 해야겠네요. 혹시 돌아오려고 오늘 온 거 아니에요? 우리 모두 바라고 있답니다."

"정말 돌아오고 싶어요." 나는 쓸쓸하게 말한다. "하지만 아시다시피, 병 때문에……. 메리도 지난 학기에 저한테 문제가 있는 걸 발견했다고요?"

메리가 고개를 젓는다. "난 아무것도 눈치 못 챘어요. 그런 스트레스를 받고 있는 줄 알았다면 도우려고 했겠지요. 나한테 얘기했으면 좋았을 텐데요."

"하지만 남편한테 제게 좀 문제가 있었다고 말하지 않으셨나요?"

"남편분이 전화해서 캐시가 이번 학기에 못 나온다고 알렸을 때 내가 한 말은 캐시가 우리 교사들 중 가장 체계적이고 유능한 사람이라는 말뿐이었어요."

"제가 왜 못 나간다고 하던가요?"

메리가 나를 빤히 본다. "신경쇠약이라고 하더군요."

"좀 과장해서 얘기한 것 같네요."

"그럴 수도 있다고 생각했지요. 더구나 의사 소견서에 스트레스를 받고 있다는 말밖에 없었으니까요."

"혹시 그 소견서 제가 볼 수 있을까요?"

"물론이죠." 메리가 파일 보관함을 뒤진다. "여기 있네요."

나는 서류를 잠시 들여다본다. "한 부 복사해도 될까요?"

메리는 왜냐고 묻지 않고 나도 더 이상 말하지 않는다. "내가 바로 해주죠."

　　〉8월 15일 23:52
　　좋은 소식
　　자기 말대로 치체스터 가는 길에 숲길로 갔더니
　　완전히 무너지더라고, 의사를 불렀어
　　약을 반드시 정기적으로 먹어야 한다고 지시하고 갔지

　　8월 15일 23:52
　　드디어!

　　〉8월 15일 23:52
　　또 있어
　　학교에 못 나가겠다고 하더라
　　고지가 눈앞이야

　　8월 15일 23:53
　　신이시여 감사합니다

마지막 단계에 들어갈 때네
내일 내가 집에 가볼까?

>8월 15일 23:53
약으로 기절시켜놓도록 할게
하지만 조심해

❖

8월 17일 10:45
지금 집이야 완전 맛이 갔네
얼마나 먹인 거야?

>8월 17일 10:49
오렌지 주스에 2알, 처방된 2알
낮에 왜 전화를 안 받나 했지
어디 있어?

8월 17일 10:49
텔레비전 앞에 자빠져 있어
내가 쇼핑 채널에서 몇 가지 주문 좀 했지

>8월 17일 10:49
왜?

8월 17일 10:50
본인이 주문한 줄 알게 하려고
벌써 나 주려고 귀고리 주문했다며?

좀 더 받지 뭐

〉8월 17일 10:50
남용하면 안 되지

8월 17일 10:50
:)

❖

〉8월 20일 14:36
집에 왔어?

8월 20일 14:36
응, 청소 좀 하고 있지
본인이 한 거라 생각하면 좋겠는데
아니면 당신이 출근 전에 하고 갔다고 해 미안해할 테니

❖

〉8월 24일 23:49
오늘 오후 교장에게 전화해서 신경쇠약이라고 말했어
복귀 못 할 것 같다고

8월 24일 23:49
교장이 뭐래?

〉8월 24일 23:49

유감이라고, 그런 줄 몰랐다고
의사 소견서 달래

❖

〉8월 26일 15:09
잘돼가?

8월 26일 15:10
시에나에 있는 게 낫겠어
세탁기 배달이 안 됐어 화요일에 배달된대
당신 셔츠 몇 벌 다려놨어

〉8월 26일 15:10
고마워
이 모든 게 끝나자마자 시에나로 데려갈게
감자 슬라이서도 미리 고마워

8월 26일 15:11
좋아할 줄 알았어
다른 것도 같이 배달될 거야

❖

8월 28일 17:21
어떻게 돼가?

〉8월 28일 17:37

교장이 꽃 좀 가지고 들르겠대

8월 28일 17:38
그러라고 했어?

〉8월 28일 17:38
응, 하지만 너무 아프다고 못 만나게 할 거야
꽃은 버려야지
그리고 의사 소견서 받았는데, 스트레스 얘기뿐이야

8월 28일 17:38
망할

〉8월 28일 17:38
신경쇠약 얘기도 없고
그래서 조발성 치매 검사표를 위조하려고

8월 28일 17:39
걘 그 정도면 믿을 거야
날 위해 진주 좀 주문했는데, 괜찮지?

〉8월 28일 17:39
그럴 자격이 있지

8월 31일 23:49
좋은 하루 보냈어?

>8월 31일 23:50
맨날 똑같지
내일 점심에 당신 만나기로 한 거 얘기 안 하던데

8월 31일 23:50
좋아, 잊어버렸나 보네
어차피 세탁기 배달 때문에 집에 가야 하니까
안 나타나는 게 걱정돼서 온 척해야지

>9월 1일 15:17
어떻게 됐어?

9월 1일 15:18
세탁기는 11시에 배달됐고 걔는 세상모르고 자더라
그러고 나서 초인종을 눌러댔지
안 나올 줄 알았는데 나오대

>9월 1일 15:18
상태 어때?

9월 1일 15:18
무슨 말인지 알아듣지도 못하겠어
살인자가 어쩌고 칼을 봤는데 어쩌고 횡설수설
완전 미친 것 같아

>9월 1일 15:19

좋아
오늘 밤에 그렇게 말하려고

9월 1일 23:27
말했어?

>9월 1일 23:28
응, 와보니 여전히 맛이 간 상태
그래서 세탁기 좀 돌려달라고 했지, 못하더군
조발성 치매 검사를 받으라는 의사의 편지를 보여줬어

9월 1일 23:29
그랬더니 뭐래?

>9월 1일 23:29
어땠을 것 같아?

　나는 다시 연락하겠다고 약속하고 교장실을 나온다. 건물을 나서는데 누가 부른다. 돌아보니 존이 서둘러 달려온다.
　"어떻게 인사도 없이 가려고 해?"
　"급식 당번이라기에 방해하지 않으려고 했지."
　말은 그렇게 했지만 실은 아직 존을 믿어도 될지 알 수 없어 그런 것이다. 존이 내 얼굴을 찬찬히 살핀다.
　"어떻게 지냈어?"
　"잘 지냈어."
　"잘됐네."
　"어쩐지 못 믿는 것 같은데?"
　"이렇게 일찍 다시 볼 줄 생각 못 해서……."

"왜?"

"레이철이 얘기해줬거든."

"무슨 얘기?"

"약물 과용……."

나는 천천히 고개를 끄덕인다. "언제 얘기했어?"

"어제. 학교로 전화해서 퇴근하고 한잔할 수 있느냐고 묻더라. 또 데이트 신청인가 싶어 거절하려고 했는데, 캐시 얘기를 할 게 있다고 해서 만났지."

"그랬구나."

"캐슬웰스에서 만났는데, 캐시가 지난주에 약물 과용으로 병원에 실려갔었다고 하는 거야. 너무 슬퍼서, 매튜가 오지 말라고 해도 그냥 갔어야 하는데 싶은 생각이 늘었어."

"그런 일이 있었어?" 내가 인상을 쓰며 물었다.

"캐시가 이번 학기에 나오지 않기로 했다고 메리한테 들었을 때 믿을 수가 없었거든. 우리 브로버리에서 우연히 만났을 때는 일을 그만둘 것 같은 인상을 전혀 못 받았으니까. 뭔가 이상하다고 생각했어. 앞뒤도 안 맞고. 메리 말이 캐시가 스트레스로 고생하고 있다고 하기에, 제인 사건 때문이라는 걸 아니까 내가 어떻게든 설득해볼 수 있지 않을까 싶었거든. 어리석은 생각이었는지는 몰라도. 그런데 매튜가 당신이 너무 아파서 아무도 만날 수 없다고 했어. 게다가 레이철까지 당신이 약을 과용했다고 하니, 어떻게 그토록 짧은 시간 동안 그렇게 될 수 있는지, 이해가 안 되더라고." 존은 잠시 말을 멈추었다가 묻는다. "정말 약을 과용했어, 캐시?"

나는 고개를 재빨리 젓는다. "실수였어. 나도 모르게 약을 좀 많이 먹었을 뿐이야."

존이 안도한 표정을 짓는다. "레이철이 나보고 메리에게 말하라는 거야, 메리가 알아야 한다고 생각하는지."

"말했어?"

"아니, 물론 안 했지. 내가 할 얘기가 아니잖아." 존이 잠시 망설인다. "캐시가 레이철이랑 많이 친한 건 알지만, 좋은 친구인지는 모르겠어. 약물 과용 사건에 대해 나한테 얘기하는 건 좀 아닌 것 같아. 레이철을 조심하는 게 좋겠어, 캐시."

"그럴게. 혹시 레이철이 다시 연락하거나 하면, 나 만난 얘기는 하지 말아줘."

"그럴게. 건강 챙기고……. 다시 볼 수 있지?"

"그럼. 내가 존에게 점심 빚졌잖아." 나는 미소를 지으며 인사한다.

학교를 나오며, 지금까지 이룬 성취에 기분이 좋아진다. 이제 디킨 박사의 병원에도 가볼까 생각했지만, 예약도 없이 가면 만날 수 없을 것 같다. 게다가 디킨 박사는 내가 그저 스트레스 문제를 겪고 있을 뿐이라고 했다니, 그 정도면 되었다. 물론 약물 과용에 대해 들었다면 생각이 달라졌을지 모르지만, 내가 아니라 매튜가 그랬다는 걸 증명하는 레이철의 핸드폰이 나에게 있으니까.

만일 내가 그 핸드폰을 받지 않았더라면 어떻게 되었을지, 내가 세상에서 가장 사랑했던 두 사람이 어떻게 나를 배신했는지, 지금으로서는 생각하지 않으려 한다. 슬픔에 빠져 반드시 해야 할 일을 못하게 될까 봐 두렵다. 점박이 암소에서 수화기를 통해 매튜의 목소리를 듣고 모든 속임수의 실타래가 풀리던 순간, 결심한 것이 있다.

굳이 오늘 아침 한나를, 경비 업체를, 아기 용품점을, 학교를 방문할 필요는 없었다. 모든 것이 이 핸드폰 안에 들어 있으니까. 하지만 나는 여전히 그들이 한 짓이 잘 믿기질 않는다. 더구나 지난 몇 달 그들이 내 머릿속을 워낙 망쳐놓았으니, 망상에 빠진 것은 아닌가, 혹은 내가 잘못 읽은 것은 아닌가, 의심도 드는 것이 사실이다. 하지만 이렇게 사람들을 찾아가 하나하나 진실을 알아보고 나자, 정말 내 생각대로임을 확신하게 된다.

또한 내가 그들에게 얼마나 쉬운 상대였는지 깨달았다. 어떻게 그 어떤 것에도 의문을 제기하지 않을 수 있었는지, 믿을 수 없을 정도다. 내가 주문했다는 경비 시스템도, 유모차도, 사용할 수 없었던 세탁기도. 모든 걸 내 기억력 감퇴 탓으로 여겼다. 심지어 주차장에서 차를 세운 곳을 잊어버렸던 일까지도.

〉8월 12일 23:37
정도를 올려야겠어

8월 12일 23:39
왜?

〉8월 12일 23:39
아까 샴페인을 따면서
훨씬 기분이 나아졌다고
아기를 갖자는 얘기까지 하더라고

8월 12일 23:39
불쌍한 년
내일 전화해서 뭐라 하나 들어봐야지

❖

8월 13일 09:42
방금 전화했는데 안 받아
말 없는 전화 걸었어?

〉8월 13일 09:42
아직, 막 하려던 참
다시 원상태로 돌려놔야지

8월 13일 09:42
이따가 집에 갈까?

>8월 13일 09:43
그래, 하지만 조심해

8월 13일 09:43
늘 조심하지

>8월 13일 14:31
무슨 일 있어?

8월 13일 14:32
아니, 텔레비전 앞에 널브러져 있어

>8월 13일 14:32
좋아, 내 전화가 충분히 무서웠나 보네

8월 13일 15:30
나 가도 돼? 캐슬웰스 가야 해

>8월 13일 15:54
미안, 회의 때문에
그래도 되지
아무도 못 보게 조심해 시에나에 있는 걸로 돼 있잖아

8월 13일 15:54
나 금발 가발에 트레이닝복 입었어

>8월 13일 15:54
보고 싶네

8월 13일 15:54
보여줄 수 없지

8월 13일 16:48
캐슬웰스에 누가 있게?
주차 빌딩에서 막 나가려던 참에 걔가 왔네
좋은 생각이 났어
혹시 차 열쇠 여분 있어?

〉8월 13일 16:49
웅, 집에. 왜?

8월 13일 16:50
걔 맨날 주차 장소 잊어버리는 거 알지?
이번에는 확실히 만들어주자

〉8월 13일 16:51
어떻게?

8월 13일 16:51
열쇠를 가져와서 차를 다른 층으로 옮기면 되잖아
지금은 4층에 주차했어

〉8월 13일 16:51
천재다
지금 집에 가서 가져올게

8월 13일 16:51

난 걔 따라다니고 있을게

>8월 13일 17:47
주차장에 도착, 어디 있어?

8월 13일 17:47
여기저기 돌아다녀

>8월 13일 17:47
내가 차 옮길까?

8월 13일 17:48
그러는 게 좋겠어 오래 있을 것 같지 않다
옥상으로 옮겨

>8월 13일 17:48
알았어

8월 13일 18:04
돌아갔나 봐 차는 옮겼어?
학교 동료와 마주쳤어 코니 같아

>8월 13일 18:04
응, 옥상 차 안에 앉아 있어
계속 따라다니면서 알려줘
여기까지 올라온다고 하면 내가 또 차를 옮길게

8월 13일 18:14

너무 웃긴다
사방을 찾아헤매고 있어
지금은 5층
좀 미안할 지경

>8월 13일 18:14
여기까지 올라올까?

8월 13일 18:16
아니, 다시 내려가

>8월 13일 18:19
왜 안 올라오지?

8월 13일 18:21
1층으로 가서 관리실에 말하려나 봐

>8월 13일 18:21
다시 4층으로 옮길까?

8월 13일 18:21
바로 그거야

8월 13일 18:24
다 했어?
관리인과 올라가고 있어 엘리베이터 앞

>8월 13일 18:25

응 하지만 똑같은 장소는 아니고 몇 자리 옆

8월 13일 18:25
상관없을걸
이제 빨리 가

〉8월 13일 18:26
벌써 떠났어
집에 있는 척하면서 어디 있느냐고 전화하려고

8월 13일 23:48
어떻게 됐어?

〉8월 13일 23:49
이렇게 말해둘게
당분간 그녀가 샴페인을 따는 일은 다시 없을 거야

8월 13일 23:49
:)

갑자기 배가 고파진다. 어제 점심부터 아무것도 못 먹었다. 휴게소에 들러서 샌드위치와 음료수를 사 먹는다. 얼른 먹고 집에 가고 싶어서 서두른다. 다시 고속도로에 들어서지만, 5분도 못 가 나도 모르게 방향을 틀어 숲으로 들어선다. 블랙워터 길로. 너무 걱정은 하지 않는다. 운명이 이끄는 대로 따라가기로 결정을 내렸으니. 어차피 전화기를 발견하게 된 것도 운명이었다. 레이철이 밀치고 지나갔을 때 프랑스 학생이 그냥 가만히 있었다면 어떻게 되었을까? 그 학생의 친구가 나에게 돌려줄 생각을 안 했다면 어떻게 되었을까? 내가 딱히 영적인 것을 믿는 사람은 아니지만 어제는 누군가 어디선가 나를 지켜주고 있었다는 생각이 든다.

블랙워터 길은 지난번과 전혀 달라 보인다. 도로 양쪽의 나무들은 가을 색깔로 눈부시게 물들어 있고 다른 자동차도 없어 평화로워 보인다. 위협적으로 보이지 않는다. 제인의 자동차가 있던 갓길에다 차를 세운다. 시동을 끈 후 창문을 내리고 한동안 앉아 있다. 산들바람이 차 안으로 불어 들어온다. 제인이 근처에 있는 것만 같다. 살인자는 아직 잡히지 않았어도, 처음으로 평화를 느낀다.

원래는 집으로 돌아가 레이철의 핸드폰을 난초 화분에서 꺼내 경찰에 주려고 했다. 하지만 내가 이 장소로 오게 된 데는 이유가 있을 것이다. 나는 눈을 감고 제인을 생각한다. 이렇게 매튜와 레이철은 양심도 없이 제인의 죽음을 이용해 나를 무너뜨리려 했을까?

> 7월 18일 15:15
뭐 해?

7월 18일 15:16
응, 어떻게 이 시간에 연락을 했어?

> 7월 18일 15:16
지금 밖이야, 체육관에 간다고 했지
계속 하던 대로 해야지
더 이상 안 간다고 하면 이상하게 생각할 테니까

7월 18일 15:16
예전처럼 나한테 오면 좋을 텐데

> 7월 18일 15:16
나도, 얼마나 보고 싶은지 몰라

7월 18일 15:16
정말? :)
그리고 우리 오늘 저녁에도 못 봐

〉7월 18일 15:16
차라리 잘됐네, 키스하고 싶어 미쳐버렸을 텐데
근데 왜?

7월 18일 15:17
수지가 파티 취소했어
살해당한 여자 알지? 우리 회사에서 일했어

〉7월 18일 15:17
진짜?

7월 18일 15:17
방금 캐시한테도 전화했는데, 완전히 무너져 내리더라
최근에 같이 점심도 먹은 사이였대

〉7월 18일 15:18
뭐? 살해당한 여자랑? 확실해?

7월 18일 15:18
그래, 한 달 전에 내가 데려간 송별회에서 만났는데 친해졌나 봐
점심도 먹었대
제인 월터스라는 이름이야

〉7월 18일 15:19

생각난다! 그날 둘이 점심 먹은 다음에
내가 데리러 갔었거든
새로운 친구를 만났다며 제인이라고 했어

7월 18일 15:19
그 여자네

〉7월 18일 15:19
맙소사, 정말 기분 안 좋겠다
살인자를 생각하면 무섭겠고

7월 18일 15:20
어쩌면 우리가 이용할 수도 있겠다

〉7월 18일 23:33
살해당한 여자랑 다퉜는지 몰랐네
캐시가 말해줬어

7월 18일 23:34
내 주차 자리를 새치기했어

〉7월 18일 23:34
그랬다면 그런 일을 당해도 할 수 없지

7월 18일 23:35
와, 진짜 냉혈한!

〉7월 18일 23:35

내가 신경 쓰는 건 당신뿐이야
항상 당신뿐인 거, 알고 있지?

7월 18일 23:35
:)

❖

〉7월 24일 23:40
살인 사건 때문에 정말 무서운가 봐
내가 출장 간 다음에 혼자 있기 싫어하는 것 같아
당신이라도 초대하라고 해줬어

7월 24일 23:40
참 고마워!

〉7월 24일 23:40
걱정하는 척은 해야 하니까
당신은 거절하면 돼

7월 24일 23:41
그 정도로 겁에 질리다니

〉7월 24일 23:41
우리한테는 잘됐지

❖

>7월 28일 09:07
좋은 아침!

7월 28일 09:07
기분 좋은 것 같네? 무슨 일?

>7월 28일 09:08
좀 전에 집으로 전화했는지 묻는 거야
진뜩 예민한 목소리길래, 더 짜증 나라고 아니라고 했지

7월 28일 09:08
그래서?

>7월 28일 09:08
어제도 그런 전화를 받았나 봐, 근데 그때는 내가 아니었거든
광고 전화 아니겠냐고 말해줬지만, 장난 좀 치려고

7월 28일 09:08
무슨 말인지 모르겠어

>7월 28일 09:09
내일도 전화해서 말없이 있을 거야, 그리고 모레도
스토커가 한 전화라고 생각하도록

7월 28일 09:09
똑똑한데!

〉7월 28일 09:09
좋아할 줄 알았어

❖

〉8월 5일 23:44
하루 잘 보냈어?

8월 5일 23:57
미안, 샤워 중이었어

〉8월 5일 23:57
상상하게 되네

8월 5일 23:58
:) 오늘 나쁘지 않았어, 당신은?

〉8월 5일 23:58
별일은 없었는데, 방금 생각난 게
내일 내가 집에 있는 동안에도
말 없는 전화를 걸어야 할까?

8월 5일 23:58
아니면 당신이 거는 거라 추측할 수도 있지

〉8월 5일 23:59
아니면 스토커가 집을, 자기를 감시하고 있다고 생각하겠지

8월 5일 23:59

그쪽이 더 불안하긴 하겠네

문자 메시지들을 생각하니 너무나 화가 나서 나는 제인의 복수도 해주어야겠다고 결심한다. 그래서 그 운명의 날 이후 일어났던 모든 사소한 일들을 다시 하나하나 생각해본다. 그리고 갑자기, 어떻게 해야 할지 알 것 같다.

나는 갓길에서 다시 도로로 들어가 집으로 차를 몬다. 레이철이나 매튜의 차가 보이지 않기만을 바라며 돌아온다. 아무도 안 보이긴 하지만 조심스레 둘러보고 차에서 내린다. 경비 시스템을 해제하는데 집전화가 울린다. 번호를 보니 매튜다.

"여보세요?"

"드디어!" 매튜는 잔뜩 화가 나 있다. "외출했던 거야?"

"아니, 정원에 있었어. 전화했어?"

"그래. 몇 번이나."

"미안, 울타리까지 손질을 끝내려고 했거든. 차 한잔 마시려고 지금 들어왔어."

"또 나갈 건 아니지?"

"그럴 생각 없는데. 왜?"

"오후에 쉴까 하고. 당신이랑 시간 좀 보내려고."

나는 심장이 두근거리기 시작하지만 차분히 대답한다. "그래주면 좋지."

"한 시간 후에 도착할 거야."

전화를 끊자 마음이 급하다. 왜 오후에 쉰다는 걸까? 매튜나 레이철이 프랑스 학생들을 어떻게 찾아내서 내가 핸드폰을 가져갔다는 걸 알았나? 캐슬웰스의 대학에 있는 학생들이라면 오늘 정도면 행방을 알아내기 어렵지 않을 것이다. 지금까지는 운이 좋았지만, 내가 레이철에게 말한 대로 그들이 프랑스로 돌아갔다고 생각할 근거는 없다.

매튜가 칼을 치우지 않았기를 빌며 서둘러 정원으로 나간다. 창고 뒤쪽에는 벌써 겨울을 대비해 정원 의자들 방석을 가져와 단정하게 쌓아놓았다. 그것들을 한쪽으로 치우다 보니, 칼이 아니라 에스프레소 머신이 나온다. 나는 5초쯤이나 지나서야, 원래 우리 주방에 놓여 있던 것이라는 사실을 깨닫는다. 레버를 들어 올릴 필요 없이 캡슐을 슬롯에 밀어넣으면 되는 것이었다. 좀 더 찾으니 낡은 정원 탁자 아래 커버에 덮여 있는 상자도 하나 나온다. 열어보니 예전 전자레인지가 들어 있다.

내가 얼마나 바보처럼 속아 넘어갔나 생각하니 미친 듯 울부짖고 싶지만, 멈추지 못할까 봐 두렵다. 레이철의 핸드폰을 발견한 이후 꾹꾹 눌러두고만 있던 분노가 끓어오르며 넘치고 있다. 더 이상 참을 수 없어진 나는 전자레인지에 분풀이를 하며 발로 차고 또 찬다. 처음에는 오른발로, 그다음에는 왼발로. 분노가 가라앉고 나자 남은 것은 거대한 슬픔이다. 이 감정은 다른 날을 위해 남겨놓아야 한다. 지금은 해야 할 일이 많다.

몇 분 더 뒤지고 나서야 행주에 싸여 빈 화분에 박혀 있던 칼을 찾아낸다. 레이철의 행주다. 나에게도 똑같은 것이 있으니까. 뉴욕 여행에서 가져온 것. 비록 제인의 살해에 쓰였던 것은 아니지만, 보는 것만으로도 속이 울렁거린다. 나는 칼을 만지지 않고 다시 감싸 넣는다.

오늘이면 끝날 거야. 나는 스스로를 다독인다. 오늘이면 다 끝나.

나는 집 안으로 들어가 잠시 서 있는다. 내가 정말 그렇게 할 수 있을까 확신이 서지 않는다. 알아보는 길은 하나다. 나는 복도로 가서 수화기를 들고 경찰을 부른다.

"지금 바로 와줄 수 있나요? 살인이 일어난 장소와 가까운 곳에 사는 사람인데, 정원 창고에 숨겨져 있던 커다란 주방 칼을 발견했어요."

경찰이 매튜보다 먼저 온다. 이번에는 둘이 왔다. 전에 만난 로슨 순경과, 남자 경찰인 토머스 순경이다. 나는 떨고는 있지만 히스테릭해 보이지는 않도록 조심한다. 나는 칼이 있는 곳을 말하고 토머스 순경은 곧장 창고로 간다.

"제인 월터스의 살인 사건과 관련 있어 보여도 살해 무기라고는 생각 안하겠죠? 제인 월터스의 살인에 쓰인 칼은 설마 아직 발견 안 됐나요?"

내가 불안한 표정으로 묻자 로슨 순경이 대답한다.

"지금은 뭐라 말씀을 못 드리겠네요."

"실은 제가 그녀를 알았었거든요."

로슨 순경이 놀란다. "제인 월터스를 알았다고요?"

"조금요. 파티에서 친해져서 점심을 같이 먹은 적이 있어요."

로슨 순경이 수첩을 꺼낸다. "그게 언제죠?"

"그게…… 그녀가 죽기 2주 전이에요."

로슨 순경이 인상을 쓴다. "남편에게 친구 목록을 부탁했지만 부인 성함은 없었어요."

"우리가 만난 지 얼마 안 돼서요."

"점심 먹을 때 어때 보이던가요?"

"별일 없었어요."

그때 토머스 순경이 아직 행주에 일부 감싸인 칼을 장갑 낀 손으로 아주 조심스레 들고 온다.

"발견한 게 이겁니까?"

"네."

"어떻게 발견했는지 말씀해주겠습니까?"

나는 깊이 숨을 들이마신다. "정원 일을 하다가 구근 심을 화분이 필요해서 매튜의, 내 남편의 창고를 뒤졌어요. 큰 화분을 발견해서 가지고 나오려는데 안에 행주가 들어 있는 거예요. 꺼내서 풀어보니 톱니 모양 날이 나오는데…… 텔레비전에서 봤던 제인 월터스의 살인 무기가 생각나더라고요. 너무 놀라서 재빨리 다시 싸놓고 전화를 걸었죠."

"행주는 부인 건가요?" 토머스 순경이 묻는다.

나는 천천히 고개를 끄덕인다. "친구 하나가 뉴욕에서 사다준 건데……."

"하지만 칼은 처음 보는 거고요?"

나는 잠시 망설인다. "그게…….."

"텔레비전에서 말고 다른 곳에서도 봤나요?"

경비 시스템과 머그잔 때문에 그 난리를 쳤으니 로슨 순경은 날 좀 멍청한 사람으로 볼 수도 있다. 지금으로서는 그렇게 생각하게 놔두는 게 좋을 것이다. 그럼 지금 매튜를 범인으로 생각할 수도 있는 정보를 내놓아도 악의가 있어 보이지는 않을 테니까.

"한 달쯤 전에 일요일에요, 자기 전에 설거지를 하러 주방으로 들어갔는데, 바닥에 놓여 있는 거예요."

"이 칼이?"

"그런 것 같아요. 하지만 매튜를 부르러 갔다 와보니 사라지고 없었어요."

"사라졌다고요?"

"네, 그 칼이 아니라, 조그만 과도가 놓여 있는 거예요. 하지만 전 정말 큰 칼을 봤기 때문에 너무 겁이 났죠. 경찰에 전화하고 싶었지만 매튜가 내가 헛것을 본 거라고 해서……."

"그날 밤에 뭘 봤던 건지 다시 한 번 정확히 말씀해주실 수 있나요, 앤더슨 부인?" 로슨 순경이 물으면서 수첩에 적기 시작한다.

"말씀드린 대로, 설거지를 하러 주방으로 들어갔는데 커다란 칼이 바닥에 떨어져 있는 거예요. 처음 보는 거였죠. 그런 칼은 집에 없거든요. 깜짝 놀라 비명을 지르면서 주방을 뛰쳐나갔죠. 복도에서 매튜를 불렀어요……."

"그때 남편은 어디 있었죠?"

나는 팔로 몸을 감싸 안으며 겁에 질린 척한다. 로슨 순경은 격려의 미소를 지으면서 심호흡을 해보라고 말한다.

"남편은 먼저 침실로 올라갔었어요. 그래서 위층에 있다가 달려 내려왔어요. 하지만 제가 주방에 큰 칼이 있다고 하니까 안 믿는 눈치였어요. 경찰을 불러달라고 했죠. 텔레비전에서 본 칼이랑 똑같이 생겼으니까. 살인자가 아직 정원에 있는 게 아닐까 무서웠거든요. 심지어 집 안에 있을 수도 있고. 하지만 매튜가 먼저 칼을 보겠다고 주방으로 들어갔어요. 그러더니 절 불러서 와서 보라는 거예요. 가봤더니 커다란 칼은 사라지고 조그만 과도가 놓여 있는 거예요."

"남편이 주방 안으로 쑥 들어갔나요, 아니면 문간에만 있었나요?"

"기억이 안 나요. 아무래도 문간에만 있었던 것 같지만 그때는 제가 좀 히스테리를 일으켜서……."

"그다음에 남편이 어떻게 했나요?"

"큰 칼을 찾아본다며 주방을 한 바퀴 돌아다녔지만, 그냥 절 진정시키려고 그랬던 것 같아요. 그러고 나서 큰 칼을 못 찾자, 제가 잘못 봤을 거라고 했죠."

"그래서 부인도 그렇게 생각했고요."

나는 맹렬히 고개를 젓는다. "아뇨."

"그럼 뭐라고 생각했나요?"

"정말 큰 칼이 거기 있었고 누가 뒷문으로 들어왔던 거라고요. 그리고 제가 매튜에게 가서 소리치는 동안 과도로 바꿔놓은 거예요. 바보 같은 소리처럼 들린다는 거 알지만, 전 그렇게 생각해요."

로슨 순경이 고개를 끄덕인다. "7월 17일에 부인과 남편이 어디 있었는지 말씀해줄 수 있나요?"

"네. 그날은 학기 마지막 날이었어요. 제가 캐슬웰스 학교 교사거든요. 동료 교사들이랑 와인 바에 갔어요. 그날 밤 폭우가 내렸죠."

"남편은요?"

"집에 있었어요."

"혼자요?"

"예."

"부인은 몇 시에 돌아왔나요?"

"11시 45분이었을 거예요."

"남편은 집에 있었나요?"

"손님방에서 자고 있었어요. 제가 캐슬웰스를 떠날 때 남편이 전화해서 편두통 때문에 손님방에서 자겠다고 했거든요. 제가 들어올 때 깨지 않도록."

"그러고 나서 무슨 다른 말도 했나요?"

"블랙워터 길로 집에 오지 말라고요. 폭풍우가 몰아칠 테니 큰 도로로 오

278

라고요."

로슨 순경은 토머스 순경과 눈짓을 교환했다. "그래서 집에 오니 남편은 손님방에서 자고 있었군요."

"네. 들어가보진 않았어요. 문도 닫혀 있었고 깨우고 싶지 않았으니까요. 하지만 거기 있었을 거예요." 나는 의아한 표정을 짓는다. "아니면 어딜 갔겠어요?"

"다음 날 남편이 어때 보였나요, 앤더슨 부인?" 이번에는 토머스 순경이 묻는다.

"평소와 다름없었어요. 장을 보고 돌아와보니 정원에서 모닥불을 피우고 있었죠."

"모닥불요?"

"네. 잔가지 모았던 걸 태우고 있다고 했는데, 폭풍이 왔던 터라 다 젖지 않았을까 싶어서 좀 의아했죠. 하지만 매튜가 방수포로 덮어놨었대요. 어쨌든 모닥불로 잔가지를 태우는 건 드문 일이긴 했어요. 보통은 벽난로에 쓰려고 모아두니까요. 하지만 벽난로에는 적당하지 않은 가지들이었다고 하더군요."

"어떤 가지라서 그런 거죠?"

"연기가 너무 많이 나거나 하는 거요. 그래서 연기 냄새가 좀 희한했던 것 같아요."

"어떻게요?"

"잘 모르겠어요. 보통 나무 태우는 모닥불 냄새랑 좀 달랐어요. 하지만 비가 왔으니까요."

"남편이 제인 월터스 사건에 대해서는 얘길 하나요?"

"맨날 얘기해요." 나는 팔로 몸을 꽉 감싸며 말한다. "정말 듣기 싫거든요. 더구나 제가 만났던 사람인데."

토머스 순경이 인상을 쓰자 로슨 순경이 슬쩍 고개를 흔든다. 나는 계속 이야기한다.

"그 사건에 관심이 많아 보였어요. 몇 번이나 채널 좀 돌려달라고 부탁해야 했어요."

"남편이 제인 월터스와 아는 사이였습니까?" 로슨 순경이 내 얼굴을 찬찬히 들여다보며 말한다.

"아뇨, 제가 얘기해서 알 뿐이에요. 제인이랑 내가 점심을 먹던 날, 매튜가 나를 데리러 왔지만 둘이 마주치지는 않았어요. 제인이 창문으로 매튜를 보고선 놀라더라고요." 나는 그때를 생각하면서 미소 짓는다.

"왜 놀랐다는 말이죠?"

"그저 좀 놀란 표정이었어요. 많은 사람이 그러거든요. 그가 좀…… 잘생겨서요."

"그럼 남편분이랑 제인 월터스가 모르는 사이였다고요?" 토머스 순경은 실망한 표정으로 말한다.

"네. 하지만 제 친구 레이철 바레토는 알았어요. 그래서 제가 제인을 만난 거거든요. 레이철이 절 핀츨레이커스 송별회에 데려갔는데, 제인도 거기서 일했으니까요. 레이철도 제인 소식을 듣고 많이 속상했대요. 더구나 그날 아침에 제인과 싸우기까지 했거든요."

"싸웠다고요? 무슨 일로 싸웠는지 아나요?"

"주차 자리 때문에요."

"주차 자리요?"

"네."

"제인 월터스와 같이 일한다면 조사도 받았을 텐데요." 로슨 순경이 묻는다.

"그랬대요. 레이철이 당신들에게 싸운 얘기를 하지 않아 죄책감이 든다고 해서 제가 이 얘기를 기억하는 거거든요. 혹시 자기를 수상하게 여길까 봐……."

"뭘 수상하게 여길까 봐서일까요?"

나는 불안한 표정으로 로슨 순경을 본다. "혹시나 살인자로 생각할까 봐요. 그래서 제가 주차 자리 때문에 살인하는 사람이 어디 있느냐고 했거든요. 다른 거라면 모르지만."

로슨 순경이 핸드폰을 꺼내서 뭔가를 쳐 넣는다. "왜 그런 말씀을 하는 거죠?"

나는 주방 창문으로 정원을 내다본다. 늦여름 오후 태양빛에 물든 정원이 아름다워 보인다.

"뭐, 주차 자리 때문이었다면, 왜 경찰에 얘기를 안 했겠어요?" 나는 고개를 젓는다. "죄송해요. 제가 이런 얘기는 하면 안 되는 건데. 하지만 지금 제가 레이철에 대한 감정이 좋질 못하거든요."

"왜 그렇죠?"

나는 고개를 숙여 내 손을 내려다본다. "그녀가 제 남편과 바람을 피웠거든요."

잠시 경찰들이 침묵한다.

"얼마나 오래됐죠?" 로슨 순경이 묻는다.

"저도 몰라요. 최근에야 알았으니까요. 몇 주 전에 레이철이 우리 집에 왔는데, 그때 매튜가 복도에서 그녀와 키스하는 걸 봤어요."

그들의 문자 메시지를 이렇게 이용할 수 있어서 기쁘기 그지없다. 비록 경찰에게는 거짓말을 하는 셈이지만.

두 경찰은 다시 서로 눈짓을 교환한다.

"남편에게 본 걸 얘기했나요? 대놓고?"

"아뇨. 남편은 어차피 제 얘기를 묵살하고 헛것을 본 거라고 말할 거예요. 주방에서 본 칼과 마찬가지로. 하지만 혹시나……." 나는 잠시 망설인다. 복수하기 위해 이렇게까지 밀어붙여도 되는 걸까 싶어서다.

"뭐죠?" 로슨 순경이 재촉한다.

매튜의 손목에 딸각하고 수갑이 채워지는 모습이 머릿속에 떠오른다.

"혹시나 제인이 그들의 불륜에 대해 알았기 때문에 싸운 건 아닐까 하는 생각이 들더라고요. 제인이 식당 창문으로 매튜를 봤을 때, 놀란 표정을 지었던 건 그를 알아봤기 때문이 아닐까 하고요. 모르죠, 혹시 매튜가 레이철과 같이 있는 모습을 본 건지도."

경찰들이 내 생각대로 생각해주길 바라는 마음에, 더욱 자세하게 설명해버린다.

"창고에서 칼을 발견했을 때, 무슨 생각을 해야 할지 모르겠더라고요. 처음에는 살인자가 숨겨놨나 싶었어요. 매튜에게 전화해 어떻게 해야 하냐고물을 생각이었죠. 하지만 제가 주방에서 칼을 봤다고 했을 때 매튜가 제 말을 믿지 않았던 게 생각났어요. 그래서 경찰에 먼저 전화한 거예요." 나는눈물이 흘러내리게 놔둔다. "그러나 이제는 제가 옳은 일을 한 건지 모르겠네요. 제 얘기를 듣고 매튜가 범인이라고 생각할 테니까요. 제인이 매튜와레이철의 관계를 알고 제게 말하려고 했기 때문에 죽였다고요. 하지만 매튜가 그럴 리 없어요. 그럴 리가요!"

완벽한 때에 매튜가 도착한다. 주방에 들어서며 묻는다.

"무슨 일이야? 또 경비 시스템 작동시켰어?" 그러더니 로슨 순경을 보고말한다. "또 오시게 해서 죄송합니다. 제 아내가 조발성 치매 가능성이 있어서요."

나는 그저 스트레스로 진단받았을 뿐이라고 말하려 입을 열었다가 다시닫는다. 지금 와서 그런 건 별로 중요하지 않기 때문이다.

로슨 순경이 말한다. "경비 시스템 때문에 온 게 아닙니다."

매튜가 가방을 바닥에 놓으며 인상을 쓴다. "그래요? 그럼 왜 오신 건지말씀해주실 수 있을까요?"

"이거 본 적 있습니까?" 토머스 순경이 행주를 앞으로 내민다. 칼이 그대로 보인다.

우리 모두 확 바뀌는 매튜의 표정을 볼 수 있다. "아뇨, 왜요? 그게 뭐죠?"

"칼입니다. 앤더슨 씨."

"세상에, 어디서 발견한 겁니까?" 매튜는 깜짝 놀라는 표정을 짓는다.

"당신 집 정원 창고에서요."

"정원 창고요? 대체 그게 왜 거기 있었죠?"

"그걸 알아내려 우리가 온 겁니다. 좀 앉아서 얘기할 수 있을까요?"

"물론이죠. 이리 오십시오."

나는 맨 뒤에서 거실로 따라간다. 나는 매튜와 나란히 소파에 앉고 경찰

둘은 의자를 가져와 앉는다. 일부러 그러는 건지는 모르겠지만 의자 둘을 모두 매튜 앞에 놓고 둘러싸듯 앉았다.

"누가 칼을 발견했는지 물어봐도 될까요?" 매튜가 묻는다.

"부인께서요."

"구근들 담으려고 화분을 찾다가. 큰 화분 속에 저게 들어 있더라고. 행주에 싸여서."

"이 행주 본 적 있습니까?" 토머스 순경이 매튜에게 묻는다.

"아뇨, 처음 봅니다."

"당신이 얼마나 설거지 뒷정리를 안 하는지 티가 나네." 나는 초조하게 웃으며 긴장을 깨뜨리려는 척한다. "우리 집에 바로 이런 게 있잖아. 레이철이 뉴욕에서 사다준 거."

"이 칼은요, 앤더슨 씨? 전에 본 적 있습니까?"

매튜가 단호하게 고개를 젓는다. "아뇨."

"그 일요일 저녁에 본 칼이랑 똑같이 생겼다고 내가 말했어." 내가 솔직히 말한다.

"또 시작이군." 매튜가 지긋지긋하다는 듯 말한다. "당신이 본 건 그냥 과도였잖아!"

"아니, 그렇지 않아. 훨씬 큰, 저 칼이었어."

"7월 17일 금요일 밤에 어디 있었는지 말씀해줄 수 있나요, 앤더슨 씨?" 토머스 순경이 묻는다.

"너무 오래전이라 기억이 날지 모르겠네요." 매튜가 웃으며 말하지만 아무도 따라 웃지 않는다.

내가 도와주는 척 말한다. "폭풍우 치던 날이었잖아. 내가 교사들과 한잔한 날."

"아, 그래. 전 여기 있었어요. 집에요."

"집을 전혀 나가지 않았나요?"

"네. 편두통이 있어서 일찍 잤어요."

"어디서 잤나요?"

"손님방에서요."

"왜 거기서 잤죠?"

"캐시가 들어올 때 깨고 싶지 않았으니까요. 저기요, 지금 뭐 하는 거죠? 제가 왜 이런 질문을 받아야 하는 겁니까?"

로슨 순경이 잠시 매튜를 찬찬히 살펴본다. "몇 가지 사실 관계를 확인하려는 것뿐입니다."

"무슨 사실요?"

"살인 무기일 수도 있는 물건이 댁의 창고에서 발견되었습니다, 앤더슨 씨."

매튜의 입이 떡 벌어진다. "설마 내가 그 젊은 여성의 살인과 조금이라도 관계가 있다고 생각하는 건 아니겠죠?"

토머스 순경이 매튜를 뚫어지게 보며 말한다. "어떤 젊은 여성을 말씀하시는 건가요, 앤더슨 씨?"

"누굴 얘기하는지 잘 알고 있지 않습니까!"

매튜의 겉모습이 흐트러지기 시작한다. 나는 그런 그를 냉정하게 바라보며 어떻게 이런 남자를 사랑할 수 있었을까 의아해한다.

"말씀드렸듯이, 사실 관계를 확인하려는 것뿐입니다. 앤더슨 씨, 레이철 바레토 씨와는 잘 아시나요?"

레이철이라는 말에 매튜는 화들짝 놀라 토머스 순경을 노려본다. "별로요. 아내의 친구일 뿐입니다."

"그럼 두 분은 서로 사귀는 사이가 아닌가요?"

"뭐요? 아닙니다! 그 여자를 참아주기도 힘들다고요!"

"하지만 당신이 레이철에게 키스하는 거 봤어." 내가 조용히 말한다.

"말도 안 되는 소리!"

"저번에 레이철이 그냥 찾아왔을 때, 내가 커피머신 작동법이 기억나지 않던 날, 복도에서 키스하는 걸 봤어."

"또야? 캐시, 당신은 계속 헛것을 보고 있다고." 매튜는 답답하다는 듯 말했지만 눈은 당혹한 빛을 띠었다.

"이후의 이야기는 경찰서에 가서 해주시는 게 어떨까요? 그래도 괜찮겠습니까?" 토머스 순경이 끼어든다.

"아뇨, 그럴 수 없어요!"

"그렇다면 유감이지만 묵비권에 대해 알려드릴 수밖에 없군요."

"묵비권이라고요?"

나는 괴로운 표정을 지으며 경찰들에게 말한다. "정말 매튜가 제인 월터스를 죽였다고 생각하는 건 아니죠?"

"뭐?" 매튜가 기절할 것 같은 표정으로 나를 본다.

나는 손을 마구 비틀어 짜며 말한다. "내 잘못이야. 이것저것 사소한 질문을 해서 그냥 사실대로 말했을 뿐인데 당신에게 불리하게 이용될 것 같아!"

매튜가 겁에 질려 나를 노려보는 동안 토머스 순경이 묵비권에 대해 읊는다. 나는 가슴이 찢어지는 것처럼 울기 시작한다. 그리고 이건 연기가 아니다. 정말로 내 가슴이 찢어지고 있기 때문이다. 매튜뿐 아니라 자매처럼 사랑했던 레이철 때문에.

경찰이 매튜를 데리고 나가고 나는 현관문을 닫은 다음 눈물을 씻는다. 아직 내 할 일이 끝나지 않았기 때문이다. 이번엔 레이철 차례다.

나는 그녀에게 전화를 건다. 처음에는 전화로 얘기할 생각이었지만 받기를 기다리는 동안 집으로 오라고 해야겠다는 생각이 든다. 얼굴을 맞대고 말하는 것이 훨씬 재미있을 것 같아서다. 직접 반응을 보는 편이 훨씬 만족스러울 것 같다.

"레이철, 혹시 집으로 와줄 수 있어? 꼭 얘기 나눌 사람이 필요해." 나는 울먹이며 말한다.

"방금 퇴근하려던 참이었어. 그러니 40분 정도면 갈 수 있을 거야. 차가 막힐 수도 있지만."

나는 처음으로, 그녀의 목소리에서 묻어나는 지겨움을 눈치 챈다. 또다시 살인자가 내 뒤를 쫓는다고 난리 칠 거라 생각하는 것이다.

"고마워. 빨리 좀 부탁해."

"그럴게."

전화를 끊고 레이철이 매튜에게 문자를 보내지 않을까 싶다. 지금쯤 새 핸드폰을 샀을 테니까. 하지만 연행되고 있는 매튜에게서 답장은 받을 수 없을 것이다.

레이철은 한 시간 정도 후에 도착한다. 교통 체증 때문일 수도 있고, 나를 애태우느라 일부러 늦었을 수도 있다.

"무슨 일이야, 캐시? 혹시 매튜 때문이야?"

내가 문을 열자마자 레이철이 묻는다. 걱정스러운 표정이다. 내 생각대로, 내가 전화한 후 계속 매튜와 연락하려 애쓰고 있었던 것이다.

"어떻게 알았어?" 내가 놀란 표정으로 묻는다.

레이철이 약간 당황하며 대답한다. "할 얘기가 있다고 하니까 이런저런 추측을 해본 거지. 혹시 매튜 일이 아닐까 싶은 것도."

"맞아. 그래."

"혹시 사고라도 당한 거야?" 레이철이 겁먹은 표정을 숨기며 말한다.

"아니, 그런 거 아니야. 일단 앉을까?"

레이철은 주방으로 따라 들어와 내 맞은편에 앉는다. "얼른 말해봐, 캐시."

"매튜가 체포됐어. 경찰이 와서 조사를 한다며 데려갔어. 이제 어떻게 하지, 레이철?"

레이철이 나를 노려본다. "체포돼?"

"응."

"하지만 왜?"

나는 손을 비틀어 짜며 절망스러운 표정을 짓는다. "내 잘못이야. 경찰이 내 사소한 말까지 다 받아 적었는데, 매튜에게 불리하게 작용할 것 같아."

"그게 무슨 소리야?"

"오늘 오후에 정원 일을 하다가 창고에서 칼을 발견했어."

"칼?" 하얘지는 레이철의 얼굴을 보니 즐겁다.

"응. 너무 놀랐어, 레이철. 끔찍하게도, 살인 사건 사진에 나온 칼이랑 똑같이 생겼어. 내가 얘기했는지 모르겠다. 내가 요즘 기억력이 좋지 않으니까. 하지만 네가 시에나에 있을 때 내가 주방 바닥에 커다란 칼이 떨어져 있는 걸 봤거든. 근데 매튜를 부르러 갔다 와보니 없어졌더라고. 그래서 오늘 창고에서 칼을 발견했을 때, 살인자가 거기 숨겨놨다는 생각이 들었어. 그래서 경찰을 불렀지."

"왜 매튜에게 먼저 전화 안 하고?"

"저번에도 내 말을 믿지 않았어. 이번에도 안 믿을 텐데. 어쨌든 매튜도 이미 집으로 오는 중이었어."

"그래서? 경찰이 왜 매튜를 체포해?"

"경찰이 오더니 온갖 질문을 다 하잖아. 살인 사건 날 밤에 매튜가 어디 있었느냐부터 시작해서."

레이철이 갑자기 진심으로 겁에 질린 표정을 짓는다. "설마 매튜가 정말 살인자라고 생각하는 거야?"

"말도 안 되는 소리지. 안 그래? 하지만 사실은, 그날 밤에 매튜에게 알리바이가 별로 없거든. 나는 캐슬웰스에서 학기 말 회식 중이었고 매튜는 여기 혼자 있었으니까. 그러니 나갔을 수도 있었던 거지. 아무래도 경찰은 그렇게 생각하는 것 같아."

"하지만 네가 돌아왔을 때 집에 있지 않았어?"

"응. 하지만 내가 보지는 못했어. 편두통이 있다면서 손님방에서 잤거든. 그래서 난 매튜를 깨울까 봐 확인 안 하고 그냥 잤어. 그런데 레이철, 너한테 물어봐야 할 게 있어. 네가 뉴욕에서 사다준 행주 있지, 자유의 여신상 그려진 거. 두 개 사서는 너도 하나 가졌잖아."

레이철이 고개를 끄덕인다.

"혹시 그거 다른 사람에게 줬어?"

"아니."

"아니야, 다른 사람에게도 사다줬거나 했을 거야. 꼭 기억을 해내봐. 그래야 매튜의 결백이 증명되거든."

"그게 무슨 소리야?"

"오늘 발견한 칼이 그 행주에 싸여 있었거든. 경찰이 본 적 있는 행주냐고 물어서, 그렇다고 대답할 수밖에 없었어. 우리 거라고. 그러니까 매튜가 더 수상해 보이잖아. 그런데 경찰이 떠난 다음에, 우리 행주는 찬장에서 찾았거든. 그러니까 제인을 죽인 사람은 같은 행주를 가지고 있었던 거야. 그러니 생각 좀 해봐, 레이철. 그러면 매튜의 결백이 증명될 수 있어."

레이철이 미친 듯이 머리를 굴리는 게 보인다. 빠져나갈 구멍을 찾아서. 그러다가 중얼거린다. "기억이 안 나."

"너한테도 하나 있잖아. 혹시 누구 준 거 아니야?"

"기억이 안 나."

나는 한숨을 쉰다. "그랬으면 일이 훨씬 쉽게 풀릴 텐데. 하지만 걱정 마. 어차피 지문이랑 DNA랑 검사할 테고. 매튜는 상관이 없을 테니 풀려날 기야. 하지만 그렇다고 해도 며칠 걸릴 텐데⋯⋯." 나는 눈물을 흘린다. "매튜가 범죄자처럼 감방에 있어야 하다니⋯⋯."

레이철이 자동차 열쇠를 꺼내며 일어선다. "난 가야겠다."

"차 한잔도 안 하고?"

"아니, 갈 거야."

나도 따라 현관까지 나간다. "참, 친구 핸드폰은 찾았어? 점박이 암소에서 잃어버렸다던."

"아니." 레이철이 허둥거리며 대답한다.

"뭐, 혹시 다시 나타날지도 모르지. 누가 경찰에 갖다줬을 수도 있고."

"저기, 난 정말 가봐야겠다. 갈게, 캐시."

레이철이 서둘러 차로 들어가 시동을 켠다. 나는 그때 차로 다가가 유리창을 두드린다. 레이철이 유리창을 내린다.

"한 가지 빼먹었는데, 경찰이 나한테 제인을 아는지 묻더라고. 그래서 네가 데려간 송별회에서 처음 만났다고 했어. 그랬더니 너랑 제인도 아냐고 물어보더라고. 그래서 내가 아니라고, 하지만 그녀와 주차장에서 주차 자리 때문에 싸운 적은 있다고 하더라고 대답했어. 그녀가 죽던 날. 하지만 그것뿐이라고. 그랬더니 경찰이 주차 자리 때문이라고 믿지 않는 것 같았어. 그러니 행주에 대해서도 꼭 기억해내는 게 좋을 거야. 내가 아까 경찰에 전화해서 내 행주는 찾았다고, 그러니 칼을 감싸고 있던 건 내 행주가 아니라고 대답했거든. 그리고 레이철도 하나 가지고 있다고 얘기했어."

나는 그러고 나서 잠시 뜸을 들이다가 말했다.

"경찰이 어떤지 알잖아. 사소한 거 하나까지 다 증거로 이용하려고 할 거야."

당장 도망칠 곳을 찾는 듯 레이철의 눈동자가 마구 흔들리는 모습을 보는 기분은 끝내준다. 레이철은 급히 차를 몰아 문을 빠져나간다.

"안녕, 레이철." 나는 그 뒷모습을 보며 작게 읊조린다.

나는 다시 집으로 들어가 경찰에 전화를 한다. 찬장에서 내 행주를 찾았다고. 그러니 칼을 감싸고 있던 건 내 행주가 아니라고. 그리고 나서 나에게 그 행주를 사다준 것도, 나머지 하나를 가지고 있는 것도 레이철이라고 알려준다.

걱정하는 척하며 매튜에 대해 물어보니 경찰서에서 자야 한다고 한다. 나는 전화를 끊고 냉장고로 가서, 우리가 특별한 손님을 위해 늘 준비해놓던 샴페인을 꺼낸다. 그리고 한 잔 따라 마신다. 그리고 한 잔 더.

10월 1일 목요일

다음 날 아침, 오늘이 10월 첫날인 것을 보자 좋은 징조처럼 느껴진다. 새로운 출발을 위해 알맞은 날 같다. 처음 할 일은 뉴스를 확인해보는 것이다. 제인 월터스 살인 사건과 관련해 남성 한 명과 여성 한 명이 경찰 조사를 돕고 있다는 소식을 보자, 레이철 역시 잡혀갔구나 싶어, 음울한 만족감에 빠진다.

나에게 이런 복수심 강한 면이 있는 줄 몰랐다. 레이철이 경찰서에서 매튜와의 관계를 추궁당하며 끔찍한 몇 시간을 보냈으면 좋겠다. 제인과의 말다툼, 칼을 감싸고 있던 행주에 대해서도 추궁당할 것이며, 칼에서 자기 지문이 발견될까 봐 전전긍긍하고 있을 것이다.

물론 내가 그녀의 비밀 핸드폰을 경찰에 넘기면 레이철과 매튜 둘 다 풀려날 것이다. 그 칼은 그저 레이철이 런던에서 사 가지고 와서 나를 겁주기 위해 거기 두었던 것임을 경찰도 알게 될 테니까. 그러고 나서는 어떻게 될까? 둘이 행복하게 살게 될까? 그럴 것 같지 않다. 그렇게 놔둘 수도 없고.

바쁜 하루가 되겠지만 나는 우선 느긋하게 아침을 먹는다. 말 없는 전화의 위협이 없으니 기분이 얼마나 좋은지 놀랍다. 매튜와 레이철이 풀려나더라도 가까이 오지 못하도록 접근 금지 명령을 받아낼 생각이다. 일단 인터넷에서 찾아보고 나서, 변호사에게 전화를 걸어 점심쯤에 약속을 잡는다. 그리고 나서 열쇠공에게도 전화를 걸어 자물쇠 교체를 부탁한다. 열쇠를 바꾸는 동안 매튜의 물건들을 쓰레기봉투에 넣으며, 내가 지금 무슨 일을 하고 있는지는 너무 깊게 생각하지 않기로 한다. 그래도 감정적으로 소진이 되기는 마찬가지인 듯하다.

12시에 캐슬웰스로 가며 레이철의 작은 검정 핸드폰을 챙긴다. 변호사와 한 시간 반가량 상담을 한다. 변호사는 내가 생각지도 못했던 점을 하나 깨우쳐주었다. 문자 메시지 덕에 매튜는 나의 약물 과용 주범으로 기소될 것이라고 한다.

그다음으로 레이철네 집으로 가서 매튜의 옷가지가 담긴 쓰레기봉투를 현관 앞에 버린다. 그리고 나서 경찰서로 가서 로손 순경을 찾는다. 그녀는 없고 토머스 순경은 있다고 해서 그에게 레이철의 핸드폰을 준 다음, 내 차 안에서 그날 아침 발견했다고 말한다.

육체적으로도, 정신적으로도 지쳐서 집으로 돌아온다. 너무 배가 고파서 토마토 수프 캔을 하나 따고 토스트에 마마이트 소스를 발라 먹는다. 힘들 때면 찾게 되는 음식들이다. 그리고 나서 멍하니 집 안을 돌아다니며, 이제 남편과 가장 친한 친구를 잃고 어떻게 살아나갈까 생각한다. 너무 기분이 우울해 그대로 무너져 통곡하고 싶다. 하지만 그렇게 하지 않는다.

텔레비전을 켜니 6시 뉴스가 나온다. 매튜와 레이철이 풀려났다는 뉴스는 나오지 않는다. 그리고 집전화가 울리기 시작하자, 갑자기 아무것도 변한 게 없는 것 같은 기분이 든다. 공포가 다시 스멀스멀 밀려든다. 복도로 나가며, 이제는 말 없는 전화가 걸려올 일이 없다고 마음을 다잡아보지만, 또다시 발신자 표시 제한 전화인 것을 보자, 믿을 수 없는 현실에 온몸이 마비되는 듯하다.

더듬거리며 수화기를 든다.

"캐시? 알렉스예요."

그제야 안도하며 대답한다. "알렉스? 엄청 겁먹었잖아요! 왜 발신자 표시 제한으로 전화를 건 거예요?"

"그랬어요? 전혀 몰랐네요! 미안합니다. 저기, 혹시 제가 전화해서 언짢은 건 아니죠? 저번에 보내준 카드에 전화번호가 있어서…… . 어쨌든 방금 경찰서에서 전화를 받았는데 방금 제인의 살인자를 구속했대요. 다 끝난 거예요, 캐시. 드디어 끝났어요." 알렉스의 목소리는 떨리고 있다.

나는 뭔가 적당한 말을 해주려 애써보지만 충격으로 혼란스럽다. "그거 잘됐네요, 알렉스. 이제 마음이 놓이겠어요."

"그래요. 믿을 수 없을 정도예요. 어제 두 사람이 경찰 조사를 돕고 있다는 얘기를 듣고서도 도저히 희망을 품지 못했거든요."

"그럼 그 둘 중 하나인가요?" 나는 그럴 리 없다고 생각하며 묻는다.

"모르겠어요. 경찰이 그 얘기를 안 해줘요. 경찰 한 명이 찾아와서 알려줬는데, 아마 다른 사람에게 말하면 안 되는 것 같지만, 당신에게는 알려주고 싶었어요. 지난 월요일에 당신이 해준 말 때문에요. 당신도 드디어 좀 쉴수 있게 될 테니까요."

"고마워요, 알렉스. 감사한 소식이에요. 정말로. 앞으로도 더 알려줄 수 있어요?"

"물론이죠. 잘 있어요, 캐시. 오늘은 좀 푹 잘 수 있으면 좋겠네요."

"당신도요."

전화를 끊고, 잠시 멍하니 서 있다. 제인의 살인자가 잡혔다면, 매튜와 레이철은 풀려날 것이다. 누가 자백했을까? 두 사람이 체포되었다는 소식을 들으니 갑자기 양심의 가책을 견딜 수 없게 된 걸까? 아니면 누가 범인을 숨겨주고 있다가, 엄마나 여자친구가 그를 신고하기로 결심한 걸까. 그게 가장 그럴듯한 추론일 것이다.

너무 긴장이 되어 가만히 앉아 있을 수 없다. 지금 매튜와 레이철은 어디 있을까? 레이철의 아파트에 있을까? 매튜의 옷가지가 담긴 쓰레기봉투는 보았을까? 혹시 이리로 오는 중 아닐까? 매튜의 물건을 더 가지러? 매튜의 노트북, 서류가방, 칫솔, 면도기 등이 아직 여기 있다.

차라리 할 일이 생겨 다행이라 생각하며 나는 다시 온 집 안을 돌며 매튜의 물건들을 모아들인다. 혹시나 나타날 경우에 대비해 종이상자에 넣어 준비해둔다. 들어오도록 놔두지 않을 것이다.

밤이 깊어가도록 나는 위층으로 올라가지 않는다. 알렉스가 다시 전화를 걸어 누가 제인을 죽였는지 알려주었으면 좋겠다. 지금쯤 알 수 있지 않을까? 범인이 잡혔다니 마음이 놓여야 하지만, 아직도 너무 걱정되는 일이 많다. 공기 중에서 공포의 냄새가 나며 벽이 점점 죄어오는 것처럼 숨을 쉬기가 힘들다.

10월 2일 금요일

일어나보니 소파 위다. 불도 켜고 잠들었다. 어둠 속에 혼자 있고 싶지 않았으니까. 나는 얼른 샤워를 하고 오늘 들려올 소식들을 초조히 기다린다. 그리고 초인종이 울리자 기겁을 한다. 자기 열쇠를 사용하려는 소리는 들리지 않았으니 매튜는 아니라고 스스로를 다독이면서도 새로 만든 걸쇠는 걸어둔 채 현관문을 열어본다. 로슨 순경을 보자 옛 친구를 만난 것만큼이나 반갑다.

주방으로 데리고 들어와 차를 준비한다. 매튜와 레이철이 풀려날 것이라는 경고를 하러 온 게 아닐까? 아니면 어떻게 레이철의 비밀 핸드폰을 얻게 된 건가 취조하러 온 걸까? 아니면 알렉스가 어제 들려준 얘기를, 살인자가 잡혔다는 얘기를 해주러 온 걸 수도 있다.

"진행 경과를 알려드리러 왔습니다. 감사 인사도요. 부인이 아니었다면 제인의 살인 사건을 이렇게 빨리 해결하지 못했을 겁니다." 로슨 순경이 말한다.

나는 로슨 순경이 무슨 말을 하는 건지 이해해보려 애쓰며 반문한다. "살인범을 잡았다고요?"

"예, 자백을 받았습니다."

"그거 잘됐네요!"

"부인께서 결정적인 단서를 제공하셨죠. 대단히 감사합니다." 로슨 순경이 말한다.

나는 혼란스러운 표정으로 로슨 순경을 바라본다. "이해가 안 가네요."

"부인이 말씀하신 그대로였습니다."

내가 말한 그대로였다고? 머릿속에 짙은 안개가 낀 것 같다. 나는 준비하던 차를 놔두고 식탁으로 다가가 주저앉는다. 매튜가 제인을 죽였다고? 나는 공포가 밀려오는 것을 느낀다.

나는 겨우 목소리를 가다듬는다. "아뇨, 그럴 리 없어요. 제가 어제 경찰서에 핸드폰을 가져다줬잖아요. 어제 아침 제 차에서 발견했는데, 레이철이 매튜와 연락하기 위해 만든 거라는 걸 알 수 있었어요. 둘 사이 문자들을 읽어보면……."

"읽어봤습니다. 전부 다요."

나는 어리둥절한 표정으로 로슨 순경을 본다. 읽어봤다면, 매튜는 제인을 죽이지 않았다는 걸 알 수 있다. 그런데 내가 말한 그대로였다고?

나는 그녀에게 사실대로 말해야 할 것 같아 속이 울렁거린다. 매튜가 나한테 저지른 짓 때문에 매튜가 제인을 죽인 것처럼 보이게 말했다고. 내 말들을 번복하면 나는 수사방해죄에 걸리는 게 아닐까? 하지만 번복할 말은 없다. 사실 거짓말한 것이 없기 때문이다. 그날 내가 집에 돌아왔을 때 매튜를 못 본 것은 사실이다. 하지만 제인을 죽이러 나갔다고? 매튜는 제인이 누군지도 몰랐는데? 하지만 그때, 제인이 식당 창문 밖으로 매튜를 보고 지었던 표정이 떠오른다. 내 말이 옳았다. 그건 누군지 알아본 표정이었다.

나는 힘없이 중얼거린다. "믿을 수가 없어요. 매튜가 제인을 죽이다니."

로슨 순경이 인상을 쓴다. "매튜요? 아뇨, 제인을 죽인 건 그가 아닙니다."

"뭐라고요? 그럼 누구죠?"

"레이철 바레토 씨입니다. 모든 걸 자백했어요."

숨을 쉴 수가 없다. 온 세상이 빙글빙글 도는 것 같다. 온몸에서 피가 빠져나가는 듯하다. 로슨 순경이 식탁을 살짝 민 후 내 어깨를 손으로 잡고 침착하게 말한다.

"심호흡을 하세요. 그럼 괜찮아질 겁니다."

나는 심호흡을 하고 나서도 부들부들 떨리는 목소리로 묻는다. "레이철이라고요? 레이철이 제인을 죽여요?"

"네."

현기증이 밀려온다. 그녀가 나에게 저지른 온갖 짓들을 안 지금에도, 이것만은 믿을 수가 없다. 나도 경찰에 레이철이 수상해 보이도록 말은 했지만, 그저 레이철을 괴롭히려고 그랬을 뿐이다.

"아뇨, 레이철일 리 없어요. 그런 사람이 아니에요. 누굴 죽이다뇨! 뭔가 잘못 아신 거예요…… 틀림없이……."

그녀가 나에게 저지른 모든 짓들에도, 레이철을 그토록 증오함에도, 너무 어이가 없어 더 이상 말을 이을 수가 없다.

"하지만 자백을 했어요."

로슨 순경이 내 앞으로 티백을 넣은 머그잔을 내민다.

나는 고분고분 한 모금 마신다. 손이 너무 떨려 따뜻하고 달콤한 홍차를 조금 식탁 위로 엎지른다.

"어제 심문을 받다가 무너져 내렸습니다. 우리가 자신을 범인으로 확신하고 있다고 생각하고요. 레이철과 제인이 싸운 게 주차 자리 때문이 아닌 것 같다고 했잖아요. 그 말이 맞았던 거죠. 검사해보면 그 칼에서 두 사람의 DNA가 모두 나올 겁니다."

나는 악몽 속으로 들어온 것만 같다. "그럼…… 제가 창고에서 발견한 칼이…… 실제 살해 도구라고요?"

"물론 잘 닦은 후지만, 혈액 잔여물이 손잡이 홈에서 발견되었어요. 과학 수사팀으로 보냈습니다만, 제인 것이 확실해요."

"하지만…… 런던에서 산 칼이라고 했잖아요."

"그랬을 수는 있죠. 하지만 살인 전에 산 겁니다. 후가 아니라요. 매튜에게도 사실대로 말하지 않았죠. 바레토 씨는 당신을 겁주기 위해 산 칼인 척했습니다. 그 후에 당신네 창고에 숨겨놓은 셈이고요."

이가 딱딱 부딪칠 정도로 떨린다. "이해가 안 가요. 왜 그런 짓을? 제인을 잘 알지도 못했는데……."

"생각하신 것보다는 잘 알았어요." 그러고서 로슨 순경이 내 옆에 앉는다. "레이철이 자기 사생활에 대해 자세히 말한 적 있나요? 자신이 사귀는 사람을 소개해준다거나?"

"아뇨. 실은 그렇지 않았어요. 한두 명 만난 적은 있지만, 그다지 오래 사귄 사람도 거의 없어 보였어요. 자기는 결혼 같은 거 할 유형이 아니라고 늘 말했거든요."

"사실의 조각들을 꿰어 맞추는 데 시간이 좀 걸렸지요. 우리가 핀즐레이커스의 직원들을 조사했을 때 알아낸 것들이 좀 있거든요. 그리고 레이철이 자백한 후에 나머지 사실들도 알게 되었죠. 좀 추악한 이야깁니다."

로슨 순경이 더 설명을 이어가도 되겠느냐고 묻는 것처럼 잠시 말을 멈추고 나를 본다. 내가 고개를 끄덕이자 다시 차근차근 말을 잇는다.

"약 2년 전에 레이철이 핀즐레이커스의 직원과 불륜을 저지른 적이 있어요. 세 명의 어린아이가 있는 유부남이었죠. 남자는 결국 아내를 떠나 레이철에게 갔지만 레이철은 흥미를 잃었죠. 그래서 남자는 다시 아내에게 돌아갔고요. 그런데 레이철이 다시 관계를 시작했습니다. 남자는 두 번째로 아내를 떠났고 그 가족은 다시 회복하기 힘든 상태가 됐죠. 다시 불륜이 끝났지만 이번에는 아내가 남편을 받아주지 않았어요. 아내 역시 핀즐레이커스에서 근무했기 때문에 그 둘을 지켜보는 게 너무 힘들었고, 아내는 우울증에 빠져들었습니다."

"하지만 그게 제인과 무슨 상관이죠?" 나는 이 모든 얘기가 다 어떻게 연결되는지 추측해보려 애쓰며 묻는다.

"그 아내가 제인의 친한 친구였어요. 그래서 모든 얘기를 알았죠. 당연히 한 번도 아니고 두 번이나 친구의 가족을 망가뜨린 레이철을 증오하고 있었고요."

"그랬군요……."

"하지만 서로 다른 부서에서 일하다 보니 마주칠 일은 없었죠. 그러다가 늦은 밤 사무실에서 섹스를 하는 레이철을 목격하고 더욱 안 좋은 감정을 품게 됐습니다. 다음 날 제인은 레이철에게 직접, 다음에는 호텔을 잡으라고, 안 그러면 상부에 보고하겠다고 말했답니다."

"그래서 레이철이 제인을 죽였다고요? 상부에 알려질 것 같아서?" 나는 헛웃음을 짓는다.

"아뇨, 그러다가 제인이 레이철의 사무실에서 본 남자가 매튜라는 걸 알게 된 겁니다. 죄송하네요." 로슨 순경이 내 기색을 살핀다. "혹시 듣기 불편하면, 언제든 말씀하세요."

나는 고개를 흔든다. "아뇨, 말씀하세요. 전 알아야겠어요."

"그러시다면, 예전에 식당에서 제인이 매튜를 알아봤던 것 같다고 말씀하셨죠. 부인 말이 옳았습니다."

내가 지어낸 이야기가 진실로 밝혀지다니, 불가사의한 일이다. 너무 어이가 없어 웃음이 나올 지경이다.

"레이철과 섹스하던 남자가 새로 사귄 친구의 남편이라니, 제인의 기분이 어땠을지 상상이 가죠. 격분한 그녀는 레이철에게 이메일을 보냈습니다. 그때 레이철은 뉴욕에 있었죠. 제인은 레이철이 이미 한 가정을 깼다면서, 또다시 그런 짓을 하게 놔둘 수 없다고 했어요. 게다가 레이철은 당신의 가장 친한 친구니까요. 레이철은 남의 일에 신경 끄라고 했지만, 제인은 그럴 생각이 없었죠. 그래서 레이철이 직장으로 복귀하던 날 주차장에서 직접 말을 한 겁니다. 매튜랑 당장 끝내지 않으면 당신에게 알리겠다고요. 레이철은 그날 밤에 매튜랑 끝내겠다고 약속했어요. 하지만 제인은 레이철의 말을 믿지 않았고, 친구들과 파티가 끝난 후 식당으로 돌아가 거기 전화로 남편한테만 전화를 건 게 아니라 레이철에게도 전화를 걸었어요. 낮에 주차장에서 제인은 레이철에게 명함을 달라고 한 다음 뒷면에 핸드폰 번호를 적어서 넣어두었습니다. 경찰에서는 제인의 핸드백에 동료들 명함이 많았기 때문에 레이철의 명함에 딱히 주목하지는 않았어요. 어쨌든 제인이 레이철에게 전화해서 관계를 끝냈느냐고 물었고 레이철은 아직 못 끝냈다고, 시간이 더 필요하다고 한 모양이에요. 제인은 집으로 돌아가는 길에 눅스코너를 지나가니까, 부인 댁에 잠깐 들러서 불륜에 대해 다 말해버리겠다고 했죠."

"네? 밤 11시에요? 그랬을 것 같지 않아요."

"아마 그렇겠죠. 그저 레이철을 협박하려고 그랬을 겁니다. 어쨌든 레이철은 당황했고, 지금 부인의 상태가 좋지 못하다는 암시를 내비치며, 그 전에 제인이 먼저 알아야 할 일이 있다고 했어요. 그냥 막 말해버리면 안 된다고요. 먼저 숲길에서 만나 얘기를 좀 해보자고, 얘기를 듣고 나서도 가서 말해야겠다는 생각이 들면, 같이 가서 말하자고요. 제인은 동의했고 블랙워터 길에서 레이철과 만났어요. 레이철은 비포장 도로로 접근한 다음 살해 장소까지 걸어갔고요. 그리고 나서는 결과대로입니다. 제인은 부인이 정신적으로 문제가 있다는 레이철의 말을 듣지 않았고 둘은 다투기 시작했죠. 레이철은 제인을 죽일 의도가 없었고 칼도 그저 위협하기 위해서 가지고 갔던 거라고 주장합니다."

천천히 모든 것이 이해되기 시작한다. 내가 갓길에서 멈추었을 때, 제인은 도움이 필요 없었다. 그녀는 레이철을 기다리는 중이었으니까. 제인은 그게 나인 줄 몰랐다. 알았더라면 빗속을 뚫고 달려와 내 옆에 탄 다음 말했을 것이다. 이상하게 들릴지 모르겠지만, 지금 나를 만나러 가는 길이었다고. 그리고 나에게 레이철과 매튜에 대해 말해주었을 것이다. 그러면 나는 집으로 가서 매튜에게 따졌을까? 아니면 그 전에 레이철이 도착해 우리 둘 다 죽이려고 했을까? 영원히 알지 못할 것이다.

나는 멍하니 중얼거린다. "믿을 수가 없네요. 레이철이 그런 일을 저질렀다니 믿을 수가 없어요. 제인이 저한테 말한다고 해도, 그게 뭐 어떻다는 거죠? 오히려 레이철은 원하던 매튜를 얻게 될 텐데요."

로슨 순경은 고개를 젓는다. "문자 메시지를 보면 알 수 있듯이, 매튜 때문에 그런 게 아닙니다. 돈 때문이었어요. 레이철은 부인의 아버지가 자기에게도 유산을 남겨줬어야 한다고 하더군요. 부인의 부모님이 자신을 두 번째 딸이라고 불렀다면서요. 그래서 모든 재산이 당신에게 돌아가자 속은 기분이었던 겁니다."

"전 엄마가 돌아가시기 전까진 돈에 대해 아무것도 몰랐어요."

"네, 레이철이 말해주었습니다. 그리고 부인이 싱글인 동안은 자기에게도 돌아올 몫이 있을 거라고 생각했죠. 하지만 부인이 결혼하자 이제 더 이상 자신은 부인의 1순위가 아니라는 걸 알게 된 겁니다. 부인을 향한 앙심이 쌓여갔고 매튜를 통해서 자기 몫을 챙겨야겠다고 결심한 거죠. 유감이지만 레이철은 일부러 매튜와 불륜을 시작한 것 같아요. 그리고 매튜가 자신과 사랑에 빠지자, 부인을 정신적으로 불안한 사람으로 낙인찍을 방법을 강구했죠. 그럼 매튜가 부인 돈을 마음대로 할 수 있으니까요. 제인에게 위협을 받던 날 둘은 막 작전을 시작한 참이었으니, 이렇게 말해도 될지 모르겠습니다만 시기가 나빴죠. 제인이 부인에게 사실을 폭로하면 공들여 한 준비가 다 소용없게 되니까요."

나는 눈물을 흘리며 말한다. "레이철한테 주려고 프랑스에 집을 하나 샀어요. 레이철이 너무 마음에 들어 하는 걸 봐서, 마흔 살 생일에 깜짝 선물로 주려고 했는데……. 매튜에게도 말하지 않았죠. 찬성하지 않을 줄 알았거든요. 매튜가 레이철을 별로 안 좋아해서……. 전 그렇게 생각했어요. 레이철이 조금만 더 기다렸다면……. 이번 달 말이 레이철의 생일인데요."

아빠가 레이철에게 유산을 남기지 않아 얼마나 소외된 기분을 느꼈을지, 내가 이해했어야 했다. 어떻게 그렇게 무심할 수 있었을까? 레이철에게 별장을 사줄 생각이 든 것도, 레이철이 그 집을 얼마나 좋아하는지 직접 보았기 때문이다. 만일 그 집을 보지 못했다면, 내가 레이철에게 돈을 나눠줄 생각을 했을까? 그랬으면 좋겠다.

그리고 난 왜 그 집을 산 순간에, 레이철에게 바로 선물하지 않았을까? 왜 생일이 될 때까지 기다렸을까? 크게 생색을 내려고? 그 집은 지난 18개월간 비어 있었다. 내가 미리 선물을 주었다면 레이철은 너무 기뻤을 텐데. 매튜도 아직 내 곁에 있을 것이고, 제인도 살아 있을 것이다.

최소한 매튜에게라도 집 얘기를 했더라면. 그랬다면 매튜와 레이철이 불륜을 시작했을 때, 매튜가 레이철에게 말했을지도 모른다. 그랬으면 레이철도 마흔 살 생일까지 참을성 있게 기다렸을 텐데. 그래서 별장을 가진 후에 매튜와 내가 이혼하더라도, 제인은 살아 있었을 것이다.

내가 어쩌다 제인의 살인에 대한 진실에 다가가게 되었는지 모르겠다. 식당에서 제인이 매튜를 보고 놀란 표정을 지었을 때, 무의식적으로 뭔가 느꼈는지도 모른다. 제인이 자기 집으로 커피 한잔하러 오라고 했을 때, 그저 일상적인 초대 이상의 의미가 있음을 느꼈는지도 모른다. 어쩌면 무의식 깊은 곳에서 나는 매튜와 레이철이 불륜 관계임을 알아채고 있었는지도 모른다. 제인이 나에게 알려주려 했다는 것도. 아니면 모든 것이 그저 순수하고 단순한 운이었는지도 모른다. 아니면 내가 그제 갓길에 차를 세우고 앉아 있을 때, 제인의 영혼을 정말 느꼈던 건지도 모른다. 그리고 그녀가 나를 진실로 이끌어준 것일지도.

❖

그로부터 한 시간이 더 지나고 나서야 로슨 순경이 일어선다.

현관까지 배웅을 나가며 묻는다. "매튜도 레이철에 대해서 알고 있나요?"

"아뇨, 아직 모릅니다. 하지만 곧 알게 될 겁니다." 로슨 순경은 나가다가 다시 돌아선다. "괜찮으시겠어요?"

"예, 고맙습니다. 괜찮을 거예요."

나는 현관문을 닫으며, 괜찮지 않을 거라는 걸 깨닫는다. 아직은 아니다. 하지만 언젠가는 괜찮아질 거다. 제인과 달리, 나에게는 앞날이 기다리고 있으니까.

감사의 말

너무나 많은 것들을 가능하게 만들어준 훌륭한 에이전트 카밀라 레이에게, 그리고 일을 함께하며 너무나 즐거운 시간을 만들어준 달리 앤더슨의 다른 팀원들과 전문가들에게도 끝없는 감사를 보낸다. 이들이 없었다면 오늘날의 나는 있을 수 없을 것이다.

유능한 편집자 샐리 윌리엄슨에게도, 늘 헤아릴 수 없이 귀중한 조언과 지원을 해준 데 크나큰 감사를 드린다. HQ의 다른 팀원들도 열정과 전문성으로 최고의 결과물을 만들어내주어 고맙다. 그리고 미국 세인트마틴 출판사의 모든 분들, 제니퍼 와이스, 리사 센즈, 제시카 프리그가 보여준 깊은 신뢰에도 감사를 드린다.

마지막으로 특별한 감사를 표해야 할 대상은 늘 그렇듯 나의 가족이다. 마지막이라고 해서 감사할 내용이 적은 건 아니다. 나의 딸, 남편, 나의 부모, 형제, 자매, 모두가 나의 글쓰기에 관심을 가져주었다. 그리고 늘 나의 새로운 출발을 격려해주는, 영국과 프랑스의 사랑하는 친구들에게도 감사를 전한다.

옮긴이의 말

이번 소설을 번역하다가 또다시 며칠 밤을 새우고 말았다. 작가 B. A. 패리스의 첫 작품 『비하인드 도어』를 번역할 때처럼 이번 소설도 역시나, 막판엔 도무지 멈출 수가 없었다. 책을 읽을 때는 가끔 그럴 수도 있지만, 번역이 하루이틀 걸리는 일도 아니고, 페이스 조절을 해야 하는데 말이다. 가끔 이렇게 독서의 긴장감을 최고로 쌓아 올리는 능력의 작품을 만나면 어쩔 수가 없나 보다.

역사 교사인 30대 여성 캐시는 자꾸 기억력을 잃고 매사에 불안감이 심해진다. 캐시는 수년 동안 치매를 앓다 죽은 어머니를 간호하느라 젊은 시절을 제대로 즐기지 못했다. 이제 겨우 교사로 복직하고 멋진 남자도 만나 결혼해서 행복한 삶을 즐기나 싶었는데, 어느 날 새로 사귄 친구가 살해당하는 사건이 벌어진다. 그리고 캐시는 정신적으로 무너져 내린다. "너무 나약해진 자신이 부끄럽고 한심하"고, "내가 왜 이렇게 됐는지 모르겠다."

어느 여름날 밤, 방학을 앞두고 동료들과 학기 말 회식을 즐기던 캐시는 남편의 전화를 받는다. 폭풍우가 몰려온다고 하니, 위험한 숲길로는 운전해 오지 말라고. 그 말을 듣지 않고 지름길인, 숲속을 관통하는 도로를 따라 집으로 향하는 캐시. 숲길에서 고장 난 채 서 있는 차를 발견하지만 도움을 주지 않고 지나친다. 그리고 다음 날, 그 차에서 여성의 시체가 발견되었다는 뉴스가 터진다. 알고 보니 그녀는 캐시가 최근에 친해진 제인이라는 여자였다. 그리고 캐시 주변에서 자꾸 이상한 일들이 벌어진다.

캐시는 자신이 제인을 구할 수 있었는데 그냥 내버려두었다는 죄책감과 공포에 시달리는 한편, 계속 건망증이 심해지는 자신을 발견한다. 친구들과의 약속을 잊어버리고 늘 사용하던 가전제품 사용법도 갑자기 알 수가 없게 된다. 뿐만 아니라 방학 내내 텔레비전 앞에서 무기력하게 늘어져 있다가, 기억도 안 나는 물건들을 마구 주문하고 있다. 게다가 이상한 전화까지 자꾸 걸려온다.

이 책의 원제 'The Breakdown'은 '고장'이라는 뜻으로, 자동차나 기계의 고장뿐 아니라 사람의 정신적 문제도 가리키며, 흔히 정신적 붕괴를 가리키는 신경쇠약(nervous breakdown)이라는 말에 쓰인다. 주인공 캐시는 자기 자신에 대한 자괴감에 시달리는 한편, 다른 이들의 한심해하는 눈초리도 견뎌야 한다. "잡지에서 물건을 주문할 수는 있는 사람이 동료들한테는 연락도 못 한다는 거야?"

B. A. 패리스는 전작과 마찬가지로 이번 작품에서도 마음이 여리고 다감한 여주인공을 내세웠다. 불온한 세계와 냉정하게 맞서지 못하고 무너져가는 그녀의 추락과 고통에, 독자는 함께 마음 아파하며 울분을 쌓아갈 수밖에 없다. 그러다가 뛰어난 감성 지능을 지닌 그녀의 직감적 돌파력이 드디어 빛을 발하기 시작하는 중반 이후, 아예 책을 손에서 놓을 수 없게 될 것이다.

옮긴이 이수영

연세대에서 국문학으로 학사를, 비교문학으로 석사를 받았다. 편집자, 기자, 전시기획자 등으로 일하다가 지금은 책 번역에 전념하고 있다. 『비하인드 도어』, 『금색 피의 소녀들 1~2』, 『밤, 네온』, 『미술관 밖 예술 여행』, 『가짜 노동』 등 50여 권을 옮겼다.

블랙워터 레인

1판 1쇄 인쇄 2024년 6월 14일
1판 1쇄 발행 2024년 6월 24일

지은이 B. A 패리스 **옮긴이** 이수영
펴낸이 김영곤 **펴낸곳** 아르테
기획편집 원보람 **일러스트** KUSH
표지 김단아 **본문** 최원석
문학팀장 김지연 **문학팀** 권구훈
해외기획실 최연순 소은선
출판마케팅영업본부장 한충희
마케팅2팀 나은경 정유진 백다희 이민재
출판영업팀 최명열 김다운 권채영 김도연
제작팀장 이영민 권경민

출판등록 2000년 5월 6일 제406-2003-061호
주소 (우 10881) 경기도 파주시 회동길 201(문발동)
대표전화 031-955-2100 **팩스** 031-955-2151

ISBN 979-11-7117-634-2 03840

아르테는 (주)북이십일의 문학 브랜드입니다.